A^tV

HERBERT BAUCH hat Germanistik und Politikwissenschaften studiert und arbeitet als Stadtarchivar in Langen (Hessen).

MICHAEL BIRKMANN ist Lehrer für Mathematik und Physik in Bremen.

Beide haben eine Ausstellung über Schnell- und Kunstläufe »... die sich für Geld sehen lassen ...« zusammengestellt, die bisher in einigen südhessischen Kommunen und in Rheinland-Pfalz zu sehen war. Sie verfaßten zu dieser Ausstellung ein Buch gleichen Titels, das im Jonas-Verlag erschienen ist.

Spannende und tragische Geschichten rund ums Laufen, Rennen und Joggen sind in diesem Band versammelt wie die, in der sich zwei Brüder, einer aus dem Westen, einer aus dem Osten Deutschlands als Konkurrenten gegenüberstehen. So manche Geschichte birgt aber auch komische Aspekte, wie der Text aus dem Biedermeier, der in Frauenläufen den Niedergang der Moral sieht und dagegen ins Feld zieht. Die Geschichten – ergänzt durch eine hochinteressante Einleitung der Herausgeber – werden sicherlich von begeisterten Läufern ebenso gern gelesen werden wie von denen, die lieber mit diesem Buch zu Hause im Sessel sitzen.

»… ja, wo laufen sie denn?«

Die besten Geschichten vom Laufen, Rennen und Joggen

Herausgegeben von
Herbert Bauch und Michael Birkmann

Aufbau Taschenbuch Verlag

Mit 17 Abbildungen

ISBN 3-7466-1403-1

1. Auflage 1998
Aufbau Taschenbuch Verlag GmbH, Berlin
Umschlaggestaltung Torsten Lemme unter Verwendung
eines Fotos von Alex Lamanche, The Image Bank
Satz LVD GmbH, Berlin
Druck Clausen & Bosse, Leck
Printed in Germany

Inhaltsverzeichnis

Einleitung 7

1. Laufen und Lesen 23
Ödön von Horváth: Wie das Laufen über die Welt kam* . . 23
Bulkowski: Laufen und Lesen* 27

2. »Ich laufe keinem hinterher« 32
Noah Gordon: Der Chatir 32
Balduin Groller: Der Marathonlauf 48
Dieter Baumann: Barcelona 1992* 74

3. Der Sieg ist nicht alles 82
Arthur E. Grix: Aurelios Marathonlauf 82
Wolfgang Paul: Was heißt denn hier schon siegen 102
Max von der Grün: Im Osten nichts Neues 107
Józef Hen: Das große Rennen des Deptala 125

4. Siegen um jeden Preis 145
Homer: Reingefallen* 145
Siegfried Lenz: Der Läufer 148

5. Märchenhafte Geschwindigkeiten 168
Gottfried August Bürger: Eine Flasche Tokayer* 168
Brüder Grimm: Der Hase und der Igel 178
Hans Christian Andersen: Die Schnelläufer 182

6. Frauen am Start 185
Brüder Grimm: Sechse kommen durch die ganze Welt . . . 185
Anonymus: »Das Weib verliehrt als solches, sobald es aus
den Grenzen der Weiblichkeit tritt«* 191

7. »Ließ sich ein Schnelläufer sehen« 199
Meister Wunderlich zu Schöppenstädt: Der glückliche Fund* 199
Fanny Lewald: »Schöne Augen«* 205
Fritz Th. Overbeck: »Nach'm Umbeck!«* 208

8. Laufen ohne Ende 210
Gustav Rieck (Hg.)/Mensen Ernst: Große Eil-Reise von Schloß
Nymphenburg bei München nach Nauplia in Griechenland . 210
Hermann Fürst von Pückler-Muskau: Über Mensen Ernst* 236
Djamal Balhi: Der Mann, der einmal um die Welt lief 240
György Moldova: Vasdinnyei, der verirrte Läufer 254

9. Der Kopf läuft mit 262
Günther Herburger: Rom 262
Arno Surminski: Marathon am Grand Canyon* 269
Daniel de Roulet: Gustave Courbet, der Jura und New York* . 276

10. Zwischen Leben und Tod 287
Herodot: Pan rief Philippides* 287
Karl Zinkhan: Johannes Storck, der Reinhardser Schnelläufer 296
Peter R. Wieninger: Joggen 305

Statt eines Schlußworts 309
Jean Baudrillard: »Jogger sind die wahren Heiligen«* . . . 309

Quellennachweis 315
Bildnachweis 319

* Überschrift von den Herausgebern

Einleitung

Die vorliegende Anthologie ist nicht der erste Versuch, sich dem Sport literarisch zu nähern. Es gibt einige »Vorläufer«, die sich der Welt des Sports annehmen, und dabei gelegentlich auch dem Aspekt des Laufens. Wir haben uns entschlossen, ausschließlich Texte vorzustellen, die sich dem Laufen, seinen Akteuren und ihrer Umwelt widmen.

Der moderne Sport ist eine Erscheinung, die sich im 19. Jahrhundert herausbildete und 1896 einen ersten Höhepunkt erlebte: die Premiere der neuzeitlichen Olympischen Spiele, initiiert von dem französischen Baron Pierre de Coubertin, der weniger einen Rückgriff auf die Antike im Sinne hatte, sondern sich von Anbeginn an um einen friedenspolitischen Ansatz bemühte. In den nachfolgenden einhundert Jahren durchlief der Sport eine rasante Entwicklung: neben seiner Funktion als »schönster Nebensache der Welt« und Teil individueller, aktiver Freizeitgestaltung entwickelte er sich zu einer alle Kontinente umfassenden Unterhaltungsindustrie, die heutzutage die öffentlichen Schlagzeilen zu beherrschen scheint. In dem Maße, wie im 20. Jahrhundert gesellschaftliche Akzeptanz und Bedeutung des Sports wuchsen, wurden Schriftsteller verstärkt zur literarischen Auseinandersetzung mit dieser Form der körperlichen Betätigung und all ihren Phänomen angeregt.

Die Veränderungen, welche der Sport in unserem Jahrhundert erfuhr, lassen sich im wesentlichen auf große Umwälzungen in der industriellen Arbeitswelt zurückführen. Für die meisten Menschen verringerte sich die Arbeitszeit beträchtlich; Freizeit, die nach eigenen Wünschen gestaltet werden konnte, nahm dagegen zu. Außerdem entwickelte sich Arbeit immer mehr von physisch anstrengender zu bewegungsarmer, maschinenunterstützter Tätigkeit, so daß – als Ausgleich – Bewegung und körperliche Anstrengung zu einem Element der Freizeitgestaltung wurden. Hierin ist eine wesentliche Ursache der

Fitneßwelle zu sehen, welche sich in den letzten Jahrzehnten besonders stark entwickelte.

Eingeholt von einem an Marktmechanismen orientierten Denken und Handeln, ist Sport heute integraler Bestandteil von Freizeitaktivitäten Vieler und ökonomischem Handeln Weniger. Mit Sport und durch ihn werden Milliarden verdient und Millionen unterhalten. Er ist längst zu einem realen Macht- und Marktfaktor aufgestiegen. Er bewegt Fans und Politiker, überspringt nationale Grenzen und ermöglicht Transfers von Spitzenathleten rund um den Erdball. Globale TV-Übertragungsrechte für sportive Events werden in einer Größenordnung gehandelt, die noch vor wenigen Jahren undenkbar schien. Der kanalisierte Bewegungsdrang des Menschen, Sport genannt, ist eine Allianz mit Wirtschaft, Medien, Politik und Freizeitindustrie eingegangen, und diese scheint ihm nicht schlecht zu bekommen. Trendsportarten sind bereits häufig so eng mit Unternehmen verbunden, daß der Geschäftsführer des Kölner Informationsdienstes »Sport und Markt« laut Kommentar* in einer deutschen Tageszeitung im Sommer 1997 erklären konnte, daß bestimmte sportliche Aktivitäten mit bestimmen Produktmarken gleichzusetzen seien (z. B. Beach-Volleyball mit einem Tee-Erzeugnis). Im Laufsport wurden ebenfalls die Trends der Zeit erkannt: mancher Großveranstalter setzt mittlerweile auf Inline-Skating im Rahmenprogramm; ein renommiertes Laufmagazin propagiert das schnelle Rollen als »sinnvolles Ergänzungstraining für Lauffreaks und eine Ausdaueralternative für den Gelegenheitssportler«.**

Der sportliche, gesunde, jugendliche Body ist zum Leitbild unserer westlich-amerikanischen Kultur avanciert. Ihn zu pflegen und durchzustylen, nehmen Fitneß-Anhängerinnen und Fun-Aktivisten freiwillig, allerdings von einem gesellschaftlichen Konsens mehr oder weniger stark diktiert, Strapazen auf sich, die noch vor wenigen Jahrzehnten ungläubiges Erstaunen und unverständliches Kopfschütteln ausgelöst hätten, als noch die überwiegende Mehrzahl der Berufstätigen körperlich anstrengende Beschäftigungen ausübte. Heute leiden die meisten Men-

---

* Vgl. Klaus Kreimeier, Penetranz, in: Frankfurter Rundschau, 23. 8. 1997.
** Hubert Fehr, Mehr als nur ein Spaß, in: Laufzeit, H. 7/8 1997, S. 26.

schen unter Bewegungsmangel, viele unter Übergewicht, verursacht durch grundlegende Veränderungen in der Arbeitswelt und eine permanente Automobilität.

Schreibtischtätigkeit führt nicht zum propagierten Schönheitsideal. Bewegung und körperliche Anstrengung werden so ausschließlich zur Freizeitaktivität. Ein expandierender Markt für die eigene physische (und psychische) Prophylaxe, meilenweit von den Trimm-Dich-Aufrufen der gesetzlichen Krankenkassen seliger Zeiten entfernt. Standen bei den Kassen Volksgesundheit und eine Kostensenkung im Vordergrund, so ist jetzt Fitsein als wichtiger Beweggrund hinzugekommen, um die Konkurrenten in Beruf und Gesellschaft zu distanzieren.

Auch die Laufszene hat aus diesen Gründen einen riesigen Aufschwung erfahren. Hierdurch entstand eine große Nachfrage für funktionsgerechte Ausrüstung (Kleidung, Schuhe, sportmedizinisches Gerät: Herzfrequenzmesser u. a. m.), der sich eine schnell entwickelnde Sportartikelindustrie annahm. Zum modernen Trimmen gehört für viele das entsprechende Outfit: bunt und knapp muß es meist sein. Schließlich soll nicht nur der wohlgeformte Body verwöhnt werden, zur neuen Körperkultur gehört, ihn öffentlich zu präsentieren. Sportliches Treiben geschieht nicht mehr in der Abgeschiedenheit von Arenen, Trainingslagern und Turnhallen, sondern vor aller Augen, sei es per TV für ein Millionenpublikum oder durch direkte und oftmals unfreiwillige Inaugenscheinnahme, der sich selbst müßiggängerische Zeitgenossen nicht mehr entziehen können, nachdem Orte der Ruhe, und das waren großstädtische Parkanlagen durchaus noch bis vor zwei Jahrzehnten, eine wundersame »Verwandlung in Fitneßcenter« erfuhren. Dort drehen heute Freizeit-Jogger und ambitionierte Läufer in farbenprächtigen Leibchen Runde um Runde und machen aus dem altmodischen »Spazierweg für Sinn und Gemüt« eine »Aschenbahn für Herz und Lunge«.*

Und dennoch: trotz aller Unruhen, Irritationen, politischer und kommerzieller Vereinnahmungen ist Sport ein Lebenselixier für viele, eine Entäußerung des real handelnden Individuums und nicht seiner fernsehaktiven, übergewichtigen Anhänger.

* Hannelore Schlaffer, Die sportliche Gesellschaft, in: Freibeuter, H. 72/1997, S. 40.

Das Laufen und Joggen breiter Bevölkerungskreise führte unweigerlich zu Leistungsvergleichen, eine Vielzahl von Stadt- und anderen Läufen wurde ins Leben gerufen. Einige entwickelten sich zu Massenereignissen und mit ihnen ein besonderer Zweig von Reiseunternehmen, die dafür sorgten, daß bestimmte Laufveranstaltungen zu einem Wirtschaftsfaktor für die jeweilige Stadt bzw. Region wurden. Bei dem weltweit größten Marathon-Ereignis sollen, so wird geschätzt, bereits zu Beginn der achtziger Jahre fast vierzig Millionen Dollar auf direktem oder indirektem Wege nach New York geflossen sein; allein die Hotelbranche konnte über 100000 Übernachtungen verzeichnen.* So fanden denn auch Läufer und Läuferinnen der Weltspitze ihren (Arbeits-)Platz: Vorbild zu sein für die laufende Masse, Fixpunkt für die sportlich Ambitionierten und Werbeträger für alle diejenigen, welche mit Laufen Geld verdienen wollen. Die große Anzahl von Fachzeitschriften sorgt in Deutschland – wie in vielen anderen Ländern – dafür, daß die »Läuferfamilie« zusammengehalten wird: durch Ankündigungen von Laufveranstaltungen sowie Berichte über dieselben, durch Trainingshinweise und medizinische Ratschläge; es finden sich selbst Kontaktanzeigen »Läufer sucht Läuferin« und vieles andere mehr. Nicht zuletzt sind die Hochglanzmagazine Werbeplattform für den gesamten Laufsport.

Das Laufen hat durch diese Entwicklung seine Basis in der Gesellschaft verbreitet und hat in dem gleichen Maße auch verstärkt Eingang in die Literatur gefunden. Stand Alan Sillitoes Erzählung »Die Einsamkeit des Langstreckenläufers«, Ende der fünfziger Jahre in englischer und zehn Jahre später in deutscher Sprache erschienen, tatsächlich noch recht »einsam« da, so hat sich dies am Ende unseres Jahrhunderts doch sehr verändert: für eine Anthologie, die sich nur dem Laufen, Rennen und Joggen verschreibt, scheint Platz zu sein ...

Ein anderer Gedanke sei in diesem Zusammenhang noch erlaubt: was lernt der Mensch in seiner Entwicklung vom Säugling zum Erwachsenen eigentlich zuerst – Fußballspielen, Boxen, Radfahren ... oder Laufen? Müssen wir die Evolutionstheorie über Bord werfen? Oder wiederholt sich ein bestimmter Prozeß

* Vgl. Brigitte Scherer, Eine Reise im Laufschritt. Einmal im Rampenlicht beim New York-Marathon, in: Frankfurter Allgemeine Zeitung, 30. 10. 1984.

in der Menschheitsgeschichte immer wieder aufs Neue? Es scheint wohl so zu sein ... Nachdem das Kleinkind zu brabbeln und krabbeln gelernt hat, folgen erste zaghafte Versuche, aufrecht zu stehen und einen Fuß vor den anderen zu setzen. Sind diese Experimente von Erfolg gekrönt, so wird in aller Regel das Erlernte bis zum Lebensende beibehalten. Auf eigenen Füßen zu stehen und den Lauf der Dinge mitzugestalten, ist für die allermeisten Menschen ein erstrebenswertes Ziel. Verwundert es da, wenn manche früher ankommen möchten als andere?

Eine Tatsache soll aber nicht verschwiegen werden: viele Sportarten existierten als körperliche Betätigungen schon lange bevor sich im 19. Jahrhundert der moderne Sport herausbildete. Laufen gehörte dazu, und so ist es nicht erstaunlich, daß wir auch Texte aus Epochen vor dem 19. Jahrhundert finden, in denen es eine große Rolle spielt bzw. (Wett-)Laufen und Rennen in Schriften vorkommt, deren Handlungen in weit zurückliegenden Zeiten angesiedelt sind.

Unser Ziel ist gewesen, eine Sammlung von Texten vorzulegen, welche beim Lesen Freude bereiten und Spannung erzeugen sowie vor allem unbekannte und unbeachtete, versteckte oder in Vergessenheit geratene Geschichten vorzustellen. Texte von der Antike bis heute, die uns einfach gefallen haben und von denen wir hoffen, daß sie auch unsere Leserinnen und Leser interessieren und amüsieren mögen. Zeitlicher Schwerpunkt ist das vergangene 19. und das sich zu Ende neigende 20. Jahrhundert. Die Historienschilderung steht neben dem Krimi, die Erzählung neben dem Romankapitel; Reiseberichte, Lebenserinnerungen, anonyme Pamphlete des 19. Jahrhunderts sind ebenso vertreten wie eine zeitgenössische, boshafte Kulturkritik des Laufens und Joggens. Vielleicht für manchen verwunderlich, haben wir auch Volks- und Kunstmärchen aufgenommen – doch ist nicht das Rennen zwischen Hase und Igel der wohl bekannteste Wettlauf in der Literaturgeschichte? Und hat nicht schon Alfred Polgar konstatiert, daß zahllose »Tiere, (...) im Laufsport alles, was Menschenfüße können, als kläglichen Dilettantismus erscheinen lassen«?*

* Alfred Polgar, Der Sport und die Tiere, in: Der Querschnitt H. 12/1932. Zitiert nach: Sport ist Mord. Texte zur Abwehr körperlicher Betätigung, hrsg. v. Volker Caysa, Leipzig 1996, S. 32.

Berühmte Schriftsteller stehen neben unbekannten Autoren. Der heimatkundlich orientierte Schullehrer mit einem Aufsatz über eine interessante und fast vergessene Läuferpersönlichkeit und ihr tragisches Schicksal fand ebenso Eingang in den vorliegenden Band wie der Verfasser von Bestsellern. Vermutlich wird der literarisch interessierte Läufer und die langlaufende Literaturexpertin die eine oder andere Geschichte vermissen. Aber die Fülle des Materials zwang uns zur Auswahl – und darüber läßt sich immer trefflich streiten.

Zum Auftakt erzählt uns Ödön von Horvath in einem seiner 1924 entstandenen satirischen »Sportmärchen«, wie die Leichtathletik geboren wurde und der große »Häuptling die Menschheit in Kurz- und Langstreckenläufer« einteilte. Bulkowski geht schon einen Schritt in der Evolutionsgeschichte weiter und fordert uns zum Kampf gegen die Stoppuhr heraus: Läufer oder Leser – wer wird als Erster schlappmachen oder das Ziel erreichen?

Wenn viele Menschen laufen, sind Leistungsvergleiche unvermeidlich. Es ist daher kaum verwunderlich, wenn sich nicht wenige vornehmen, Siege oder Rekordzeiten zu erzielen: der Aufwand soll sich schon lohnen oder wie Dieter Baumann, Laufprofi und 1992 Olympiasieger über 5 000-Meter in Barcelona, seine Maxime ausdrückt: »Ich laufe keinem hinterher!«

Unter den für dieses Kapitel ausgewählten Texten sei der Blick auf Balduin Grollers »Marathonlauf« gelenkt. Im Jahre 1913 von dem heute völlig unbekannten Autor veröffentlicht, ist die Rahmenhandlung in der Vorbereitungszeit auf die Olympischen Zwischenspiele 1906 in Athen angesiedelt. Groller läßt einen arrivierten Rechtsanwalt und Sportfunktionär im olympischen Vorbereitungskomitee die amüsante »Novelle seines Lebens« erzählen. Der (fiktive) Lauf aber, über den in diesem Zusammenhang berichtet wird, hat sich etwa dreißig Jahre zuvor ereignet, also um 1876; dies verwundert doch ein wenig, auch wenn man dem Autor eine gewisse »dichterische Freiheit« zubilligen kann, denn Marathon als Wettkampfdisziplin wurde erst 1896 anläßlich der ersten Olympischen Spiele der Neuzeit aus der Taufe gehoben. Auch bei den nationalen Olympischen Spielen 1859, 1870, 1875 und 1889 in Hellas (welche auf Initiative des griechischen Mäzens Evangelis Zappas gefeiert wurden) fanden keine Wettrennen über diese Distanz statt.

Unter den Läuferinnen und Läufern, die Siege und Rekorde anstreben, gibt es immer welche, die ihr sportliches Ziel nicht über alles stellen, sondern sich in bestimmten Situationen eigentlich kontraproduktiv verhalten. Daneben finden sich aber auch Akteure, denen es vollkommen ausreicht, von A nach B zu rennen, und die es nicht verstehen können, warum sie als Erste oder in einer Rekordzeit das Ziel erreichen sollen. Siege müssen beim Laufen wohl nicht alles sein. Józef Hen erzählt anrührend von Deptala, seinem Sportgeist und Mut, erhobenen Hauptes und als Letzter das Ziel zu passieren.

Über die Tarahumara-Indianer berichtet Arthur E. Grix in seinem 1935 vorgelegten und heute fast völlig vergessenen Werk »Unter Olympiakämpfern und Indianerläufern«. »Die Wunderläufer der Sierra«, barfuß, ausdauernd und gelassen laufend, erregten die Neugier des deutschen Fotografen und Sportsmanns. Sein Bericht ist die außergewöhnliche ethnologische Dokumentation ihrer läuferischen Fähigkeiten. Das Veröffentlichungsjahr der Publikation von Grix sollte allerdings zum kritischen Lesen anhalten.

Was ist jedoch zu tun, wenn Talent und Trainingsfleiß nicht ausreichen, die gesteckten sportlichen Ziele zu verwirklichen? Soll man auf Fehler seiner Konkurrenten warten und diese eiskalt ausnutzen? Soll man seinem Glück auf »geschickte Art und Weise« nachhelfen, denn Stolpern zum Beispiel kann jeder? Wo liegen die Grenzen zwischen schlauer Renntaktik und unfairer Behinderung des Gegners? Muß um des Sieges willen mit allen Mitteln gekämpft werden?

Homer, Verfasser der »Odyssee«, beschreibt in seinem zweiten Großepos »Ilias« den Agon (Wettkampf) zu Ehren des getöteten Patroklos. Achilleus richtet dem toten Freund »ein glanzvolles Begräbnis aus, das in der Abhaltung von Leichenspielen gipfelt«.* Wagenrennen, Faust- und Ringkämpfe, Laufen und weitere Wettbewerbe standen auf dem Programm. Zum Vergnügen der Zuschauer siegt ein Außenseiter beim Laufen. Es überrascht, wie und wodurch der Sieg zustande kam.

* Wolfgang Decker, Sport in der griechischen Antike. Vom minoischen Wettkampf bis zu den Olympischen Spielen, München 1995, S. 27.

Wir haben es schon erwähnt: der wohl im deutschsprachigen Raum bekannteste Wettlauf ist der zwischen Hase und Igel. Verhält sich das stachelige Paar schlau, um Meister Lampe zu besiegen – oder etwa unsportlich? Während das Igelpärchen meist die menschlichen Sympathien auf seiner Seite hat und man über die »Dummheit« des Hasen schmunzelt, wird »cleveren« Mitläufern, die z. B. einige Kilometer eines City-Marathons mit der U-Bahn zurücklegen, nicht in dem gleichen Maße mit Wohlwollen begegnet – im Gegenteil.

Bereits 1896 bei den Olympischen Spielen in Athen kam ein Schlaumeier auf die Idee, sich für einige Zeit auf einem mitfahrenden Pferdefuhrwerk auszuruhen. Hinter den beiden erstplazierten Hellenen Spiridon Louis und Charilaos Vassilakos kam so ein weiterer Grieche als Dritter durchs Ziel; Spyros Velokas wurde allerdings nachträglich disqualifiziert.

Hans Christian Andersens »Schnelläufer« sind beileibe nicht schnell, aber sie diskutieren über eine Frage, die im Laufsport der Menschen nur am Rande aufgegriffen wird: warum sollen Laufleistungen eigentlich nur absolut und nicht relativ gemessen werden? Warum wird in den Kraftsportdisziplinen das Körpergewicht der Aktiven berücksichtigt, in der Leichtathletik beim Laufen jedoch nicht? Sind denn vierzig Minuten Laufzeit über eine zehn Kilometer Strecke eines 100 kg schweren Läufers nicht eine weitaus größere Leistung als die eines 60-kg-Läufers, welcher die gleiche Zeit über diese Distanz erzielen würde?

Gottfried August Bürgers Freiherr von Münchhausen stellt im wahrsten Sinne des Wortes eine märchenhafte Geschwindigkeit vor: einen Schnelläufer, der in einer halben Stunde von Wien nach Konstantinopel laufen kann – mit Gewichten an den Beinen, damit er sein Ziel nicht zu schnell erreicht. Der Freiherr nimmt ihn deswegen in seine Dienste und weiß seine Fähigkeiten trefflich zu nutzen.

Eine sehr ähnliche Geschichte erzählen die Brüder Grimm in »Sechse kommen durch die ganze Welt«. Bei beiden Wettrennen ist der Siegespreis verlockend: Münchhausen darf sich mit seinem Schnelläufer – sollte dieser erfolgreich sein – und seinen übrigen Bediensteten in der Schatzkammer des Sultans bedienen, das andere Mal ist die Hand der Königstochter als

*Francesco del Cossa (1436–1478) zugeschrieben, Berlin, Gemäldegalerie
Meilanion besiegt Atalante durch einen Trick im Wettlauf: Er ließ drei goldene Äpfel fallen – ein Geschenk der Aphrodite –, nach denen sich Atalante bückte.*

Belohnung ausgesetzt. Rennt Bürgers Akteur (abstrakt) gegen die Uhr an, so muß der Grimmsche unmittelbar gegen die Königstochter antreten und sie im Wettlauf besiegen. Aber das Risiko ist hoch: verlieren die Herausforderer ihre Wette, so verlieren sie auch Kopf und Kragen. Hierin erinnert die Königstochter an Atalante, die, so die griechische Mythologie, alle Freier tötete, die sie zuvor im Wettlauf bezwang. Bereits im griechischen Altertum waren Frauen, die auch nur einen Gedanken an einen Schnell- oder Langstreckenlauf verschwendeten, wenig geachtet. Atalante die kühne Jägerin, Tochter des Isalos und der Klymene, ist somit die negative Verkörperung einer schnellaufenden Frau. Meilanion gelang es schließlich, sie mit einem Trick zu besiegen. Während des Wettrennens ließ er drei goldene Äpfel – ein Geschenk der Aphrodite – fallen, nach denen sich Atalante bückte. Beide wurden in Löwen verwandelt, nachdem sie beim Liebesgenuß den heiligen Hain des Zeus entweiht hatten. Der Mythos Atalantes als schnellaufendes und männermordendes Weib hielt sich lange. Sie hatte allerdings durchaus irdische »Nachläuferinnen«. In Olympia wurden Wettläufe zu Ehren der Göttin Hera von Frauen und Mädchen durchgeführt. Einen Monat nach den Olympischen Spielen der Männer rannten die Heraien um den Sieg. Frauen und Mädchen aus Sparta galten als hervorragende Läuferinnen. Sie waren wohl die einzigen, die einem systematischen sportlichen Training unterzogen wurden.*

Obwohl zu keiner Zeit Gründe existierten, aufgrund deren Frauen nicht laufen können oder sollen, hatten sie es meist sehr schwer, sich als aktive Läuferinnen zu behaupten. Davon zeugt eine in Hamburg erschienene, anonyme Druckschrift aus dem Jahre 1826. Dort fand am 21. Mai ein öffentlicher Schaulauf statt. Eine achtzehnjährige Frau, Demoiselle Braun, und ihr Partner Christian Wilhelm Dreyer liefen gemeinsam um die Wette. Sofort sahen biedermeierliche Biedermänner Sitte und Moral auf das äußerste gefährdet. Nur wenig später nach dem »skandalösen« Auftritt des Duos Braun/Dreyer erschien die anonyme Druckschrift »Der Lockvogel von Bahrenfeld oder: Curiose Historie einer Berlinerin, welche schnel-

---

* Vgl. Gertrud Pfister, Von Atalante bis Grete Waitz – Frauen laufen, in: Laufzeit, H. 7/8 1997, S. 8.

ler laufen wollte als der Vogel Strauß«. Der Anonymus geißelte darin auf das heftigste den drohenden Sittenverfall und provozierte durch die derbe Wortwahl einen weiteren Unbekannten zu einer Entgegnung, die aber kaum ein Jota toleranter und weniger diskriminierend ausfiel als die vorangegangene Wortmeldung. Wir dokumentieren das zweite, erhalten gebliebene Pamphlet; die erste Schrift gilt als verschollen.

Bevor 1896 die männlichen Athleten den ersten olympischen Marathon-Wettstreit aufnahmen, war bereits eine Woche zuvor eine junge Griechin die gleiche Distanz in rund 4 Stunden 30 Minuten gelaufen. Abgelehnt vom olympischen Komitee ging sie alleine an den Start; begleitet nur von einem Rudel Radfahrer. Ebenfalls eine Pionierleistung für alle langlaufenden Frauen vollbrachte Katherine Switzer, die 1967 trotz Verbots beim Boston-Marathon mitlief und sich auch nicht von ignoranten Sportfunktionären aus dem Rennen drängen ließ. Nichtsdestotrotz dauerte es noch eine Weile, bis Frauen ungehindert an allen öffentlichen Langlaufveranstaltungen teilnehmen durften und ihre Leistungen gebührende Anerkennung erfuhren.

Schnelläufer nannte man im 19. Jahrhundert solche Protagonisten, die sich – wie andere Schausteller – öffentlich zeigten und durch ihre Darbietungen den Lebensunterhalt verdienten.* In Deutschland feierte diese besondere Sparte der Schaustellerei Anfang des Jahres 1824 ihre Premiere. Samuel Hartwig und Johann Valentin Görich aus dem Großherzogtum Hessen gehörten zu den ersten und erfolgreichsten, die nicht nur in unmittelbarer Nähe ihrer Heimatorte auftraten, sondern ausgedehnte Reisen unternahmen, um sich auch in weit entfernteren Städten und Ländern produzieren zu können. So trat Hartwig im März 1825 in Braunschweig auf. Anläßlich seines zweiten Laufes erschien eine polemische Druckschrift eines unbekannten »Meisters Wunderlich aus Schöppenstädt«. Wunderliches wird fürwahr von dem Lauf-Spektakel und seinem ganzen Drumherum verkündet. Johann Valentin Görich war

---

* Vgl. Herbert Bauch/Michael Birkmann, »... die sich für Geld sehen lassen ...«. Über die Anfänge der Schnell- und Kunstläufe im 19. Jahrhundert, Marburg 1996 und Stephan Oettermann, Läufer und Vorläufer, Frankfurt/M. 1984, S. 76 ff.

im Frühsommer des gleichen Jahres über Berlin, Stettin, Danzig und Warschau nach Königsberg gereist. Seinem ersten Schaulauf in der Stadt an der Pregel wohnte die vierzehnjährige Fanny Lewald bei, wovon sie in ihren Lebenserinnerungen berichtete.

Diese biedermeierlichen Lauf-Spektakel, zunächst eine große Attraktion, hatten Mitte des 19. Jahrhunderts ihre Anziehungskraft weitestgehend verloren, so daß immer weniger Akteure mit der Darbietung ihrer flinken Beine ein genügend großes Auskommen fanden. Wenngleich Ende der siebziger und Anfang der achtziger Jahre in Deutschland insbesondere durch Fritz Käpernick ein erneuter Aufschwung einsetzte, war das Schnellaufen ein absterbender Zweig im damaligen Schaugeschäft. Über eine Begegnung mit einem der letzten Vertreter dieser Zunft berichtet Fritz Th. Overbeck, Sohn des bekannten Worpsweder Malers, in seinen »Kindheitserinnerungen« aus dem Künstlerdorf in der Nähe Bremens, die sich zu Beginn des 20. Jahrhunderts zugetragen haben muß.

Zu allen Zeiten war Laufen nicht auf eine bestimme Streckenlänge begrenzt, sondern seine (fast) unbeschränkte räumliche Ausdehnung war immer möglich. Der wohl bekannteste Läufer in der ersten Hälfte des 19. Jahrhunderts, der Norweger Mensen Ernst, erwarb gerade durch solche überlangen Läufe seinen Ruhm. In der Regel dienten ihm wesentlich kürzere Schauläufe zum Broterwerb, wenngleich ein »lockerer« 100-km-Lauf in weniger als acht Stunden durchaus vorkommen konnte. Der zweite von drei erfolgreichen Fernläufen führte ihn im Jahre 1833 als laufenden Boten von München nach Nauplia, der damaligen Hauptstadt des jungen griechischen Königreiches. Über dieses Unternehmen wird in der von Gustav Rieck herausgegebenen Biographie von Mensen Ernst ausführlich berichtet.

Um das Bild dieses außergewöhnlichen Läufers und Menschen abzurunden, haben wir eine Schilderung des Fürsten von Pückler-Muskau über den berühmten Norweger beigefügt. Auf seiner großen Mittelmeerrundreise im Frühjahr 1836 an den griechischen Königshof gelangt, erfuhr der Fürst von der Existenz des Läufers und seinen großartigen Leistungen. Der am Ende seiner Schilderung geäußerte Wunsch ging 1841/

1842 für kurze Zeit in Erfüllung, doch bald drängte es Mensen Ernst wieder in die Ferne und er brach zu seinem vierten und letzten Fernlauf an die Quellen des Nils auf, von dem er nicht wieder zurückkehren sollte.

Djamel Balhi ist ein moderner Fernläufer; seine Fußreise führte ihn einmal rund um die ganze Welt. Interessant ist dabei der Erscheinungsort seines Reiseberichts: in dem Männermagazin »Playboy« erwartet man zunächst keine Veröffentlichung zu solcher Art schweißtreibender Tätigkeit. Vasdinnyei ist dagegen eine literarische Figur, die sich zu einem ewigen Läufer entwickelt auf der Suche nach irgend etwas, gleich Adelbert von Chamissos »Peter Schlemihl«, der ständig unterwegs ist, um seinen Schatten wieder zurückzuerlangen.

Laufen ist zunächst einmal eine körperliche Tätigkeit, aber sie ist zeitintensiv – und »der Kopf läuft mit«. Während im Wettkampf viele Spitzenathleten fortwährend taktische Pläne durchspielen und diese aufgrund aktueller Beobachtungen ihrer Gegner verändern, womit sie ebenfalls ihren Kopf »arbeiten« lassen, ist das bei Freizeitläufern oder im Training anders. Was macht da der Kopf? Die Schriftsteller Günther Herburger, Arno Surminski und Daniel de Roulet geben für sich bzw. für ihre (teilweise autobiografischen) Erzählfiguren individuelle Antworten. Wer hat es als Aktiver nicht schon selbst erlebt, daß seine Gedanken abschweifen – in die Vergangenheit oder in die Zukunft? Ja, daß sogar ein ganzer Film abrollt?

In den bisher vorgestellten Texten befanden sich bereits einzelne Protagonisten »zwischen Leben und Tod«: so bezahlte der Hase seinen Einsatz mit dem Leben, tötete die Königstochter ihre Freier, wenn diese im Wettlauf versagten. Und Mensen Ernst? War sein Leben auf dem Balkan nicht ständig bedroht? In den jetzt folgenden Geschichten wird das Laufen erbarmungslos mit dem Stundenglas konfrontiert. In dem von uns ausgewählten Auszug aus Herodots »Historien« wird die berühmte Schlacht bei Marathon (490 v. Chr.) zwischen Athenern und Persern geschildert. Es wird viel gelaufen – kurioserweise häufig sinnlos, denn Phillipedes hätte sich mit seinem Hilfegesuch an die Spartaner gar nicht so sehr beeilen müssen … Aber etwas stimmt hier nicht an der Geschichte. Brach nicht der laufende Bote, der die Siegesnachricht nach Athen brachte, mit dem Ruf »Wir haben gesiegt!« tot zusammen? Erst in der Mitte des 2. Jahrhunderts n. Chr. – also über sechshundert Jahre später – berichten die Schriftsteller Plutarch und Lukian von diesem angeblich stattgefundenen Ereignis. Herodot dagegen, ein gut unterrichteter »Zeitgenosse«, erwähnt den dramatischen Vorfall mit keiner Silbe. Man darf davon ausgehen, daß es sich um eine Legendenbildung handelt, um nachträglich die Bedeutung des Sieges über die Perser zu erhöhen.* Während des Zweiten Weltkrieges diente der Mythos dazu, die deutschen Soldaten ideologisch auf den »Heldentod« vorzubereiten. Der bekannte und heute noch hoch geachtete, wenngleich nicht mehr unumstrittene Sporthistoriker Carl Diem gab 1941 mit seiner Erzählung »Der Läufer von Marathon« die Richtung vor.**

Karl Zinkhan erinnert an eine tragische Figur. Johannes Storck spielte manchem Zeitgenossen einen üblen Streich, bis er eines Tages ohne seinen Vater heimkehrte. Für ihn, den Reinhardser Schnelläufer, ein tödlicher Unfall, für seine Umwelt eine Bluttat. Ein weiterer Mord wurde ihm dann zum Verhängnis: verurteilt in einem aufsehenerregenden Prozeß, obwohl ihm die Tat nicht nachgewiesen werden konnte, blieb er bis zu seinem Lebensende eingesperrt. Einem Mann, der solche flinken Beine wie Storck besaß, war wohl alles zuzutrauen…, auch ein zweiter Mord!

Der abschließende Kriminalfall ist neueren Datums. In die Fänge einer jungen, gesundheitsbewußten Frau gerät Peter R. Wieningers »Muttersöhnchen«, das sein »Problem« auf fatale Art und Weise löst. Ein sarkastisch-morbider Kurzkrimi.

Am Ende unseres Jahrhunderts stellt sich das Leben als gigantisches Rennen dar: als Wettlauf um Geld und Macht, Prestige und Konsum. Wer bestehen will, muß fit sein, muß Strapazen auf sich nehmen, um den Sieg zu erringen oder doch zumindest die Nase vor der Konkurrenz zu haben. Jean Baudrillard, Soziologe und kulturpessimistischer Kritiker der Postmoderne,

---

* Vgl. Yvonne Kempen, Krieger, Boten und Athleten, Sankt Augustin 1992, S. 91 f.

** Vgl. Carl Diem, Der Läufer von Marathon, Leipzig 1941 u. Herman Stahl, Der Läufer, Jena 1943.

geißelt in boshafter und zynischer Manier in seinem Essayband »Amerika« die körperlichen Betätigungen: Marathonlaufen und Joggen. Wir haben bewußt zum Abschluß diese Passagen ausgewählt, weil wieder ein »Häuptling« die Menschheit einteilen möchte: in Vernünftige und Unvernünftige. Die Heerschar der Laufbegeisterten stimmt täglich über solche Urteile mit den Füßen ab, und der Kopf, der bekanntlich mitläuft, reflektiert das Gelesene und stellt die Frage: was soll am Laufen unvernünftig sein?

Herbert Bauch / Michael Birkmann

1. Laufen und Lesen

Ödön von Horváth
Wie das Laufen über die Welt kam

Als jener geniale Mensch, der als erster seines Geschlechtes aus der Baumwipfelheimat zu Boden sprang – da wurd die Leichtathletik geboren.

Zu jenen Zeiten wuchs in allen Ländern nur Urwald und schüchtern schritt das Gehen durch Dickicht und Dschungel.

Doch eines Abends grunzte im Moor das Riesenschwein und wieder verdämmerte ein Zeitalter; ein neues pochte an die Pforten unseres Planeten: denn nun l i e f das Gehen!

Jedoch erst vieltausend Jahre später teilte der Häuptling die Menschheit in Kurzstrecken- und Langstreckenläufer.
(denn naturgemäß mußte lange Zeit verfließen, ehe selbst ein Häuptling zwischen Schenkel und Schenkel unterscheiden konnte)

Und nun lief das Langstreckenlaufen unzählbare Male um die Erde und wurd weder müde noch alt – aber der Wald ward gar bald zum Greis; die vielen Jahre hatten Höhlen in seine Knochen gegraben und saßen nun drinnen und sägten und sägten; und fällten die stolzen Stämme, deren Leichen das Langstreckenlaufen oft zu meilenlangen Umwegen zwangen.

Eines Morgens flog an dem Langstreckenlaufen ein Schmetterling vorbei, der derart lila war, daß das »Lang« ihm sogleich nachhaschte wie ein einfältiges Mädchen. Über die Lichtung und dann immer tiefer und tiefer hinein in den Wald. Bis die Sonne sank, der Falter verschwand und die Nacht hob die dunkle Hand. Nun erst griff sich das »Lang« an die Knie (seinen Kopf) und machte kehrt – doch wohin es sich auch wand, überall lagen Leichen der Riesenbäume.

Sechs Tage und sechs Nächte saß nun das »Lang« gefangen auf Moos und spreizte verzweifelt die Zehen. Es war still – nur ab und zu stöhnte ein sterbender Stamm. Und die Luft murmelte lau –

In der siebenten Mitternacht (es war vor Angst bereits halbtot) rief eine helle Stimme:
»Siehe, dort liegt eine tote Tanne! Gehe hin und befolge das Gebot, du Auserkorener!«

Da senkte das Langstreckenlaufen gläubig die abgezehrten Zehen und rannte blind und bleich auf die dunkle Masse zu – zwei Urhasen im Unterholz schrien gellend auf, denn sie sahen es bereits mit gespaltenen Kniescheiben vermodern – jedoch im allerletzten Augenblick hob ein beflügeltes weißes Wesen das »Lang« über den toten Riesen und ließ es drüben unversehrt zu Boden gleiten. Da falteten die beiden ungläubigen Urhasen die Ohren und lobpriesen laut die Allmacht; es war ja ein Wunder geschehen: Hochsprung ist erstanden!

Wie unendliche Heuschreckenschwärme flog das Gerücht vom heiligen Hochsprung über die Welt und allüberall sang man Dankchoräle. Als aber kurze Zeit darauf auch das Kurzstreckenlaufen einen Hochsprung vollführte, glaubte niemand mehr an das Wunder. Und die folgende Generation glaubte überhaupt nichts mehr – denn nun konnte ja jeder schon vom dritten Lebensjahre ab hochspringen. Sogar aus dem Stande.

Da aber erzürnte der liebe Gott gar sehr ob der allgemeinen Gottlosigkeit und sprach zum Eis:
»Eis, tust du meinen Willen nicht, so geb ich dir die Sonne zum Gemahl!«
Sogleich warf sich der Vater aller Winter auf den Bauch vor Gott; und gerade dort, wo er den Nabel trug, drehte sich die Erde.

(– und grimmige Kälte und grüner Frost erwählten die Erde zu ihrem Brautbett und finstere Stürme triumphierten.
Alles erstarb ohne verwesen zu dürfen.

Es waren Bilder, wie sie grausiger kaum an Verfolgungswahn leidende Insassen der Hölle hätten malen können.
Die wenigen, deren Blut nicht stillstand, hausten in Höhlen und weinten bittere Eiszapfen)

Und das Eis sprach zu Gott:
»Ich werde dein Wille, Herr!«
Und der Allgütige antwortete:
»So stehe auf! Denn allein wenn du so sagst, sind sie genügend gestraft!«

Kaum war das Wort verklungen schien die Sonne wieder auf die Erde und all die Eiszapfentränen schmolzen und bildeten mächtige Ströme – überall; einmal sogar zwischen einem Liebespaar.
So entstand der Weitsprung.
Und selbst die reuigsten Sünder konnten nicht umhin fest zu fühlen, daß dies kein Wunder sei, sondern nur natürlich. Daher beantragten sie (eben weil es kein Wunder war) ein Weitsprungverbot. Aber eben weil es natürlich war blieb es immer nur beim Antrag.

Erst bedeutend später verfertigte ein Geistvoller, der weder Gott noch Weib verehrte, einen Stab, mit dem der Hochsprung einen hochaufgeschossenen Sohn zeugte:
den Stabhochsprung
der heutzutage besonders bei Sportfotografen beliebt ist.

Randbemerkung zu Satz eins:

Nur um der Wahrheit Willen soll corrigiert werden, was aus Bequemlichkeit der Ausdrucksweise Überlieferung geworden war – daß nämlich jener geniale Mensch von jenem Baume nicht heruntersprang, sondern bloß herunterfiel. Und selbst kopfunten warf er noch heulend Gebetbrocken an den Horizont: denn damals herrschte in unserem Geschlechte der Glaube, daß am Boden nicht zu leben sei. Als er aber ebendortselbst dank seines vortrefflichen Genickerbauers heil landete, staunte er zunächst stumm ob des nicht eintretenden Todes. Doch bald verkündete er mit lauter Lunge seinen Brüdern und Schwestern, daß er heruntergesprungen sei. Dies war seine geniale Tat.

Und begeistert sprangen ihm die Geschwister nach ins neue Land; in der alten Heimat gab es nämlich bereits zu viel Menschen und zu wenig Äste. Freilich mit der neuen entdeckten sie auch nicht das Paradies: denn damals herrschten noch Drachen. Aber es waren ja bei dem Sprung aus dem Vaterland nicht gerade alle auf den Kopf gefallen: einige wußten Rat. Mit Steinen und spitzen Stämmen (den Ahnen von Diskos und Speer) rotteten sie die Ungeheuer mit Müh und Plag nach und nach aus. Aber nur so, durch Leid geläutert, konnte sich die Leichtathletik entfalten. Und das ist doch Fortschritt – und uns allen liegt auch nichts ferner als dies: jenem Mitmenschen die kleine Formlüge nicht verzeihen zu können.

Juppiter Fürchtegott
Weltrekordinhaber h. c.

Bulkowski

Laufen und Lesen

Stoppen Sie mit! Wenn Sie grad keine Stoppuhr zur Hand haben, schauen Sie auf den Sekundenzeiger Ihrer Armbanduhr, schnell -- TSCHÄKK! das war er schon, der Start zum 3000-Meter-Hindernislauf, hier noch einmal das Feld der Teilnehmer: Roelants (Belgien), Kuha (Finnland), Keino (Kenia), Clarke (Australien), Biwott (Kenia), die Weltrekordler und Olympiasieger, dann die Deutschen Meister Letzerich und Brosius, dann der von den Hoffnungen der hiesigen Zuschauer angestachelte Lokalmatador und dann natürlich SIE, Sie mit diesem Buch in der Hand zu Hause auf Ihrem Stuhl, Sie nach Feierabend in der vollen Straßenbahn, eingeengt zwischen dicklichen Mitfahrerinnen, beengt wie die Läufer, die in diesem Augenblick (100 Meter nach dem Start) immer noch viel zu schnell drauflosrennen, drängeln, schubsen, rempeln, um eine günstige Ausgangsposition zu erjagen, derweil SIE ruhig und eigentlich kaum gestört auf Ihrem Stuhl, Ihrer Straßenbahnbank sitzen bleiben können, UND DOCH SIND SIE MIT DABEI! nicht als Zuschauer auf den überfüllten Stadionrängen, sondern indem Sie hier in diesen Wörtern und Sätzen LAUFEND LESEN UND LESEND LAUFEN, indem Sie dieses hier lesen, findet der Lauf erst statt, gemeinsam mit den anderen Teilnehmern legen Sie eine bestimmte Strecke zurück, die einen auf der Aschenbahn, Sie im Buch, und für diese bestimmte Strecke (3000 Meter mit Hindernissen oder 6 Seiten) benötigen Sie eine genau meßbare Zeit, aber nicht Clarke oder Roelants (die jetzt schon ein enormes Tempo vorlegen) bestimmen, wieviel Zeit alle Teilnehmer für diesen Lauf benötigen, sondern SIE, der Weltrekord von Kuha steht im Augenblick auf 8 Minuten und 24,2 Sekunden, aber wenn Sie schnell lesen, können Sie den Weltrekord noch unterbieten, und auch Ihr Weltrekord wird dann wohl von zukünftigen Athleten wieder unterboten: bis 1980 muß mit Zeiten um 8 Minuten und 10 Sekunden und bis 1990 mit Zeiten unter 8 Minuten gerechnet werden, was aber fangen die schnelleren Läufer und Leser mit der ersparten Zeit an? laufen sie mehr, lesen sie mehr? in diesem Augenblick aber ist die erste, noch hürdenlose Runde gelaufen, jetzt haben Sie genau sieben Runden vor sich, jede mit drei Hürden und einem Wassergraben, insgesamt sind also 21 Hürden und siebenmal der Wassergraben zu nehmen, gleich kommt die erste Hürde, sie steht (91 cm hoch) fest auf der

Aschenbahn, so daß die Teilnehmer sie nicht nur überspringen, sondern (wenn sie in den letzten Runden schon müde sind) sich auch mit dem Fuß davon abstoßen können, ein Zeitverlust gegenüber einem normalen Flachlanglauf ist aber natürlich nicht zu vermeiden, nicht umsonst braucht der Weltrekord beim 3000-Meter-Hindernislauf fast eine Minute mehr als der Weltrekord über 3000

Meter ohne Hürden und Hindernisse, den Keino augenblicklich mit 7 Minuten und 39,6 Sekunden hält, der meiste Zeitverlust ergibt sich durch den Wassergraben, der hinter seiner Absprunghöhe noch 3 Meter 66 lang und an der tiefsten Stelle 76 cm tief ist, und bei dem Clarke und Keino (die im flachen Langlauf die schnellsten sind) immer wieder Runde für Runde ihren Vorsprung gegenüber

den Hindernisspezialisten Biwott, Kuha und Roelants verlieren, wenn Sie nicht ganz die 3 Meter 66 springen wollen oder können (zuletzt haben Sie Blei in den Beinen!), werden Ihre Füße naß (je nachdem, wie heiß es jetzt in Ihrem Zimmer, in Ihrer schrecklich vollen Straßenbahn ist, könnten Ihnen gekühlte Füße allerdings Erleichterung verschaffen), wie leicht kommt einer beim Wasser-

graben aus dem Rhythmus, schon ein einziger selbständiger Gedanke stoppt Ihren Lesefluß, und das bedeutet natürlich eine schlechtere Zeit, überhaupt haben Sie sich diesen Lauf viel einfacher vorgestellt, viel glatter, lockerer, entspannender, vor allem ohne die vielen störenden Hindernisse und Hürden, aber geben Sie deshalb nur nicht gleich auf, durch schnelleres Lesen und Erfassen (dessen

was hier überhaupt vorgeht), können Sie die anderen Wettkämpfer rasch wieder einholen, ja denen gegenüber sogar einen entscheidenden Vorsprung herausholen, wie Sie noch sehen werden, im Augenblick allerdings (schauen Sie auf Ihre Uhr, notieren Sie die Zwischenzeit) ist auf der Aschenbahn nicht besonders viel los, die

Läufer haben sich eingelaufen, Sie haben sich eingelesen, jeder hält vorerst seine Position, um für die entscheidende Phase des Rennens noch Reserven zu haben, leicht und locker laufen sie, entspannt und leicht lesen Sie, eine Weile also weiter nichts als der gleichmäßige, kräftesparende Rhythmus laufen und lesen und laufen und lesen und laufen und lesen und laufen und lesen und laufen

und lesen und laufen und lesen und laufen und lesen und laufen und lesen und laufen und lesen und laufen und lesen und laufen und lesen und laufen und lesen und laufen und lesen und laufen und lesen und laufen und lesen und laufen und lesen und laufen und lesen und laufen und lesen und laufen und lesen und laufen und lesen und laufen und lesen und laufen und lesen und laufen JETZT NUR KEIN EINZIGES WORT

ÜBERSCHLAGEN! in diesem Moment erfassen Sie schlagartig den ganzen Langlauf und lesen und laufen und lesen und laufen und lesen und laufen und lesen und laufen und lesen und laufen und lesen und laufen und lesen und laufen und lesen und laufen und lesen und laufen und lesen und laufen und lesen und laufen und

lesen und laufen und lesen und laufen und lesen und laufen und lesen und laufen und lesen und laufen und lesen und ruhig und gleichmäßig laufen und lesen und laufen und lesen und laufen und lesen und laufen und lesen und laufen und lesen und laufen und lesen und laufen und lesen und laufen und lesen und laufen und lesen und laufen und lesen und laufen, und kaum wahrnehmbar

zieht jetzt das Tempo des Laufs ein wenig an, und auch für Sie wird es nun langsam Zeit, die Geschwindigkeit zu steigern, schon LESEN SIE SCHNELLER, wie wichtig, ob Sie für diese Lektüre 14 Minuten oder nur 8 Minuten (Weltrekord!) Ihrem sonstigen, nicht durch Lesen zerstreuten Leben, also dem Umgang mit den Ihnen Bekannten entziehen (sollte Ihnen wirklich am intensiveren Kon-

nex mit Ihresgleichen mehr liegen, so hören Sie an dieser Stelle sofort auf weiterzulesen, umarmen Sie z. B. den Ihnen augenblicklich Nächstbefindlichen oder ziehen Sie ihn in ein sehr persönliches Gespräch, warum eigentlich immer noch Ihr sportlich-literarischer Ehrgeiz?). LESEN SIE SCHNELLER, um so mehr Daten und Fakten können Sie in der wenigen, Ihnen zur Verfügung stehenden (Frei-)

Zeit aufnehmen und verarbeiten, JE SCHNELLER SIE LESEN, desto eher begreifen Sie dieses Stück Leselauf, Läufer, die 14 Minuten und mehr für die 3000 Meter Hindernis brauchen, kommen zwar am Ende auch an, aber vom Dahineilen haben sie keine Ahnung, die kurze Zeit erleben sie nicht intensiver als sonst, wie leicht

könnten Sie jetzt die folgenden Seiten überschlagen (tun Sie's doch!), niemand hält Sie zurück, Sie könnten z. B. nur den Schluß lesen, sehen WIE ES AUSGEHT, die Läufer könnten durch lockeres Überqueren das Rasens ihre Runden und damit ihre Mühsal verkürzen, aber dann haben Sie eben nicht die ganze Strecke zurückgelegt, was nützt Ihnen das Ziel ohne die durchlaufene, durch-

littene Strecke, ohne die zurückgelegte Zeit: von so einem Ziel hat doch keiner was, da ständen alle bloß ratlos herum, außerdem haben Sie für dieses Sportereignis bezahlt, mit dem Geld, was Sie tagsüber in blöder Routine erdienen, wollen sie jetzt in Ihrer Freizeit ein schöneres, ein sportliches Ereignis miterleben, wollen einen lebendigen olympischen Wettkampf, MIT DABEI SEIN, wo was los ist, wer wird gewinnen? Die Masse will Sieger sehen, sagt Josef Neckermann, MIT DABEI SEIN beim öffentlichen Heldentum, den anfaßbaren Göttern das Autogramm, die geschüttelte Hand abjagen, aber während Sie sonst bei noch so hohen Eintrittspreisen doch immer nur Zuschauer bleiben, passives Würstchen, sind diesmal alle die Stars nur für Sie allein da: Roelants, Biwott, Clarke,

Keino und wie sie alle heißen, morgen können Sie Ihren Freunden erzählen (geben Sie ruhig damit an), mit Weltrekordlern und Olympiasiegern zusammen an den Start gegangen zu sein, und obendrein noch (wann kommen Sie je wieder in so eine Lage!) ihnen sogar das Tempo diktiert zu haben, oder glauben Sie immer

noch, daß Sie als Leser stets nur zu einer passiven Rolle verdammt sind, zu einer passiveren zumindest als z. B. Ron Clarke, der einsame Held einsamer Weltrekordläufe? Sehen Sie sich doch all diese am Schluß völlig ausgepumpten und angestrengt in die Fotolinsen grinsenden Stars an: könnten wir sie doch nur für sich selbst laufen und siegen lassen! anstatt für irgendwelche langwei-

ligen Nationen und deren Prestige (nach jedem Sieg plärrt so eine kriegerische Nationalhymne) oder für das zwanghafte Bedürfnis der Millionen nach Spannung und Ablenkung von ihren ereignislosen Alltagen, Sie sehen ja, wie sich schon in DIESEM LAUF die ganze Sportelite nach Ihnen richten muß (Sie können z. B. durch langsames Wort-für-Wort-Lesen, durch Innehalten, Nachdenken

den Lauf ungeheuer ausdehnen, bis eine katastrophale Zeit für die Teilnehmer dabei herausspringt, oder Sie können das Buch zuklappen und damit den Lauf abbrechen und die Zuschauer nach Hause schicken), wieviel mehr aber müssen sich all die Sportidole nach Fernsehen und Presse·richten, zu deren bloßen Stofflieferanten sie ja längst herabgesunken sind, Unterhaltungsmaskottchen für Mil-

lionen blinder Schläfer in ihren Pantoffeln, wie gut haben SIE es dagegen! Sie können ganz allein für sich selbst lesen, zu Ihrem eigenen Nutzen, wieviel besser können Sie hier mit dem Buch in der Hand über sich ins Klare kommen, wozu doch kein Clarke, kein Kuha, kein Roelants während seiner ganzen Laufbahn und

schon gar nicht während eines Laufs (auch nicht während DIESES Laufs!) überhaupt imstande ist, je schneller Sie dies in sich aufnehmen, je schneller Sie den Blick vom Buch abwenden, je schneller Sie auf sich selbst und Ihre Situation zu blicken vermögen, desto eher haben Sie die Macht, aus dem Lauf wirklich als Gewinner hervorzugehen, warum lassen Sie sich immer noch von Sport und

Büchern bei der Stange halten? merken Sie nicht, wie hier nun doch allmählich das Tempo energisch forciert wird (die schwächeren Teilnehmer sind schon weit zurückgefallen), wie sie alle ins Schwitzen kommen, wie allen die ungeheure Anstrengung anzusehen ist, wehren Sie sich doch dagegen! der Blutdruck steigt auf über 180, die Pulszahl auf 120 und mehr, Sie ringen nach Luft,

jetzt wird es gefährlich, RETTEN SIE SICH! geben Sie sofort das Rennen auf! Sie werden sehen: es lohnt wirklich nicht, HÖREN SIE AUF ZU LAUFEN! HÖREN SIE AUF ZU LESEN! ohne Nurmi und Goethe würden Sie sich diesen Verblödungsprozeß längst nicht mehr gefallen lassen, schon geraten Sie in den Strudel des Endkampfs, schon beginnen erbitterte Spurts, auch Sie können jetzt auf Ihrem

Stuhl, in Ihrer Straßenbahn nicht länger so tun, als wäre alles um Sie herum ruhig und still und tot, als koste Sie dieser 3000-Meter-Hindernislauf keine Nerven, keinen erhöhten Blutdruck, keinen höheren Puls, jetzt werden auch Sie mitgerissen, warum haben Sie sich nun doch entschieden, mit dabei zu sein, weiterzulaufen, mit-

zulaufen, jetzt ist es zu spät aufzugeben, jetzt sind Sie genauso Opfer der Schnelligkeit, der blinden Kampfwut, jetzt nur nicht überlegen, nur nicht mehr nachdenken, mithalten, das Tempo erhöhen, die Konkurrenz ausschalten JAWOHL! Keino und Clarke fallen mit ihrer schlechteren Hürdentechnik schon ab, Roelants scheint noch einmal groß in Form, führt jetzt knapp vor Kuha,

Sie haben Mühe, sich ein bis zwei Meter vor Roelants den Punkt vorzustellen, den Sie jetzt einnehmen und halten müssen, um diesen Kampf zu gewinnen, SIE MÜSSEN GEWINNEN! aufgeben oder gewinnen, DA! das weiße Zielband ist schon gespannt, die Zeitnehmer prüfen ihre Stoppuhren (wo ist Ihre Armbanduhr?) SCHNELLER, ein lautes eindringliches ZIIEEEHHHHH! dröhnt Ihnen von den

Zuschauern her in den Ohren, ein inneres Tosen und Brüllen der mitkämpfenden Nerven und Organe in der Zielgeraden, Roelants und Kuha jetzt direkt neben Ihnen, ein erbittertes Kopf-an-Kopf-Rennen, welcher Kopf wird gewinnen? der laufende, blind dahineilende Kopf oder Ihr lesender, entscheidungsfähiger Kopf? vor Anstrengung ist jetzt schon das weiße Zielband kaum noch zu

erkennen, jetzt nur noch 70 Meter, jetzt nur noch 60 Meter, jetzt nur noch 50 Meter, nur blind draufzu, auf das schwimmende Ziel, das beim Näherkommen immer undeutlicher wird, immer undeutlicher, gleich müssen Sie alle am Ziel sein, gleich müßten Sie da sein, gleich, gleich gleich gleich gleich – – – – –

2. »Ich laufe keinem hinterher«

Noah Gordon
Der Chatir

Bei Morgengrauen wurde er wieder geweckt, weil sein Besucher schon aufstand. Rob stöhnte. Ich sollte überhaupt nicht trinken, dachte er verdrossen.
»Es tut mir leid, daß ich dich störe. Ich muß laufen.«
»Laufen? Ausgerechnet heute morgen? Nach dem gestrigen Abend?«
»Um mich auf den *chatir* vorzubereiten.«
»Was ist der *chatir*?«
»Ein Wettlauf.«
Karim schlüpfte aus dem Haus. Man hörte das Schlapp-schlapp-schlapp, als er zu laufen begann, ein immer schwächer werdendes Geräusch, das bald verstummte.

»Der *chatir* ist unser nationaler Wettlauf, ein alljährlich stattfindendes Ereignis, das beinahe so alt ist wie Persien«, erklärte Karim Rob. »Er wird abgehalten, um das Ende des *ramadan* zu feiern, des religiösen Fastenmonats. Ursprünglich – so weit zurück in den Nebeln der Zeit, daß wir den Namen des Königs vergessen haben, der den ersten Lauf veranstaltet hat – war er ein Wettbewerb, um den *chatir*, das hieß den Läufer des Schahs, zu bestimmen, doch im Lauf der Jahrhunderte hat er die besten Läufer Persiens und anderer Länder nach Isfahan geführt und den Charakter einer großen Lustbarkeit angenommen.«

Der Wettlauf begann bei den Toren des Hauses des Paradieses, führte zehneinhalb römische Meilen lang durch die Straßen von Isfahan und endete bei einer Reihe von Pfosten im Hof des Palastes. An den Pfosten waren Schlingen befestigt, von denen jede zwölf Pfeile enthielt und einem bestimmten Läufer zugeteilt war. Jedesmal, wenn ein Läufer die Pfosten erreichte, nahm er einen Pfeil aus der Schlinge und steckte ihn in einen Köcher auf seinem Rücken, dann lief er wieder eine Runde.

Traditionsgemäß begann der Wettlauf mit dem Ruf zum ersten Gebet. Er stellte eine mörderische Belastungsprobe dar. Wenn der Tag heiß und drückend war, wurde der letzte Läufer, der überhaupt noch im Rennen war, zum Sieger erklärt. Rannten sie bei kühlem Wetter, vollendeten die Teilnehmer manchmal die vollen zwölf Runden, also einhundertsechsundzwanzig römische Meilen, und nahmen sich den letzten Pfeil irgendwann nach dem fünften Gebet. Obwohl es hieß, daß früher die Läufer bessere Zeiten erzielt hätten, liefen die meisten die Strecke in ungefähr vierzehn Stunden.

»Seit Menschengedenken kann sich niemand daran erinnern, daß ein Läufer die Strecke in weniger als dreizehn Stunden geschafft hat«, erzählte Karim. Alā *Shahansha* hat verkündet, daß derjenige, der sie in zwölf Stunden oder weniger zurücklegt, einen großartigen *calaat* erhält. Außerdem gewinnt er eine Prämie von fünfhundert Goldstücken und die ehrenamtliche Ernennung zum Hauptmann der *chatirs*, was eine stattliche jährliche Zuwendung bedeutet.«

»Deshalb also hast du dich so angestrengt und bist jeden Tag so weit gelaufen? Du glaubst, du kannst dieses Rennen gewinnen?«

Karim zuckte mit den Achseln. »Jeder Läufer träumt davon, den *chatir* zu gewinnen. Natürlich möchte ich den Lauf um den *calaat* gewinnen. Nur eines scheint mir besser als Medicus zu sein – und das ist, ein reicher Medicus in Isfahan zu sein.«

Während des ganzen Monats *Ramadan* besuchte sie nur Karim, und sie sah den jungen persischen Arzt auch mehrmals durch die Straßen laufen, ein Anblick, bei dem sie den Atem anhielt, denn es war, als beobachte sie ein elegantes Reh. Rob erzählte ihr von dem Wettlauf, dem *chatir*, der am ersten Tag des dreitägigen Festes stattfinden sollte, das *Bairam* hieß und am Ende der langen Fastenzeit gefeiert wurde.

»Ich habe versprochen, Karim während des Wettlaufs beizustehen.«

»Wirst du sein einziger Helfer sein?«

»Mirdin wird auch hinkommen. Aber Karim wird uns beide brauchen.

»Dann bist du dazu verpflichtet«, erklärte sie entschieden.

»Der Wettlauf selbst ist keine Feier. Es kann kein Verstoß sein, wenn jemand, der Trauer trägt, zusieht.«

Sie dachte darüber nach, während der *Bairam* näherrückte, und schließlich rang sie sich zu dem Entschluß durch, daß ihr Mann recht hatte und sie dem *chatir* beiwohnen würde.

Am ersten Morgen des Monats *Shawwa* stand Karim früh auf, kochte einen großen Topf Erbsen mit Reis und bestreute den einfachen *pilaw* mit Selleriesamen, die er mit großer Sorgfalt abmaß. Er aß mehr, als er brauchte, stopfte sich voll, kehrte dann in sein Bett zurück und ruhte sich aus, während der Selleriesamen zu wirken begann.

Er betete nicht um Sieg. Als er ein Junge war, hatte ihm Zaki-Omar oft genug gepredigt: »Jeder gelbe Hund von einem Läufer betet um den Sieg. Wie verwirrend für Allah! Es ist besser, wenn man Ihn bittet, einem Schnelligkeit und Ausdauer zu verleihen, um damit selbst die Verantwortung für Sieg oder Niederlage zu übernehmen.«

Als er den Drang verspürte, stand er auf, ging zum Eimer und hockte sich lange und befriedigend darüber, um seine Gedärme zu entleeren. Die Menge Selleriesamen war richtig bemessen: Als er fertig war, war er entleert, aber nicht geschwächt.

Er wärmte Wasser, badete bei Kerzenlicht und rieb sich rasch trocken, denn die abnehmende Dunkelheit brachte Kühle. Dann fettete er sich mit Olivenöl gegen die Sonne ein, und jene Stellen zweimal, an denen durch Reibung offene Stellen entstehen konnten: Brustwarzen, Achselhöhlen, Leiste und Penis, die Gesäßfalte und schließlich die Füße, wobei er darauf achtete, auch die Zehenspitzen einzuölen.

Er legte ein leinenes Hüfttuch und ein Leinenhemd an, leichte Laufschuhe und eine schmucke, federgeschmückte Mütze. Um den Hals hängte er den Köcher des Bogenschützen und ein Amulett in einem kleinen Stoffbeutel. Er warf sich einen Umhang über die Schultern, um sich gegen die Kühle zu schützen, und verließ dann das Haus.

Er ging zuerst langsam und dann schneller, spürte die Wärme, die seine Muskeln und Gelenke lockerte. Es waren noch wenige Menschen unterwegs. Niemand bemerkte ihn, als er zu einem Busch trat und ein letztes Mal nervös seine Blase entleerte. Doch als er zum Start bei der Zugbrücke des Hauses des

Paradieses kam, hatte sich dort schon eine hundertköpfige Menschenmenge versammelt. Er bahnte sich vorsichtig den Weg hindurch, bis er, wie verabredet, ganz hinten auf Mirdin stieß, und dort gesellte sich etwas später auch Jesse ben Benjamin zu ihnen.

Die Freunde begrüßten einander förmlich. Karim merkte, daß etwas zwischen ihnen stand. Er schob es aber sofort beiseite. Jetzt durfte man nur an den Wettlauf denken.

Jesse lächelte ihn an und deutete fragend auf den kleinen Beutel an seinem Hals.

»Mein Glücksbringer«, erklärte Karim. »Von meiner Liebsten.« Aber er sollte vor einem Wettlauf nicht sprechen, konnte es nicht. Er lächelte Jesse und Mirdin kurz zu, um anzudeuten, daß er sie nicht beleidigen wollte, schloß die Augen, schuf eine Leere um sich und schloß damit das laute Gerede und das lärmende Gelächter aus.

Er betete.

Als er die Augen aufschlug, war der Nebel perlgrau geworden. Er sah durch ihn hindurch als vollkommen runde, rote Scheibe die Sonne. Die Luft war schon drückend warm. Schlagartig wurde ihm klar, daß es ein erbarmungslos heißer Tag werden würde. Dagegen war er machtlos.

Imshallah!

Er nahm den Umhang ab und übergab ihn Jesse.

Mirdin war blaß. »Allah sei mit dir!«

»Lauf mit Gott, Karim!« sagte Jesse.

Er antwortete nicht. Jetzt war Stille eingetreten. Die Läufer und die Zuschauer starrten zum nächsten Minarett, es war jenes der Freitagsmoschee, hinauf, wo eine winzige Gestalt in einem dunklen Gewand soeben den Umgang betrat.

Einen Augenblick später drang der eindringliche Ruf zum ersten Gebet an ihre Ohren, und Karim warf sich in Richtung Südosten gen Mekka zu Boden.

Als das Gebet zu Ende war, schrien Läufer und Zuschauer aus vollem Hals. Es war beängstigend und ließ Rob erzittern. Einige riefen den Läufern aufmunternde Worte zu, andere riefen Allah an. Viele brüllten einfach den schrecklichen Kampfruf, den Männer ausstoßen, wenn sie eine feindliche Festung angreifen.

Karim stand weiter hinten, wo man die Bewegung unter den

vordersten Läufern nur ahnen konnte, denn er wußte aus Erfahrung, daß manche vorsprangen, um in die erste Reihe zu gelangen, kämpften und drängten, ohne sich darum zu kümmern, wer niedergestoßen oder verwundet wurde.

Deshalb wartete er voll Verachtung und geduldig in der hintersten Reihe, während eine Gruppe von Läufern nach der anderen vor ihm startete und ihn mit ihrem Lärm störte. Aber endlich lief auch Karim. Der *chatir* hatte begonnen, und Mirdins und Jesses Freund lag am Ende einer langen Schlange von Läufern.

Er lief sehr langsam. Für die ersten fünfeinviertel Meilen würde er lang brauchen, doch das gehörte zu seiner Taktik. Die Alternative wäre gewesen, sich in die erste Reihe durchzukämpfen und dann, vorausgesetzt, daß er im Gedränge nicht verletzt wurde, ein Tempo vorzulegen, mit dem er ungefährdet die Spitze vor dem Hauptfeld halten konnte. Aber das hätte schon zu Beginn sehr viel Energie gekostet. Er hatte den sicheren Weg gewählt.

Sie liefen auf der breiten Prachtstraße Tore des Paradieses, bogen nach links ab und folgten über eine Meile der Allee der tausend Gärten, die erst bergab ging und dann anstieg. Die Strecke bog nach rechts in die Straße der Vorkämpfer ein, die nur eine Viertelmeile lang war. Die kurze Straße verlief auf dem Weg stadtauswärts bergab und war dafür auf dem Rückweg anstrengend. Dann schwenkten die Läufer nach links auf die Ali-und-Fatima-Allee ein, der sie bis zur *madrassa* folgten.

Unter den Läufern gab es Männer aus allen möglichen Bevölkerungsschichten. Es war bei jungen Adeligen Mode, eine halbe Runde mitzulaufen, und Männer in seidener Sommerkleidung liefen Schulter an Schulter mit Läufern in Lumpen. Karim blieb nach wie vor zurück, denn zu diesem Zeitpunkt war das Ganze weniger ein Wettlauf als ein laufender Volkshaufen, den das Ende des *Ramadan* in gehobene Stimmung versetzt hatte. Es war ein guter Beginn für ihn, denn das langsame Tempo ermöglichte seinen Säften, allmählich in Fluß zu geraten.

Sie schlängelten sich durch das Gelände der *madrassa* und dann zum zentralen *maidan*, wo zwei große, offene Zelte aufgestellt worden waren. Das eine war für Adelige bestimmt, mit

Teppichen ausgelegt und mit Brokat ausgeschlagen. Auf Tischen standen alle möglichen köstlichen Speisen und Weine. Das andere Zelt war für Läufer einfacher Herkunft bestimmt, denen Fladenbrot, *pilaw* und *scherbet* angeboten wurde. Es wirkte nicht weniger einladend, so daß für fast die Hälfte der Wettkämpfer hier das Rennen endete, weil sie sich mit begeisterten Rufen über die Erfrischungen hermachten.

Karim gehörte zu jenen, die an den Zelten vorbeiliefen. Sie umrundeten die steinernen Ball-und-Stock-Tore und nahmen dann die Strecke zurück zum Haus des Paradieses in Angriff.

Jetzt waren es weniger Läufer, die auf eine größere Distanz verteilt waren, und Karim hatte genügend Spielraum, um sein eigenes Tempo zu laufen.

Es gab verschiedene Strategien. Manche waren dafür, die ersten Runden rasch zurückzulegen, um die Morgenkühle auszunutzen. Aber Zaki-Omar hatte ihn gelehrt, daß das Geheimnis, Langstrecken durchzustehen, darin bestand, ein Tempo zu wählen und unverändert durchzuhalten, das einem erlaubte, beim Endspurt die letzten Energien einzusetzen. Er konnte so den vollendeten Rhythmus und die Gleichmäßigkeit eines trabenden Pferdes beibehalten. Die römische Meile bestand aus eintausend fünf Fuß langen Schritten, aber Karim brauchte ungefähr zwölfhundert Schritte pro Meile, von denen jeder etwas mehr als vier Fuß lang war. Er hielt seine Wirbelsäule vollkommen gerade und den Kopf hoch erhoben. Das Klopfen seiner Füße auf dem Boden in der von ihm gewählten Geschwindigkeit war wie die Stimme eines alten Freundes.

Er begann jetzt, einige Läufer zu überholen, obwohl er wußte, daß die meisten keine ernsten Konkurrenten darstellten, und lief leichtfüßig zu den Palasttoren, wo er den ersten Pfeil nahm und in seinen Köcher steckte.

Mirdin bot ihm Balsam an, damit er sich gegen die Sonne einreiben konnte. Er lehnte ab. Das Wasser aber nahm er dankbar an, trank jedoch nur mäßig.

»Du bist zweiundvierzigster«, sagte Jesse. Karim nickte und lief weiter.

Nun lief er im vollen Tageslicht. Die Sonne stand noch tief, war aber schon kräftig und ließ auf die bevorstehende Hitze schließen. Das kam für ihn nicht unerwartet. Manchmal war

Allah den Läufern günstig gesinnt, aber die meisten *chatirs* wurden wegen der Hitze zu wahren Zerreißproben. Die Höhepunkte von Zaki-Omars leichtathletischer Karriere waren zwei zweite Plätze in zwei *chatirs* gewesen, einmal, als Karim zwölf, und einmal, als er vierzehn Jahre alt gewesen war.

Die Hügel kosteten Karim nicht mehr Kräfte als bei der ersten Runde, und er erklomm sie fast, ohne es zu merken. Die Zuschauermenge wurde überall dichter, denn es war ein schöner, sonniger Morgen, und Isfahan hatte einen Feiertag, an dem die meisten Geschäfte geschlossen blieben.

Als Karim wieder zum *maristan* kam und noch immer nicht die Frau sah, die versprochen hatte hinzukommen, versetzte es ihm einen Stich. Vielleicht hatte ihr Mann es ihr schließlich doch verboten.

Während er sich dem *maidan* näherte, merkte er, daß es dort schon so lebhaft zuging, als wäre es Donnerstag abend. Musikanten, Jongleure, Fechter, Akrobaten, Tänzer und Zauberer produzierten sich vor einem dichtgedrängten Publikum, an dem die Läufer beinahe unbemerkt am Rand des Platzes vorbeizogen.

Karim kam an erschöpften Konkurrenten vorbei, die neben der Straße lagen oder saßen.

Als er den zweiten Pfeil holte, versuchte Mirdin wieder, ihm eine Salbe zum Schutz der Haut vor der Sonne zu geben, doch er lehnte ab, obwohl er sich zu seiner Schande eingestehen mußte, daß er es deshalb tat, weil die Salbe häßlich machte und die Angebetete ihn ohne Salbe sehen sollte. Wenn er sie brauchte, würde sie zur Verfügung stehen, da ihm Jesse, wie abgemacht, von dieser Runde an auf dem braunen Wallach folgte. Karim wußte, daß seine erste seelische Prüfung bevorstand, denn nach fünfundzwanzig römischen Meilen war er unabänderlich erschöpft.

Die Schwierigkeiten trafen beinahe programmgemäß ein. Auf halber Steigung der Allee der tausend Gärten bemerkte er eine wundgeriebene Stelle an der linken Ferse. Wenn man eine so lange Strecke lief, mußten die Füße Schaden davontragen, und er wußte, daß er die Beschwerden nicht beachten durfte. Doch bald gesellte sich ein stechender Schmerz in der rechten Seite hinzu, der zunahm, bis Karim jedesmal nach Luft schnappte, wenn er den rechten Fuß auf die Straße setzte.

Er winkte Jesse, der ein Ziegenfell mit Wasser hinter seinem Sattel befestigt hatte. Aber ein warmer Schluck, der nach Ziegenleder schmeckte, trug wenig zur Linderung seiner Beschwerden bei.

Als er sich jedoch der *madrassa* näherte, erblickte er auf dem Dach des Krankenhauses sofort die Frau, auf die er gewartet hatte, und es war, als falle alles, was ihn belastet hatte, von ihm ab.

Rob, der hinter Karim wie ein Knabe ritt, der seinem Ritter folgt, sah Mary, als sie am *maristan* vorbeikamen, und sie lächelten einander an. Sie trug ihr schwarzes Trauerkleid und wäre nicht aufgefallen, wenn ihr Gesicht verschleiert gewesen wäre, denn alle anderen Frauen in Sichtweite trugen den schweren, schwarzen Straßenschleier. Die anderen Leute auf dem Dach sonderten sich ein wenig von seiner Frau ab, als fürchteten sie, durch ihre europäischen Sitten verdorben zu werden.

Die Frauen wurden von Sklaven begleitet, und Rob erkannte den Eunuchen Wasif, der hinter einer kleinen Gestalt stand, die in ein weites, schwarzes Kleid gehüllt war. Ihr Gesicht war hinter dem Roßhaarschleier verborgen, doch er erkannte Despinas Augen und sah, worauf sie gerichtet waren. Als er nämlich ihrer Blickrichtung folgte, sah er Karim, und ein Umstand verschlug ihm den Atem. Auch Karim hatte Despina erkannt und bannte sie mit seinem Blick. Als er an ihr vorbeilief, hob er die Hand und berührte das an seinem Hals hängende Säckchen.

Rob war davon überzeugt, daß alle Zuschauer die kleine Szene bemerkt hatten, aber der Jubel blieb gleich. Und obwohl Rob Ibn Sina in der Menge suchte, fand er ihn nicht unter den Zuschauern.

Karim lief dem Schmerz in seiner Seite davon, bis er verschwand, und er kümmerte sich nicht um die Beschwerden in seinen Füßen. Jetzt setzte die Zermürbung ein, und an der Laufstrecke waren Männer in Eselwagen damit beschäftigt, Läufer aufzulesen, die nicht weiterkonnten.

Als Karim seinen dritten Pfeil holte, ließ er sich von Mirdin mit der Salbe einschmieren, die aus Rosenöl, Muskatnußöl und Zimt bestand. Sie färbte seine hellbraune Haut gelb, war aber ein guter Sonnenschutz. Jesse knetete seine Beine, während Mirdin ihn mit der Salbe einrieb, dann hielt ihm Rob einen Becher an die aufgesprungenen Lippen und flößte ihm mehr Wasser ein, als er wollte.

Karim versuchte zu protestieren. »Ich will nicht pissen müssen.«

»Du schwitzt zu stark, um zu pissen.«

Karim wußte, daß es stimmte, und trank. Gleich darauf war er wieder unterwegs und lief und lief.

Jetzt stand die Sonne heiß und hoch am Himmel und erwärmte den Boden so stark, daß die Hitze der Straße durch das Leder seiner Schuhe drang und seine Sohlen verbrannte. An der Straße standen Männer mit Wasserbehältern, und manchmal legte er eine Pause ein, um seinen Kopf zu befeuchten, bevor er ohne Dank oder Segen weiterrannte.

Nachdem er den vierten Pfeil erobert hatte, verließ ihn Jesse, tauchte aber kurz darauf auf dem Rappen seiner Frau auf; zweifellos ließ er den Wallach tränken und sich im kühlen Schatten ausruhen. Mirdin wartete bei dem Pfosten, wo die Pfeile steckten, und beobachtete, wie ausgemacht, die anderen Läufer.

Als Karim während der fünften Runde am *maristan* vorbeikam, stand Despina nicht mehr auf dem Dach. Vielleicht hatte sie sein Aussehen erschreckt. Das spielte keine Rolle, denn er hatte sie gesehen, und nun berührte er gelegentlich das Säckchen, das die dichten, schwarzen Locken enthielt, die er ihr mit eigenen Händen abgeschnitten hatte.

Stellenweise wirbelten die Wagen, die Füße der Läufer und die Hufe der begleitenden Tiere dichten Staub auf, der sich in seinen Nasenlöchern und in seiner Kehle festsetzte und ihn zum Husten reizte.

Der Ruf zum zweiten Gebet versetzte ihm einen Schock. Überall auf der Rennstrecke warfen sich Läufer und Zuschauer in Richtung Mekka auf den Boden. Er zitterte, sein Körper konnte sich nicht darauf einstellen, daß die Beanspruchung aussetzte, wenn auch nur für kurze Zeit. Karim hätte am liebsten die Schuhe ausgezogen, wußte aber, daß er sie nicht wieder an seine geschwollenen Füße bringen würde. Als das Gebet zu Ende war, rührte er sich einen Moment lang nicht.

»Wie viele sind wir noch?«

»Achtzehn. Jetzt beginnt der Wettkampf«, sagte Jesse zu ihm.
Karim erhob sich und zwang sich, in der flirrenden Hitze zu laufen.

Doch er wußte, daß dies noch nicht der Wettkampf war.

Es fiel ihm schwerer als am Vormittag, die Hügel hinaufzulaufen, aber er behielt seinen gleichmäßigen Laufrhythmus bei. Jetzt war die schlimmste Zeit. Die Sonne befand sich direkt über ihm, und die wahre Prüfung stand ihm noch bevor. Er dachte an Zaki-Omar und wußte, daß er, falls er nicht starb, weiterlaufen würde, bis er zumindest den zweiten Platz errungen hatte.

Bisher hatte er diese Erfahrung nicht gemacht, und in einem Jahr würde er vielleicht für eine solche Strapaze zu alt sein. Es mußte heute sein. Als er den sechsten Pfeil in seinen Köcher schob, wandte er sich sofort an Mirdin. »Wie viele?«

»Es sind noch sechs Läufer im Rennen«, antwortete Mirdin verwundert, und Karim nickte und begann wieder zu laufen.

Nun erst begann der Wettkampf.

Er sah drei Läufer vor sich, zwei von ihnen kannte er. Er überholte einen kleinen, zart gebauten Inder. Etwa achtzig Schritte vor dem Inder lief ein Junge, dessen Name Karim nicht geläufig war, in dem er aber einen Soldaten der Palastgarde erkannte. Und weit vorne, aber doch so nahe, daß Karim ihn erkennen konnte, lief ein bedeutender Athlet, ein Mann aus Hamadhān namens al-Harāt.

Der Inder war langsamer geworden, lief aber schneller, als Karim auf gleiche Höhe kam, und sie zogen Schritt für Schritt miteinander gleich. Die Haut des Inders war sehr dunkel, fast wie Ebenholz, und unter ihr glänzten lange, flache Muskeln in der Sonne, während er sich bewegte.

Auch Zakis Haut war dunkel gewesen – ein Vorteil unter heißer Sonne. Karims Haut brauchte die gelbe Salbe; sie hatte die Farbe von hellem Leder, was, wie Zaki-Omar behauptete, davon kam, daß einer von Alexanders hellhäutigen Griechen eine Vorfahrin gefickt hatte.

Ein kleiner, gefleckter Hund war aufgetaucht und lief bellend neben ihnen her.

Als sie an den Besitzungen entlang der Allee der tausend

Gärten vorbeikamen, streckten ihnen Leute Melonenschnitten und Becher mit *scherbett* entgegen, aber Karim nahm nichts, weil er Angst vor Krämpfen hatte. Er ließ sich Wasser geben, das er in seine Mütze goß, bevor er sie wieder aufsetzte, was ihm eine gewisse Erleichterung verschaffte, bis die Mütze erstaunlich rasch in der Sonne trocknete.

Gemeinsam mit dem Inder überholte er den Jungen von der Palastwache. Er stellte keine Konkurrenz mehr dar, denn er lag eine volle Runde zurück, weshalb in seinem Köcher nur fünf Pfeile steckten.

Karim bemerkte bestürzt, daß der Inder noch locker lief und daß sein Gesicht gespannt, aber relativ frisch war.

Der gefleckte Hund, der einige Meilen lang neben ihnen her gelaufen war, schwenkte plötzlich herum und lief ihnen quer über den Weg. Karim machte einen Sprung, um ihm auszuweichen, und das warme Fell streifte über seine Beine. Dafür prallte das Tier dem anderen Läufer mit voller Wucht gegen die Beine, und der Inder fiel hin.

Als Karim sich zu ihm umdrehte, wollte er gerade aufstehen, doch er setzte sich wieder auf die Straße. Sein rechter Fuß war vollkommen verdreht, und er starrte ungläubig auf seinen Knöchel. Er konnte nicht begreifen, daß das Rennen für ihn zu Ende war.

»Lauf!« feuerte Jesse Karim an. »Ich kümmere mich um ihn. Lauf weiter!«

Karim drehte sich um und lief, als hätte sich die Kraft des Inders in seine Glieder übertragen und als hätte Allah mit der Stimme des *Dhimmis* zu ihm gesprochen. Er begann wirklich zu glauben, daß jetzt sein Moment gekommen war.

Er lief fast die ganze Runde hinter al-Harāt her. Auf der Straße der Vorkämpfer kam er einmal nahe an ihn heran, und sein Gegner warf einen Blick zurück. Sie hatten einander in Hamadhān kennengelernt, und al-Harāt erkannte ihn. Er steigerte sein Tempo und führte bald wieder mit zweihundert Schritt Vorsprung.

Karim nahm den siebenten Pfeil, und Mirdin berichtete ihm über die anderen Läufer, während er ihm Wasser gab und ihn mit der gelben Salbe einschmierte.

»Du liegst an vierter Stelle. An erster Stelle befindet sich ein Afghane, dessen Name ich nicht kenne. Ein Mann aus al-Rayy namens Mahdavi ist zweiter. Dann kommen al-Harāt und du.«

Eineinhalb Runden folgte er al-Harāt, als wisse er, wo er hingehöre. In Ghazna, einem Gebiet mit hohen Bergen, liefen die Afghanen in Höhen, in denen die Luft dünn war, und es hieß, daß sie in niedrigeren Lagen nicht müde wurden. Er hatte auch gehört, daß Mahdavi aus al-Rayy ein sehr guter Läufer sei.

Während er die kurze, steile Strecke auf der Allee der tausend Gärten hinunterlief, sah er einen benommenen Läufer am Straßenrand, der sich die rechte Seite hielt und weinte. Sie liefen an ihm vorbei, aber Jesse brachte bald die Nachricht, daß es Mahdavi gewesen sei.

Karim hatte wieder starkes Seitenstechen, und beide Füße schmerzten. Der Ruf zum dritten Gebet erreichte ihn, als er die neunte Runde begann. Das dritte Gebet kam zu einer Zeit, die ihm Sorgen bereitet hatte, denn die Sonne stand nicht mehr hoch am Himmel, und er befürchtete, daß seine Muskeln steif würden. Aber die Hitze hatte nicht nachgelassen und lastete auf ihm wie eine schwere Decke, während er betete, und er schwitzte stark, als er sich erhob und wieder zu laufen begann.

Obwohl er diesmal sein Tempo beibehielt, überholte er al-Harāt. Als sie nebeneinander liefen, versuchte al-Harāt schneller zu werden, doch bald ging sein Atem laut und rasselnd, und er taumelte. Die Hitze hatte ihr Opfer gefordert: Als Arzt wußte Karim, daß der Mann sterben konnte, wenn es jene Überhitzung war, die ein rotes Gesicht und trockene Haut hervorruft. Aber al-Harāts Gesicht war bleich und naß.

Dennoch blieb Karim stehen, als der andere taumelnd anhielt.

Al-Harāt funkelte ihn zwar verächtlich an, aber er wollte, daß ein Perser siegte. »Lauf, du Schweinehund!«

Karim verließ ihn erleichtert.

Er blickte vom höchsten Punkt des ersten Gefälles auf die gerade Straße hinunter und sah eine kleine Gestalt, die in der Ferne die lange Steigung hinauflief.

Während Karim beim Laufen zusah, stürzte der Afghane, stand wieder auf und begann wieder zu laufen. Schließlich bog er in die Straße der Vorkämpfer ein und geriet außer Sicht. Es fiel Karim schwer, sich zu beherrschen, aber er behielt sein

Tempo bei und sah den anderen Läufer erst wieder, als er die Ali-und-Fatima-Allee hinter sich hatte.

Sie waren einander schon viel näher. Der Afghane stürzte wieder und stand auf, lief dann taumelnd weiter. Er war zwar an die dünne Luft gewöhnt, aber die Berge von Ghazna waren kühl, und die Hitze von Isfahan begünstigte Karim, der ihm immer näher kam.

Als sie am *maristan* vorbeiliefen, sah er weder die Leute noch hörte er sie, weil er sich ganz auf den anderen Läufer konzentrierte.

Karim holte den Afghanen nach dem vierten, endgültigen Straucheln ein. Sie hatten dem Gestürzten Wasser gebracht und legten ihm feuchte Tücher auf, während er wie ein an Land gezogener Fisch keuchte; er war ein untersetzter Mann mit breiten Schultern und dunkler Haut. Seine leicht schräg stehenden, braunen Augen sahen ruhig zu, wie Karim an ihm vorbeilief.

Der Sieg brachte mehr Qual als Triumph, denn nun mußte er einen Entschluß fassen. Er hatte das Wettrennen gewonnen; besaß er noch genügend Kraft, um den *calaat* des Schahs zu gewinnen? Das »königliche Gewand«, fünfhundert Goldstücke und die ehrenamtliche, aber gut bezahlte Ernennung zum Hauptmann des *chatirs* würde jenem Läufer zufallen, der die gesamte Strecke in weniger als zwölf Stunden zurücklegte.

Die Sonne berührte beinahe den Horizont. War noch Zeit? Hatte er noch Kraft in seinem Körper? War es Allahs Wunsch? Die Zeit würde sehr knapp werden, und vielleicht konnte er nicht weitere einunddreißig Meilen zurücklegen, bevor der Ruf zum vierten Gebet erklang, das den Sonnenuntergang anzeigte.

Er wußte jedoch, daß ein vollkommener Sieg Zaki-Omar endgültiger aus seinen bösen Träumen verbannen konnte als der Beischlaf mit allen Frauen der Welt.

Als er einen weiteren Pfeil einsteckte, nahm er daher, statt sich dem Zelt der Aufsichtsbeamten zuzuwenden, die zehnte Runde des Rennens in Angriff.

Nachdem das Feld der Läufer auf den letzten Konkurrenten zusammengeschrumpft und der *chatir* gewonnen war, hatten die Zuschauer begonnen, sich zu zerstreuen. Doch nun sahen sie Karim allein herankommen, und sie kehrten zurück, weil sie merkten, daß er den *calaat* des Schahs gewinnen wollte.

Sie kannten sich bei dem alljährlichen *chatir* sehr gut aus und wußten, was es bedeutete, einen Tag lang in lähmender Hitze zu laufen. Deshalb erhoben sie ein solch heiseres Freudengeheul, daß das Geräusch Karim um die Rennstrecke zu treiben schien, eine Runde, die er beinahe genoß. Beim Krankenhaus konnte er Gesichter erkennen, die vor Stolz strahlten: al-Juzjani, den Pfleger Rumi, den Bibliothekar Jussuf, den *Hadschi* Davout Hosein, sogar Ibn Sina. Als er den alten Mann sah, eilte sein Blick sofort zum Dach des Krankenhauses, und er sah, daß sie zurückgekommen war, und er wußte, daß sie der wahre Preis sein würde, wenn er wieder mit ihr allein war.

Aber während der zweiten Hälfte der Runde begannen seine größten Schwierigkeiten. Er ließ sich oft Wasser reichen und goß es sich über den Kopf. Aber die Ermüdung machte ihn unaufmerksam, und etwas Wasser spritzte auf seinen linken Schuh, wo das feuchte Leder fast sofort die gereizte Haut an seinem Fuß aufschürfte. Vielleicht hatte dies eine winzige Änderung in seinem Schritt zur Folge, denn bald bekam er einen Krampf in der rechten Kniesehne.

Alles wurde schwerer. Er behielt seine Geschwindigkeit bei, doch seine Füße verwandelten sich in Steine, der Köcher mit den Pfeilen schlug bei jedem Schritt schwer auf seinen Rücken, und sogar das Säckchen mit den Haarlocken stieß beim Laufen merklich gegen seine Brust. Er goß sich öfter Wasser über den Kopf und fühlte, wie er immer schwächer wurde.

Aber die Menschen am Straßenrand hatte ein seltsames Fieber ergriffen. Jeder war zu Karim Harun geworden. Frauen schrien, wenn er vorbeirannte, Männer legten tausend Gelübde ab, lobten ihn lautstark, riefen Allah an, flehten zum Propheten und zu den zwölf gemarterten Imamen. Sie erwarteten ihn jubelnd, besprengten die Strecke mit Wasser, bevor er kam, streuten ihm Blumen auf den Weg, liefen an seiner Seite mit, fächelten ihm Luft zu oder spritzten ihm parfümiertes Wasser ins Gesicht, auf Schenkel, Arme und Beine.

Er spürte, wie sie sein Blut und seine Knochen aktivierten, und wurde von ihrem Feuer angesteckt. Sein Schritt wurde wieder kraftvoller und sicherer. Seine Füße hoben und senkten sich gleichmäßig. Er behielt das Tempo bei, doch jetzt wich er dem Schmerz nicht aus, sondern kompensierte die erstickende Ermüdung, indem er sich auf den Schmerz in seiner Seite, den Schmerz in seinen Füßen, den Schmerz in seinen Beinen konzentrierte.

Als er den elften Pfeil zu sich nahm, begann die Sonne hinter den Hügeln zu verschwinden und nahm die Form einer halben Münze an. Er lief im schwächer werdenden Licht, es war sein letzter Tanz, die erste kurze Steigung hinauf, das steile Gefälle zur Allee der tausend Gärten hinunter, über den ebenen Teil und dann die lange Steigung mit pochendem Herzen hinauf.

Der Schmerz nahm bei jeder Reaktion ab, während er weiterlief. Doch die Füße, die er nicht mehr spürte, hoben und senkten sich weiter, trieben ihn vorwärts, klapp-klapp-klapp.

Diesmal schaute am *maidan* niemand die Darbietungen an, aber Karim hörte weder das Gebrüll, noch sah er die Leute. Er lief in seiner lautlosen Welt dem Ende eines dahinschwindenden Tages entgegen.

Als er wieder auf die Allee der tausend Gärten kam, sah er hinter den Hügeln ein formloses, erlöschendes rotes Licht. Er hatte das Gefühl, daß er sich ganz langsam, völlig langsam bewegte, über den flachen Teil und den Hügel hinauf – den letzten Hügel, den er erklimmen mußte.

Er lief bergab. Das war die gefährlichste Strecke, denn wenn seine gefühllosen Beine ihn zum Stolpern und Stürzen brachten, würde er sich nicht mehr erheben können.

Als er einbog und durch die Tore des Paradieses kam, war die Sonne fort. Er sah jetzt undeutlich Menschen, die über dem Boden zu schweben schienen und ihn lautlos antrieben, doch sein Verstand war vollkommen klar. Er sah, wie ein *mullah* die enge Wendeltreppe der Moschee betrat, zu dem kleinen Umgang des hohen Turms emporstieg und darauf wartete, daß der letzte Lichtstrahl erstarb.

Er wußte, daß ihm nur noch wenige Augenblicke blieben.

Er versuchte, mit seinen tauben Beinen größere Schritte zu machen, bemühte sich, das bisherige Tempo zu beschleunigen.

Vor ihm riß sich ein kleiner Junge von seinem Vater los und lief auf die Straße hinaus. Der Knirps blieb stehen und starrte auf den Riesen, der sich auf ihn zuschleppte.

Karim hob das Kind hoch und setzte es sich auf die Schultern, während er lief, und tosender Beifall ließ die Erde erbeben. Als er mit dem Jungen die Pfosten erreichte, erwartete ihn Alā *Shahansha*, und während er den zwölften Pfeil ergriff, nahm der Schah seinen Turban ab und tauschte ihn gegen die federgeschmückte Mütze des Läufers ein.

Dem Toben der Menge gebot der Ruf des *muezzins* von den Minaretten der Stadt Einhalt. Die Menschen warfen sich in Richtung Mekka auf den Boden und versanken im Gebet. Das Kind, das immer noch bei Karim war, begann zu weinen, und er ließ es los. Dann war das Gebet vorüber, und als er sich erhob, stürzten sich der Schah und die Adeligen auf ihn. Hinter ihnen begannen die einfachen Leute wieder zu schreien. Sie drängten sich vor, um ihm näher zu sein, und es war, als gehöre ganz Persien plötzlich Karim Harun.

Balduin Groller
Der Marathonlauf

Die Olympischen Spiele 1906 standen in Sicht. In Athen wurden gewaltige Zurüstungen getroffen. Der Kronprinz von Griechenland, Herzog von Sparta, hatte den Vorsitz im großen Komitee übernommen, und durch Vermittlung der griechischen Gesandtschaften hatten sich auch im Ausland in den wichtigsten Kulturzentren aller Weltteile Spezialkomitees gebildet, um für eine würdige internationale Beschickung der bevorstehenden großen athletischen Wettkämpfe zu sorgen.

Natürlich auch in Wien. Da stellte sich ein Erzherzog an die Spitze, der von jeher ein lebhaftes Interesse und tiefe Sachkenntnis nicht nur in Fragen der Wissenschaft und Kunst, sondern auch für die geistige und körperliche Erziehung der Jugend bekundet hatte. Der Kaiserlichen Hoheit stellten sich notable Kavaliere des Reiches zur Verfügung, und um diese repräsentativen Spitzen scharte sich eine Gruppe von fachkundigen Sportsmännern, welchen die öffentliche Meinung die Zuständigkeit zur Erledigung derartiger Angelegenheiten willig zuerkannte.

Nach einer der Sitzungen dieses Komitees begaben sich einige engere Freunde auf Anstiften und unter Führung des angesehenen Hof- und Gerichtsadvokaten und Präsidenten des Klubs der »Spartiaten«, Doktor Felix Werenz, in eine mollige Weinstube, um dort bei einem von ihm in Sonderheit gerühmten kühlen Rüdesheimer noch eine gemütvolle Nachsitzung zu halten. Und so geschah es.

Man besprach die getroffenen Vorbereitungen und fand, daß alles gut sei. Es war die Abhaltung eines großen Ausscheidungsmeetings beschlossen worden. Es sollten nur die allerbesten auf den einzelnen Sportgebieten entsendet werden. Das versprach sehr interessant zu werden. Denn es hatten gar viele den Ehrgeiz mitzugehen, und es war vorauszusehen, daß alle Bewerber sich auf das äußerste anstrengen würden, um zu der ersehnten

Reise nach Griechenland zugelassen zu werden, die ja nicht einmal auf ihre eigenen Kosten erfolgen sollte.

»Nur eines begreife ich nicht, Herr Präsident«, apostrophierte ein Herr aus der Runde, es war ein Vertreter des Regattavereins, den Doktor Werenz, »daß Sie gerade beim Marathonlauf sich auf die Hinterbeine gestellt haben und in die Opposition gegangen sind.«

»Ich bin durchaus nicht in der Opposition, viel eher vielleicht Sie, geehrter Freund. Denn mein Vorschlag ist schließlich mit großer Mehrheit, wenn ich nicht irre, sogar einstimmig angenommen worden. Anders wäre es wirklich nicht gegangen.«

»Ich habe ja auch für Sie gestimmt, Herr Präsident, weil ich mir dachte, schließlich verstehen Sie es doch besser, aber überzeugt bin ich doch noch nicht. Es war ursprünglich vorgeschlagen worden, den Vorkampf zum Marathonlauf durch ein Stundenrennen austragen zu lassen. Warum haben Sie sich so sehr dagegen gesträubt?«

»Weil es nicht unsere Aufgabe ist, den zu ermitteln, der am meisten Terrain in einer Stunde hinter sich bringt, sondern den, der am besten über die Marathonstrecke wegkommt. Das ist ein Unterschied, und zwar ein gewaltiger!«

»Das kann ich nicht finden. Wer einen forcierten Lauf durch eine voll Stunde durchsteht, der hat damit seinen Befähigungsnachweis als Langstreckenläufer erbracht, und wer sich da als der Beste erwiesen hat, der wird wohl auch der Beste sein in einem Lauf von zwei Stunden.«

»Für den Marathonlauf können Sie ruhig noch eine dritte Stunde zugeben.«

»Um so schlimmer! Drei Stunden! das ist – Sie verzeihen schon, Herr Präsident – das ist einfach unvernünftig.«

»Darüber streite ich nicht mit Ihnen, Herr Kollege. Vielleicht ist es wirklich unvernünftig – ich halte es nicht dafür. Wenn man es für unvernünftig hält, dann soll man sich eben nicht darauf einlassen. Läßt man sich aber ein, dann soll man sich klar darüber sein, daß es kein Kinderspiel ist, um das es sich da handelt. Sie wissen, daß der erste Marathonläufer, der Siegesbote des Miltiades – es war am 12. September des Jahres 490 vor Christi Geburt – tot niederfiel, kaum daß er seine Botschaft in

Athen ausgerichtet hatte. Ein schöner Tod. Daß es aber sein Tod war, das sagt alles.«

»Ich glaube, Sie sprechen gegen sich selbst, Herr Präsident. Also – wie Sie zugeben – eine furchtbare Anstrengung, und die soll den Leuten unnötigerweise auferlegt werden!«

»Unnötigerweise? Wir müssen doch den Besten ermitteln!«

»Dazu würde der Einstundenlauf ausreichen. Für die Probe hätte das genügt, und den Ernstkampf hätten dann die Besten auf griechischem Boden unter sich ausmachen sollen. Wozu die Leute vorher noch quälen, die Kandidaten und die Zuschauer. Jawohl, auch die Zuschauer. Denn die halten uns ja doch nicht stand und gehen fluchtartig durch, wenn eine Nummer des überreichen Programms gleich drei Stunden dauert!«

»Vor allen Dingen, Herr Kollege – die Zuschauer gehen uns nichts an. Wir geben keine Theater- und keine Zirkusvorstellung, und es ist vollkommen nebensächlich, ob das liebe Publikum sich dabei unterhält oder nicht. Im übrigen aber – Herr Kollege, was haben Sie für sportliche Ansichten! Es ist allerdings schon lange her, daß wir zwei zusammen in einem Rennboote gesessen haben, aber es scheint, daß Sie sich die sportlichen Traditionen nicht herübergerettet haben ins Philisterium.«

»O, da muß ich doch sehr bitten, Herr Präsident!«

»Wo Holz gemacht wird, fliegen Späne! Wer sich auf den Sport einläßt, muß wissen, daß er es mit ernsten Gefahren zu tun kriegen wird. Das ist zu nehmen oder zu lassen. Da haben Sie auch die scharfe Grenze zwischen Sport und Turnen. Das Turnen bringt nur Nutzen und kann, bar accident und Unvernunft ausgeschlossen, niemals schaden. Der Sport kann nützen, kann aber ebenso auch schaden. Wenn aber trotzdem die Jugend sich vielfach mehr für den Sport begeistert, so suchen Sie die Erklärung dafür in der Psychologie der Jugend. Turnen ist ein nützlicher Unterrichtsgegenstand, Sport ist Kampf. Turnen bezweckt vernünftige allseitige harmonische Durchbildung der Körperkräfte, der Sport ist einseitig und nicht immer vernünftig. Er ist Kampf, nichts anderes als Kampf. Kampf gegen Mitbewerber, gegen Zeit, gegen Raum, gegen Rekord, immer nur Kampf und als solcher entflammt er und reißt hin.«

»Er soll aber immer innerhalb der Grenzen der Vernunft bleiben.«

»Das kann er nicht. Wer in einem Kampfe klügelt und sich mit der Erörterung von Vernunftgründen abgibt, der wird beim Finish, beim Endkampf, auf den alles ankommt, nichts mehr dreinzureden haben. Darum ist auch Ihre Ansicht eine falsche, daß ein einstündiger Lauf wesentlich ungefährlicher sein müsse, als ein dreistündiger. Man kann sich auch noch in viel kürzerer Frist ruinieren und auch einen noch längeren Kampf heil überstehen. Reif sein ist alles, sagt Shakespeare. Auch sportlich reif, ›fit‹ sein ist alles, also trainiert muß ein Kandidat sein. Dann geht alles, sonst geht's gar nicht. Wer sich ungenügend oder gar nicht trainiert auf einen sportlichen Wettkampf einläßt, der ist ein Esel und der wird sich außer seiner sichern Niederlage auch noch alles übrige Unheil, das ihm noch widerfahren kann, nur selber zuzuschreiben haben. Beachten Sie eins, Herr Kollege: ob der Lauf nun über fünf Kilometer geht oder über zweiundvierzig, wie bei der klassischen Strecke des Marathonlaufes, der Kandidat muß immer damit rechnen, daß er alles aus sich herauszunehmen und alles herzugeben habe, was er in sich hat. Mehr als er in sich hat, kann er nicht hergeben, und darum kann er auch nach zweiundvierzig Kilometern nicht mehr fertig sein, als nach fünf Kilometern, wenn er treu gekämpft hat und gezwungen worden ist, alles herzugeben.«

Wir hörten dem Redner mit Vergnügen zu. Er sprach gut und überzeugend. Daß er als berühmter Rechtsanwalt seine Worte zu setzen wußte, das nahm schließlich nicht wunder, eher noch seine große Vertrautheit mit allen, selbst den geringfügigsten einschlägigen sportlichen Fragen. Einer aus der Gesellschaft machte eine dahinzielende bewundernde Bemerkung.

»Ja, meine Freunde«, erwiderte Doktor Werenz, »ihr wißt nicht, daß ich selber ein alter Marathonläufer bin!«

Sensation. Das hatte in der Tat niemand gewußt. Nun begann das Drängen; er sollte erzählen.

»Gut denn!« erwiderte er, und dabei lächelte er mit dem ganzen, lebhaft gefärbten, von einem angegrauten Rundbart umrahmten Gesicht, und die blitzenden Glanzlichter in seinen Augen hinter den Gläsern der Goldbrille lächelten mit. Er selbst füllte seiner Zuhörerschaft die Gläser mit dem feinen Rüdesheimer nach und dann begann er: »Es ist eigentlich die Novelle meines Lebens, die ich euch erzähle. Meine Jugendzeit steigt vor mir auf und ich werde förmlich lyrisch. Ein Menschenalter ist vergangen, seit ich meinen Marathonlauf bestritt, eigentlich genau dreißig Jahre und wir können also gleich ein Jubiläum feiern. Schanerl – bei Todesstrafe – sorge dafür, daß uns der Rüdesheimer nicht ausgeht. Also hört zu. Das war so: Ich hatte glücklich ausstudiert und mein Jahr Gerichtspraxis hinter mir. Da ich mit irdischen Glücksgütern durchaus nicht reich gesegnet war, hatte ich die adjutumlose Existenz recht gründlich satt bekommen. Ich begreife auch heute noch nicht, wie der Staat dazu kommt, sich von jungen Leuten, die es ja persönlich durchaus nicht so dick haben, jahrelang unentgeltliche Dienste leisten zu lassen. Ich trachtete also, bei einem Advokaten als Konzipient unterzukommen.

Bei meinem Versuch in dieser Richtung fing ich von oben an. Ich durfte das. Ich hatte sub auspiciis promoviert* und konnte darauf rechnen, daß der Ring des Kaisers doch eine gewisse Wirkung haben werde. Ich ging also zum Doktor Fellner, dessen Kanzlei damals als eine der ersten, wenn nicht als die erste galt. Ich hatte Glück; ich wurde angenommen. Die Umstände, unter welchen das geschah, waren allerdings etwas ungewöhnlich. Einem juristischen Examen wurde ich nicht unterzogen, dagegen befühlte Doktor Fellner meine Arme und hieß mich den Biceps anspannen. Das Resultat seiner Untersuchung befriedigte ihn höchlich. Er erkundigte sich, welcher Sport es sei, den ich triebe. Ich gestand, daß ich allerdings für den Rudersport eine kleine Schwäche hätte, es sei aber kaum der Rede wert.

Schon gut, erwiderte er. Ich liebe solche Schwächen und weiß sie zu schätzen. Ich engagiere Sie mit Vergnügen.

Bald ward mir auch der Zusammenhang klar. Doktor Fellner hatte selbst seine sportlichen Schwächen, allerdings jetzt schon mehr in der Theorie als in der Praxis. Er verfocht die Meinung, daß in unserm tintenklecksenden Säkulum, in der Zeit der Überbürdung der Jugend in der Schule es eine würdige Aufgabe der öffentlichen Erziehung sei, für die körper-

---

* In Österreich besteht die Einrichtung der Promotio sub auspiciis Imperatoris. Ganz besonders qualifizierte Doktorkandidaten erhalten dabei unter großer Feierlichkeit einen vom Kaiser gespendeten Ring.

liche Stählung der Jugend und so im weitern Verlauf des Volkes überhaupt zu sorgen. Für diese Meinung kämpfte er in Wort und Schrift und Tat. Durch die Tat insofern, daß er den Athletiksportklub ›Die Spartiaten‹ begründete, dessen ständiger Präsident er nun schon seit einer Reihe von Jahren war. Natürlich gedieh der Klub unter seiner sachverständigen und opferwilligen Leitung zu ganz ungewöhnlicher Blüte. Nun traf es sich, daß der Klub schon seit geraumer Zeit keinen ordentlichen Schriftführer hatte, und dieser Übelstand bildete eine dauernde Verlegenheit für den vielbeschäftigten Präsidenten. Die Dinge gingen nicht, wie sie gehen sollten. Der Schriftführer, der ihm zur Verfügung stand, wohnte am andern Ende der Stadt. Er war nicht zu haben, wenn man ihn brauchte, zudem befriedigten seine Leistungen den sachkundigen Präsidenten nicht, so daß dieser schließlich sich alles selber machen mußte, die Abfassung der Propositionen für die Wettkämpfe, die Ausarbeitung der Kampfregeln, die Ausfertigung der schiedsrichterlichen Urteile, die Eingaben an die Behörden und tausend andere Dinge. So passioniert Doktor Fellner nun war, so hatte er aber doch auch noch ein ›Nebengeschäft‹, seine große Kanzlei, die er nicht vernachlässigen durfte.

Unter solchen Umständen war ich ihm also sehr zu paß gekommen. Ich mußte in den Klub eintreten und die Schriftführerstelle übernehmen. Nun war ihm geholfen. Seinen Konzipienten hatte er ja immer bei der Hand, und nun ging alles wie geschmiert. Ich machte rasch große Fortschritte in meiner sportlichen Bildung, wohingegen meine juristische Entwicklung sich in weit langsamerer Pace vollzog.

Ich fühlte mich recht wohl in den neuen Verhältnissen. Habe ich schon erwähnt, daß Doktor Fellner auch ein Töchterlein hatte?«

»Nein!« ertönte es im Chorus zurück. »Wir wünschen aber, von dem Töchterlein etwas zu hören.«

»Es wird nötig sein. Es war ein zwanzigjähriges Töchterlein –«

»Aha!«

»Die Galerie wird ersucht, sich ruhig zu verhalten. Also ein zwanzigjähriges Töchterlein, in das ich mich – ich bitte um Entschuldigung – Knall und Fall verliebt hatte. Als Schriftführer kam ich öfter in dringlicher Angelegenheit von der Kanzlei in die Wohnung hinüber. Ich gestehe, daß sich unter meiner Schriftführerschaft die dringlichen Angelegenheiten ein wenig häuften, und daß ich in vielen Fällen das Pech hatte zu kommen, wenn der Herr Präsident gerade um die Wege war. Das Töchterlein war allerdings gewöhnlich zu Hause.«

»Wir wissen schon!«

»Nichts wißt ihr! Wenn man Pech hat, dann hat man eben Pech. Auch das Töchterlein war kolossal sportlich gesinnt – der ganze Papa. Nur hatte Fräulein Nelly doch manches vor ihrem Papa voraus. Ich möchte dem Andenken des verehrten ersten Präsidenten der ›Spartiaten‹ nicht nahe treten, aber sie war wesentlich hübscher.

Einmal als ich wieder in natürlich sehr dringlicher Angelegenheit und – leider wieder ohne den Herrn Präsidenten anzutreffen eintrat, fand ich Fräulein Nelly mit einer pompösen Handarbeit beschäftigt, die sie vor mir zu verstecken trachtete. Das ging aber nicht gut: das Ding war zu groß. Es war ein prachtvolles, sehr breites und langes schweres rotes Seidenband, und darauf blitzte es schon von leuchtender Goldstickerei.

Ich habe nichts gesehen! beteuerte ich, als ich ihre Bemühungen wahrnahm, die Arbeit zu verstecken.

Nun ist's zu spät, erwiderte sie. Auch Sie hätten es nicht sehen sollen, aber jetzt müssen Sie mir wenigstens versprechen, nichts auszuplaudern.

Ich legte die Hand aufs Herz und leistete einen feierlichen Eid. Was ist es also? frage ich.

Sie breitete die Arbeit vor mir aus, die beinahe schon ganz fertig war. Auf das Band war ein mächtiger Palmenzweig gestickt und dann in stattlichen Versalien das Wort NENIKHKAMEN.

Was ist das, Fräulein Nelly? frage ich wieder. Für einen Grabkranz ist die Sache doch ein bißchen zu fröhlich.

Aber, Herr Doktor – ein Grabkranz! So lesen Sie doch!

Habe bereits. NENIKHKAMEN. Was heißt das?

Das sollten Sie doch wissen!

Allerdings, aber das Griechische vergißt sich so furchtbar leicht. Lassen Sie mich nur nachdenken. Das ist irgend so ein

gottvergessener Aorist oder ein Perfektum. Natürlich! Jetzt habe ich es. Es heißt: Wir haben gesiegt!
 So sagte auch Papa. Nun – und?
 Was – und, mein Fräulein?
 Sie ahnen noch immer nichts?
 Ich ahne nicht das mindeste.
 Wer hat das Wort gesprochen?
 Wie soll gerade ich das wissen?
 Das sollten Sie wissen, Herr Doktor, als Schriftführer der ›Spartiaten‹. Haben Sie etwas von Marathon gehört?
 Ach, was Marathon betrifft – da kann ich dienen. Perserkrieg – Miltiades – vierhundertundneunzig vor Christi Geburt –
 Mein Gott, wie die Zeit vergeht! meinte Fräulein Nelly träumerisch.
 Und in Erinnerung an jenes erfreuliche Ereignis müssen Sie heute eine Handarbeit machen, Fräulein Nelly?
 Sie verstehen noch immer nicht?
 Sie müssen schon verzeihen, Fräulein Nelly; ich bin ein langsamer Denker.
 Also hören Sie. Miltiades sandte einen Boten mit der Siegesnachricht nach Athen. Der Bote lief, was er konnte, kam nach Athen, sprach noch das schwere Wort aus und dann starb er.
 Genehmigen Sie mein aufrichtiges Beileid, Fräulein Nelly.
 Ich danke. Ahnen Sie also noch immer nichts?
 Ich weiß absolut nicht, was ich ahnen soll.
 Papa will auch einen Marathonlauf veranstalten, und der Sieger soll diese Schärpe erhalten.
 Sie sehen mich ein wenig enttäuscht, Fräulein Nelly. Als Sie so beflissen waren, diese Pracht vor mir zu verstecken, da dachte ich schon, es handle sich um eine sinnige Überraschung für mich.
 Es soll eine Überraschung für den Klub werden.
 Das rührt mich weit weniger, Fräulein Nelly. Ach, wenn es für mich gewesen wäre! Ich leide nämlich bittern Mangel an rotseidenen Schärpen mit Goldstickerei darauf.
 Sie könnte ja auch für Sie sein, Herr Doktor!
 Wieso??
 Sie brauchen nur den Sieg zu erringen.
 Ach so?

Jawohl.

Und Sie werden persönlich dem Sieger die Schärpe umhängen, Fräulein Nelly?

Ja.

Gemacht. Ich werde sehen, was ich für Sie tun kann, Fräulein Nelly.

Es war richtig so. Bei der nächsten Vollversammlung der ›Spartiaten‹ rückte der Präsident mit der sensationellen Überraschung heraus. Er hatte schon alles fertig und beisammen, die Ausschreibung und die Preise. Es war ihm gelungen, eine hübsche Bronzestatuette des historischen Marathonläufers mit geflammtem Porphyrsockel aufzutreiben. Die sollte der Sieger erhalten und dazu die prachtvolle goldgestickte Schärpe.

Er brachte seinen Antrag in einer zündenden hochsportlichen Rede vor, die ich mir in ihren Hauptzügen bis auf den heutigen Tag gemerkt habe: Wir wollen einen Wettkampf veranstalten, der berufen sein soll, die gute Sache der leichten Athletik auf ein hohes und würdiges Niveau zu erheben. Der erste Marathonläufer hat sich mit unsterblichem Ruhme bedeckt; nach Jahrtausenden noch wird seiner in Ehren gedacht. Auch wir wollen dem Vaterlande Männer stellen, die bereit und befähigt sind, ihm in der Stunde der Gefahr solche Dienste zu leisten. Und wir wollen noch ein übriges tun. Beachten Sie wohl: der erste Marathonläufer stürzte tot zusammen, als er seine Botschaft überbracht hatte. Wir wollen beweisen, daß unsere Athleten auch solche ungeheure Anstrengungen überstehen können, ohne niederzubrechen, ja daß sie, wenn es der Dienst des Vaterlandes erfordern sollte, es sogar auf sich nehmen könnten, unverweilt auch noch die Antwort zurückzubringen. Dem Vaterlande ist unzweifelhaft besser gedient, wenn seine Söhne bei solchen Gelegenheiten am Leben bleiben, und der Ruhm kann deshalb kein geringerer sein, wenn man eine solche Leistung vollführt und dann hinterher doch noch frisch und munter ist.

Diese oratorischen Wendungen waren von kolossaler Wirkung auf die versammelten ›Spartiaten‹, die nun ihrem geliebten Führer in heller Begeisterung zujubelten. Dieser aber, getragen von der allgemeinen Begeisterung, geriet selber in immer höhere Ekstase. Er entfaltete die leuchtende Schärpe und fuhr gehobenen Tones fort: Wir haben keinen Orden zu vergeben, aber ich meine, dieses Ehrenzeichen wird so gut sein, wir irgendein Orden. Meine Tochter hat es angefertigt und sie hat all ihre Liebe mit hineingestickt für unsre gute Sache. Sie wird es dem Sieger anheften, und wie mir mein Kind der teuerste Besitz auf Erden ist, so erscheint mir dieses ihr Werk als die höchste Ehre, die ich zu vergeben habe. Mir ist es ernst um unsre gute und große Sache, und glauben Sie mir, ich wüßte mein teuerstes Kleinod besser geborgen in der Hand eines Marathonsiegers, als in der irgendeines Stubenhockers. Denn um da zu bestehen, reicht die Arbeit der Beine nicht aus, da gehört auch Verstand und Herz dazu!

Unnötig zu sagen, daß der Präsident nach dieser Rede von den begeisterten ›Spartiaten‹ auf die Schultern gehoben und im Triumph im Saale herumgetragen wurde.

Sofort wurden zahlreiche Nennungen abgegeben, und auch ich erlegte meine fünf Gulden. Der Präsident sah mich erstaunt lächelnd an, als ich das tat, ich aber erklärte, es geschähe nur pour l'honneur du drapeau, damit die Nennungsliste sich stattlicher ausnähme. Im Innern war ich aber fest entschlossen, mein Glück zu versuchen und mitzutun. Halb und halb war ich's ja schon gewesen nach meiner Unterredung mit Fräulein Nelly, aber dem Faß den Boden durchgeschlagen hatte erst der Schluß der Rede meines Präsidenten.

Am nächsten Morgen suchte ich meinen Freund Doktor Max Arnoldi, einen jungen Mediziner, auf, dem es seine Mittel erlaubten, mit Gemütsruhe auf das Zuströmen der Patienten zu warten. Er solle mich auf Herz und Lunge untersuchen.

Wozu? Willst du heiraten? Dazu bist du ununtersucht gut genug.

Ich danke für die gute Meinung, aber ich habe Wichtigeres vor. Ich will bei einem Marathonlauf mittun.

Das ist eine ganz vernünftige Idee, meinte Max, der selber Sportsmann war, wenn er auch mit Vorliebe dem bequemern Fahrsport huldigte. Er hatte ein paar gute Traber im Stalle.

Er untersuchte mich und fand mich tauglich.

Weißt du aber auch, worein du dich einläßt? fragte er. Man steigt da nicht hinein, wenn man nicht den ernsten Willen hat. Ludere qui nescit, campestribus abstinet armis!

Ich habe den festen Willen, und was ich noch nicht kann, will ich eben lernen.

Gut. Lernen – da steckt's. Das heißt – trainieren! Ich will dein Training übernehmen, aber das sage ich dir gleich, da heißt es, Order parieren und dem Trainer aufs Wort folgen. Ich werde mit eiserner Strenge vorgehen.

Das war mir ganz recht. Ich mußte zu ihm übersiedeln, damit er mich immer unter den Augen haben konnte. Außerdem mußte ich verschiedene große Ehrenwörter geben.

Wir fingen es also an. Wir waren in der ersten Hälfte des Juli und das Meeting sollte Mitte September abgehalten werden. Max meinte, daß keine Zeit zu verlieren sei. Denn während sonst für die leichte Athletik auch ein Training von vier Wochen ausreichend sein könne, müsse man hier einen doppelt so langen Zeitraum ins Auge fassen.

Wir standen täglich um halb fünf Uhr früh auf und fuhren im leichten Gig bis über Schwechat hinaus, wo dann auf der Preßburger Landstraße das Training begann. Max fuhr neben mir her und kontrollierte mit der Stoppuhr in der Hand von Kilometerstein zu Kilometerstein meine Zeiten. Er verschärfte das Tempo oder mäßigte es je nach Bedarf und kritisierte und korrigierte meine Aktion mit aller Schärfe und Unerbittlichkeit.

Wenn das jeweilige Pensum erfüllt war, mußte ich trotz der Sommerhitze in meinen Sweater schlüpfen. Dann fuhren wir wieder nach Hause, wo ich ein Bad nahm und von Max massiert wurde. Um halb zehn Uhr vormittags war ich zur gewohnten Zeit in der Kanzlei, und um halb zehn Uhr abends wurde ich unweigerlich ins Bett gesteckt. Ich weigerte mich auch nicht; ich fiel hinein wie ein Sack. Zu der Zeit war ich immer müde wie ein Hund, hungrig wie ein Wolf und schlief wie ein Gott.

Max hatte gewünscht, daß unser Training heimlich betrieben werde, und das entsprach ganz meiner Auffassung der Dinge. Wir wollten erst einmal sehen, ob ich beim Training etwas aufstecke. Denn ohne Aussicht auf Erfolg mitzugehen, wäre erst recht Torheit gewesen. Ging's nicht, dann war immer noch beizeiten ein Rückzug ohne Aufsehen und ohne weitere Blamage möglich.

Aber es ging, ging gar nicht schlecht. In den ersten Tagen war

Renée Sintenis (1888–1965), Nurmi, Bronze 1926
Der finnische Langstreckenläufer Paavo Nurmi (1897–1973) gewann bei Olympischen Spielen zwischen 1920 und 1928 zwölf Medaillen und stellte mehr als zwanzig Weltrekorde auf. 1932 wegen Verstoßes gegen das Amateurstatut auf Lebenszeit gesperrt und erst 1952 rehabilitiert, durfte er in Helsinki die olympische Flamme entzünden.

ich allerdings furchtbar verzagt, obschon natürlich die Leistungen nur schön langsam gesteigert wurden, und meinte, daß diese unvernünftige Schinderei überhaupt kein Mensch aushalten könne. Max, der sich da geradezu als ein Tyrann zeigte, ließ aber nicht locker, und bald fühlte ich, daß ich härter wurde, und dann kam auch die Passion, die große Passion.

Eigentlich ernst wurde die Sache erst im Monat August. Da hatte ich meinen vierwöchigen Urlaub und konnte mich nun ganz meinem Vorhaben widmen. Jetzt erst ließ mich Max die volle Strecke ablaufen, und mehr als das, er gab mir sogar Galopps von fünfzig Kilometern.

Es ist eigentlich sportlich nicht ganz richtig, meinte er, über eine längere Strecke zu trainieren als die vorgeschriebene, in unserm Falle kann es aber von Nutzen sein. Du sollst noch mehr in dir haben, als deine zweiundvierzig Kilometer, damit sie dich im Endkampf, wenn es zu einem solchen kommt, nicht totmachen können. Wenn du imstande bist, fünfzig durchzustehen, werden dich zweiundvierzig nicht umbringen, und wenn du fünfzig im Leibe hast, wirst du bei vierzig doch mehr einzusetzen haben und ganz anders kämpfen können, als einer, der dort schon am Ende seines Lateins ist.

Ich sah das ein und fügte mich. Überhaupt habe ich von meinem Freunde in sportlicher Hinsicht manches gelernt. Er nahm das Training sehr ernst und hatte eine ganze Wissenschaft daraus gemacht. Während der gemeinsamen Fahrt im Gig zum und vom Training hielt er mir förmliche Vorträge. Er wies unter anderm nach, daß schon die Griechen und Römer einen vollkommen klaren Begriff von dem Wert eines rationellen Trainings gehabt hätten. Er bewies das zunächst mit den berühmten Versen in der Epistel des Horaz an die Pisonen:

> Qui studet optatam cursu contingere metam,
> Multa tulit fecitque puer, sudavit et alsit,
> Abstinuit Venere et vino ...

Das wußten also die Römer schon, erläuterte er. Wenn du nun berücksichtigst, daß Horaz selten einen originalen Gedanken gehabt hat, sondern so gut wie alles griechischen Dichtern und Denkern ›nachempfunden‹ hat, so wirst du leicht einsehen, daß auch diese seine Weisheit von den Griechen stammt. Übrigens sind die Ursprünge nicht schwer zurückzuverfolgen, insbesondere liegt der Hinweis auf Hesiod sehr nahe. Du siehst also, daß ich sehr recht hatte, dir vor allen Dingen Wein, Weib und Gesang zu untersagen.

Du wirst mir die Gerechtigkeit widerfahren lassen, daß ich sofort bereit war, mir den Gesang abzugewöhnen.

Mit alten Witzen aus den ›Fliegenden‹ wirst du bei mir kein Glück haben. Ich halte strenges Regiment und ziehe meine Hand sofort von dir ab, sowie du nicht in allen Stücken parierst!

Er hielt in der Tat strenges Regiment, aber das Werk gedieh dabei sichtlich. Ich war mager geworden wie ein Windhund und trug nicht ein Lot überflüssigen Fettes mehr, aber ich war auch hart und fest geworden, wie ich es nie zuvor gewesen war.

Als nun die Leistungsfähigkeit festgestellt war, wurde die wichtige Frage der Taktik in Betracht gezogen.

Es hätte keinen rechten Sinn, dozierte Max, wenn wir uns jetzt auf eine bestimmte Taktik einpauken wollten. Denn die wird ja schließlich doch von den Gegnern diktiert. Wenn die von Haus aus dreinteufeln – es wäre in Anbetracht der langen Reise allerdings recht unvernünftig –, so muß man eben mithalten. Aus den Schlingen lassen darf man sie auf keinen Fall. Denn verlorenes Terrain aufzuholen ist sehr schwer, und zudem gibt es eine starke moralische Depression, wenn man so mutterseelenallein hinterher zotteln soll.

Unvernünftig wäre es auch – fuhr der Präsident fort –, wenn die andern auf Warten reiten, den Versuch zu machen, sie abzuschütteln und ihnen davonzugehen. Das rächt sich dann sicher im spätern Verlauf, und so sicher sind wir unserer Überlegenheit denn doch nicht.

Wir werden uns den Umständen anpassen. Wir kennen unsere gefährlichsten Gegner. An die werden wir uns halten und sie unter keiner Bedingung loslassen. Das wird unsere ganze Politik sein. Kommt es dann so wirklich zu einem Endkampf, dann wird der allerdings sehr bitter sein, aber darauf muß man es ankommen lassen. Dann wird eben das bessere Training und der stärkere Wille den Ausschlag geben. Es wird der beste Mann das Rennen gewinnen.

Mir war das alles ganz recht.
Eins mußt du mir in die Hand geloben, Felix, fuhr Max fort. Aufgegeben wird nicht. Unter keiner Bedingung. Was wir angefangen haben, führen wir durch, gehe es, wie es wolle. Es wird an Momenten der Schwächeanwandlung nicht fehlen, mein Freund. Die müssen überwunden werden. Lasse dich nicht unterkriegen von momentaner Verzagtheit. Das gibt sich alles wieder. Denke daran, daß selbst der beste deiner Gegner doch auch nur einer Mutter Sohn ist, daß er höchstwahrscheinlich genau denselben Zuständen unterworfen ist wie du, daß du aber seine Kräfte verdoppelst und ihn dann ganz unbesiegbar machst, wenn du ihn deine Schwäche bemerken läßt.
Auch das alles sah ich ein. Max hatte aber noch einiges auf dem Herzen: Genau erwogen sind unsere Aussichten gar nicht schlecht. Ich habe dir schon, ohne daß du darum wußtest oder dir es klar gemacht hättest, einige kleine Vorteile gesichert, die doch nicht ganz ohne Belang sind. Deine Gegner trainieren ausnahmslos auf der glatten Rennbahn. Dich habe ich sofort auf die Landstraße gebracht. Das Rennen wird auf der Landstraße abgehalten werden. Für dich wird also die schlechtere Bodenbeschaffenheit keine ungewohnte Unannehmlichkeit bedeuten. Und noch eins. Deine Gegner trainieren in leichten Laufschuhen und werden auch mit diesen das Rennen bestreiten. Dir habe ich deine gewöhnlichen Schuhe mit den festen Sohlen belassen – sie sind etwas schwerer, aber – wenn ich unsere Straßen ins Auge fasse – ich glaube doch, daß ich wohl daran getan habe.
Vier Tage vor dem Termin gebot Max Halt. Da durfte ich mit ihm ausfahren und spazieren gehen aber keinen Schritt laufen.
Du bist jetzt fit und auf dem tip-top, sagte Max, und die Dummheit werde ich nicht machen, daß ich dich übertrainiert zum Start schicke. Was in dir steckt, haben wir herausgebracht, das übrige müssen wir dem Schicksal überlassen. Ich kann ruhig sagen, du bist jetzt in großer Form. Ich verlasse mich auf die letzten zehn Kilometer, das waren immer die schnellsten, die ich dir gegeben habe. Auch das wußtest du nicht. Ich werde neben dir herfahren und an Erfrischungen alles bereit halten, was dein Herz nur begehren mag. Ich werde dich auch genau so managen, wie beim Training. Also Mut! Noch eins will ich

sagen zu guter Letzt. Meine treue Stopuhr – sie ist ein kleines Wunderwerk – gehört dir, wenn du als Sieger durchs Ziel gehst.

Das freute mich sehr. Denn so eine feine Stopuhr hatte ich mir schon längst gewünscht, aber ganz eigentlich hatte ich auf dem Grunde meines Herzens noch ganz andere Wünsche, die mit dem Rennen zusammenhingen. Doch davon redete ich nichts.

Es war ein wundervoller kühler Septembermorgen, als wir uns im ganzen zwölf Mann dem Starter stellten. Sieben Uhr früh. Ein leichter Nebel braute über der Landschaft, gerade dicht genug, um noch im Glanz der Sonne zu schimmern, ihr aber doch für einige Stunden Widerstand leisten zu können. Start und Ziel waren an der Triester Reichsstraße bei dem Finanzwächterhause an der Grenze von Groß-Wien. Der Lauf sollte bis ins Gemeindegebiet der Stadt Baden gehen, dort Wendung und dann wieder zurück zum Ausgangspunkt, im ganzen genau zweiundvierzig Kilometer. Für gute Straßenbesetzung und Kontrolle am Wendepunkt war gesorgt. Am Start war der Präsident mit seinem Töchterlein anwesend und außerdem ein sehr zahlreiches sportlustiges und kundiges Publikum.

Die Konkurrenten werden in zwei Reihen aufgestellt. Mein Platz ist in der zweiten. Der Starter hinter uns hebt die Pistole hoch, der Vizestarter zwanzig Schritte vor uns seine weiße Fahne. Die Zeitnehmer halten sämtlich ihre Uhren in Bereitschaft.

Sind die Herren bereit?

Ja.

Ein Schuß. Die weiße Fahne senkt sich. Der Marathonlauf hat begonnen.

Der erste Kilometer brachte mir eine grausame Überraschung. Die ganze Gesellschaft war mir auf und davon gegangen, und als nach etwa zwölfhundert Metern sich Max mit seinem Gig zu mir gesellte – der erste Kilometer mußte, um keine Störung am Start aufkommen zu lassen, ohne Begleitung absolviert werden –, da fand er mich als gut letzten. Die andern zogen gut geschlossen immer weiter davon.

Was ist denn geschehen? fragte Max erstaunt.

Ich weiß es nicht, erwiderte ich keuchend. Sie haben mich überrumpelt. Ich fürchte, ich bin jetzt schon aussichtslos geschlagen.

Ach Unsinn! Die kriegen wir alle noch, sagte Max und zog die Uhr aus der Tasche, um den weitern Verlauf vernünftig zu regulieren.

Meine Besorgnis war durchaus keine unbegründete. Die ersten Minuten hatten mich hart mitgenommen. Ich fühlte mich übler daran, als sonst wenn ich beim Training schon eine Stunde oder zwei hinter mir hatte. Ich hatte mit dem Atem Schwierigkeiten, mein Gesicht glühte, ich begann zu schwitzen – kurz das Jammerbild eines Anfängers.

Es wird das Lampenfieber sein, sagte Max neben mir herfahrend.

Gewiß war es auch das. Sicher ist aber, daß mich auch der Anblick des Töchterleins unsers Präsidenten tiefer bewegt hatte, als mir für den vorliegenden Fall wohltat. Zu der seelischen Aufregung kam dann noch die unsinnige Pace, in der der Lauf begonnen worden war. Die Leute hatten nur vor dem versammelten Publikum Effekt machen wollen.

Mache dir nichts daraus, mein Sohn, sagte Max, nachdem er mich längere Zeit prüfend angesehen hatte. Er war jetzt, im Gegensatz zu mir, ganz kaltblütig, so kaltblütig wie nur irgendein englischer Sportsmann. – Der Anfang war nicht gut. Wir müssen nun trachten, daß das Ende ein besseres werde. Nur den Mut nicht verloren. Wir haben noch viel vor uns, und da kann sich noch manches ereignen.

Er ließ mich das Tempo sofort mäßigen, unbekümmert darum, daß die geschlossene Schar mit den Reitern, die sie begleiteten, bald ganz unsern Blicken entschwand.

Er tröstete: Das ist das Bahntraining. Ich kenne das. Sie gehen es scharf an vom Start weg und ebenso schließen sie dann mit einem glänzenden Endspurt. Das ist für die Galerie. In der Mitte werden sie es billiger geben. Du mußt vor allen Dingen jetzt erst ruhiger werden und zu dir kommen. Also nur ganz gemächlich! Wir machen jetzt eine kleine Erholungstour.

Ich folgte seinen Weisungen und fiel in einen bequemen Trott, der von ganz wunderbarer Wirkung war. Nach wenigen Minuten schon hatte das Herzklopfen aufgehört, ich spürte nicht mehr die Pulsschläge in den Halsadern, das Gefühl der Hitze verzog sich, die Aufregung schwand, ich war wieder vollständig ruhig und kühl. Nun trat doch die Wirkung des Trainings zutage. Ich erklärte mich bereit, nun das Rennen ernsthaft aufzunehmen.

Max war sehr erfreut über die rasche Wandlung, die mit mir vorgegangen war, aber dennoch mahnte er zur Vorsicht und warnte vor Übereilung.

Siehst du, mein Junge, wie recht ich hatte in Sachen der Taktik. Was hätten wir nun davon gehabt, wenn wir uns eine schöne Taktik ausstudiert hätten? Jetzt haben wir eine gegebene Situation und jetzt können wir unsere Taktik auf sie einrichten. Wir werden jetzt also, ohne gerade zu hasten, in gutem Zug fünf Kilometer machen. Die werden hoffentlich genügen, die Schar wenigstens wieder zu Gesicht zu kriegen. Weitere zehn Kilometer werden wir daran wenden, um an die Schar heranzukommen, oder wenn das Feld schon gestreckt sein sollte, was ich stark vermute, in die Mitte desselben zu gelangen. Das Weitere werden wir dann später beschließen je nach der Lage der Umstände und nach der Kondition, in der sich deine Herren Gegner und du selbst befinden werden. Kümmere du dich jetzt um nichts als um dein gleichmäßiges Tempo. Ich habe die Uhr vor mir und kontrolliere jeden Kilometer. Das ist das einzige, worauf wir uns verlassen können. Geht die Uhr recht, das will sagen, stimmen die Kilometerzeiten mit unsern Berechnungen, dann gibt es keine Sorge und keine Unruhe.

Ich war nun wirklich gut im Zuge, tat mich leicht und lief mit Passion. Was mich besonders freute, war das Gefühl, daß die mir von Max diktierte Pace noch immer unter meinem Können war. Er hätte ruhig mir mehr abfordern können. Wir brauchten auch bei weitem keine fünf Kilometer, um der von den Läufern und den Reitern aufgewirbelten Staubwolke wieder ansichtig zu werden.

Es geht gut, Max! rief ich ihm zu, ermutigt durch den Anblick.

Ob es gut geht! Ich beobachte ja deine Aktion, und ich kann dir sagen, mein Junge, du bist in großer Form.

Schneller! mahnte ich. Ich wollte den Knäuel so bald als möglich einholen.

Ich werde mich hüten! So, wie wir jetzt arbeiten, kriegen wir sie sicher. Wir dürfen aber keine Dummheiten machen. Es kann ja sein, daß sie jetzt auf Warten laufen, und wenn du dann ausgepumpt hinkommst, und sie dir dann ausgeruht, wie sie vielleicht sind, wieder davonziehen, dann bist du definitiv erschossen. Das ist dann der psychologische Moment, der dich zugrunde richtet. Dieser Moment verdoppelt ihre Kräfte, wenigstens die der drei besten, mit welchen wir in erster Linie zu rechnen haben, und die deinigen zehrt er vollständig auf. Ich kenne das. Aus einer solchen physischen und moralischen Depression rappelt sich keiner mehr auf. Wir müssen also selber vollkommen frisch sein, wenn wir bei den Herrschaften anlangen. Darum: lasse dir Zeit!

Es war mir angenehm, daß Max so fortplauderte. Das regte mich an und machte mir Mut, der übrigens noch gehoben wurde, als uns bald darauf zwei der Konkurrenten begegneten, die langsamen Schrittes wieder dem Start zustrebten. Sie hatten aufgegeben.

Hast du bemerkt, wie sie ausgesehen haben? fragte Max, als sie vorbei waren. Übel genug. Fertig, vollständig fertig! Und der eine davon war sogar Liesegg, einer von den dreien, die wir als die Besten für Sieg und Platz in Kombination gezogen hatten. Hallo, mein Junge, deine Aktien steigen! Das haben sie nun davon, daß sie so brillant vom Start gegangen sind. Wie fühlst du dich, mein Alter?

Max, ich fühle eine Armee in der Faust, und ich glaube, ich werde die Statue und die Schärpe aus dem Boden stampfen.

Das ist schon die richtige Stimmung. Fühlst du dich frisch?

Vollkommen.

Möchtest was essen oder trinken?

Nein. Ich möchte so fortlaufen, wie jetzt. Wenn das Tempo nicht zu langsam ist, halte ich's bis übermorgen aus.

Verlasse dich auf mich; es ist nicht zu langsam.

Dann ist's famos.

So kam ich denn bald an die Nachhut, und ging mit Leichtigkeit über die Nachzügler hinweg.

Sie gingen in Nöten, berichtete mir Max, als wir sie abgeschüttelt hatten. Sie hatten kaum noch versucht, Widerstand zu leisten oder auch nur sich anzuhängen. Deine Aktien steigen immer mehr, obschon das natürlich nicht die Klasse war, die wir zu fürchten hatten. Noch sind Weiser und Lang vor uns, und nur wer die zwei schlägt, gewinnt den Marathonlauf!

Das Feld hatte sich tatsächlich weit gestreckt, und von den zwei gefährlichsten Gegnern war noch gar nichts zu sehen.

Schneller! schrie ich ungeduldig. Ich wollte möglichst bald an diese beiden heran.

Keine Idee! erklärte Max sehr ruhig, aber auch sehr bestimmt. Nach meiner Zeittabelle müssen wir sie auch mit unserm jetzigen Tempo holen. Es gibt nämlich auch im Sport keine Wunder. Ich werde froh sein, wenn du nur dieses Tempo durchstehst.

Ich stehe es bestimmt durch!

Es gibt im Sport auch keine toten Gewißheiten. Drängle nicht und folge meinem Kommando. Wir kommen nun bald an den Wendepunkt. Können wir bis dahin die Führenden nicht erreichen, so werden wir doch, da sie uns entgegenkommen werden, ganz genau den Vorsprung berechnen können, den sie vor uns voraus haben. Danach werden wir das Weitere beschließen.

Bis zum Wendepunkt hatte ich richtig alles aufgeholt bis auf Weiser und Lang, die einander dichtauf mir, wie Max berechnete, um ungefähr dreihundert Meter voraus waren. Das war allerdings nun eine andere Klasse, als die andern, die ich bisher abtun konnte. Max verschärfte den Zug, ohne mir etwas zu sagen, um den Abstand womöglich zu verringern. Ich trieb längst nicht mehr an, und war schon froh, daß der Abstand sich nicht vergrößerte. Ich begann zu zweifeln, ob es mir möglich sein werde, auch diese Vordermänner zu schlagen. Ich wurde recht verzagt und hatte meine bittere Schwächeanwandlung.

Da griff Max wieder ein, der nun seit geraumer Zeit selbst recht schweigsam geworden war.

Hopp auf, Felix! schrie er. Lang fällt zurück, er klappt zusammen!

Das elektrisierte mich und gab mir frische Kraft. Ich selbst konnte nun sehen, wie sich Tageslicht zwischen die zwei Gestalten schob und wie sie sich immer weiter voneinander lösten. Jetzt hörte ich nicht mehr auf Max, ich stürmte davon, bis ich den Absterbenden glücklich genommen hatte und zu dem Führenden bis auf etwa zwanzig Schritte aufgekommen war.

Am liebsten hätte ich, da ich einmal im Zuge war, mich auch gleich mit diesem in einen Kampf eingelassen, aber es ging nicht mehr. Ich mußte verschnaufen.

Max war wütend und schimpfte wie ein Rohrspatz über meine Eigenmächtigkeit.

Bist du toll geworden? schrie er mich im Flüstertone an. Angeschrien sollte ich nämlich verdientermaßen werden, aber mein Vordermann sollte es doch nicht hören. – Du wirst mit deiner Dummheit noch alles verderben!

Er hatte recht, leider sehr recht. Der Rückschlag blieb nicht aus. Die Verzagtheit und die Schwächeanwandlung kamen wieder.

Kann ich etwas zu trinken kriegen? bat ich.

Milch oder Tee?

Bitte Tee!

Ich bekam eine Saugflasche, wie sie die Wickelkinder kriegen, aber der Tee tat mir wunderbar gut.

Ruhe dich nur aus, mahnte Max, wir sind noch weit vom Ziel. Willst du nicht auch etwas essen?

Ich wollte. Ich bekam eine Kaviarsemmel, die mir großartig mundete, und dann ein halbes Huhn, das ich mit Händen und Zähnen zerriß. Das war erst recht großartig. So etwas Gutes hatte ich überhaupt in meinem ganzen Leben noch nicht gegessen!

Hat es geschmeckt, mein Junge?

Phänomenal!

Das ist gescheit! Und die Kondition?

Ich bin schon wieder auf dem Damme!

Aber jetzt keine Dummheiten mehr!

Die Dummheit und das Festmahl hatten mich ziemlich viel gekostet. Bis auf zwanzig Schritte war ich dem Führenden schon nahe gekommen, und nun lag doch vielleicht schon wieder zehnmal so viel zwischen uns. Das drückte mich aber nicht mehr nieder. Ich sah meinen Gegner vor mir und ich spürte es in den Beinen, daß ich ihn in der Hand hatte. Max hatte die Wendung zum Bessern bei mir sofort wieder bemerkt. Meine Aktion befriedigte ihn und nun war er wieder zuversichtlich und redselig.

Wir müssen jetzt doch wieder trachten aufzukommen, redete er mir zu. Durch unsern Rückfall hat Weiser sicher wieder frischen Mut gewonnen. Diesen Vorteil müssen wir ihm so bald als möglich wieder nehmen. Warte noch ein bißchen, mein braver Felix; lasse mich erst ausreden. Denn wenn wir ihm an den Fersen hängen, werde ich dir natürlich keine weisen Lehren erteilen, die vielleicht dann wirkungslos bleiben, wenn er sie auch hört. Also passe gut auf, was ich jetzt sage. Wir rüsten zur Entscheidungsschlacht.

Gott sei Dank!

Es wird etwas Atem kosten, bis wir ihn wieder haben. Bei alledem müssen wir aber so herankommen, daß wir noch eine starke Reserve in uns haben. Wir müssen auf alles gefaßt sein. Mir will es scheinen, daß er sein Tempo gemäßigt hat. Das kann zwei Gründe haben: entweder er kann es wirklich nicht mehr besser, oder er will jetzt ausruhen, um dann, wenn du die mühselige Arbeit des Aufholens hinter dir hast, im Rush fortzubrechen. Gelingt ihm das, dann, mein Sohn, sind wir verloren und können höchstens nur noch um den zweiten Platz kämpfen.

Das wäre nicht gerade mein Ideal.

Ich glaub's! Darum müssen wir also so ankommen, daß wir noch immer in der Lage sind, den Kampf aufzunehmen. Du darfst ihn dann unter keiner Bedingung mehr loslassen. Merke wohl auf: unter keiner Bedingung! Welche Pace er auch vorlegen sollte, du mußt sie halten. Das ist das eine, und das andere, was vielleicht noch wichtiger ist: du darfst deinen Angriff nicht machen und versuchen wollen, ihm vorzugehen, bevor ich dir das Zeichen dazu gebe. Ich wiederhole dir, da liegt die Entscheidung. Du wirst dich also anhängen und dich von ihm führen lassen. Da er führt, hast du hinter ihm die bessere Position. Der Führende ist immer schlechter daran als der Geführte, er muß auch früher fertig werden. Bleibe also ruhig auf dem zweiten Platze liegen, du liegst da auf der Lauer.

Ich werde schon aufpassen!

Das ist gar nicht nötig, das werde ich schon besorgen. Ich werde eure beiderseitige Aktion scharf beobachten und mich danach einrichten. Finde ich deinen Gegner noch frisch, so lasse ich dich nicht heraus aus der Rolle des Geführten, selbst bis auf hundert Meter vor dem Ziele nicht. Dann allerdings, aber nicht früher, werde ich das Zeichen geben, und dann macht das Ende unter euch aus.

Ich glaube, es wäre doch besser, den Endkampf früher zu beginnen!

Das wird von den Umständen abhängen. Sollte seine Kondition nicht schlechter als die deinige sein, dann müssen wir den Vorteil der Führung so lange als möglich ausnützen. Die Führung wird ihn schwächen und dich stärken, indem sie dich in einen wohltuenden Halbschlaf versetzt. Sollte ich aber merken, daß es um ihn schlechter steht als um dich, dann gebe ich dir schon das Zeichen zum Losschlagen, dann mache ihn nieder!

Max war doch ein wundervoller Manager. Während er so mit mir plauschte, hatte er, für mich fast unmerklich, den Zug verschärft, daß ich, als ich aufblickte, wahrnahm, daß wir schon die Hälfte des verlorenen Terrains wieder eingebracht hatten.

Nur so fort, mahnte er, und ja nicht schneller werden! Jetzt bitte ich dich, mit möglichster Gemütsruhe weiter zu arbeiten und vom Boden nicht aufzublicken, bis ich dich anrufe.

Ich befolgte den Rat, arbeitete ruhig weiter, sah auf den Weg und niemals nach meinem Gegner vor mir, und ich hatte dann eine kolossale Freude, als mich Max nach verhältnismäßig kurzer Zeit leise anrief und ich den Läufer und den Reiter, der ihn begleitete, knapp vor mir sah. Ich war nun zu jeder Anstrengung bereit, aber mein Vordermann forderte mir nichts ab. Ich hielt mir die mir erteilten Instruktionen vor Augen und ließ mich ruhig führen. Dabei kam ich wirklich ganz famos zu Kräften. Ich wurde sogar übermütig. Schneller! rief ich Max an.

Wir haben Zeit, erwiderte er gemächlich.

Er machte ein vergnügtes Gesicht. Er sah mir an, daß ich keine Unbotmäßigkeit im Sinne hatte und daß ich nur zum Fenster hinausgeredet hatte – meinem Herrn Gegner zu Gehör.

Wieder ging es eine Weile ruhig fort, und wieder fragte ich dann recht harmlos, aber mit lauter Stimme: Warum bummeln wir denn eigentlich gar so sehr?

Die Wirkung blieb nicht aus. Mein Gegner wurde sichtlich nervös. Er setzte mehrmals zu Spurts ein, die nichts ausgaben, retardierte dann wieder, alles recht planlos. Es war klar, daß bei ihm nun Stil und Aktion sich verschlechterten. Er ging in Nöten.

Ich blickte erwartungsvoll zu Max auf. Er hatte das auch bemerkt und verstand mich. Er gab ein Zeichen, daß ich mich bereithalten solle. Dann noch ein fragender Blick, den ich mit einem zuversichtlichen Nicken beantwortete, und dann brüllte er mit Stentorstimme heraus: Los!

Er gab seinem Pferd einen Peitschenhieb, der Gig rasselte, und ich wie aus der Pistole geschossen davon! Mein Gegner wehrte sich verzweifelt, um den Angriff abzuschlagen, aber er wehrte sich kraftlos. Nach wenigen Sekunden lagen Längen zwischen uns. Ich zog unangefochten davon und nach wenigen Minuten war, als ich den Kopf wandte, von dem Gegner überhaupt nichts mehr zu sehen.

Da ließ mich Max wieder verschnaufen. Er war ganz außer sich vor Vergnügen.

Lixl, du warst besser als je im Training!

Das macht, weil's der Ernstfall war.

Jetzt nur wieder piano! Jetzt haben wir nämlich gar nichts mehr zu fürchten. Das holt kein Sterblicher mehr auf. Lasse dir nur Zeit, so viel du willst. Ich halte schon auf meinem Gig die Hochwacht. Auf fünfhundert Meter zurück habe ich bequem Ausblick, kann also beizeiten warnen, aber es ist jede Gefahr geschwunden. Die letzten paar Kilometer geht es bergauf; da ist es ganz unmöglich, noch solche Strecken einzubringen, und wenn du nur noch spazierengehen wolltest. Denke nun zurück, mein Lieber. Was jetzt bergauf geht, ging nach dem Start bergab. Da waren sie die großen Herren! Wo sind sie jetzt? Lasse dir nur Zeit!

Die letzte Episode hatte mich allerdings sehr hergenommen, aber es war wunderbar, wie rasch sich die Erholung einstellte. Das Bewußtsein des Erfolges gibt eine ganz erstaunliche Kraft. Ich wurde bei jedem Schritt ruhiger und frischer.

Von weitem schon sahen wir auf der Höhe das Ziel und die bunte Menge des dort versammelten Publikums. Ein Hornsignal, das von Etappe zu Etappe weitergegeben wurde, verkündete das Nahen der Entscheidung, und ich konnte schon die Bewegung wahrnehmen, die das Signal in der Menge hervorrief. Es wimmelte dort wie in einem in Aufregung geratenen Ameisenhaufen.

Max reichte mir die Stoppuhr herüber.

Stecke sie ein, mein Freund, sagte er mit einiger Rührung.

Du hast sie wohl verdient, und ich habe die Beruhigung, daß sie in der Hand eines tüchtigen Mannes sein wird.

Habe vielen Dank, erwiderte ich nun ebenfalls gerührt. Eigentlich müßte ich dich königlich beschenken, Max. Denn das Ganze ist doch dein Werk; ohne dich hätte ich den Sieg nie und nimmer erringen können.

Wir haben eben zusammen gearbeitet, Lixl. Anders geht es überhaupt nicht. Wie fühlst du dich?

Das kannst du dir doch denken – ganz brillant!

Dann überlasse ich es ganz deinem Ermessen, wie du das Ende abmachen willst. Willst du die Leute noch mit einem letzten Hundert-Meter-Spurt verblüffen, so tue es. Es ist Usus und gehört zum guten Stil, daß die letzten hundert Meter die schnellsten seien. Ich halte es aber für überflüssig, daß du dich noch einmal um den Atem bringst. Auf Rekordzeit sind wir überhaupt nicht ausgegangen – vernünftigerweise – und jetzt wäre es auch zu spät dazu. Ich meine also – keine zwecklose Anstrengung mehr!

Gut. Ich werde also damit protzen, daß ich bei voller Frische keine Eile zeige, weil ich's nicht brauche.

Und so geschah es. Ich lief in schlankem Trab, aber ohne Hast durchs Ziel und war dabei tatsächlich vollkommen frisch und strohtrocken. Und dabei hatte ich das klare Bewußtsein, daß ich im Zustande äußerster Erschöpfung angelangt wäre, wenn es mir nicht beschieden gewesen wäre, als Sieger zu landen.

Meine Zeit war 2 Stunden 59 Minuten und $^1/_5$ Sekunde, und damit hatte ich noch jener Minderheit der Wettenden zu einem Erfolge verholfen, die die Wetten darauf gehalten hatten, daß die Zeit des Siegers sich unter drei Stunden halten werde. An mich freilich als Sieger hatte niemand gedacht. Ich war als blutiger Outsider zum Start gegangen. Meine Zeit war um 9 Minuten 17 $^2/_5$ Sekunden besser, als die des Zweiten. Das war natürlich Weiser; 11 Minuten 45 $^4/_5$ Sekunden hinter ihm Lang Dritter.

Noch am selben Abend gab es eine wunderschöne und feierliche Preisverteilung. Fräulein Nelly hängte mir die Schärpe um, und dabei gestand sie mir errötend, daß sie glücklich sei, daß gerade ich sie gewonnen habe. Sie hätte sich das immer gewünscht.

Natürlich habe ich dann bald ein vernünftiges Wort mit ihr geredet, und wir kamen überein, daß ich das vernünftige Wort mit Papa reden solle.

Schön. Das mußte besorgt werden – natürlich! Ich hatte aber Angst. Lieber hätte ich fast noch einmal das Training für einen Marathonlauf begonnen – und auch davor hatte ich einen heillosen Respekt!

Ich wollte mir also zunächst Zeit lassen und die Taktik des Wartens in Anwendung bringen. Aber auch das hielt ich nicht aus.

Ich faßte mir also ein Herz, legte meinen Bratenrock an, trat vor den Papa hin und machte meinen Vorstoß. Ich kam nicht sehr gut an. Er sah mich groß und sehr erstaunt an. Der Spurt kam ihm sehr überraschend. Er hatte keine Ahnung, was vorging.

So sind die Väter. Er machte ein sehr ungnädiges Gesicht und sagte recht unwirsch, ob ich denn wirklich glaube, daß er so ein Narr sein werde, sein Kind einem Manne anzuvertrauen, der sich in so verrückte Sachen wie in einen Marathonlauf einlasse!

Ich stand da wir vor den Kopf geschlagen und fand zunächst keine Antwort. Dann aber stieg mir eine riesige Wut auf. Ich wurde grob und schrie wie besessen: Ja, Herr, glauben denn Sie, daß ich so ein Narr gewesen wäre, mich in solche Sachen einzulassen, wenn Sie damals nicht Ihre verrückte Rede gehalten hätten?!

Ja, wenn Sie mir so kommen! antwortete er einigermaßen verwirrt. Sie werden mir aber doch erlauben, daß ich mir die Geschichte erst einmal überschlafe. Ich erlaubte das.

Papa wird als richtiger Advokat in diesem Prozeß erst seine Informationen auch bei der andern Prozeßpartei eingeholt haben, und es scheint, daß Fräulein Nelly keine schlechte Information abgegeben hat. Denn Fräulein Nelly wurde meine Frau.

Darüber ist schon viel Wasser die Donau hinuntergeronnen, und heute trainieren bereits unsere Buben!«

Dieter Baumann
Barcelona 1992

Ich weiß, man sieht den Baumann als einen rundum positiven Menschen. Lustig, witzig, immer einen lockeren Spruch auf den Lippen, immer Strahlemann, Stehaufmännchen, immer bester Laune, ein Sonnyboy eben, dem ein guter Gott Puderzucker in den Hintern geblasen hat. Ich gebe zu, daß mir dieses Image nicht unangenehm ist und daß ich auch selber meinen Teil dazu beitrage. Mit einem Lächeln kann ich viele Fragen beantworten, ohne etwas sagen zu müssen, es kann mich schützen, ohne daß ich kämpfen muß. Der positive Baumann hat natürlich auch allen Optimismus der Welt und gerät damit zum Hoffnungsträger, weil Miesepeterei in unserer Spaßgesellschaft so schwer verkäuflich ist.

Die Wahrheit ist, daß diese Zuversicht oft auf verdammt dünnen Beinen daherkommt. Ich rede hier nicht vom Ozonloch, vom Waldsterben und Jelzins Atomraketen, ich rede jetzt von meiner kleinen Sportwelt, die manchmal tonnenschwer auf mir lastet. Ich rede von meiner Angst vor dem Start. Wem muß ich nicht alles entwischen?

Dem Publikum, das »seinen Dieter« siegen sehen will. Darf ich als Achter ins Ziel kommen? Darf ich euch enttäuschen? Nein, um Himmels willen nicht, schreit die innere Stimme, du darfst kein Versager sein. Du bist doch der Olympiasieger.

Dem Veranstalter, dessen finanzieller Ruin nur abwendbar scheint, wenn er sein Sportfest zum »Baumann-Festival« macht. Am liebsten wäre ihm, so hat es Manfred Germar vom ASV Köln einmal erklärt, wenn ich bei seinem Meeting am Anfang, in der Mitte und im Schlußrennen laufen würde. Warum zwischendrin nicht noch ein bißchen fliegen?

Meinem Präsidenten und seinen Funktionären, die selbstverständlich nur mein Bestes wollen. Ich bin, so suggerieren sie mir häufig genug, für Wohl und Wehe der deutschen Leichtathletik verantwortlich. Also ›renn Baumann, renn‹ für die

Fördermillionen aus Bonn, renn für Deutschland. (O »Necko« Neckermann hilf. Wie war das damals, als du für Deutschland geritten bist?) Was sagt mein Verein, wenn ich das Bayer-Kreuz nicht vorneweg trage? Sind sie sauer in Leverkusen, weil sich ihr eingesetztes Kapital nicht verzinst, oder darf die Aktie Baumann auch mal sinken? Bisher haben sie mich ja immer gestützt, aber auch sie müssen an ihren Betriebsfrieden denken. Was denken meine Sponsoren, wenn ihre Produkte hinterherlaufen, in allen Einzelheiten eingefangen von den Fernsehkameras, registriert von Millionen Menschen? Ich bin doch der lebende Beweis dafür – und will es natürlich auch sein –, daß der Beste die besten Schuhe trägt.

Um nicht mißverstanden zu werden: Hier steht kein armes Kerlchen vor der Klagemauer. Ich weiß sehr wohl, daß ich von diesem System profitiere, daß ich ohne dieses Umfeld nicht »der« Baumann wäre, der ich heute bin. Ich will damit nur einen Sachverhalt erklären, der ziemlich schizophren klingt: Ich kann nicht mehr unschuldig wie eine Jungfrau in ein Rennen gehen und muß dennoch versuchen, genau das zu tun. Erst wenn ich allen Ballast abgeworfen habe, in meinen Tunnel eintauchen kann und die Welt nur noch als diffuses Tosen an mir vorbeirauscht, erst dann kann ich mir sicher sein, daß es ein gutes Rennen wird. Oder um es brutal auszudrücken: Sollte jemand neben mir erschossen werden, und ich drehe den Kopf nicht einen Millimeter zur Seite, dann habe ich die nötige Konzentration. Daß dieser Kraftakt im Kopf – von der körperlichen Bestform rede ich hier nicht – ungeheuer viel Energie kostet, brauche ich wahrscheinlich nicht zu betonen. Empfindsame Gemüter werden auch verstehen, daß einen die Angst, dies nicht zu schaffen, schier erdrücken kann.

Bei einem einmaligen Ereignis wie den Olympischen Spielen ballen sich alle diese Probleme zusammen, jede Faser des Körpers, jede Gehirnwindung ist auf dieses Ziel ausgerichtet, auf ein Ziel, das für mich die ganze Bandbreite von existentiellen Gefühlen bereithält: untergehen, versagen, inklusive Häme, wenn der Mann mit der großen Klappe einbricht, himmelhochjauchzen, triumphieren, wenn »Dieter Nationale« gewinnt. Mein Tagebuch Barcelona '92 soll darüber im Zeitraffer Aufschluß geben:

Ruhe, Ruhe, Ruhe. Unter diesem Gesichtspunkt hatte Isabelle einen Bungalow 60 Kilometer von Barcelona entfernt gemietet. Hier wollte ich, abseits des ganzen Trubels, acht Tage vor dem Endlauf in trauter Zweisamkeit die letzten Vorbereitungen treffen. Der Bungalow entpuppte sich als Behausung inmitten eines turbulenten Campingplatzes, auf dem die kleinen Spanier mit ihren Minimotorrädern herumbrummten und die Señoritas in ihren Minitangas auf und ab stolzierten. Beides war für eine gezielte Einstimmung auf einen sportlichen Höhepunkt nicht unbedingt das Richtige. Also auf ins Olympische Dorf zu den Mannschaftskameraden. Dort hatte das Nationale Olympische Komitee (NOK) ausreichend Appartements gemietet, die alle nur den einen Nachteil hatten: keine Aircondition. Die Lage war schön, direkt am Meer, die Luftfeuchtigkeit erdrückend, und die Augusthitze trieb mir den Schweiß auf die Stirn, ohne daß ich auch nur einen Meter gelaufen wäre. Für ein wetterfühliges Sensibelchen wie mich die Hölle. Nun hätte ich vielleicht bei meinen Kumpels aus Italien und Österreich, die von ihren NOKs ordentlich gekühlt wurden, zeitweilig Unterschlupf finden können, aber über einen Dauergast auf ihrem Bettvorleger wären sie wohl auch nicht so glücklich gewesen.

Was tun? Isabelle fragt die Herren Funktionäre nach Kühlgeräten. Is' nicht, wird ihr geantwortet, auch nicht für ihren werten Freund. Keine Extrawurst. Schwitzen scheint für alle Pflicht. So fährt sie in die Stadt, besorgt drei AC-Aggregate, die freilich im Kampf gegen die Hitze hoffnungslos überfordert sind. Ich überstehe die erste Nacht schlaflos, die zweite auch, und weiß dann genau, wenn ich hier noch eine dritte bleibe, kann ich gleich den Rückflug antreten. Habe ich vier Jahre wie ein Besessener trainiert, um drei Tage vor dem Showdown an einem Hitzschlag zu sterben? Nein, und nochmals nein. Also raus aus der Sauna, raus aus dem Dorf, rein in irgendein Hotel, das Abkühlung verspricht.

Weil das nun wieder als Fahnenflucht aus der olympischen Sippenhaft gewertet wird, heben die Herren Funktionäre sofort den moralischen Zeigefinger. Ich könne die Mannschaft nicht im Stich lassen, sagen sie mit besorgten Mienen, und wenn das jeder tue, wo kämen wir denn hin? Ich hab's getan und mich dort einquartiert, wo schon Boris Becker, Carl Lewis und Arnold Schwarzenegger wohnten. Und schau an, noch in der ersten Nacht klopft's schüchtern an die Tür. Konrad Dobler, der Marathon-Mann, und Eilen Kiesling, die Mittelstrecklerin, bitten um Quartier. Am nächsten Tag sind Heike Drechsler, Heike Henkel und Stefan Freigang meinem Beispiel gefolgt, wobei ich jetzt nicht behaupten will, das habe ihnen die Medaillen gerettet. Aber als kleinen Wink an die Offiziellen möcht' ich's schon verstanden wissen. Vielleicht erinnern sie sich beim nächsten Mal daran, wenn sie in ihre klimatisierten Suiten und VIP-Mercedesse steigen.

Zu all diesem, völlig unnötigen Streß tritt dann die Anspannung des Wettkampfes, der bei uns schon mit Vorläufen beginnt. Bei Olympischen Spielen gibt es keine Bummelzüge, mit denen man kurz mitfahren kann. In Barcelona war dies besonders eklatant, weil die Vorläufe wegen der Hitze gestrichen und zu vier Zwischenläufen zusammengefaßt wurden. Somit war klar, daß nur die ersten beiden eines jeden Durchgangs und die sieben Zweitschnellsten ins Finale kommen würden. Da war kein Platz mehr für Spielereien, für lockeres Einpendeln und schnell mal auf den letzten tausend Metern anziehen. Schon im Zwischenlauf galt: jetzt oder nie.

Und sofort sind die Zweifel da. Jetzt lastet eine doppelte Angst auf mir. Das Einmalige des Ereignisses wird mir immer bewußter. Werde ich die Chance nutzen können? Boris Becker kann eine Niederlage in Wimbledon schon ein Jahr später in einen Sieg umwandeln. Jürgen Klinsmann hat die Gelegenheit von Woche zu Woche. Aber worauf arbeite ich hin, wenn ich hier scheitere? Zum zweiten quält mich die Frage, ob ich das Rennen durchstehe. Habe ich wirklich genügend trainiert, kann ich 120 Prozent bringen, wenn es um alles oder nichts geht?

Bereits der Zwischenlauf muß die Wahrheit ans Licht bringen. Was für ein Fels fällt mir von der Seele, als ich merke, daß es rollt. Eine Schlußrunde in 54 Sekunden, Sieger ohne Mühe, ich habe tierisch was drauf. Wie gut das der angeknacksten Psyche tut – und die Kollegen Gegner sind auch gewarnt. Daß ihr mir den Baumann nicht unterschätzt. Das Hochgefühl hat einen Tag gehalten, den ganzen Donnerstag, den 6. August 1992

Dieter Baumanns Maxime: »Ich laufe keinem hinterher!«

lang. Doch was ist am Freitag, dem Tag vor dem Showdown? Habe ich Isabelle nicht gesagt: Wenn ich das Finale nicht gewinne, kann ich nie mehr gewinnen?

Ich bin ein Nervenbündel, wie ein Tiger im Käfig wandere ich in der Nacht davor durchs Zimmer, ein Gegner nach dem anderen zieht an meinem geistigen Auge vorbei, sie überholen mich auf der Bahn. Kenias Weltmeister Yobes Ondieki, Paul Bitok, Fita Bayisa aus Äthiopien, sie lassen mich stehen, stöhnt der schwache Baumann. Das ist nicht wahr, schreit der starke Baumann in mir. Ich weiß, daß ihr nichts drauf habt, im Spurt schlage ich euch alle. Yobes, ich habe doch nach deinem Zwischenlauf gesehen, wie aschfahl du von der Bahn gegangen bist. Du warst überhaupt nicht souverän, bist als Vierter durchs Ziel gekommen und hättest rausfliegen können, wenn das Rennen nicht schnell gewesen wäre. Und du Paul, kannst deine Ringe unter den Augen nicht vor mir verstecken, und du Fita, bist völlig grau unter deiner schwarzen Haut. Ich aber bin in Topform, die tausend Männchen in meinem Körper wissen, was zu tun ist. Schluß mit lustig, es wird rauchen im Gebälk. So kämpfen die beiden Baumänner bis in die Morgenstunden miteinander, und der Sieger steht immer noch nicht fest.

In solchen Momenten lechze auch ich nach Bestätigung. Ein Glück, daß es Menschen gibt, die dann zur Stelle sind. Jürgen Melzer gehört dazu. Der Physiotherapeut des Deutschen Leichtathletikverbandes hatte mich in Seoul betreut (»mein lieber junger Freund, jetzt geh' ins Stadion, ich bin auch noch da«), danach aber seinen Verbandsjob geschmissen, weil ihn seine Praxis brauchte. Er fehlte mir in Barcelona. Plötzlich klingelt das Telefon: »Hier Jürgen, ich konnte dich doch nicht alleinlassen, ich bin gerade gelandet.« Und ich wußte, wo Jürgen ist, scheint auch die Sonne. Es gibt wahrscheinlich keinen optimistischeren Menschen auf Gottes Erdboden als ihn. Ich hatte 1990 bei ihm gewohnt, in meiner schlimmsten Verletzungszeit, und dennoch ging es mir nicht schlecht, weil dieser Mensch einfach die gute Laune in Person ist. Ich mußte mir nur in Erinnerung rufen, wie er weiland in Portugal auf Skirollern unterwegs war. Einem Autofahrer ist dabei dermaßen das Gesicht stehengeblieben, daß er pfeilgerade in den Graben gefahren ist. Aber allein diese Komik und die anschließenden

Verhandlungen mit der Polizei, aus der der Skiroller Melzer als strahlender Sieger hervorgegangen ist, das vertreibt die finstersten Gedanken. Es ist schon so: Wenn du denkst, es geht nicht mehr, kommt von irgendwo der Jürgen her.

Den entscheidenden Kick hat mir jedoch Isabelle mitgegeben. 40 Minuten vor dem Rennen, alle 15 Läufer sind bereits im Callroom zusammengerufen, tut sie etwas, was sie sonst nie tut. Sie kommt angerannt und will mir etwas mitteilen. Normalerweise reden wir in dieser Phase kein Wort mehr miteinander, hier muß ich ganz allein sein, völlig in mich zurückgezogen. Habe ich ihr nicht eindrücklich genug erzählt, warum ich bei den Europameisterschaften 1986 in Stuttgart schon im Vorlauf ausgeschieden bin? Damals hatte ich das Neckarstadion betreten und schon schallte es aus der Blaubeurer Kulisse: Hallo Dieter, mir sind alle do, i bin dr' Sepp und i Gretl, mach's guat. Und ich wink' allen zurück, glücklich wie ein Kind, dem gerade das Christkind erschienen ist. Von Konzentration natürlich keine Spur mehr, das Rennen war schon passé, bevor es überhaupt begonnen hatte. Wenn Isabelle nun unser ungeschriebenes Gesetz brechen würde, mußte sie eine überaus wichtige Nachricht haben. Sie hatte sie. »Yobes war gerade noch beim Physiotherapeuten«, flüstert sie mir ins Ohr, und damit war klar, daß der Favorit nicht fit war. Kein Läufer von unserer Klasse läßt sich kurz vor einem solchen Rennen noch einmal behandeln, wenn er Körper und Kopf klar hat. Das war für mich, die hohen Priester des Fairplay mögen mir verzeihen, das schönste Signal zum Aufbruch.

Da stehen wir 15 also an der Startlinie, wie Rennpferde in der Box, und warten darauf, daß der erlösende Schuß fällt. Dieser Schuß tötet in mir alle Angst, allen Zweifel, weil ich weiß, daß ich endlich tun kann, was ich wirklich kann: laufen. Jetzt bin ich in einer anderen Welt, in meinem Tunnel, er ist mein Schutz und Schirm, die Psychologen würden wahrscheinlich sagen, mein Uterus, in dessen Geborgenheit ich zurückflüchte. Hier ist mein Zuhause, hier gilt nur meine Welt, mein Film, mein Plan.

Die Zuschauer existieren nicht mehr. Ob sie toben oder schweigen, pfeifen oder Beifall klatschen, ich nehme sie nicht wahr. Auch Isabelle ist weg. Ich würde lügen, wenn ich jetzt behaupten würde, ich würde an sie denken. Es gibt nur noch meine Gegner. Ich werde ihnen weglaufen, sagt mein Film. 500 Meter vor dem Ziel werde ich den Turbo zünden, mein Gehirn wird meinen Muskelmännern befehlen zu explodieren, sie werden mich drei, vier Meter nach vorne katapultieren. Das wird reichen.

Doch ich tue es nicht. Ich kann es nicht.

Dieter warte, um Himmels willen, warte, schreit ein innerer Bedenkenträger 500 Meter vor Schluß. Bleib, wo du bist. Warum? Bricht jetzt doch die Angst durch mein Schutzschild? Die Angst vor dem Vorneweglaufen, wie ein einzelnes Reh gehetzt von der Meute, in der ich sonst der Löwe bin? Ich kann es nicht erklären. Ich schwimme in der Herde mit, vor mir Boutayeb, Bayisa und Ondieki, noch 400, noch 300, noch 200 Meter. Es wird ein reines Spurtrennen werden. Dieter, bleib dran, brüllt der Regisseur in meinem Film, bleib locker, du fühlst dich super, die können nicht weglaufen.

Tatsächlich, Yobes fällt zurück (der Physiotherapeut!), aber er hält mich auf, ich verliere drei Meter. Ist das schon das Ende? In der Kurve vor dem Zieleinlauf driften Boutayeb und Bayisa nach außen, weil sie jetzt, 120 Meter vor der magischen Linie, nur noch eines vor Augen haben wollen: das Ziel. Kein Weltklasseläufer will in dieser Phase einen Gegner vor sich haben, nichts darf seinen Blick auf das Traumbild verstellen, also weicht er automatisch etwas zur Seite, um über seine eigene Bahn zum Sieg zu fliegen – und so tut sich die rettende Lücke an der Innenkante auf, dort, wo auch Carl Lewis zu sprinten beginnt.

Der Weg ist frei, das Tor zu aller Glückseligkeit ist offen, ich weiß, der Olympiasieger heißt Baumann, er braucht nur noch 100 Meter zu fliegen. Ein leichtes für mich. Ich bin die Möwe Jonathan. Ich steige in eine andere Sphäre auf. Alles ist rosarot, und ganz langsam wird mir bewußt, welches Glück ich habe.

3. Der Sieg ist nicht alles

Arthur E. Grix
Aurelios Marathonlauf

Das erste, was ich nach fünftägiger Abwesenheit meinem Wirt zurufe, sind die Worte: »Sam, du bist ein Mörder!«
»Was ist?« fragt er schreckenbleich.
»Du hast mich mit deinen verdorbenen Konserven beinahe getötet.«
»Meine Konserven verdorben? Wie können Sie so etwas behaupten, Mister?«
»Weil ich es am eigenen Leibe ausprobiert habe. Nimm alle deine Blechbüchsen und wirf sie in den Fluß!«
»Was ist verdorben?«
»Der geschabte Schinken. Und alles andere auch. Ich habe es gar nicht erst gekostet.«
»Der geschabte Schinken! Mein schöner ›Minced Ham‹! Bessere Konserven gibt es nicht.«
»Bei dir nicht, da hast du recht!«
»Ich werde Ihnen beweisen, Mister, daß der Schinken gut ist, indem ich selbst davon esse, eine Dose voll, zwei Dosen voll, fünf Dosen – soviel Sie wollen.«
»Gut, dann fange nur gleich damit an. Ich sehe zu!«
»Jetzt nicht, Mister! Meine Frau hat gerufen. Später, Mister, später!«
Damit geht er schnell davon.
Mein Freund Alfonso, der von meiner Rückkehr gehört hat, erstattet mir Bericht.
Alles wartet schon auf mich. Alejandro wird als Schrittmacher mit dem Auto eintreffen, sobald ich es wünsche. Die Indianer haben sich bereiterklärt, für mich zu laufen. Niemand im Dorf bezweifelt, daß sie unter dem Weltrekord laufen werden.
Allerlei Leute kommen zu mir, die ich nie zuvor gesehen habe, und wollen, daß ich eine Summe gegen ihre Habseligkeiten setze. Ein Mann bringt ein Faß selbstgebrautes Bier, das

aus sonderbaren Zutaten bestehen mag, denn es wird weder Hopfen noch Malz in der Umgebung angebaut. Ich weigere mich, weitere Wetten anzunehmen. Verliere ich, so ist mein Verlust groß genug. Das Auto mag kommen, die Läufer auch. Meinethalben kann es losgehen.

Abends wird mir zu Ehren im Hause des Schulmeisters ein Ball veranstaltet. Die Vorbereitungen dazu waren bald getroffen. Am Nachmittag ging ein Bote von Haus zu Haus und lud im Namen seines Auftraggebers alle jungen Mädchen ein. Dann wurde eins der Wohnzimmer ausgeräumt, was schnell erledigt war, Sam gab eine Karbidlampe her, die an der Decke befestigt wurde, der Guitarrenspieler und der Geigenspieler wurden bestellt, und damit war der Erfolg des gesellschaftlichen Ereignisses gesichert.

Auf diesem Festball erwische ich meinen Freund Lazaro, der mir noch immer 10 Pesos oder eine Anzahl Indianergegenstände schuldet. Nach einigem Zureden gesteht er mit reumütig niedergeschlagenen Augen, daß er das Geld für sich ausgegeben hätte. Dafür aber will er mir sein selbstgeschriebenes Wörterbuch tarahumar-spanisch geben.

»Bueno«, sage ich, »besser das als gar nichts!«

Fünf Minuten später ist von seiner Reumütigkeit nichts mehr zu merken. Mit unbekümmerter Fröhlichkeit schwenkt er die kurzröckigste Dorfschöne über die knarrende Diele, wobei das von meinem Geld gekaufte blaue Hemd den Neid aller anwesenden Burschen erregt. –

Heute ist Feiertag in Creel.

Das ganze Dorf ist in heller Aufregung. Geschäftige Burschen laufen hin und her, wobei sie die Holzkugel vor sich her stoßen. Lebhafte Gruppen haben sich diskutierend vor den Häusern angesammelt, in Erwartung des Schauspiels, das heute vor sich gehen soll. Das Ereignis gibt willkommenen Anlaß zu einem Feiertag. Kein Mensch denkt daran, seiner Arbeit nachzugehen. Wo immer ich mich blicken lasse, bin ich der Gegenstand ihrer Aufmerksamkeit. Man zeigt mit Fingern auf mich, erörtert meine Chancen und bestaunt, je nach Eigenart, meine Torheit oder meinen Mut.

Alfonso berichtet, daß die Indianer zum Laufe fertig seien.

Leider wäre einer der Besten nicht erschienen, dafür hätte man aber einen anderen gewählt, den der Lehrer von San Ignacio nach langem Zureden bewogen hätte, am Laufe teilzunehmen. Wenn nur erst Alejandro käme! Es wird doch hoffentlich seinem Auto nichts zugestoßen sein!

Als ich auf den Vorplatz hinaustrete, sehe ich eine Anzahl Tarahumara im Schatten eines Baumes gelagert, umstanden von einer Schar Neugieriger, die sie mit Fragen belästigen. Andere stehen regungslos, die Decken fest um den Hals gezogen, an der Mauer des Stationsgebäudes entlang. Mitleidige Mexikaner bringen ihnen Hände voll brauner, in Schmalz gesottener Bohnen, die sie, affenartig, mit den Fingern in den Mund stecken.

Es wird 11 Uhr. Es wird Mittag. Alejandro kommt nicht. Die Spannung wird immer größer. Unruhig laufen die Burschen hin und her und spähen den Weg hinunter, der nach Norden führt. Nur die Indianer, von denen eine große Anzahl als Zuschauer zusammengeströmt sind, verharren regungslos auf ihren Plätzen.

Endlich, gegen 2 Uhr, hört man ein immer näherkommendes Gackern und Rasseln, und nun kommt das Gefährt herangehopst, das Alfonso als Auto bezeichnet hatte: ein offener Fordwagen, von dem nur noch der Vordersitz, vier wackelige Räder und eine verbogene Lampe erhalten sind.

Ein junger Mensch von forschem Äußeren springt heraus und begrüßt mich, nachdem ich ihm vorgestellt worden bin, mit allen Formen der Höflichkeit.

Im Nu ist er und sein zerfallener Wagen von Menschen umringt, die sich auf das hintere Gestell schwingen, das mit einem paar aufgeschraubten Brettern zusammengehalten ist. Man tastet nach Bremsen und Hebeln, berührt die Reifen und Speichen, drückt auf den Knopf der Hupe, die seit langem verstummt ist, hebt die Haube ab und betrachtet mit Erstaunen das Mysterium des Motors. Alejandro läßt alles lächelnd geschehen, denn er ist dergleichen gewöhnt.

Darauf gehen wir ins Haus, um eine Mahlzeit einzunehmen. Das ganze Dorf schaut uns bekümmert nach, hatte man doch geglaubt, es würde jetzt losgehen. Die Indianer, die schon seit 6 Stunden warten, verziehen keine Miene.

Als wir zurück ins Freie gehen, hängen die Leute noch immer wie ein Bienenschwarm um den armen, gequälten Fordwagen. Endlich gelingt es Alejandro, sich einen Weg zu bahnen, um den Benzintank noch einmal auf seinen Inhalt zu prüfen. Dabei fällt mir ein, daß wir eigentlich einen Ersatzschlauch mitführen müßten, falls wir unterwegs eine Panne erleiden sollten.

Einen Ersatzschlauch hätte er wohl, sagt Alejandro, aber er wäre voller Löcher. Man könnte ihn jedoch flicken. Gummi genug hätte er in der Tasche. Nun machen sich ein paar Burschen daran, den Schlauch wie eine Blutwurst aufzublasen und die zischenden Stellen mit Flicken zu besetzen, während ich mich in den harten, zerrissenen Wachstuchsitz schwinge.

O Schreck! Wie sieht das Kontrollbrett aus! Es ist dermaßen verschmutzt, daß keine Ziffer mehr zu erkennen ist. Zeiger und Gläser sind zerbrochen. Nicht eine Schraube, nicht eine Niete ist in dem rostigen Blechgestell geblieben.

Wir stellen unsere Uhren auf die genau gleiche Zeit. Alfonso hat sich den Chronometer des Stationsvorstehers ausgeliehen. Neben mir sitzt Alejandro, die Hand am Lenkrad, während sich Alfonso und Manuel, sein Freund, hinter uns auf das Brettergestell geschwungen haben. Der Starter funktioniert natürlich nicht, so daß wir gezwungen sind, den Wagen von einer Anzahl Burschen schieben zu lassen, bis der Motor endlich zündet. Mit Gejohle und Gepfeife folgt man dem knatternden Gefährt, das vor der Kirche haltmacht, wo sich die Indianer aufgestellt haben.

Aber da stehen nicht drei, wie vorher bestimmt wurde, sondern deren sechs am Start. Außerdem haben sich zwei mexikanische Burschen hinzugesellt, die das Rennen mitmachen wollen. Der eine bittet mich um ein Hemd, da er nicht mit nacktem Oberkörper laufen will. Ich gehe ins Haus zurück und suche ein Hemd, das er glückstrahlend über seine behaarte Brust zieht.

Wir versprechen den Siegern gestaffelte Geldpreise, die sie, da sie ihnen als solche nichts nützen, am Orte in Bohnen oder Mais umsetzen können. Darauf notiere ich die Namen der indianischen Teilnehmer, unter denen sie in der Mission bekannt sind: Aurelio Francisco, Alejandro Batista, Manuel Lozano, Jose Torres, Pedro Torres – Tomas Zafiro ...

Tomas Zafiro! Endlich habe ich ihn gefunden! Der Läufer,

von dem vor Jahren die Weltpresse sprach, dessen Namen und Leistungen mich in die Sierra brachten, dieser Läufer will in meinem Rennen starten! Ich kann es kaum für möglich halten, und doch ist es so, wie mir meine Freunde versichern. Er ist schon lange nicht mehr gelaufen. Heute will er es noch einmal versuchen, obgleich die Zeit seines besten Könnens längst vorüber ist.

Da steht er vor mir, barfuß, im rohwollenen Kittel, statt der Hosen mit einem Lendentuch bekleidet, wie der primitivste seiner Brüder, und das, obgleich er die Zivilisation kennt und ihre Annehmlichkeiten gekostet hat. Er ist wieder in seine Heimat zurückgekehrt, unberührt, wie er gegangen ist, um in seiner Höhle in Ruhe und Zufriedenheit seine Tage zu fristen. Alles, was ihn an sein Leben, an seine Erfolge draußen erinnert, hat er abgestreift, wie ein Mönch, der sich in die Einsamkeit zurückzieht. Seine Pokale, die Zeugnis geben von seinem einst überragenden läuferischen Können, liegen in der Pappschachtel beim Schullehrer von San Ignacio. Was mag ihn wohl bewogen haben, an diesem Rennen teilzunehmen? Ob es die Liebe am Lauf ist?

Wie alt mag er wohl sein? Niemand weiß, wie alt diese Indianer sind, am wenigsten sie selbst. Ihre Haare lichten sich auch im hohen Alter nicht, wenn sie auch grau und silberhell werden. Nur am Gang und an einem Anflug von Kinnbart erkennt man sonst noch den alten Indianer.

Ich versuche, von Tomas Zafiro etwas über seine Eindrücke in der Zivilisation zu erfahren. Umsonst! Auch auf Alfonsos Fragen murmelt er nur Unverständliches vor sich hin. Er möchte anscheinend nicht darüber sprechen. Finster, fast feindselig blickt er mich an. So wende ich mich denn von ihm ab, den Formalitäten des Startes zu.

Ich brauche geraume Zeit, die Indianer zu überreden, diesmal auf das Stoßen der Kugel zu verzichten, da mir daran liegt, die bestmögliche Zeit herauszuholen. Ferner wird ihnen klargemacht, daß sie die vermessene 10-Kilometer-Strecke viermal hin- und herzulaufen hätten, und 2 Kilometer dazu. Die Distanz vom Dorfe Marathon nach Athen beträgt zwar 42,196 Kilometer, aber aus praktischen Gründen werden wir es mit 42 Kilometer bewenden lassen.

Alles fertig? Ich hebe die Hand. Sie stürzen davon. Halt! Noch nicht! Wenn ich die erhobene Hand senke, dann kann es losgehen. Atemlose Stille! Mit weit heraustretenden Augen starren die Zuschauer auf das Bild. Ich blicke auf das Zifferblatt, warte, bis der Zeiger die 12 erreicht hat, auf die wir unsere Uhren gestellt haben, und winke. Unter dem wüsten Gebrüll der Umstehenden sausen sie davon, gefolgt von einer Schar zu Fuß und zu Pferde, die seit langem ungeduldig auf diese Gelegenheit gewartet hat. Es ist vier Uhr nachmittags.

Unser Auto knattert hinterher. Draußen auf dem Feldweg, der noch vom letzten Regenschauer durchweicht ist, spritzt mir ein Schrapnellfeuer von Schmutzklumpen ins Gesicht. Wir sind besprenkelt wie Kibitzeier und lachen einer über den anderen, obwohl jeder genug über sich selbst zu lachen hätte.

Nun ist der Weg wieder trocken. Auf dem Gestell eines Eisenbahnwagens steht eine Gruppe von Indianern, dicht aneinandergedrängt, um dem Rennen zuzuschauen. Davon sind einige schon abends zuvor angekommen und haben im Freien übernachtet. Zeigen unsere Sportfanatiker, die stundenlang vor den Sportpalästen und Stadien stehen, mehr Enthusiasmus, als dieses sonderbare Indianervolk?

»Halt!« schreit Alfonso in mein Ohr, daß ich erschreckt auffahre. Manuel ist, als wir über einen Höcker fuhren, vom Wagen gefallen. Lachend läuft er uns nach und schwingt sich von neuem auf das abgebremste Gefährt. Gut, daß ihm nichts passiert ist!

Der erste Kilometerstein ist erreicht. Der Führende passiert ihn in genau 3 Minuten. Das Rudel hat sich hier bereits auseinandergezogen. Die beiden Mexikaner liegen 50 Meter hinter den Indianern. Mir wird schon jetzt recht bange um meine Wette, denn die Zeit ist als Anfangstempo für einen Marathonlauf äußerst schnell.

Bis zum zweiten Kilometerstein ist der Weg ziemlich eben. Hier liegen nur noch drei Indianer geschlossen an der Spitze. Einer von den Torres ist zurückgefallen. Die Zeit ist 6 Minuten 5 Sekunden. Nun fahren wir mit dem Auto an die Führenden heran, und eine Zeitlang seitlich neben ihnen her, um sie besser beobachten zu können. Sie laufen stilistisch einwandfrei, mit kurzen gelockerten Schritten, die den Lauf um so schneller erscheinen lassen. Leichtfüßig wie Rehe traben die braunen Gestalten dahin, kaum daß man ihr Keuchen und das Geräusch ihrer Schritte vernehmen kann. In den Bambusstäben rasselt der lose Kies ohne Unterlaß. Wie aus Erz gegossen glänzt die kupferne Haut im Licht der prallen Sonne, die trotz des Spätnachmittags hell über die Landschaft flutet.

3 Kilometer in 10 Minuten! Jähe Felswände ragen auf. Der erste Wasserlauf wird genommen. Plitsch, platsch, sind die Indianer hindurch. Das Auto hilt. Alfonso springt ab, um eine leere Konservenbüchse mit Wasser zu füllen, das er in den Kühler gießt. Ein Geiser von Dampf und heißem Wasser spritzt hoch. Schon nach 10 Minuten Fahrt hat sich der Motor vollkommen heißgelaufen! Das kann schön werden!

Weiter geht's, den unermüdlichen Läufern nach. Das flache Geläuf war leicht zu nehmen, da das Wasser nur bis an die Achsen reichte. Vor uns tauchen die laufenden Gestalten auf. Jetzt sind wir heran und vorbei. Wir müssen auf dem nun schwierigen Wege einen kleinen Vorsprung halten, um bei unerwarteten Hindernissen nicht zu weit zurückzufallen. Der Weg steigt. Von der Anhöhe zurückblickend, sehen wir die Nachhut in beträchtlichem Abstande folgen.

5 Kilometer in 16 Minuten 20 Sekunden! Der junge Indianer mit der weißen Kopfbinde hat sich von seinen Verfolgern freigemacht. Unversehens ist zwischen ihm und den anderen ein Abstand entstanden, erst wenige Meter nur, dann ein beträchtliches Stückchen. Nun fällt auch der Dritte zurück, Tomas Zafiro, der mit grimmigem Gesichtsausdruck gegen die zunehmende Ermüdung kämpft. Er ist dem Ansturm der Jungen nicht mehr gewachsen.

Wieder geht es durch einen Bach. Diesmal kommt das strömende Naß bis an die Fußhebel heran. Ich weiß nicht, was ich mehr bewundern soll; die Läuferleistung der Indianer oder Alejandros Fahrerfähigkeiten. Wunderbar, wie er das alte Gefährt durch die reißende Strömung lenkt! Wieder wird der Kühler mit frischem Wasser gefüllt, das sich sofort in eine sprühende Fontäne verwandelt.

Wir kommen durch ein Gehölz, holpern über Steine, Baumwurzeln und Buschwerk. Die Schläuche platzen noch immer nicht, das Gestell fällt noch immer nicht auseinander. Einmal nehmen wir eine jähe, steile Steigung. Ein verzweifelter Anlauf – schon sind wir oben. Der Führende, es ist Aurelio Francisco, gleitet über die Hindernisse wie ein scheues Reh. Ich glaube gar, er lächelt.

Da steht der zehnte Kilometerstein, der Wendepunkt. Aurelio ist heran, macht einige kurze Schritte, läßt die Arme für wenige Sekunden entspannend sinken, dreht sich um und läuft die Strecke, die er gekommen, wieder zurück. Nun ist auch der Zweite heran, Jose Torres. Auch er macht sich unverzüglich auf den Rückweg. Tomas Zafiro wirft uns seinen großen Strohhut zu, mit dem er bisher gelaufen ist. Dann geht die Jagd weiter.

Wie ich aus der Zeit ersehe, hat sich die schwierige Strecke und die zunehmende Erschöpfung, der natürlich jedes Lebewesen unterworfen ist, bemerkbar gemacht. 10 Kilometer in 36 Minuten 15 Sekunden bedeutet den anderen Zeiten gegenüber schon eine kleine Verschlechterung. Ich glaube, das Anfangstempo war zu schnell. – Meine Chancen steigen.

Wir laden Alfonso ab, der den Wendepunkt kontrollieren wird, falls unserem Wagen etwas Unvorhergesehenes zustoßen sollte. Auf dem Rückweg kommt uns schnaufend und prustend der Mexikaner entgegen, dem ich mein Hemd geliehen habe. Der andere Weiße hat das Rennen bereits aufgesteckt. Ab und zu treffen wir eine Menschengruppe am Wege, die die Indianer mit wilden Rufen zu schnellerer Gangart anzufeuern sucht. 15 Kilometer in 55 Minuten!

Kurz vor dem Dorfe wartet ein Troß von Berittenen, der mit großem Gebrüll neben den Indianern hertrabt und uns bis zur Kirche begleitet, wo die ganze Ortschaft versammelt ist. Männer und Frauen erwarten die Läufer, um ihnen eine Erfrischung zu reichen. Ich blicke auf meine Uhr: 20 Kilometer in 1 Stunde, 16 Minuten, 45 Sekunden, das wären für 40 Kilometer 2 Stunden und 33½ Minuten, vorausgesetzt, die Läufer hielten das Tempo durch. Wenn der Sieger also 42 Kilometer, wie meine Gegner annehmen, in 2 Stunden 31 Minuten zurücklegen wollte, so müßte er seine Geschwindigkeit gehörig steigern, wozu er, nach dem schnellen Anfangstempo, meines Erachtens nicht mehr in der Lage ist. Ich bin meiner Sache nun ganz sicher.

Aurelio Francisco liegt gute 500 Meter in Front. Er verzichtet auf alle Erfrischungen, dreht sich vorsichtig auf dem Hacken herum und läuft, ohne in seiner Haltung eine Spur von Erschöpfung zu zeigen, den weiten Weg zurück. Auch den anderen Indianern merkt man, obgleich sie langsamer geworden sind, keine Ermüdung an.

Die Stimmung der Zuschauer und meiner Freunde ist noch immer eine bewundernswert zuversichtliche, denn sie sind noch gar nicht in der Lage, ernsthaft abzuwägen, was ihnen blüht. Sie hoffen noch immer zuversichtlich, daß sie gewinnen werden, obgleich ihnen die Vernunft etwas anderes sagen sollte. Nur Manuel, der still auf einem Zettel rechnet, ist auffallend ernst und skeptisch geworden.

Unterwegs begegnen wir einem älteren, hageren Mann zu Pferde, der, die Zügel über den Arm gelegt, eine Kanne und einen Blechtopf in der Hand trägt. Er bittet uns, ihn ein Stück auf dem Wagen mitzunehmen, da sein Pferd erschöpft sei und er den Läufern nicht mehr folgen könne. Nachdem wir eingewilligt haben, bindet er das Tier an einen Baum und schwingt sich auf den Bretterboden hinter unseren Sitzen. Wir geben Gas und durchqueren einen Flußlauf, wo wir wieder Wasser in den Kühler flößen.

Der Mann fährt mit, um die Indianer auf der Strecke mit einer Nahrung zu versehen, die ihnen seit undenklichen Zeiten während ihrer Läufe zum Bedürfnis geworden ist: gerösteter Maisgrieß mit Wasser versetzt, den man Pinole nennt. Dieser Maisgrieß wird erst kurz vor der Mahlzeit in Wasser getan, so daß er im Magen aufquillt und ein Sättigungsgefühl verursacht. Er schmeckt wie aufgeweichte, fade Mandeln, ist jedoch dem Gaumen eines Zivilisierten zuträglicher als das Tesvino-Gebräu.

Aurelio Francisco erscheint in der Ferne, an seinem weißen Kopfband erkenntlich. Nun setzt er durch einen Flußlauf, daß ihm das Wasser bis zur Brust spritzt. Wie er so daherkommt mit seinem wohlgeformten, nackten Körper, den Bambusstab wie einen Speer behende in der Hand schwingend, die flinken Füße in edlem Stil gesetzt, da kann ich nicht umhin, ihn mit dem klassischen Marathonläufer zu vergleichen, den der griechische Feldherr Miltiades nach seinem Sieg gegen die Übermacht der Perser vor 2400 Jahren nach Athen sandte, um die gute Botschaft zu überbringen. Könnte man die beiden Läufer

Aurelio Francisco, vom Volk der Tarahumara-Indianer, durchquert einen Flußlauf.

nebeneinander sehen, zu wessen Gunsten würde der Vergleich ausfallen?

Inzwischen ist der Indianer dicht herangekommen. Wir heben die Hand und deuten auf die Kanne, die in der Hand unseres Begleiters winkt. Er bremst ab, bleibt mit gespreizten Beinen stehen, stützt sich mit der einen Hand auf den Stab, ergreift mit der anderen den Blechtopf und schlürft den Brei hinunter. Dann leckt er sich die Lippen, blickt uns mit verschmitztem Ausdruck an und setzt sich wieder in Bewegung. Der ganze Vorgang hat kaum eine Minute gedauert.

Zafiro, der sich inzwischen an die zweite Stelle gekämpft hat, kommt als nächster an. Auch er schlürft den Maisgrieß hinunter, als nähme er einen Imbiß auf einem Spaziergang. Mich überrascht immer wieder die anscheinende Ruhe der Atmungsorgane, die sich nach außen hin nur durch ein mäßiges Heben und Senken des Brustkorbes bemerkbar macht.

Wir lassen nun den barmherzigen Samariter zurück, damit er sich auch den anderen widmen kann, während unser Wagen weiter ächzt. Einmal müssen wir uns zur Seite werfen, um auf dem schrägen Wege ein Umschlagen zu verhindern. Bald darauf rattern wir über das netzartige Wurzelwerk des Gehölzes, von unzähligen Lichtpunkten aus dem Laubwerk überflickert. Rauhe Zweige, harte Blätter peitschen um meine Ohren. Aus dem offenen Kühlerrohr steigt schon wieder eine Dampfwolke empor.

Während wir am Wendepunkt unsern Freund Alfonso aufladen, kommt Aurelio mit niederhängenden, entspannten Armen heran und macht seine Kehrtwendung, den Weg zurück. 30 Kilometer in 1 Stunde 56 Minuten! Nur durch beträchtliche Beschleunigung seines Tempos ist es möglich, 42 Kilometer unter 2 Stunden 31 Minuten zu laufen. Alfonso und Manuel rechnen hin und her und schütteln besorgt die Köpfe.

Das Sonderbare ist, daß Aurelio Francisco gar nicht zu den Läufern gehörte, die ursprünglich für diesen Lauf vorgesehen waren. Er kam mit den Neugierigen von San Ignacio nach Creel, um zuzusehen. Von 9 Uhr morgens bis 4 Uhr nachmittags trieb er sich auf dem Kirchplatz umher, ohne einen Brocken zu essen. Unvorbereitet, wie er war, ging er ins Rennen und zeigt trotzdem eine Leistung, um die ihn mancher weiße Läufer beneiden würde.

Was mich ebenfalls in Verwunderung setzt, ist die Tatsache, daß er nicht in der San Ignaciomannschaft aufgestellt war, die kürzlich gegen Bocoyna unterlag. Meine Freunde, darob befragt, zucken die Achseln. »No tienen cabeza« – »sie haben keinen Kopf«, ist alles, was sie darüber zu sagen vermögen. Dieser Mangel an Verstand macht sich auch bei der Einteilung des Renntempos bemerkbar. Wie ganz anders würden die Gesamtzeiten ausfallen, wenn das Anfangstempo nicht so scharf wäre! Sie wissen eben nicht, mit ihren Kräften haushälterisch umzugehen.

Diesmal sind wir beim Durchqueren des Flusses an eine besonders tiefe Stelle geraten, denn das Wasser flutet bereits an die Fußhebel. Nur gut, daß der Wagen durch unser Gewicht fest zu Boden gedrückt wird! In der Mitte des Flußbettes setzt mit einemmal der Motor aus. Wie ein Haufen nutzloses Gerümpel steht der Wagen stumm und tot inmitten der reißenden Strömung. Das arme, müde Blech zittert nicht mehr. In der Ferne enteilt Aurelio Francisco unseren Blicken. Und das wenige Kilometer vor dem Ziele!

Wir blicken uns verzweifelt an, geben Gas, schwingen uns im Takt nach vorn, um dem Motor die Arbeit zu erleichtern. Umsonst! Das Gefährt rührt sich nicht.

Mit gräßlichen Flüchen ziehen Alfonso und Manuel ihre Schuhe und Strümpfe aus und gleiten, nachdem sie die Hosenbeine hochgekrempelt haben, ins Wasser hinein. Hau ruck! Noch einmal! Hau ruck! Jetzt hat er sich bewegt! Mühsam, mit keuchendem Atem schieben die beiden den Wagen Schritt für Schritt auf das zum guten Glück flache Ufer.

Nur schnell, nur schnell! Da kommt auch schon Zafiro durch das Wasser geplatscht, daß es hoch aufspritzt. Er wirft uns einen sonderlichen Blick zu, als wollte er sagen: »Das habt ihr von eurem Zauberwerk!«, dann läuft er, die Tropfen abschüttelnd, mit schnellen Schritten weiter.

Alejandro hat die Haube geöffnet und festgestellt, daß die Zündkerzen naß geworden sind. Eine nach der andern wird herausgenommen und am unteren Teil seines Hemdes abgetrocknet. Mit vereinten Kräften schieben wir, nachdem die Teile wieder zurückgesetzt sind, den Wagen vorwärts. Alejandro sitzt am Lenkrad und gibt Gas. Wenn doch erst der Motor puffen würde! Da, als wir schon alle Hoffnung aufgegeben haben, ertönt das erlösende Geräusch der ersten Explosion. Bald setzt sich der Motor mit wütendem Schütteln wieder in Bewegung. Der Wagen fährt weiter.

Kurz vor dem Dorfe holen wir den alten Reitersmann ein, der mit Kanne und Blechtopf seiner Behausung zutrabt. Gruppen junger Burschen versuchen, mit aufgeregtem Geschrei dem Wagen zu folgen, aber Henry Fords Motor ist stärker als ihre Füße. Sobald wir zwischen den ersten Hütten angelangt sind, hören wir von der Kirche her ein ohrenbetäubendes Gebrüll. Aurelio Francisco ist am letzten Wendepunkt angekommen. Nun noch 2 Kilometer zurück, und das Rennen ist zu Ende.

Wir machen uns gar nicht erst die Mühe, bis zur Kirche zu fahren, sondern kehren auf der Stelle um, wo die Tarahumara auf dem Eisenbahnwaggon als Zuschauer stehen. Überall, wo wir Menschengruppen begegnen, zeigt sich eine ungeheure Aufregung. Man schreit, gestikuliert, läuft durcheinander, als ob die Banden Pancho Villas erneut auf dem Anmarsch seien.

Beim Kilometerstein Nummer 2, dem Ziel, halten wir. Eine Anzahl von Burschen hat sich eingefunden, um die Ankunft des Siegers abzuwarten. Ich blicke auf meine Uhr. Die festgesetzte Zeit ist bereits überschritten. – Ich habe meine Wette gewonnen!

Von einem Menschenrudel begleitet, kommt die braune Gestalt Aurelios in Sicht. Beim Anblick des Zieles macht er einen kräftigen Endspurt, und steht nun, ohne einzusinken, ohne sich gehen zu lassen, aufrecht auf seinen Stab gestützt, wie vordem, als er den Pinolebrei schlürfte.

Ich habe nie einen Marathonläufer durch das Ziel gehen sehen mit solch ungewöhnlicher Frische. Wieder drängt sich in mir ein Vergleich auf: mit ihm und den Marathonläufern von Los Angeles, die kurz nach dem Lauf Mühe hatten, auf den Beinen zu stehen. Ruhig atmet er durch die Nase, sein Brustkorb bewegt sich normal, als käme er von einem Spaziergang. Seine Zeit ist wenige Sekunden schlechter als 2 Stunden 50 Minuten.

Tomas Zafiro kommt in der mäßigen Zeit von 3 Stunden 14 ½ Minuten ein. Es scheint, er hat sich nicht mehr besonders angestrengt, als er fühlte, daß er geschlagen war. So auch die anderen. Sie haben alle aufgegeben, die Mexikaner schon nach dem 20. Kilometer.

Während die Sonne hinter den Bergen verschwindet, kehren wir ins Dorf zurück. Überall, wo uns Menschen begegnen, sieht man betroffene Gesichter, während ich im Inneren jubiliere. Man schüttelt den Kopf, fragt nach den Einzelheiten, hört, daß 4 Uhren dieselbe Zeit genommen haben, sucht nach Entschuldigungsgründen, glaubt, daß der Sieger bei weitem nicht das Beste aus sich herausgegeben hätte und bei weitem nicht der beste Läufer der Tarahumara sei. Eins aber steht unumwunden fest: ich habe bei allen riesig im Ansehen gewonnen. Das gutmütig duldende Lächeln von vorhin ist einem scheuen Ausdruck der Bewunderung gewichen, dafür, daß ich voraussagte, was sie nicht vermutet hatten.

Aurelio schreitet unbekümmert mit seinem Bambusstab dahin wie ein junger Gott. An der erzielten Zeit hat er nicht das geringste Interesse. Sie bedeutet nichts für ihn. Er hat sein Bestes getan, und damit basta! Kaum, daß ihm klar ist, daß er meine Freunde in Verlegenheit gebracht hat. So geht er, von alt und jung begleitet, die Strecke ins Dorf zurück. Wir führen ihn auf Alfonsos Veranda und haben Mühe, die Herandrängenden hinter dem Staketenzaun zurückzuhalten.

Was mir in gleichem Maße wie seine läuferische Leistung imponiert, ist die Tatsache, daß er den schönsten und idealsten Läufertyp darstellt, den man sich vorstellen kann. Sein Brustumfang beträgt, wie ich durch Messen feststelle, normal 82 Zentimeter, eingeatmet 87 Zentimeter, äußerster Wadenumfang 31 Zentimeter, Höhe 1,575 Meter, Gewicht nur 48,6 Kilogramm. Auf Zafiro und die andern treffen dieselben Maße zu. Die zierlichen, wohlproportionierten Menschen haben sich durch die Jahrhunderte einen Körper geschaffen, dessen Vollkommenheit wir seit einem Menschenalter durch sportliche Betätigung zu erreichen bestrebt sind. –

Nun sind wir fertig mit Messen und Wiegen. Die Indianer lassen sich alles ruhig gefallen, während das Volk vor der Veranda offenen Mundes zuschaut. Seit ich in ihrer Achtung gestiegen bin, werden alle meine Handlungen mit großem Interesse verfolgt.

Als ich einen Blick in die gaffende Menge am Staketenzaun werfe, entdecke ich das gelbe Gesicht meines Wirtes Sam.

»Siehst du, Sam«, rufe ich laut, »was habe ich dir gesagt? Du hast deine Wette verloren und wirst nun auf der Stelle deinen Tribut zahlen.«

»Was ist, was ist?« rufen eine Anzahl Stimmen.

»Er wird in den Fluß springen«, sage ich schadenfroh, »und zwar in wenigen Minuten.«

Ein brüllendes Gelächter ist die Antwort. Jemand ruft: »Sam wird in den Fluß springen.«

Der Betroffene blickt verstört auf mich. »Heute nicht, Mister, heute nicht«, schreit er, »morgen, es hat bis morgen Zeit.«

Es ist schon zu spät. Der Mob, der noch vor wenigen Stunden mit mir Leben und Gesundheit verwettet hätte, spielt sich nun als Ehrenwächter auf. Sam wird unter den Armen gepackt und mit Gewalt davongezogen. Er quakt und schreit und strampelt, aber es hilft alles nichts. Mit unbarmherziger Roheit zerrt man ihn den Weg hinunter, an der Kirche vorbei. Seine Frau, mit einem Kind im Arm, muß hilflos mitansehen, wie er auf den schmalen Steg geschoben wird und einen Schubs erhält, der ihn in das strömende Wasser befördert. Zum guten Glück fällt er auf die Beine und steht nun bis zu den Hüften im Wasser, obgleich er durch das Aufspritzen bis zum Kopfe durchnäßt ist. Mit verzerrtem Gesicht macht er sich daran, das Ufer zu gewinnen, während die Menge vor Vergnügen jauchzt. Gefolgt von den Scherzworten seiner Begleiter, geht er mit sonderbar gespreizten Beinen seinem Hause zu, wo ihn seine Frau bekümmert erwartet. Während er eben noch fuchsteufelswild war und sonderbare chinesische Flüche ausstieß, scheint ihn der Anblick seiner Frau milder zu stimmen, ja – er lächelt sogar, als handele es sich um einen guten Scherz. Als seine Ehehälfte sieht, daß ihm weiter nichts passiert ist, als daß sich um seine Stiefel Wasserlachen bilden, verwandelt sich ihre Bekümmernis in naserümpfende Überlegenheit, die in einem bissigen Wortschwall zum Ausdruck kommt.

Sie hätte im voraus gewußt, wie alles kommen würde, erklärt sie mit großer Bestimmtheit. Ein anderes Mal möchte er mit seinen Wetten vorsichtiger sein.

Um sich vor der lachenden Menge keine weiteren Blößen zu

geben, verschwindet Sam wie ein begossener Pudel in der Haustür.

Später, als sich Aurelio Francisco mit einem Sack voller Bohnen auf den Heimweg begeben hat, sitze ich beim Schein der Öllampe und durchdenke das heutige Ereignis.

Heute hat ein unvorbereiteter Indianer aus sich heraus, ohne recht zu wissen, um was es sich handelte, ohne einen Begriff von Renneinteilung zu haben, trotz der in 2 300 Meter Höhe liegenden schwierigen Strecke mit insgesamt 32 Wasserläufen, eine Zeit erzielt, die unsere modernen Läufer erst seit einem Menschenalter durch zielbewußtes, intelligentes Training erreicht haben. Das ist eine Tat, die höchste Bewunderung verdient, da es kein anderes Naturvolk gibt, das aus sich heraus an die Leistungen moderner Olympiasieger herankommt.

Gewiß – er hat den Weltrekord nicht erreicht. Doch darum ist seine läuferische Tat nicht weniger bemerkenswert.

Als im Jahre 1896 die ersten modernen Olympischen Spiele in Athen vor sich gingen, gewann der griechische Hirt Spyros Louis den Marathonlauf auf der klassischen Strecke in 2 Stunden 58 Minuten 50 Sekunden. Aurelio Francisco hätte ihn mit 2 Kilometer Vorsprung geschlagen.

Anläßlich des zweiten Olympia in Paris siegte der Franzose Teato in 2 Stunden 59 Minuten 45 Sekunden. Besonders mäßig war die Zeit des Amerikaners Hicks, der vier Jahre später, auf den Olympischen Spielen von St. Louis, die Zeit von 3 Stunden 28 Minuten 53 Sekunden benötigte. Dagegen erzielte der Amerikaner Hayes auf dem Londoner Olympia im Jahre 1908 2 Stunden 55 Minuten 18 Sekunden für die Strecke. Erst vom Jahre 1912 an wurden die Zeiten besser, denn der Südafrikaner McArthur brauchte in Stockholm nur 2 Stunden 36 Minuten 54 Sekunden.

Das Erstaunliche ist nicht, daß Aurelio Francisco heut die Zeiten vieler Olympiasieger unterbot, sondern, daß seine Vorfahren vor 300 Jahren genau das gleiche getan hätten.

Vielleicht war einer seiner Ahnen unter den Stafettenläufern, die zwischen dem Hafen Vera Cruz und der Stadt Mexiko hin- und hereilten, damit der große König Montezuma immer frische Fische auf seiner Tafel hatte, obwohl die Entfernung von der Hauptstadt bis zum Golf über 300 Kilometer betrug. Es ist gewiß, daß die Tarahumara mit den Aztekenstämmen des südlichen Mexiko verwandt sind, denn man rechnet sie zu den Uto-Azteken. Wahrscheinlich blieben sie auf ihrer Wanderung aus dem Norden in der Sierra zurück, die ihren Namen trägt, während ihre Stammesbrüder weiter nach Süden zogen und sich im Tal von Mexiko ansiedelten, wo sie der spanische Eroberer Cortez antraf.

Nie habe ich von einem Tarahumara gehört, der die Marathonstrecke unter 2 Stunden 50 Minuten gelaufen ist, wohl aber, daß sie bei einem 100-Kilometer-Lauf, wie die Dokumente des Christlichen Vereins junger Männer von Chihuahua beweisen, die ersten 42 Kilometer in 2 Stunden 54 Minuten bis 57 Minuten zurückgelegt haben. Das hat nicht einer, das haben Dutzende von Läufern getan. Daraus schließe ich, und die Beobachtungen von Carl Lumholtz bestätigen es, daß ihnen für jede Distanz ein gewisses ererbtes Tempo eigen ist, das sie, aus sich heraus, nicht zu beschleunigen in der Lage sind. Kommen dazu ungewohnte Verhältnisse und klimatische Veränderungen, so sind die menschenscheuen Indianer nicht fähig, sich zur Geltung zu bringen, besonders auf den kürzeren Distanzen nicht, da es ihnen an der Schnelligkeit mangelt, die eine Eigenschaft schnelldenkender, schußbereiter Menschen ist, ebenso wie ihnen die Rennintelligenz fehlt, die dem modernen Läufer zum Erfolge verhilft. Aus diesem Grunde hat es auch gar keinen Zweck, Tarahumaraläufer auf Olympischen Spielen gegen hochklassige, weiße Läufer antreten zu lassen. Dagegen ist mit Sicherheit anzunehmen, daß ihnen auf dem vertrauten Boden ihrer Heimat, in den langen Läufen durch Wald und Nacht, mit Holzkugel und Bambusrohr, kein Gegner gewachsen ist.

Hierbei soll nicht unerwähnt bleiben, daß moderne Läufer, in der Erkenntnis ihrer physischen Kräfte und deren voller Ausnutzung durch planmäßiges Training und fortschreitende Bewegungstechnik, verbesserungsfähig sind, während die Leistungen der Tarahumara immer auf dem gleichen Niveau stehen werden, gestern wie heute, heute wie morgen, wenn sie sich nicht aus ihrem, für unsere Vorstellungen primitiven Geisteszustand herausrütteln werden.

Warum sind nun eigentlich die Läufereigenschaften bei diesem

Volke in ganz besonderem Maße ausgeprägt? Es scheint, daß sich die Fähigkeiten zum Lauf seit undenklichen Zeiten entwickelt haben, denn ihr Name selbst, Ralámari, von den Spaniern in Tarahumara ballhornisiert, bedeutet Fußläufer (Ralá = Fuß).

Die Tarahumara laufen, weil sie müssen. Die Sierra, in der sie leben, ist menschenleer und wildarm. Wer von einem schützenden Ort zum andern will, muß sich beeilen, bevor die Nacht anbricht oder ein Ungewitter herniedergeht, denn das Land dazwischen bietet weder Obdach noch Nahrung. Nicht nur die Indianer, auch die Mexikaner eilen (wie ich es bei meinem Mozo gesehen habe), wenn sie durch diese von Menschen und Tieren verlassene Gegend ziehen.

Beim Fang der Rehe, Hasen und Eichkatzen muß man schnellfüßig sein, denn Schußwaffen sind zu kompliziert für den Indianerverstand, und auf die Wirkung der Holzpfeile kann man sich nicht immer verlassen. Das Wirksamste ist, man hetzt das Wild zur völligen Erschöpfung, selbst wenn es einen halben Tag dauern sollte, Zeit genug hat man ja dazu.

So ist den Indianern das Laufen zur Lebensbedingung geworden.

Daß die großen Läufe in der Vorzeit religiösen Charakter hatten, sei nicht abgestritten. Es gibt nichts, was ein Naturvolk mehr erschreckt als eine Sonnenfinsternis, da mit dem Erlöschen des Sonnenballs die Bedingungen für alles Weiterleben genommen sind. Das Symbol des Sonnenballs, die Holzkugel, muß also laufend erhalten werden, damit die Ernten nicht ausfallen. Diese Verbindung des Spiels mit einem Kult ist übrigens nicht nur eine Tarahumaraangelegenheit. Auch bei den Germanen wurde, wie Sagen und Mythen beweisen, besonders das Ball- und Kegelspiel ursprünglich als symbolische Handlung angesehen. Es ist noch gar nicht solange her, wo man im mecklenburgischen im Fußball aus alter Überlieferung heraus ein Sonnensymbol sah, und sogar an gewissen hohen Feiertagen das Spiel mit dem Ball verbot, wohingegen das Werfen mit Scheiben gestattet wurde.

Ein deutscher Forscher, Rudolf Zabel, sagt folgendes über die Carreras: »Der Sinn und die Motive dieser Rennen scheinen mir auf demselben Baum gewachsen wie die Dauertänze – dem bis ins Unglaubliche getriebenem Abhetzen des Körpers im Rhythmus des Spiels zu dem Zweck, eine psychische Rauschnarkose herbeizuführen.«

Carl Lumholtz beschränkt sich in seinem Buche »Das unbekannte Mexiko« auf folgende Bemerkung: »Das Interesse konzentriert sich beinahe ausschließlich auf die Wetten, die damit (mit der Carrera) verbunden sind; in der Tat, es ist nur eine andere Form des Glücksspiels.« –

Ich habe bei den Carreras, bis auf das Abziehen der Kopfbedeckung während der letzten eindringlichen Ansprache des Führers an die Läufer, von irgendwelchem religiösen Charakter nichts gemerkt. Auch liefen die Indianer nicht von Osten nach Westen, wie manche Religions- und Kulturforscher beobachtet haben sollen, sondern von Süden nach Norden und zurück. Das Spiel mit der Kugel bedeutet bei den langen Läufen über Land eine Belustigung, der sich selbst die mexikanischen Jungen der Umgebung hingeben, um die Monotonie der langen Wanderung zu brechen. Ließ man nicht im Weltkriege ein aus Fußballspielern zusammengesetztes englisches Bataillon bei einem Sturmangriff einen Fußball vor sich her treiben, um die Angreifer bei der Verfolgung des ihnen vertrauten Spielzeuges zur Begeisterung anzufachen und alle Empfindungen für das Geschehen ringsumher zu betäuben?

Die besten Dauerläufer sind verhältnismäßig primitive Menschen, die, weil sie auf geistigem oder anderem Gebiete wenig oder nichts zu leisten vermögen, ihren innewohnenden Geltungstrieb durch die ihnen von der Natur verliehenen, durch Training verbesserten Fähigkeiten, als Sportler zum Ausdruck bringen. Da sie sich nur auf diesem Gebiete zur Geltung gebracht haben und im späteren Leben in das graue Nichts der Unbedeutendheit zurücksinken, halten sie, bis ihnen die fortschreitenden Jahre eine weitere anstrengende körperliche Tätigkeit verbieten, mit zäher Beharrlichkeit an der Ausübung ihres geliebten Sportes fest. Der Dauerlauf, das Dauergehen, die Dauerleistung schlechthin, ist ihnen zur Manie geworden. Bezeichnend ist der Ausspruch eines alten Schweizer Gehers: »Gehen möcht' i, immer nur gehen!«

Warum sollte nicht bei den primitiven Tarahumara der Geltungstrieb eine Rolle spielen? Sie können weder lesen noch schreiben, ihre Sprache wird nur gesprochen. Sie hinterlassen nichts, was Kunde gibt von ihrem Erdendasein, weder Baudenkmäler, Kunstwerke, Tonfiguren oder andere Dinge, die wir sonst bei Naturvölkern zu würdigen wissen. Wer stirbt, verschwindet von der Bildfläche wie ein unbekanntes Tier.

Nur laufen können sie, und zwar weit besser als die Weißen, mit denen sie in Berührung kommen. Das wissen und empfinden sie, ebenso wie ihnen das Dahingleiten durch Wald und Flur, frei von jeder Erdenschwere, eine tiefe, animalische Befriedigung gibt, die jeder guttrainierte Dauerläufer an sich verspürt. Der Lauf ist ihnen, genau wie den alten Kempen des Lauf- und Gehsportes, zum ganzen Ausdruck ihres Ichs geworden. –

Vom Läufer zu Marathon bis zu Aurelio Francisco ist ein weiter Schritt. Leider wissen wir nicht, in welcher Zeit der klassische Siegesbote seine Nachricht nach Athen brachte, doch ist überliefert, daß er mit dem Rufe: »Freut euch, wir haben gesiegt«, von der Anstrengung des Laufes erschöpft, tot zusammenbrach.

Aurelio Francisco hingegen stand, auf seinen Bambusstab gestützt, ohne ein Zeichen von Ermüdung aufrecht vor der Kamera. Darauf ging er elastischen Schrittes mit uns in die Ortschaft, um einen Sack voller kleiner, brauner Bohnen zu erstehen, die er noch am selben Abend in seine etwa 5 Kilometer entfernte Felsenhöhle zu Frau und Kind bringen wollte.

Wolfgang Paul
Was heißt denn hier schon siegen

Der Zufall, die Lage, vielleicht auch ein schnöder Witz, den die Zeitgeschichte riß, wollten es, daß sich die Brüder erst in jenem Augenblick wiedersahen, nach Jahren der Trennung, als der Starter die Pistole prüfte und der Wind ins Stadion einfiel wie ein höhnischer, unerbittlicher Gegner jedes Versuches, Rekord zu laufen. Jakob hatte seinen Trainingsanzug mit dem Bundesadler längst ins Gras geworfen, gierig auf den Beginn, den Lauf, das Zielband.

Gottfried kam mit seinen Kameraden, die ihn in ihrer Mitte hielten, als müßten sie zeigen, daß er zu ihnen gehöre und nur ein Partikelchen des Apparats sei, der hier zur Probe aufgerufen war. Der Ehrgeiz bedrängte sie. Ihre Beine, austrainiert, bewegten sich tänzelnd, als müßten sie dem Publikum andeuten, was in ihnen steckte. Noch distanzierte beide die Unruhe, die hektische Sorge, daß die Startgelegenheiten in Ordnung seien, der Wind günstig, die Zeitmesser auf ihren Plätzen.

Das Publikum sah nur zwei Athleten, einander ähnlich, aber durch die Farbe von Hose und Hemd unterschieden, anderen Gesetzen unterstellt. Es genoß kaum diese Delikatesse, für die der Zufall sorgte. Gewöhnt war man längst, während der großen binnendeutschen Verfinsterung, daß sich die Brüder stritten, befehdeten, vielleicht hier noch mit kaum mehr erkenntlicher Courtoisie, dort schon rabaukenhaft wie ihre Väter in den Saalschlachten. Alles fügte sich dennoch unter einem blassen Sommerhimmel zu der notwendigen Stille, als Gottfried zeigte, daß er die schützende Mauer seiner Kameraden durchbrechen und auf Jakob zugehen, ihm die Hand drücken wollte, damit der Lauf ihm gnädig werde. Er war abergläubisch.

Jakob hatte sich vorgenommen (man erkannte es an der ungefähren Sicherheit, mit der er sich bewegte), dem Bruder die Fernsehkamera zu zeigen, die alles weitergeben mußte, was hier geschah, auch an ihre Mutter. Aber Gottfried wußte längst, daß sie zusah, und er vergaß nicht, an die anderen zu denken, die ebenfalls zusahen. Bei den Panzern in der Mark Brandenburg erkannten sie jetzt ihren Sportoffizier. Sie kritisierten die Haltung, die er einnahm, während er auf den Bruder von drüben traf.

Da aber das Denken in diesem Augenblick dem Rekordversuch feindlich war, und nur der Wille galt, zu siegen, unterdrückten beide alles, was sich seit zehn Jahren zwischen sie geschoben hatte, fürchterlich und gemein, aber auch lächerlich und absurd.

Sie unterließen es, sich die Hände zu drücken, zu spielen, was man von ihnen nicht erwarten durfte. Sie sahen sich an und nickten sich zu, und jeder hatte jetzt vor den Hunderttausenden, die im geteilten Land zusahen, eine Geste der kalten Zusicherung, daß der Lauf entscheiden müsse und nicht die Vergangenheit. Denn darauf waren sie scharf, auch wenn es sie schmerzte, Jakob nicht weniger als Gottfried, daß sie bewiesen, wie stark sie waren im Lauf und mit den Nerven und über alles hinaus, was sich zwischen ihnen ereignet hatte.

So traten sie an, als der Starter rief, und sie schenkten sich keinen Blick mehr, sie sahen nur das Ziel.

Jakob war schon als Junge weicher gewesen, aber er hatte genügend erlebt, um im entscheidenden Augenblick hart zu sein, wie Gottfried immer gewesen war (zuletzt noch in jener Stunde, da sie sich entscheiden mußten, bei der Mutter zu bleiben oder wegzugehen). Er wollte an die Mutter im Brandenburgischen denken, wo sie weder glücklich noch unglücklich war, nur enthoben jeder Parteinahme, so unwirklich fremd. Aber auch ihm hatte der Trainer die Herrlichkeit des Sieges vorerzählt unter der Bedingung, daß nichts ihn ablenke und nur die Schlagzahl der Beine zähle und der Hunger auf Sieg.

Die erste Bahnrunde verlief, wie es von den Strippenziehern hinter den Kulissen beabsichtigt war. Der Volksarmee-Offizier ließ seine Kameraden führen, der Bundeswehroffizier hielt sich in der Mitte. Nichts deutete auf die Auseinandersetzung, auf die beide so fürsorglich für diesen Lauf vorbereitet waren.

Das Publikum dachte an Eis und Bockwürste und die Abfahrtszeiten der Sonderzüge, und ein Kind lief in die Bahn, was Gelächter erzeugte.

In der zweiten Runde ergaben sich einige Verschiebungen.

So blieben Gottfried und Jakob ihren Schrittmachern, die für das schnelle Tempo sorgten, dicht auf den Fersen. Die Fernsehkameras schwenkten von der Piste herunter und woben die Fahnen in die Sendung, die wild flatterten.

Die Athleten verschärften das Tempo, wobei sie sich zweimal aneinander vorüberschoben, aber die Beute blieb noch unsichtbar, vielleicht verfehlte man sie noch.

Gottfrieds Gesicht zeigte schon ein wenig die Anstrengungen, während Jakob mürrisch aussah, als müßte er viel zu zeitig zum Morgendienst bei der Panzerartillerie in Füssen.

Sie liefen nun hintereinander, Gottfried vorn. So mußte er sein Gesicht nicht zügeln, tarnen, damit der Bruder den Einsatz nicht gleich spürte, den der andere schon in die Beine steckte. Jakob hinter ihm, also mürrisch wegen der Tarnung, die man ihm geraten hatte, daß er jede Chance, auch die der Mimik, wahrnehme in dem Rekordlauf.

So sah sie die Mutter, und die Kamera hätte, wäre sie sentimental, jetzt das Drama einläuten können mit einem schnellen Wechsel vom einen zum anderen Gesicht. Aber sie blieb objektiv, auch ein wenig unbeteiligt, obwohl sie beide Favoriten festhielt. Auch die Kommentatoren zögerten noch, auf den Bruderkampf, den sie erwarteten, hinzuweisen, denn die Brüder liefen unter verschiedenen Familiennamen, Gottfried hatte sich, als er Soldat wurde, einen anderen Namen zugelegt, um – so dachte er damals noch, aber wie lange war es her – die Familie zu schonen. Daß die Mutter dann bei ihm geblieben war, hatte ihn nicht bewegen können, sich wieder so zu nennen, wie es ihm zukam.

In die dritte Runde, nach achthundert Metern, fielen beide nun wie Sperber ein, Gottfried mit langen Schritten dem Feld davonziehend, alle hinter sich lassend außer Jakob, der dicht hinter dem Bruder blieb, sich ihm gefährlich näherte. Weit voran liefen sie, und nun brachen auch die ersten Schreie auf und zerrissen das Publikum.

Die Kommentatoren versuchten, dieses Feuer anzufachen, nun warfen sie alles ins Gefecht, sie enträtselten die davonlaufenden Brüder, sie gaben ihnen ihre Mutter zurück, die am Bildschirm saß und nicht wußte, ob sie schon jetzt vor der Entscheidung lachen oder weinen sollte.

Ein findiger Fernsehmensch hätte nun das Photo dieser Mutter einblenden müssen in die rasende Bildfolge und dazu das Land, in dem beide lebten, und die Linie, die sie trennte, und die Armeen, in denen beide dienten.

Und die Brüder, die sich nun in die Kurve legten und nicht voneinander ließen, die sich in der Führung ablösten, immer wieder dazu gezwungen, um dem Beifall recht zu geben, sich am anderen vorbeizuschieben und die Lunge einzusetzen wie stets, aber doch nun noch anders, noch gefährlicher – die Brüder glaubten nun, sie seien zum Perpetuum mobile geworden, das sich unabsehbar, unaufhörlich drehen müsse um die Kurven und Geraden der Aschenbahn, ziellos, nur darauf bedacht, im Gang zu bleiben, im schnellen, dem Rekord sich nähernden Tempo, auf das die Fachleute warteten.

Das Publikum begann zu ahnen, was da unten geschah, und die Schreie wurden wilder, und die Lautsprecher krächzten auf den Straßen, wohin man alles übertrug, und die Kommentatoren wurden heiser wie alte Männer.

Hätten die Brüder nur das Zielband gesehen, das nun ausgespannt wurde, als die letzte Runde begann; aber sie stürzten in sie hinein und fraßen die Meter mit ihren Augen, immer wieder aneinander vorbeigehend.

In diesen Sekunden lief mit Gottfried die so oft eingestandene Furcht, minderwertig zu erscheinen, da man, wie es selbst die Mutter sagte, falsch gewählt hatte, auf der unrichtigen, politisch üblen Seite stand. War nicht Jakob der Engel mit den Flügeln, der nun über die Bahn flog, ein kleiner Sportgott, dem man alles verzeihen würde, nur nicht den verfehlten Sieg?

Gehörten nicht genügend junge Leute zu ihnen, die nichts anderes mehr kannten als den Wettstreit der beiden Lager?

Nun lagen die Brüder nebeneinander, und in diesem Augenblick stürzte Jacob.

Es war kein vollendeter Sturz, nur ein Hingleiten wie aus übergroßer Müdigkeit, aber so, daß der Läufer sich sofort wieder erholte und aufstand, aber nun war es für ihn zu spät.

Denn Gottfried war an ihm vorbeigeschossen, willenlos, der Automatik der Geschwindigkeit unterworfen, die sie angeschlagen hatten, sich immer wieder aufhetzend zur letzten Kraftanstrengung.

Das Stadion überschrie die zahllosen Schreie mit einem nun einzigen, allgemeinen Schrei, dann war es still wie kurz vor dem Start.

Und es war so (ein Fernsehkommentator sprach später davon, als er gezwungen war, die ganze Angelegenheit seinen Zuschauern noch einmal ausführlich und ohne Hast darzustellen), als sei nun die ausgebliebene versöhnende Geste vor dem Start wieder zur Stelle gewesen, die Antwort auf die Frage, die man an die Brüder gestellt hatte, als sie sich, zum ersten Male nach zehn Jahren, wiedersahen.

Mögen wir ihm recht geben oder nicht: während schon im Ziel die Zeitmesser den Rekord auf den Uhren abzulesen schienen, stoppte Gottfried und sah sich nach seinem Bruder um, der zu ihm aufschloß, und beide liefen nebeneinander durch das Ziel, daß das weiße Band sie einhüllte wie die Schleife eines Siegerkranzes.

Aber nun, da das Unerwartete, ja, wohl Unmögliche sich ereignete, fehlte ihnen alles von dem, was sich sonst nach solchen Läufen anschloß. Sie umhalsten sich nicht, wie andere Athleten nach getaner Arbeit, sie drückten nicht Hände, auch entzogen sie sich rasch, durch den Tunnel unter der Aschenbahn, den Photographen, die sie aufnehmen mußten, denn wann hatte es dies schon einmal gegeben unter solchen Umständen.

Man sah sie im Tunnel verschwinden, linkisch beide, hintereinander, voran Gottfried, der sich nun zu schämen schien, hinter ihm Jakob, der sich die Asche vom aufgeschlagenen Knie abstrich.

Der Weltrekord war verfehlt, vorgesetzte Instanzen würden sich mit dem Vorfall beschäftigen müssen. Die Zeitungen hatten Kuchen für Tage.

Auch die Mutter darf nicht vergessen werden im Brandenburgischen. Sie hatte abgeschaltet, als alles für sie unerträglich, das heißt, dramatisch wurde.

Sie war zufrieden, daß beide gleich gut liefen, was hätte sie in ihrer Lage Schöneres erwarten können?

Max von der Grün
Im Osten nichts Neues

Fritz Schmidt stand vor den Kabinen im Schatten der gestutzten Bäume und sah in das Nep-Stadion. Es war ein heißer Vormittag gewesen. Die Temperaturen werden weiter steigen, hieß es im Wetterbericht, und die Athleten befürchteten eine schwüle Nacht, in der sie wieder keine Erholung finden würden, wie in den vorausgegangenen zwei Tagen und Nächten in Budapest.

»Fritz!« rief eine Stimme hinter ihm aus einer Gruppe. »Kommst du mit?«

»Geht schon mal, ich warte auf Wimmer«, erwiderte Schmidt und trat aus dem Schatten auf Borgner zu, der den Reißverschluß seiner Trainingsjacke aufgezogen, ein Handtuch um den Hals geschlungen hatte.

»Eine Hitze ist das wieder. Ich penne heute nacht in der Badewanne«, sagte Schmidt. Er ging ein paar Schritte neben Borgner her.

»Was war denn mit dir heute beim Training los? Hast du letzte Nacht gefeiert?« fragte Borgner.

»Weiß der Teufel. Mir war, als hab ich Blei in den Beinen gehabt.«

»Kein Wunder, bei der Bruthitze. Wir schmoren doch auf Sparflamme.« Borgner blieb stehen. Er sagte: »Ich kam mit Ach und Krach über zwei Meter... bei zwei Meter drei hab ich schon die Latte gerissen... du, Fritz, ich wollte es dir schon gestern sagen: Laß Wimmer in Ruhe.«

»Wimmer? Seit wann mischst du dich denn in meine Privatangelegenheiten.«

»Warum? Auf Warum kann man keine Antwort geben. Und Wimmer kommt aus Leipzig, und wer aus Leipzig kommt, ist keine Privatangelegenheit mehr, das müßtest du doch wissen«, sagte Borgner.

»Ach so ist das... na dann... ach... da kommt ja Wimmer.«

Schmidt drehte sich um und sagte noch zu Borgner: »Wir sehen uns ja beim Essen.«

Borgner hielt Schmidt fest. »Fritz, ich mein es gut mit dir, übertreib das nicht, du weißt, wie die von drüben reagieren, wenn wir uns zuviel um die von drüben kümmern...«

»Du bist ein Quatschkopf, du bist ein Nachquatschkopf. Wimmer ist Mittelstreckler wie ich, und zwar ein guter, und mir ist es egal, wo er herkommt, aus Paris oder aus Leipzig. Und wenn du es genau wissen willst, von denen ihren Trainingsmethoden können wir eine Menge lernen. Die von drüben können nämlich was, sogar die Trainer.«

»Das bestreitet doch kein Mensch. Aber Fritz... zufällig ist Wimmer nicht aus Paris, sondern aus Leipzig... also dann... bis zum Essen. Du, sag mal, willst du nächste Woche wirklich in Belgrad starten?«

Schmidt nickte und lief Wimmer entgegen.

»Na, du Sogenannter?« rief Schmidt.

»Na, du alter Revanchist«, erwiderte Wimmer.

Sie liefen nebeneinander zum Südausgang.

Schmidt und Wimmer waren gleich groß, und bei flüchtiger Betrachtung hätte man sie für Brüder halten können. Auch in ihrer Gestik lag Verwandtes, und nur ihre Sprache verriet ihr Herkommen: Wimmer konnte seinen sächsischen Dialekt nicht verleugnen, Schmidt seine Kölner Mundart nicht. Sonst aber hätte man sie für Brüder halten können, die Herzlichkeit der beiden zueinander verführte noch zu der Annahme. Ein Rheinländer und ein Sachse nebeneinander, ich lach mich schief, hatte Schmidt einmal gesagt, und Wimmer hatte damals erwidert: Und beide laufen noch dieselbe Strecke und auf die Hundertstel genau, wenn das nicht verdächtig ist, und sie hatten sich gebogen vor Lachen.

Als sie durch die Anlagen außerhalb des Stadions liefen, sagte Wimmer: »Du Fritz, die Kleine an der Rezeption sollten wir doch mal einladen... vielleicht für heute abend.«

Schmidt holte eine Forintmünze aus der Tasche. »Zahl?«

»Zahl«, sagte Wimmer.

Die Münze fiel in den Kies. »Zahl. Du hast gewonnen«, sagte Schmidt. »Aber verführ mir die Kleine nicht.«

»Ich bin gar nicht so, du Trottel, darfst mitkommen.«

»Dem Herrn bin ich sehr verbunden«, sagte Schmidt und machte vor Wimmer eine theatralische Verbeugung.

Vor dem Hotel Palace in der Rakosi-ucta stand der Teamchef der DDR mit zwei Athleten im Gespräch. Sie achteten auf die ankommenden Busse, sprachen aber weiter, fuhren die Busse ab. Teamchef Woltermann sagte zu den beiden jungen Männern: »Wißt ihr genau, daß Wimmer mit Schmidt weggegangen ist?«

»Klar«, sagte einer der Jungen, »die hängen doch dauernd zusammen.«

»Das ist ja schon pervers«, sagte der andere.

»Ausdrücke hast du immer«, erwiderte Woltermann.

»Wieso? Ist das unanständig?« feixte der Junge.

Es fuhr wieder ein Bus vor dem Hotel vor. Die drei gingen die zehn Schritte zur Haltestelle, und Woltermann sagte: »Wimmer sollte auch ein bißchen mehr Gemeinschaftsgeist zeigen ... immer mit dem Schmidt zusammen ... und beide immer allein.«

Wimmer und Schmidt stiegen aus. Woltermann rief ihnen entgegen: »Mensch, du kommst auch jeden Tag später.«

»Ist was? Es ist doch noch Zeit zum Essen«, sagte Wimmer.

»Essen. Quatsch, wir haben noch eine Besprechung.«

»Immer diese Besprechungen ... wußte ich gar nicht.«

Sie gingen in das Hotel. Schmidt blieb an der Rezeption stehen, er sprach das Mädchen an, um das sie vor dem Stadion eine Münze geworfen hatten.

»Schöne Holde, wir haben eben um Sie geknobelt, das heißt, wir haben ausgelost, wer von uns beiden, Wimmer oder ich, Sie heute abend ausführt. Wimmer hat gewonnen, aber ich darf mitgehen.«

Das Mädchen schrieb weiter in ein großes Buch, sie schielte aber Schmidt an.

»Und wohin wir gehen?« fragte sie, ohne ihre Arbeit zu unterbrechen. Schmidt flegelte sich auf den Tisch, er tat so, als überlege er angestrengt. »Tja«, sagte er, »was halten Sie von Paris, schönes Mädchen.«

»Paris gut.«

»Also dann: Start der Maschine um 18 Uhr, Ankunft Paris 20 Uhr, dann Montmartre und so lala ... einverstanden?«

»Einverstanden.«

Schmidt wollte die Treppe hochgehen, das Mädchen kam ihm nachgelaufen und plapperte aufgeregt: »Was ziehen ich an? Ich nix für Paris.«

»Bikini.«

Das Mädchen wurde rot, kehrte um und lief Wimmer in die Arme. Der hielt sie einen Moment fest, wirbelte sie dann herum und sagte: »Wir gehen heute abend aus.«

»Ich weiß schon.«

»Ach, hat der Knilch da Ihnen das erzählt? Na, ich habe gewonnen.«

»Er sagt, er kommt mit.«

»Jaja, väterliche Begleitung ... und wohin gehen wir?«

»Er hat gesagt, wir fliegen Paris. Abendessen Montmartre, dann wieder zurück.«

»So, hat er gesagt. Na, muß ja eine dicke Brieftasche haben. Aber vielleicht geht es billiger ... vielleicht zur Burg rauf?«

»Burg nicht gut, zu viele Menschen. Vielleicht Janosberg.«

»Janosberg ist gut.«

»Ja«, sagte das Mädchen. »Wein ist gut und Musik und auch Tanz.«

Schmidt war in seinem Zimmer damit beschäftigt, sich lockerzuhüpfen, er schlug die Zehen beim Springen an die ausgestreckten Arme, als sein Teamchef Bauer mit Erich Borgner sein Zimmer betrat.

»Schmidt, was war denn mit dir heute vormittag los?« fragte Bauer.

»Vielleicht die Hitze. Oder einer hat die Bahn mit Leim beschmiert.«

»Wimmer war fit«, sagte Bauer.

»Ja, der war fit. Wie der das macht.«

»Es bleibt also dabei, du fährst nicht mit nach München zurück?«

»Wie oft soll ich das noch sagen: Ich starte nächste Woche in Belgrad.«

»Du allein, ist doch Unfug«, sagte Borgner.

»Halt die Luft an, ich bin über 21 und damit volljährig«, erwiderte Schmidt wütend.

»Reg dich wieder ab«, beschwichtigte Bauer. »Aber wir hatten doch beschlossen ...«

»Wer hat beschlossen ... ich nicht ... ihr über meinen Kopf weg habt beschlossen ... ich starte ja auch nicht für euch und für Deutschland, sondern für mich ... reitet für Deutschland, das ist passé, begreift das endlich.«

»Mach, was du willst«, sagte Bauer, »beschwer dich aber nicht, wenn du mit dem Verband Schwierigkeiten kriegst ... die können dir im letzten Moment die Starterlaubnis verweigern ... hier hast du deinen Paß, ich vergeß ihn womöglich, wenn wir morgen abfahren ... und leg dich heute nachmittag flach, sonst hast du heute abend wieder Blei in den Knochen.«

»Wimmer schlag ich heute abend. Ich spurte schon in der vorletzten Runde. Lange Spurts hält Wimmer nicht durch.«

»Du auch nicht«, sagte Bauer. Er und Borgner verließen das Zimmer. Schmidt warf sich auf sein Bett.

In der Hotelhalle saß Wimmer neben seinem Teamchef, sie redeten aufeinander ein, das Mädchen an der Rezeption lächelte und nickte Wimmer manchmal verstohlen zu. Bauer kam und blieb vor den beiden stehen, er sagte: »Schmidt ist ganz außer Tritt. Die Hitze bekommt ihm nicht.«

»Ist aber auch ein Treibhaus im Stadion«, sagte Wimmer. »Ich werde mich jetzt aufs Ohr legen.«

Wimmer ging noch einmal zu dem Mädchen an der Rezeption, er sagte: »Also, heute abend, Janosberg.«

»Paris wäre schöner.«

»Paris ist zu teuer«, sagte Wimmer. Das Mädchen nickte.

Bevor Wimmer sich schlafen legte, ging er noch einmal zu Schmidt.

Der lag in Badehose auf seinem Bett und döste vor sich hin.

»Komm rein. Verdammte Hitze. Hoffentlich kühlt es sich heute abend etwas ab.«

»Hoffentlich nicht«, sagte Wimmer. »Wenn ich in der letzten Runde abziehe, dann weißt du Bescheid.«

»Abwarten.«

»Neuer Rekord liegt nicht drin, die Bahn ist einfach zu schwer.«

»In Belgrad wird es besser sein, nächste Woche«, sagte Schmidt.

»Willst du wirklich in Belgrad starten, ganz allein?«

»Hab ich dir doch gesagt.«

»Und was sagt euer Boß dazu?«

»Der mault natürlich. Die Funktionäre denken doch immer noch, wir reiten für Deutschland ... denen kannst du den Faschismus nicht austreiben.«

»Vielleicht hast du recht ... wir fahren morgen ... wir bleiben noch einen Tag in Prag. Ich wollte, ich könnte auch mit nach Belgrad ... aber das liegt nicht drin.«

»Daß ihr immer auf einem Haufen zusammen sein müßt, versteh ich nicht. Ich glaube, eure Bosse sind schon sauer, weil wir dauernd zusammen sind.«

»Möglich«, sagte Wimmer. »Aber nicht nur die Bosse.«

»So ein Quatsch«, sagte Schmidt. »Bei uns will man jetzt auch schon die Masche einführen: Schäflein immer beisammen bleiben, damit nichts passiert ... aber ohne mich, ich bin doch kein Rekrut.«

»Hör mal, mit Paris gibt es nichts. Ich hab der Kleinen gesagt, daß wir zum Janosberg fahren.«

»Janosberg ist so gut wie Paris. Mensch, das Weib hat ein Fahrgestell, mir bleibt jedesmal die Luft weg.«

»Na na, nicht so viel Pedal ... ich hau mich jetzt auch aufs Ohr. Bis heute abend dann ... fährst du mit dem Bus raus?«

»Muß ich wohl. Taxi ist zu teuer. Bei dem Tagegeld.«

Obwohl alle aktiven Sportler den Nachmittag verschliefen, war in der Hotelhalle Betrieb. Die Teamchefs aus Ost und West, Bauer und Woltermann, standen vor dem Hoteleingang und sahen die Racosi-ucta hinunter Richtung Donau, die Busse hielten genau vor dem Hoteleingang.

»Die Busse können einem den letzten Nerv rauben«, sagte Bauer. »Kann nicht verstehen, daß sie uns in der Innenstadt untergebracht haben. Bei dem Krach kann doch kein Mensch schlafen.«

»Ich gebe Wimmer heute abend die größeren Chancen«, sagte Bauer.

»Der Franzose wird es machen«, erwiderte Woltermann. »Aber Schmidt ist noch immer topfit gewesen, wenn es darauf ankam.«

»Er ist außer Tritt.«

Sie lagen nach dem 1500-Meter-Lauf nahe der Aschenbahn nebeneinander, noch erschöpft. Um Schmidt und Wimmer saßen ein paar DDR-Sportler, sie verfolgten interessiert den 5000-Meter-Lauf.

Wimmer sagte: »Ich dachte, es war ein totes Rennen.«
»Du warst mit der Brust vorne.«
»Ja. Zehntelsekunde.«
»Die nehm ich dir in Belgrad wieder ab«, grinste Schmidt.
»Kunststück. Wenn ich nicht dabei bin.«
»Dann sag deinen Funktionären, daß du einfach mitfährst.«
»Du hast leicht reden. Du sagst einfach zu deinen Leuten: Ich starte in Belgrad. Dann startest du. Mensch, hast du eine Ahnung, wenn ich das tun würde ... herrjeh ... die denken doch gleich, ich will abhauen.«

»Willst du denn?« fragte Schmidt.

Wimmer sah ihn einen Augenblick starr an. »Blöde Frage. Was soll ich bei euch.«

»Na eben. Was sollst du bei uns. Du könntest auch woandershin.«

»Zum Beispiel?«
»Nach Österreich.«
»Hör bloß auf. Was soll ich da?« Wimmer lachte. Und Schmidt erwiderte: »Weißt du, ein Flüchtling wird bei uns immer gut behandelt, bevorzugt in eine Wohnung und in eine Stellung gesetzt. Jeder Flüchtling aus dem Osten ist ein Sieg über den Kommunismus ... hat mir mal ein Funktionär gesagt ... einer von unseren ganz liberalen, kein kalter Krieger.«

»Es ist zum Auswachsen«, sagte Wimmer. Er stand auf. Der 5000-Meter-Lauf war zu Ende. Wimmer ging Richtung Kabinen, Schmidt schlurfte hinter Wimmer her. Sie schlenderten über die Aschenbahn.

Vor den Kabinen stand das Mädchen aus der Rezeption. »Gratuliere«, sagte es. »Dachte erst, Mann aus dem Westen hat gewonnen.« Sie sah beide etwas verlegen an. »Wir jetzt Janosberg?«

»Klar. Ich bin in zwanzig Minuten fertig«, erwiderte Schmidt.
»Warten Sie vor dem Haupteingang.«

Wimmer sah auf das Mädchen, auf Schmidt, an der Kabinentür sagte er: »Fahrt mal, ich kann nicht mit.«

»Mach keinen Quatsch. Es war deine Idee.«
»Schon. Aber unsere Mannschaftsleitung gibt heute abend ein Bankett.«
»Was für ein Bankett?«
»Für die Ungarn ... du weißt ja ... Völkerfreundschaft und so ... kann mich unmöglich ausschließen.«
»Völkerfreundschaft, so ein Unsinn«, sagte Schmidt. »Mit Fressen und Saufen ... und was tust du dabei?«
»Fressen und Saufen.«
Wimmer ging in die Kabine. Das Mädchen sah traurig auf Schmidt, es wollte gehen, aber Schmidt rief es zurück. »Besorgen Sie schon mal ein Taxi. Dann fahren wir beide eben allein zum Janosberg.«
Das Mädchen saß bereits im Auto, als Schmidt angelaufen kam. Es hatte das Fenster heruntergerollt, es rief Schmidt entgegen: »Er will haben siebzig Forint. Das ist teuer.«
»Paris wäre teurer.«

»Wie heißen Sie eigentlich?« fragte er.
Das Lokal auf dem Janosberg war nicht besonders voll. Tanzmusik aus Lautsprechern, Paare tanzten.
»Olga«, sagte das Mädchen.
»Olga paßt zu Ihnen«, sagte Schmidt. Dann bat er sie zu einem langsamen Walzer.
»Werden Sie nicht haben Schwierigkeiten, weil Sie sind hier?« fragte Olga.
»Ich? Warum? Hätte zwar gern den Lauf gewonnen ... aber ...«
»Sie haben fast«, sagte Olga und lachte ihn an.
»Fast ist nichts im Sport«, erwiderte Schmidt. Sie saßen sich wieder am Tisch gegenüber, sie sahen aneinander vorbei, Paare tanzten vorbei, drehten sich an ihrem Tisch vorbei, riefen sich etwas zu, winkten Schmidt zu, der im Ausgehdreß der westdeutschen Mannschaft gekommen war.
»Warum sie so komisch zwischen West und DDR«, fragte Olga. Sie spielte mit Holzuntersetzern, schob dann einen Aschenbecher sinnlos über den Tisch.
»Komisch?« fragte Schmidt. »Sind Wimmer und ich komisch?«
»Ausnahme«, sagte Olga.

»Vielleicht gibt es mehr Ausnahmen. Sie sehen die Ausnahmen nur nicht.«
»Wimmer wird vielleicht Schwierigkeiten haben wegen seiner Ausnahme.«
»Haben Sie was gehört?«
»An Rezeption wird viel geredet.«
»Und wieviel ist das Viel?«
»Viel Gerede hinter der Hand.«
»Sie machen sich da zuviel Gedanken. Ich kenne Wimmer seit drei Jahren, seit wir in Rom zum erstenmal gegeneinander liefen. Er ist ein prima Kerl.« Schmidt sah das Mädchen schrägäugig an.
»Er will in den Westen, sagen einige.«
»Quatsch. Er fühlt sich wohl, wo er ist, und wo er ist, da ist er wer.«
»Das ist kompliziert für mich.«
»Für mich auch.«
»Zwischen Mannschaften Spannungen?«
»Natürlich, wir sind ja Rivalen.«
»Ich nicht meinen das.«
»Das andere sind Funktionäre. Die erzeugen Spannungen, wenn es keine geben sollte. Die müssen ihre Wichtigkeit beweisen.«
»Aber Sie müssen sich richten nach Funktionäre.«
»Leider. Ja, leider.«
»Böse?«
»Nein, eklig. Ich fahre übermorgen nach Belgrad.«
»Ja. Sie. Nicht Wimmer.«
»Lassen Sie das, es bringt nichts ein.«
»Ich weiß. Wenn einer was sagen soll Bestimmtes, dann er sagt, lassen Sie das. Sagen die vom Westen und die vom Osten. Immer Ausreden.«
Sie tanzten noch einmal. Während des Tanzens sahen sie aneinander vorbei, und als die Musik abbrach, gingen sie hastig zum Ausgang, riefen ein wartendes Taxi und fuhren, ohne ein Wort miteinander zu sprechen, nach Budapest zurück.

Die Mannschaft der Bundesrepublik war im Aufbruch, der Bus vor dem Hotel schon halb besetzt, die Aktiven der DDR verabschiedeten sich von ihren Kollegen aus dem Westen, und manchem war anzusehen, daß der Abschied ihm naheging. Wieder andere entledigten sich der sportlichen Höflichkeit, wenn sie gewollt fröhlich Hände schüttelten, und einer sagte, unüberhörbar: Gott sei Dank, das hätten wir hinter uns. Schmidt stand mit Bauer vor einem Bus. Sie gaben sich die Hand.

»Dann bis später«, sagte Bauer. »Ruf mich doch aus Belgrad an.«

»Mach ich. Ihr seid Idioten. Die Bahn in Belgrad ist besser, das Klima auch. Ich hol mir drei Zehntel dort.«

»Wünsch es dir. Trotzdem ist es nicht schön, daß du ausbrichst.«

»Mir ist der Rekord mehr wert als euer Geschwafel von Kollegialität. Ich reite nun mal nicht gerne für Deutschland, hab ich dir doch gesagt.«

»Ich drück dir beide Daumen.«

»Ich weiß zwar, daß du keine Daumen drückst, weil du zuviel rauchst, aber ich dank dir schön.«

»Na dann. Paß hast du ja.«

»Ja ... das heißt ...« Schmidt griff in die Innentasche seines Rockes.

»Hab ich wahrscheinlich auf dem Zimmer.«

»Sei nicht so leichtsinnig. Paß läßt man nicht liegen.«

»Werde es mir merken, Herr Vormund.« Schmidt winkte in den Bus hinein, kehrte um und ging in das Hotel, wo er in der Halle auf Wimmer stieß. Sie prallten aufeinander.

»Dussel. Paß doch auf«, rief Schmidt.

»Halt die Luft an. Wer kann schon wissen, daß noch einer aus dem goldenen Westen hier rumläuft.« Sie lachten sich an.

»Ich komme heute nachmittag zu dir rüber, ich fliege erst übermorgen, kann noch ein bißchen bummeln.«

»Wie war's denn mit dem atemberaubenden Fahrgestell?«

»Politisch. Aber wir haben getanzt.«

»Ihr habt getanzt?«

»Sollten wir vielleicht Händchen halten?«

»Na eben. Beim Tanzen kann man prima Händchen halten.«

Schmidt schlief so fest, daß er das mehrmalige Klopfen nicht hörte. Er schreckte erst hoch, als Olga ihn an der Schulter rüttelte, und er war so verschlafen, daß er taumelig um sich griff, nicht wahrnahm, wer ihn weckte.
»Wo brennt's denn?«
»Sie entschuldigen. Sie nicht gehört mein Klopfen. Ich muß wissen Nummer von ihrem Paß für übermorgen, wenn Sie abfliegen nach Belgrad. Für Flugliste.«
»Ach so, entschuldigen Sie, ich war völlig von der Welt.«
»Ich gesehen. Mir tut leid. Aber Flugliste auf Flugplatz muß wissen Ihre Nummer von Paß.«
»Sagen Sie mal, liebste Olga, wie kommt es, daß Sie so gut Deutsch sprechen?«
»Ich studiere, auf Universität, Germanistik, Geschichte, Literatur. Ich bin im Hotel nur in Ferien.«
»Ach, herrjeh, ein Blaustrumpf.«
»Was meinen Sie?«
»Nichts.«
»Was Sie meinen?«
»Olga, es heißt: was meinen Sie ... das Sie am Ende ... ist aber auch schnuppe. Wer so charmant falsch spricht, der darf gar nicht richtig sprechen. Paßnummer also. Habt ihr die denn nicht im Anmeldebuch stehen?«
»Nein. Nur Sammelnummer.«
»Natürlich, das kommt von den Gemeinschaftsreisen. Schäflein an der festen Hand, reisen durch das ganze Land. Warten Sie.«
»Ich gehen raus.«
»Warum denn? Ich hab doch was an.« Schmidt sprang aus dem Bett. Olga war oder tat verlegen. Schmidt warf sich seinen Trainingspullover über, machte die Andeutung einer Verbeugung und suchte dann in seinem Gepäck den Reisepaß.
Er kramte sämtliche Kleidungsstücke aus dem Schrank, entleerte den Koffer, durchwühlte alles, er wurde immer nervöser und fluchte leise vor sich hin, er durchwühlte Kleidungsstücke mehrmals, fand nichts, stand schließlich hilflos vor seinem Bett, begann auch das umzudrehen.
Olga sagte: »Ich jetzt gehen, hat noch Zeit etwas, ich komme wieder, wenn Sie Paß gefunden haben.«

Schmidt stand, als das Mädchen gegangen war, ratlos im Zimmer, er ließ sich in einen Sessel plumpsen und blieb lange, wie erschöpft, sitzen.

Dann stand er wieder auf und durchsuchte systematisch das Zimmer, Meter für Meter und alle Kleidungsstücke genauestens. Aber er fand den Paß nicht. »Verdammt! Verdammt! Das ist ja eine Katastrophe.«

Es klopfte. Ein junger Mann betrat das Zimmer. »Wir müssen zum Flughafen die Nummer Ihres Passes durchgeben.«

»Ja«, sagte Schmidt, »ja, tun Sie das, lassen Sie sich nicht abhalten.«

Schmidt stolperte hinter dem jungen Mann die Treppe hinunter. Olga sah Schmidt erschreckt an, als er sagte: »Ich finde meinen Paß nicht, ich finde ihn nicht ... futsch.«

Der junge Mann sagte: »Ohne Paß nix reisen, ohne Paß Sie nicht ...«

»Reden Sie doch keinen Unsinn«, fauchte Schmidt, »ob mit oder ohne Paß, ich bin doch schließlich auf der Welt.«

Der junge Mann sagte: »Ohne Paß nix reisen, ohne Paß Sie nicht ...«, blätterte er in einer Ablage und sagte, wie nebenbei: »Ob auf der Welt oder nicht, ohne Paß nix reisen.« Er hob Schmidt bedauernd die Hände entgegen. Olga stand daneben, sie schob ein Notizbuch auf dem Tisch hin und her.

»Leckt mich doch alle am Arsch«, schrie Schmidt plötzlich, »ihr tut ja alle, als sei ich ein Gespenst.« Er lief auf sein Zimmer, wo er noch einmal alles systematisch und in Ruhe durchsuchte.

Der Paß blieb unauffindbar.

Er warf sich auf sein Bett und stierte zur Decke.

Schließlich konnte er es nicht mehr aushalten, es war ihm, als ob jeden Augenblick Wände und die Decke einstürzen würden. Er sprang auf, rannte im Zimmer auf und ab, dann hinunter zur Rezeption. Der ostdeutsche Teamchef Woltermann lehnte am Tisch und füllte Formulare aus.

»Er ist futsch, wie vom Erdboden verschwunden«, rief Schmidt.

»Was ist futsch«, fragte Woltermann.

»Mein Paß, verdammt noch mal, mein Paß«, schrie Schmidt. »Ich muß doch nach Belgrad.«

Woltermann sah ihn an, sagte dann: »Das ist ja ein Ding ... wann haben Sie denn ...«

»Vor einer Stunde, als Olga die Nummer haben wollte für die Flugliste.«

»Schöne Bescherung.« Woltermann atmete tief durch. »Na und jetzt? Was machen Sie jetzt?«

»Was weiß ich. Die hier meinen, ich bin nicht auf der Welt, wenn ich keinen Paß habe.«

»Wir müssen das der Polizei melden«, sagte der junge Mann hinter dem Tisch, er blätterte immer noch in der Ablage.

»Nein, nicht Polizei«, rief Woltermann. »Der Paß muß doch zu finden sein ... vielleicht haben Sie ihn verloren ... oder jemand hat Ihnen einen Streich gespielt ... oder Ihre Kollegen haben ihn ...«

Schmidt sah Woltermann an, sagte: »Gestohlen? Nicht, das wollten Sie doch sagen.«

Woltermann schreckte zusammen, er zog Schmidt von der Rezeption weg und sagte leise: »Jetzt nur nicht den Kopf verlieren, kann doch nicht gestohlen worden sein, wer sollte denn ...«

»Ja, wer sollte denn ... wer könnte ihn brauchen.« Sie sahen sich an, Woltermann sagte: »Nein, nicht, was Sie denken, das ist unmöglich.«

»Was wissen Sie, was ich denke.«

Schmidt drehte sich um und fragte Olga: »Wo ist Wimmer?«

»Auf die Burg gefahren.«

»Wann.«

»Heute morgen.«

»So, auf die Burg. Das wissen Sie genau?«

»Hat er gesagt ... aber Sie werden doch nicht glauben, daß er ...«

»Ich glaube gar nichts«, rief Schmidt und rannte die Treppe hoch, klopfte an Wimmers Tür. Als er nichts hörte, probierte er. Das Zimmer war nicht verschlossen.

Als Schmidt im Zimmer stand, sagte er vor sich hin: Es ist Wahnsinn, was ich tue. Aber dann begann er doch, Wimmers Zimmer zu durchsuchen, alle Kleidungsstücke, die Schränke, die Schubladen, und als er sich an das Bett machen wollte, betrat Olga das Zimmer.

»Was wollen Sie denn hier?« fragte Schmidt erschrocken.

»Und Sie?« fragte das Mädchen.

»Vielleicht hat Wimmer meinen Paß versteckt ... vielleicht wollte er mir einen Streich spielen, mich ärgern, weil ich gestern mit Ihnen allein aus war.«
»Sie glauben also, er hat gestohlen den Paß?«
»Nein, nein, er wollte sich nur einen Spaß machen.«
»Warum Sie lügen. Das ist nicht fein von Ihnen. Wimmer ist doch Freund von Ihnen, und Sie verdächtigen ihn jetzt?«
»Hören Sie, es geht um meinen Paß, und das ist mehr ...«
»Und wenn Sie Freundschaft verlieren? Sie suchen also bei ihrem Freund ... ich muß jetzt melden der Polizei, daß Paß verloren ist.«
In dem Moment kam Wimmer ins Zimmer, Päckchen in beiden Händen, er sah etwas dumm aus, als er die beiden bemerkte, er fragte: »Was geht denn hier vor? Wenn ihr beide schon ein Rendezvous habt, dann doch nicht in meinem Zimmer.« Er lachte.
»Es ist, weil ...«, stotterte das Mädchen und verließ den Raum. Schmidt und Wimmer standen sich gegenüber. Wimmer legte seine Päckchen auf den Tisch. Endlich sagte Schmidt: »Entschuldige, Olga kann nichts dafür ... ich hab ... hab dein Zimmer durchsucht ... mein Paß ist weg ... ich dachte ... du hättest mir vielleicht einen Streich spielen wollen.«
»Wie bitte?«
»Naja, schimpf jetzt auf mich, aber was tut man nicht alles, wenn plötzlich in so einem Land der Paß weg ist ... ich dachte ...«
»Wie bitte?«
»Herrgott, ich dachte ...«
»Du dachtest, ich hätte deinen Paß gestohlen.«
»Nein, nicht wie du denkst.«
»Was denke ich denn? Gestohlen also. Bei dir sind wohl alle Schrauben locker, du weißt genau, daß ich mit solchen Sachen keinen Spaß mache ... mit Pässen, wo gibt's denn so was ... ausgerechnet hier.«
»Ich dachte ...«
»Hör auf. Du glaubst, ich habe deinen Paß. Das genügt.«
»Nein, nicht, Paul, nicht, wie du vielleicht meinst ...«
»Hast du mein Zimmer durchsucht oder hast du nicht durchsucht.«
»Ja schon, aber ...«

»Was aber. Du stellst mich als Dieb hin und hast noch die Frechheit zu sagen, daß ...«

»Sei doch vernünftig, ich hab den Kopf verloren, ich ...«

»So, und was wolltest du bei mir finden? Deinen Paß oder deinen Kopf. Jetzt geh, sonst verliere ich noch meinen Kopf oder ganz was anderes.«

Als Schmidt an der Tür war, schrie er: »Verdammt! Irgendwo muß doch mein Paß sein. Niemand kann so einen Paß gebrauchen, es sei denn ...«

»Bild und Beschreibung paßt«, erwiderte Wimmer.

»Also, wenn du stur bleiben willst, dann erübrigt sich jede Diskussion.«

»Ich will ja nicht diskutieren. Aber ich weiß, was du mir unterschieben willst ... Paß stehlen, das ist nämlich mehr als Diebstahl ... und jetzt geh.«

Schmidt ging. Wimmer stand am Tisch, er zitterte vor Aufregung, da kam Woltermann. Er fragte: »War Schmidt hier?«

»Eben gegangen.«

»Hat er ...«

»Er hat nach seinem Paß gesucht.«

»Und hast du ihn?«

»Jetzt fang du auch noch an, verdammt, was sollte ich mit einem fremden Paß. Das ist ja Wahnsinn.«

»So wahnsinnig ist das nun wieder nicht. Es gibt Leute, die können mit so einem Paß schon was anfangen.«

»Das ist doch Unsinn. Nun mach bloß aus der Sache keine Staatsaktion, du weißt, wie bei uns zu Hause das wieder aussieht ... keine Auslandsstarts mehr ... es ist zum Kotzen. Warum muß der Schmidt auch hierbleiben, warum ist er nicht mit den anderen gefahren.«

»Ja, warum nicht. Das frage ich mich auch.«

»Du meinst doch nicht ...«

»Da kommt so eines zum andern.«

»Ach so, du unterstellst mir, das sei alles abgekartetes Spiel.«

»Ich unterstelle nicht. Aber es muß ja danach aussehen. Ihr seid dauernd zusammen, er fährt mit der Mannschaft nicht zurück, ihr seht euch ähnlich ... es liegt doch nichts näher, daß du nach Belgrad fährst und nicht er ... so sieht das für andere aus.«

»Du spinnst, du spinnst im höchsten Grade. Frag das Mädchen von der Rezeption.«

»Man kann auch eine Schau abziehen, nur um andere ...«

»Hör auf jetzt. Ich hab den Paß nicht, und ich will auch nicht nach Belgrad. Verdammt, nächstens ist schon das Atmen verdächtig.«

»Von meiner Stellung her muß ich mißtrauisch sein, das weißt du. Denk bloß an den Fall vor zwei Jahren in Kairo ... mißtrauisch sein, das lernt man.«

»Was kümmern mich solche Fälle, ich hab den Paß nicht, und ich fliege nicht nach Belgrad, sondern mit euch morgen nach Prag. Und jetzt laß mich zufrieden.«

»Na dann ist ja alles gut.«

»Schön wär's«, sagte Wimmer und warf sich auf das Bett.

»Du weißt, daß so etwas der Polizei gemeldet werden muß, das wird unangenehm, für Schmidt und für dich und für uns alle.«

»Ich hab den Paß nicht.«

»Wenn nun aber Schmidt bei der Polizei sagt, daß er dich in Verdacht hat ... so was wird doch gleich nach Berlin gemeldet ... und er hat einen Verdacht, sonst hätte er nicht dein Zimmer durchsucht.«

»Sag mal, seid ihr alle übergeschnappt? Gut, ich bleibe jetzt auf meinem Zimmer, du rufst die Polizei, die soll hier alles durchsuchen, die soll ...«

»Das ist es ja, was ich nicht will«, sagte Woltermann, »die Polizei. Es darf nichts an die große Glocke.«

»Ist doch schon an der großen Glocke.«

»Der Paß muß also gefunden werden, so oder so.«

»Was heißt das, so oder so?«

»Na, wie ich es sage.« Dann ging Woltermann hinunter zur Rezeption, da fragte er Olga: »Haben Sie schon die Polizei verständigt?«

»Nein, noch nicht.«

»Hat es nicht Zeit bis morgen?«

»Aber wir müssen melden die Nummer für Flug.«

»Natürlich, verstehe.« Er ging weg, kehrte um. »Können Sie die Paßnummer nicht feststellen nach den Anmeldescheinen hier im Hotel?«

»Wir doch Sammelnummer von ganzer Delegation«, sagte Olga.
»Ich meine Anmeldeschein.«
»Ich verstehe nicht.«
»Es hat doch jeder einzeln einen Anmeldeschein ausgefüllt, vielleicht ist da die Paßnummer vermerkt.«
Olga und der junge Mann blätterten in einem Zettelkasten. »Ja, hier«, sagte Olga »... ja ... hier steht auch Nummer ... daß wir nicht gleich ... ich dachte ... es gab nur Sammelnummer.«
»Geben Sie die Nummer durch und melden Sie bitte den Verlust des Passes vorerst nicht der Polizei.«
»Und wenn morgen der Paß nicht ist gefunden?«
»Dann müssen Sie natürlich melden, klar. Aber bis morgen wird der Paß wohl wieder da sein.«
»Und warum morgen?«
»Ach, ich hab da so ein Gefühl, wir hatten mal so einen Fall in Kairo ... ich geh auf mein Zimmer, rufen Sie mich bitte sofort an, wenn Herr Wimmer das Hotel verlassen sollte.«
Die beiden an der Rezeption sahen sich an.
Am Abend lief Schmidt aufgeregt in der Hotelhalle hin und her, Olga versuchte mehrmals, ihn anzusprechen, aber er reagierte nicht darauf.
Olga sagte erregt: »Das ist nicht gut, was Sie da machen mit Herrn Wimmer. Er doch Ihr Freund.«
»Ich habe meinen Paß nicht verloren, verstehen Sie, jemand muß ihn mir gestohlen haben.«
Schmidt verließ das Hotel und lief ziellos durch Budapest. Er lief hinunter zur Donau, die Promenade entlang, wo junge Leute mitten auf der Straße tanzten, er lief die Lenin-ucta wieder zurück zum Hotel.

Am nächsten Morgen wachte Schmidt schon sehr früh auf. Er badete, ging dann in den Frühstücksraum, wo er sich ein »Neues Deutschland« nahm und darin blätterte. Er beobachtete verstohlen den Eingang. Die DDR-Sportler waren bereits reisefertig, vor dem Hotel warteten drei Busse, Woltermann ging an seinem Tisch vorbei, sah ihn an und zuckte die Schultern. Aufgeregt kam Olga gelaufen, sie stürzte sich fast auf

Schmidt, übergab ihm ein Päckchen. »Eben gekommen. Expreß mit Luftpost, erste Maschine aus Wien.«

Schmidt riß das versiegelte und verschnürte und mit vielen Kontroll- und Zollstempeln bekleisterte Papier ab. Sein Paß fiel auf den Tisch. Er nahm den beigefügten Zettel in die Hand. Bauer schrieb: »Nahm versehentlich deinen Paß mit. Hoffentlich hast du dich nicht beunruhigt. Viel Erfolg in Belgrad.«

Schmidt stützte seinen Kopf in beide Hände, er blieb so eine gewisse Zeit, er bemerkte nicht einmal, wie ihm das Frühstück gebracht wurde. Als Schmidt an der Rezeption später Olga erzählte, was in dem Päckchen war, da sagte das Mädchen leise, und es sah ihn nicht an: »Paßnummer haben wir schon gemeldet.« Als er aber immer noch vor ihr stand und sie ansah, da sagte sie: »Ist noch etwas?«

»Nein«, sagte Schmidt, und er verließ das Hotel. Er suchte bei den Bussen Wimmer, er fragte einige Athleten, aber auch sie konnten ihm keine Auskunft geben.

Wimmer kam allein, seine Reisetasche über die Schulter geworfen.

Schmidt schrie: »Mensch, Paul! Mein Paß ist wieder da. Dieser Idiot von Bauer hat ihn mit nach Wien genommen.«

»Das ist aber schön«, sagte Wimmer, »dann kannst du ja morgen nach Belgrad fliegen. Viel Erfolg. Drei Zehntel brauchst du, denk dran.«

Schmidt wollte Wimmer die Hand geben, aber Wimmer stieg ein, er setzte sich auf einen Platz an der Seite zur Straße, so daß Schmidt nur den oberen Teil seines Kopfes sah. Wimmer sah geradeaus. Als Woltermann als letzter und wie immer eilig in den letzten Bus sprang, fuhr der erste Bus, in dem Wimmer saß, ab. Wimmer sah geradeaus.

Schmidt stand auf dem Bürgersteig und umkrallte mit beiden Händen seinen Paß.

Józef Hen
Das große Rennen des Deptala

Zweiunddreißig Minuten vier Sekunden – 32:04 –, das war in Ziffern das Resultat von Deptala. Und deshalb soviel Lärm? – wird man – von den heutigen Ergebnissen verwöhnt – fragen. Und dennoch vermochte der Mann, von dem man sagte, er liefe 10 000 Meter in dieser Zeit, die Sportwelt Polens wochenlang in Spannung zu halten. Unglaublich? Kehren wir zu den Zeiten zurück, da dies passierte, und wir werden verstehen.

Es war im späten Frühling des Jahres 1946. Der polnische Sport hatte die vom Krieg davongetragenen Verluste noch nicht ausgeglichen. Auf den polnischen Meisterschaften wurden jämmerliche Resultate erzielt, die schlechter waren als diejenigen, die heutzutage bei Schülerwettbewerben in der Provinz aufgestellt werden. Man träumte von Ergebnissen, von internationalen Erfolgen, von neuen Kusocinskis und Kucharskis. Jeder Kugelstoß, der dreizehn Meter überschritt, jeder 5 000-Meter-Lauf unter siebzehn Minuten wurde – und das mit Recht – als ein Zeichen der Genesung aufgenommen. Aber das alles war weit entfernt von einer Meisterklasse, von wirklichen Taten.

In diese Atmosphäre fiel das überraschende Ergebnis des Deptala. Es wurde in einer unserer Sportzeitschriften unter dem Titel: »32:04, das glänzende Resultat des Deptala im 10 000-Meter-Lauf« gebracht. Der Untertitel lautete: »Unbekannter polnischer Sportler siegt über schwedische Läufer.«

Oh, das lohnte sich zu lesen. Ich habe die Nachricht wohl an die fünf Mal gelesen, es ist also kein Wunder, daß ich sie heute noch auswendig wiederholen kann: »Von unserem Danziger Korrespondenten. Gestern früh traf das schwedische Passagierschiff ›Graf Bernadotte‹ mit dreihundert polnischen Repatrianten an Bord ein. Unter ihnen befindet sich Stefan Deptala, ein ehemaliger Matrose, der während des Krieges von dem polnischen Schiff ›Wojciech‹ interniert worden war. Deptala begann in Schweden zu laufen, wo er zahlreiche Erfolge erzielte. Unlängst gewann er in Svendö den großen 10 000-Meter-Lauf, in dem er die vorzügliche Garde schwedischer Langstreckenläufer: Jacobson, Linhart und Björg besiegte. Seine Zeit, 32:04 – die polnische Bestzeit nach dem Krieg –, läßt hoffen, daß Deptala nach einem systematischen Training zu internationalen Erfolgen fähig sein wird.«

Das war alles. Am folgenden Tag übernahmen die Tageszeitungen die Nachricht und versahen sie mit äußerst willkürlichen Kommentaren. Der häufigste Titel dieser Notizen lautete etwa: »Ein neuer Kusocinski?« Eine andere Zeitung veröffentlichte ein Interview mit Deptala in seiner Wohnung in einem Dorf in der Nähe von Sosnowiec: »Bauer aus Sosnowiec schlägt schwedische Meister«, lautete der Titel dieses Artikels. Und wieder dasselbe von Jacobson, Linhart und Björg. Diese Namen taten ihre Wirkung auf unsere Phantasie, besonders Björg mit seinem »ö« überzeugte.

In der Sportwelt wurde es lebendig. Das Ergebnis Deptalas rüttele die Jungen auf. Sie versammelten sich auf den Aschenbahnen. Einmal mit Deptala laufen dürfen! Von ihm etwas über die schwedischen Langstreckenläufer hören! Ob er den phänomenalen Hägg gesehen hat? Wie trainiert er, daß er zu solchen Ergebnissen kommt?

Deptala selbst ließ nichts von sich hören. Es gab keinerlei Erklärungen oder Aufschlüsse von ihm. Er saß in seinem Jackow oder Peckow und brachte seinen ruinierten Hof in Ordnung. Man lud ihn zu einem Straßenlauf in Sosnowiec ein. Er lehnte ab; er trainiere nicht, habe keine Zeit. Ob er in diesem Jahr überhaupt nicht zu starten gedenke? Doch, bei den polnischen Meisterschaften, im September. Wir konnten diesen September kaum erwarten. Unterdessen ...

»Sie fahren zu Deptala«, sagte unser Chefredakteur zu Adam, der den Sportteil machte. »Sie müssen etwas Genaueres über ihn selbst in Erfahrung bringen. Noch gibt es bei uns ja keinen Massensport, da müssen wir uns wohl oder übel mit Einzelpersonen befassen. Und überhaupt: um was für ein Svendö handelt es sich denn? Ich konnte es auf der Karte nicht finden. Aha, und bringen Sie irgendwelche Bilder mit.«

Drei Tage später, es war schon reichlich nach Mitternacht,

weckte mich ein Klopfen an die Tür. Ich öffnete: Adam. Mit einem Köfferchen, den Mantel über die Schulter gehängt.
»Kann ich bei dir übernachten?« fragte er. »Ich komme vom Zug. Ich war bei Deptala.«
Ich freute mich natürlich sehr, brühte einen starken Tee, bot dies und jenes an. »Also? Svendö?« fragte ich.
»Eine Kleinstadt in der Nähe von Göteborg. Mit großer Sporttradition. Das bewußte Rennen fand im Frühling zur Saisoneröffnung statt. 32:04 ist unter diesen Bedingungen ein recht gutes Resultat.« Er begann zu rechnen. »Er ist augenblicklich in der Lage, runde, sagen wir, 31 Minuten zu laufen.«
»Und wie ist er? Ist er jung?«
»Mit dem Jungsein steht es schon schlechter. Er ist neunundzwanzig. Natürlich ist das für einen Langstreckenläufer noch kein Signal, sich zurückzuziehen. Aber ... Siehst du, in diesem Alter will man schon etwas erreicht haben. Er hat eine Frau und einen neunjährigen Sohn. Ich habe Fotos mitgebracht...«
Frau und Sohn interessierten mich weniger, aber von Deptala konnte ich kein Auge wenden. Ein schmales, sympathisches Mäusegesicht mit Verdickungen um die Mundwinkel. Glattes, anliegendes Haar mit einem scharfen Scheitel. Besonders der Ausdruck seiner Augen war auffällig. Er war der eines Kindes. Ein erwachsener Mann, Vater, Bauer, Matrose, Langstreckenläufer – und plötzlich diese langwimprigen, unschuldigen Augen. Und die Konstitution?«
»Schlank, mehr als mittelgroß, leicht gebeugt. Sein Lauf ist völlig primitiv, von Stil keine Ahnung. Er weiß auch nichts von Kusocinskis Gymnastik. Wenn er das erst alles gelernt hat, wird man ihn höher einschätzen können.« Adam machte eine geheimnisvolle Miene.
»Auf wieviel?« fragte ich neugierig.
»Auf dreißig Minuten«, sagte Adam feierlich. Er hantierte mit den Zahlen völlig nach Belieben. Damals schon hatte ich das Gefühl, daß man mit Horoskopen vorsichtiger sein sollte.
Adam sprach unbekümmert weiter: »Von diesen drei Schweden ist Jacobson der beste. Deptala behauptet, daß Jacobson jetzt, wo Hägg disqualifiziert sei, nicht seinesgleichen in Schweden habe. Dann erzählte er mir noch von einem unglaublichen Stadion: einer Aschenbahn mit einer Geraden, die zehn Lauf-

bahnen hat, achthundert Meter eine Runde. Was sagst du dazu? Eine Wucht, was?«

»Aber die Vorschriften...«, versuchte ich schüchtern einzuwenden.

»Eine Wucht!« wiederholte Adam mit Überzeugung. »Zehn Laufbahnen, ho, ho!«

Wir redeten bis drei Uhr früh. Am folgenden Tag verfaßte Adam einen Artikel mit dem Titel: »Der Star der 800-Meter-Bahn.« Darin stand sowohl das über Jacobson als auch das über Deptalas Möglichkeiten, und daß er sich an Kusocinski ein Beispiel nehmen müsse und daß er noch sieben bis acht Jahre Erfolg auf Langstrecken erzielen könne. Dazu Fotos und eine Tabelle der besten diesjährigen Ergebnisse im 10 000-Meter-Lauf. An erster Stelle Deptala (32:04), dann lange, lange nichts – und schließlich Wielosz mit einer mehr als eineinhalb Minuten schlechteren Zeit.

Ende August sollten in Oslo die Europameisterschaften in Leichtathletik ausgetragen werden. In diesem Zusammenhang gingen bei der Redaktion Briefe ein, darunter einige sehr kategorische: »Wir fordern die Entsendung Deptalas nach Oslo!« Der polnische Leichtathletikverband organisierte ein Trainingslager für die Teilnehmer. Man lud Deptala dazu ein. Er kam nicht.

»Wir stecken jetzt gerade mitten in der Ernte, wie kann ich da die Familie im Stich lassen?« schrieb er. »Sechs Jahre war kein Mann im Haus, ich kann in kein Oslo fahren, noch dazu in dieser Form.«

Etliche Zeitungen veröffentlichten Artikel, in denen ohne Beschönigung zu lesen war, daß sich Deptala »vor dem Start drücke«. Eine Zeitung bezweifelte sogar das in Svendö erreichte Ergebnis, indem sie mutmaßte, daß Deptala zwei bis drei Runden zu wenig gelaufen sei. An dem Rennen selbst und an der Existenz des Zehnbahnenstadions zweifelte jedoch niemand.

Unser populärstes Sportblatt schickte einen Reporter nach Marcysiow – so hieß das Dorf Deptalas –, und es stellte sich heraus, daß alles seine Richtigkeit hatte. In der Tat, es war Ernte. Der Reporter schilderte, wie er auf der Suche nach Deptala aufs Feld gehen mußte und ihn dort bis zum Hals in der Arbeit steckend antraf, sonnenverbrannt und gesund wie ein

Stier. Mit ihm sei ein neunjähriger Bursche gewesen, mit Namen Kajtek, Deptalas rechte Hand. Der Reporter prahlte damit, daß er Deptala bei der Ernte geholfen habe und daß diese Arbeit doch so gesund sei. »Hätte ich diese Glatze nicht«, schrieb er, »wer weiß, ob ich nicht noch einmal zur Aschenbahn zurückkehren würde, um den Jungen zu zeigen, was eine Harke ist.«

Und Deptala? Bis zu den Meisterschaften werde er bereit sein. Noch einmal wurde das Versprechen gegeben.

»Also Ende September?«

»Ende September.«

In Ordnung. Wir warten. Die ganze polnische Sportwelt wartet. Währenddessen müssen die Unsrigen in Oslo gesunde und lehrreiche Schläge einstecken. Die Damen retten die Ehre, die Kwasniewska und die Wajsowna erhalten Platzziffern. Aber kann uns das zufriedenstellen, uns, die wir jeden Erfolg und jede tragische Niederlage von Kusocinski (denn andere Niederlagen kannte er nicht – jede war ergreifend und nahezu tragisch gewesen) so heiß miterlebten? Und so fahre ich Ende September mit Adam nach Krakau zu den polnischen Leichtathletikmeisterschaften. Adam dienstlich und ich so nebenbei.

In Krakau war von nichts anderem als von Deptala die Rede. Die Tribünen waren bis zum letzten Platz vollgepfropft, ein bei Leichtathletikkämpfen ungewohntes Bild. Es war klar, daß man vor allem Deptalas wegen gekommen war. Eine Konkurrenz nach der anderen ging sang- und klanglos vorbei. Vorläufe, Zwischenläufe, Ausscheidungen zum Weitsprung. Adam notierte sorgfältig Ergebnis für Ergebnis, hielt Ausschau nach neuen Talenten, sprach mit den weniger mundfaulen Sportlern. Der hatte es gut, der schlug die Zeit tot. Ich hingegen wartete voller Ungeduld auf Deptalas Rennen. Wird was aus ihm oder nicht? In der Tschechoslowakci ist da so irgendein Zatopek aufgetaucht – in Oslo war er der fünfte, das will schon etwas heißen. Und bei uns? Ach, Deptala, enttäusche nicht, Bruderherz! Aber man mußte sich gedulden. Der 10 000-Meter-Lauf ist nach einer in der ganzen Welt gewahrten Tradition die letzte Konkurrenz des ersten Wettbewerbstages. Ich hielt inzwischen auf den Tribünen Umschau. Die Leute verfolgten die stattfindenden Kämpfe ohne sonderliches Interesse. Sie unterhielten sich, aßen Eis und Bonbons, tranken die lauwarme Limonade. Genau in der Tribünenmitte, gegenüber der Sprunggrube, bemerkte ich eine Gruppe uniformierter Ausländer: zwei Männer und zwei Frauen. Die Männer hatten keine besonderen Merkmale, dagegen fielen die Frauen durch ihre originelle Häßlichkeit auf. »Wer ist das?« fragte ich meinen Nachbarn, einen glänzenden Sportjournalisten. »Die da? Die sind von der Mission des Schwedischen Roten Kreuzes. Sie haben wahrscheinlich die Gelegenheit wahrgenommen, um Deptala zu sehen. Immerhin hat er diesen Jacobson um etwa dreißig Meter zurückgelassen.«

»Jacobson ist in Oslo gar nicht gestartet«, bemerkte ein anderer Journalist. »Die haben offensichtlich bessere.«

»Was will das schon besagen, daß er nicht gelaufen ist?« widersprach ein anderer. »Was nicht alles dazwischenkommen kann. Eine Verletzung, eine Sehnenzerrung, vielleicht war er nicht in Form.«

»Er war verletzt«, sagte ein anderer im Brustton der Überzeugung. »Ich habe es in *L'Equipe* gelesen«, versicherte er.

»Haben Sie das wirklich gelesen?« fragte der glänzende Sportjournalist erstaunt. »In unserer Redaktion studieren wir jede Nummer von *L'Equipe*«, versicherte er seinerseits.

»Ich weiß es nicht mehr so genau«, sagte der andere ausweichend. »Vielleicht war es auch in *World Sports* ... Oder in ...« Und er begann, die ausländischen Sportblätter aufzuzählen.

Oho, dachte ich bei mir. Der ist gut informiert. An den halten wir uns. Adam, der irgendwo verschwunden war, um mit jemandem ein Interview zu machen, kehrte gerade zurück und setzte sich außer Atem und unzufrieden neben mich.

»An Deptala ist nicht ranzukommen. Er hält sich in den Kabinen verborgen. Und davor wartet eine solche Menge, daß man Miliz aufstellen mußte. Eigentlich ist dagegen nichts einzuwenden. Ein Wettkämpfer muß seine Ruhe haben. Aber schließlich ist ja auch noch die Presse da«, rief er entrüstet.

»Schweden sind gekommen«, sagte ich kurz.

»Was? Wo?«

Ich deutete mit dem Kopf zu der Stelle.

»Aha. Sieh mal einer an«, keuchte er zufrieden.

Ich muß hinzufügen, daß Adam, unser Sportredakteur, keineswegs über eine sportliche Figur verfügte. Nein, bei Gott.

Mit so einer Figur konnte man schwerlich eine Sportkarriere machen.

»Die Teilnehmer am 10 000-Meter-Lauf zum Start!« wurde durch den Lautsprecher verkündet.

Auf den Tribünen wurde es still. Die Läufer kamen nacheinander aus den Kabinen heraus und stellten sich unter der Schiedsrichterleiter neben dem Start auf. Applaus. Jemand schrie: »Deptala!« Und sogleich erdröhnten Tausende von Stimmen: »Dep-ta-la! Dep-ta-la! Dep-ta-la!«

Er wollte sich nicht zeigen, aber seine Kollegen stießen ihn auf die Bahn vor. Er lächelte mühsam, winkte mit der Hand. Die Tribünen tobten. Ein Gebrüll erhob sich: »Deptala – Rekord! Dep-tala – Rekord! Re-kord!«

Plötzlich wandte er sich um und begab sich mit gesenktem Kopf zur Startlinie. Er stand in der Mitte in der ersten Läuferreihe. Der Pfiff des Schiedsrichters ertönte, die Reihe glich sich aus.

»Vierzehn!« zählte Adam.

»Die Sonne geht unter«, sagte mein Nachbar, der glänzende Journalist. »Sie werden erst im Dunkeln fertig werden.«

Ich hörte all diese Bemerkungen nur mit halbem Ohr. Von Deptala konnte ich den Blick nicht lassen. Er kam mir zu selbstsicher vor. Mit gesenktem Kopf stand er da, und man konnte jetzt deutlich sehen, daß er in den Schultern leicht gebeugt war. Dafür hatte er aber lange, schlanke Beine. Wer weiß, wer weiß, tröstete ich mich. So sieht ein Jagdhund aus. Seine Miene gefällt mir nicht. Keine Freude am Kampf, keine sportliche Kraft sind darin zu sehen. So schien es mir. Doch dann geschah etwas, was meinen Vermutungen völlig zuwiderlief. Deptala hob den Kopf und blickte in Richtung der Bande, dorthin, wo die Kinder standen. Er glitt mit den Augen über sie hinweg und lächelte plötzlich, aber auf eine so gewinnende Art, so väterlich, daß es mich warm überlief. Er zwinkerte lausbübisch mit einem Auge und beugte sich vor, zum Laufen bereit.

Fertig!

Schuß!

Sie stürmten los. Die ersten -zig Meter legten sie nahezu sprintend zurück, um die Führung kämpfend. Nach zwanzig, dreißig Metern gaben einige dieses Spiel auf. Aber Deptala nicht. Er wollte das Rennen führen. Doch dann überlegte er es sich offensichtlich anders, denn in der Kurve lag er bereits an zweiter Stelle, hinter Wielosz. Auf der gegenüberliegenden Geraden beschleunigte Dziedzinski, Owsik folgte ihm, und beide überholten Deptala, der seinerseits gleichmäßig, ohne Schrittveränderung weiterlief. Auf dem Fuße folgte ihm der kleine, stämmige Wionczek. Kaum hatten sie die Kurve hinter sich, als Wionczek den Schritt verlängerte und angriff. Eine Weile liefen sie nebeneinander.

»Er wehrt ihn ab!« rief jemand hinter mir.

»Er hat Zeit«, sagte der glänzende Journalist. »Das Rennen hat ja fünfundzwanzig Runden.«

In der Tat, Deptala hatte gar nicht die Absicht, mit Wionczek um die Wette zu laufen. Als er bei den Tribünen war, lief er bereits in fünfter Position. Wionczek beschleunigte, überholte Dziedzinski und Owsik und griff – in der Kurve – Wielosz an! Erfolglos. Auf der gegenüberliegenden Geraden war die Situation unverändert: Wielosz – Wionczek – Dziedzinski – Owsik – Deptala. Dann einige Meter Pause und wieder eine Gruppe von sechs Läufern. Dann wieder zehn Meter nichts und erst jetzt die drei letzten. Die Aussichtslosen.

Bis zur nächsten Kurve änderte sich nichts an dieser Reihenfolge. Deptala lief in der Spitzengruppe als fünfter. Die Journalisten tauschten Bemerkungen aus. »Roh. Ohne Stil.«

Der »Gutinformierte« erklärte: »Stil ist heutzutage ohne Bedeutung. Jeder läuft, wie es ihm am bequemsten ist.«

»Kurzer Schritt«, bemerkte der glänzende Journalist.

»Macht nichts«, setzte sich ein anderer ein. »Auf diese Weise kann man weit kommen. Hat jemand von Ihnen Wanin gesehen? Ein Schritt wie bei einem Mädchen.«

»Es gefällt mir nicht, daß er Wionczek so vorbeigelassen hat.«

»Sie vergessen die Taktik, Herr Kollege«, widersprach der Gutinformierte.

»Wollen wir mal warten, wie es nach der zwanzigsten Runde aussieht.«

Deptala lief in gleichmäßigem, ein wenig kurzem Schritt mit abgespreizten, unrhythmisch arbeitenden Armen. Aber wenn es ihm tatsächlich so bequemer ist? Auch Noji hatte einen häßlichen Schritt. Als die Spitzengruppe vor der Tribüne war, klatschte ich, und die Menge rief:»Deptala! Deptala!«

Sie gingen in die Kurve. Da kam es mir vor, als sei der Schritt Deptalas irgendwie langsamer als der der ersten vier und als betrage die Entfernung zwischen ihm und Owsik nunmehr bereits drei Meter. Mit Erstaunen beobachtete ich, wie diese Entfernung zunahm. Vier ... fünf ... sechs Meter! ... Auf den Tribünen wurde ein leichtes Seufzen hörbar. Was sollte das bedeuten?

»Alles Bluff!« sagte der kahle Reporter, derselbe, der Deptala während der Ernte besucht hatte. »Der Mann kann nicht laufen!«

»Vielleicht hat er schlapp gemacht«, versuchte jemand Deptala zu verteidigen. »Was? Nach zwei Runden?« protestierte man. »Ein internationaler Läufer?« – »Und ich sage euch, daß er sie mit seinem Schritt schaffen wird. Zuerst werden sie rasen, und dann werden sie weich.«

»Noch zweiundzwanzig Runden«, sagte der Gutinformierte.

»Selbstverständlich behält er sein eigenes, gleichmäßiges Tempo bei. Nach zehn, fünfzehn Runden wird er sich ihnen nähern ...«

Der glänzende Journalist sah auf die Stoppuhr und brummte: »Das Tempo der Spitze deutet auf 33:30. Sie haben es nicht gerade eilig.«

Und Deptala fiel immer mehr zurück. Das Publikum verließ ihn jedoch weiterhin nicht. Wiederum wurde er mit Ovationen begrüßt. Er dankte mit einem verschwommenen Lächeln, welches seinerseits einen neuen Enthusiasmus hervorrief. »Der wird's ihnen zeigen!«

»Er wird sie kaputt machen!«

»Er läßt sie laufen: nur zu, Kinderchen, ich habe Zeit.«

Das Publikum blieb bei diesem Glauben auch dann noch, als die mittlere Gruppe sich Deptala näherte und ihn verschluckte. Er befand sich darin sogleich auf dem vierten, dann auf dem fünften Platz.

Hinter mir bemerkte jemand: »Er versteckt sich zwischen ihnen, aber dann wird er herausspringen!«

Der kahle Reporter lachte auf: »Der wird nicht heraushüpfen.

Alles Bluff! Er hat uns zum Narren gehalten, und ich, ich alter Esel bin darauf reingefallen.«

Von der mittleren Gruppe lösten sich zwei Läufer und begannen, der Spitzengruppe nachzujagen. Jetzt schüttelte selbst der Gutinformierte unzufrieden den Kopf. »Oh, das dürfte er nicht zulassen. Ihnen nach!« schrie er mit heiserer Stimme.

»Deptala, laufen!« wurden Schreie auf den Stehplätzen laut. Jemand pfiff. Aber es half nichts. Es geschahen unverständliche, fürchterliche Dinge. Alle mittleren Sechs überholten Deptala, rissen sich von ihm los und ließen ihn ein gutes Dutzend Meter zurück. Das geschah so schnell, daß Deptala noch vor dem Ende der vierten Runde von den letzten drei – jenen Aussichtslosen – eingeholt wurde. Einen Augenblick liefen sie zusammen. »Deptala, Gas!« schrie jemand.

Niemand griff den Ruf auf. Die Tribünen schwiegen. Noch wartete man. Vielleicht war das alles ein Manöver? Vielleicht wollte er die Jagd um so prächtiger gestalten? Vielleicht ... Noch hoffte man.

Plötzlich beschleunigte einer der letzten drei, ein völlig aussichtsloser Bursche. Die zwei anderen gingen ihm nach. Deptala blieb allein. Er blieb immer weiter zurück. Lief einsam, etwa dreißig Meter hinter den letzten drei.

Das war eine Niederlage. Keiner der Journalisten sagte ein Wort.

Nach der sechsten Runde erblickte Wielosz, der das Rennen führte, die Gestalt des letzten Läufers vor sich. Vielleicht war er sich nicht einmal dessen bewußt, daß es Deptala war, oder vielleicht doch, denn über seine mit Mühe nach Luft schnappenden Lippen huschte ein gehässiges Lächeln. Er verlängerte den Schritt. Wionczek blieb sofort zurück; er konnte diesem Schritt nicht standhalten. Dagegen beschleunigte der langbeinige, weich laufende Dziedzinski, überholte Wionczek und erreichte Wielosz. Sie liefen jetzt eng hintereinander, wobei sie Deptala immer näher kamen.

»Sie werden ihn überrunden!« sprach der Kahlköpfige die allgemeine Vermutung aus.

Das Publikum erhob sich von den Plätzen. Deptala blickte um sich, öffnete den Mund wie ein Fisch, versuchte eine Weile zu beschleunigen, gab es aber nach kurzer Zeit auf und lief in seinem kurzen Schritt, chaotisch mit den Armen fuchtelnd, weiter. Als er vor der Tribüne war, ertönte ein durchdringender Pfiff. Deptala fuhr zusammen, beschleunigte aber nicht. Wielosz und Dziedzinski kamen heran, und auf der Tribüne wurde der Ruf laut: Wielosz, jag den Meister!«

Einige Personen lachten laut auf, andere schrien: »Jag den Schweden. Jag ihn!« Und wieder andere: »Langsamer, Wielosz! Das ist kein Hase – er läuft nicht davon!« Die beiden, Wielosz und Dziedzinski, kamen unaufhaltsam näher. Noch fünfzehn Meter, zwölf, zehn. Sie liefen in die gegenüberliegende Gerade ein. Acht Meter, fünf ... Schon sind sie hinter ihm. Ein Stück laufen sie hinter Deptala her, wie zum Verschnaufen, dann überholen sie ihn mit vollkommener Leichtigkeit. Adam notierte: »Überrundet genau nach drei Kilometern.«

Aber das war noch nicht alles. Vor der Tribüne wurde Deptala von Wionczek und Owsik eingeholt, und danach überholte ihn jeder Läufer der Reihe nach. Bevor er die zehnte Runde gemacht hatte, war er von allen überrundet worden.

Adam raste »Unerhört! Man sollte ihn vor Gericht stellen! Die öffentliche Meinung so zu verhöhnen!« – Gleich darauf begann er jedoch zu überlegen: »Gut und schön. Aber Svendö? und Jacobson?...«

»In Oslo ist gar kein Jacobson gestartet«, erinnerte ich ihn.

»Daß auch niemand auf die Idee gekommen ist, die Dinge in Schweden nachzuprüfen, das wäre doch am leichtesten gewesen.« Er wandte sich aggressiv an den glänzenden Journalisten. »Nicht einmal ihr! Hättet ihr nicht das *Svenska Dagbladet* anrufen können?«

Der glänzende Journalist senkte den schönen, von Haarcreme brillierenden Kopf. »Ja, das ist wahr. Aber wer konnte denn ahnen, daß man es mit einem Gauner zu tun haben würde?«

Der Kahle lachte nur noch. »Sogar ich, ich alter Esel!... Was? Ein Reinfall, nicht wahr?«

»Nein«, schrie ein junger Journalist im Hemd der Jugendbewegung. »Euch sollte man es zeigen! Eure Schuld ist es. Wer hat aus ihm einen Meister gemacht? Ihr! Vielleicht hat sich der Junge geirrt, vielleicht hat er sich etwas vorgemacht? Aber schließlich hat nicht er es in den Zeitungen geschrieben oder im Bekanntenkreis herumposaunt, oder? Wer hat damit angefangen?«

Der Kahle gab Auskunft: »Unser Journalist von der Küste hat angefangen.«

»Bitte, da habt ihr es ja«, triumphierte der Junge. »Und ihr? Ihr habt einen Helden aus ihm gemacht. Hat es jemand genauer untersucht? Niemand!« Der Junge machte den Eindruck, als rede er auf einer Kundgebung. »Solange wir Sensationen nachjagen werden, solange wir, anstatt uns um den Massensport zu kümmern, uns für Einzelpersonen begeistern werden, solange wir uns keine redliche Informationsarbeit zum Ziel machen werden, wird es solche Geschichten geben. Und auf Deptala braucht ihr es gar nicht zu schieben. Er hat diese Geschichte nicht verbreitet!«

Der Glänzende zündete sich mit einer noblen Geste die Pfeife an. »Das Publikum verlangt Sensationen und Resultate. So ist es nun einmal.« – »Ganz richtig«, stimmte der Gutinformierte zu. »Nehmen Sie zum Beispiel *The Ring*. Oder die letzte Seite von *The People*.«

Adam faßte sich an den Kopf. »Der Star der 800-Meter-Bahn. Erinnerst du dich? Ich habe es mit Vor- und Zunamen unterschrieben. Ich bin kom-pro-mit-tiert. Restlos. Erinnerst du dich, wie mich unser Alter nach Marcysiow geschickt hat? Er hatte einen Riecher. Er als einziger hatte einen Verdacht.« Adam konnte sich nicht beruhigen. Er jammerte: »Alles hat sich dieser Gauner ausgedacht. Svendö gibt es auf keiner Karte. Und den Langstreckenläufer Jacobson und diesen Björg gibt es auch nicht. Und die zehn Laufbahnen? Wozu hat er das erfunden? Wen könnte man nur fragen?«

»Die Schweden«, schlug ich vor.

Er warf mir einen Blick zu, als hätte ich ihm einen Riesendienst erwiesen, und lief fort, sich durch die Menge vorwärtskämpfend. Die Schweden waren im Begriff aufzubrechen. Adam gelang es noch, sie zu erreichen. Ich konnte sehen, wie sie stehenblieben und ihm Auskünfte erteilten. Auf der Bahn überrundeten die letzten drei Deptala bereits zum zweitenmal. Als Adam zurückkehrte, überschüttete ich ihn mit Fragen: »Kennen die ihn? Gibt es Svendö? Wie steht es mit Jacobson?«

»Nein, sie kennen ihn nicht. Sie kamen hier nur so zum Zeitvertreib her. Nur ...« Er beugte sich zu meinem Ohr vor. »Weißt du, nicht alles ist Bluff. Etwas Wahres ist an der Sache. Svendö ist eine kleine Ansiedlung bei Göteborg. Stimmt, nicht? Sie ist dadurch bekannt, daß die Mehrzahl der Einwohner Schuster sind und daß die Schusterinnung seit langen Jahren jedes Frühjahr einen Massendauerlauf veranstaltet, um die Glieder zu strecken. Natürlich kann von zehn Laufbahnen nicht die Rede sein. In ganz Schweden gibt es dergleichen nicht. Es handelt sich ganz einfach um eine Wiese, einen Wald, irgendeinen öden Acker. Darauf kann man auch hundert Laufbahnen machen, verstehst du? Jetzt hör gut zu, eine von diesen Schwedinnen wurde einmal vom Roten Kreuz nach Svendö geschickt, wegen einiger Internierter, die dort waren. Stimmt, nicht? Sie erzählte, daß die dort arbeitenden Internierten eingeladen waren, an dem Rennen zusammen mit den Bewohnern des Ortes teilzunehmen. Und angeblich hat einer dieser Internierten das Rennen gewonnen. Stimmt, nicht? Sie kann sich natürlich nicht mehr entsinnen, ob das ein Pole war. Sie hat die Sache nur ganz zufällig behalten, ihr war das gleich. Aber mir kommt es so vor, als ob Deptala dieses Rennen gewonnen habe. Er wird die dortigen Schuster um ein gutes Dutzend Meter geschlagen haben, und das ist alles.«

»Und was für eine Strecke?«

»Das kann man schwer sagen. Sie liefen wahrscheinlich so drauflos.«

»Und die Zeit, 32:04?« fragte ich.

Adam überlegte. »Siehst du, ich bin der Meinung, daß er sich das einfach ›umgerechnet‹ hat. Sportler haben so einen Umrechnungstick. Es gibt keinen, der nicht ähnlich kombiniert: Wenn ich 100 Meter in 11 Sekunden mache, dann müßte ich 200 Meter in 22,3 schaffen und 400 Meter in 44,6 plus drei Sekunden à conto der Erschöpfung, das wären 47,6 – also habe ich den polnischen Rekord in der Tasche. Solche Berechnungen sind idiotisch, denn ein Sprinter ist kein Mittelstreckenläufer, und nach dem Prinzip des Kugelstoßens läßt sich das Ergebnis des Diskuswerfens nicht errechnen.«

»So ist es«, sagte ich. »So machst du es ja auch immer. Deptala hast du auf 31 Minuten geschätzt, dann auf 30 und dann ...« Ich unterbrach mich, als ich bemerkte, wie rot Adam wurde.

Der Phantast! Er war selber einer! Vielleicht ein noch größerer als Deptala...

Nach einer Weile gab er zu: »Siehst du, auch ich...«

»Und Jacobson? Lindhart, Björg?« fragte ich ungeduldig.

»Die Schweden haben niemals etwas von ihnen gehört. Es ist anzunehmen, daß das die von Deptala geschlagenen Läufer sind – Schuster von Svendö. In seiner Phantasie mochten sie zu den Spitzenläufern Schwedens geworden sein. Aber die Trommel haben wir gerührt, wir, die Reporter. Vielleicht hat er die ganzen Dummheiten, die wir über ihn geschrieben haben, nicht einmal gelesen. Er hat in Marcysiow gesessen und seinen Kram in Ordnung gebracht. Und dann bestanden auf einmal alle darauf: du mußt laufen. Gut, sagte er sich. Er wird an den polnischen Meisterschaften teilnehmen. Schließlich hat er es sich ja auskombiniert, daß er 10000 Meter in 32:04 schafft und daß es nach der Disqualifizierung Häggs in ganz Schweden keinen besseren Läufer als Jacobson gab. So ist er also hergekommen, und sieh doch hin, er läuft ja!«

Er lief tatsächlich. Die wievielte Runde es war, ließ sich schwer feststellen. Auf den Laufbahnen herrschte ein wirres Durcheinander. Alle Läufer hatten Deptala mehrmals überrundet. Wielosz und Dziedzinski wiederum hatten die Letzten zweimal überrundet und Wionczek einmal, und Owsik wurde von den drei Ersten aus der mittleren Gruppe gerade überholt, während sich ihm Wielosz näherte. Nein, man hatte den Zusammenhang verloren. Der Niveauunterschied zwischen den Startenden war zu groß, und der glänzende Journalist bewies soeben, daß man Läufer unter einem gewissen Minimum nicht zum Start zulassen dürfe.

Der Kahle lachte auf. »Das beste Minimum hatte Deptala. Sollte man ihn etwa nicht zum Start zulassen?« Deptala lief gerade an den Tribünen vorbei. Die Luft schwirrte von Pfiffen. Schimpfwörter fielen.

»Betrüger!«

»Nach Schweden mit ihm!«

Jemand warf eine Apfelsinenschale. Der Lautsprecher bat um Ruhe. Die Tribünen rauschten. Ein Teil des Publikums war aufgestanden und begab sich zum Ausgang. Andere, die ein Bedürfnis nach sofortiger Rache verspürten, versammelten sich

bei der Bande. Adam, der junge Journalist von der Jugendbewegungszeitung und ich gingen nach unten zur Bande. Dort stand eine Reihe Kinder. Sie als einzige waren von dem Rennen nicht enttäuscht, sie waren rot vor Erregung, schrien und ballten die Hände im Eifer. Adam ergriff mich am Arm und flüsterte mir zu, wobei er ein wenig zur Seite schielte: »Kajtek.«
»Wer?«
»Kajtek. Deptalas Junge. Der rechts.«
Ich erkannte ihn wieder. Die Bilder, die Adam aus Marcysiow mitgebracht hatte, waren mir noch im Gedächtnis. Es war ein dünner, kleiner, braungebrannter Bursche. Er hatte dasselbe Mäusegesicht wie sein Vater. Nur seine Haare waren dichter, nicht so geleckt, die Mähne fiel ihm lockig auf die niedrige Stirn. Er hatte die dünnen Arme auf die hölzerne Umrandung gestützt, auf Zehenspitzen stehend verfolgte er seinen Vater, wie hypnotisiert. Er sah niemanden außer ihm, außer dem Vater.
Ich ging an ihn heran und fragte leise: »Hat Vati versagt?«
Er wandte sich um und sah mich haßerfüllt an. »Er hat nicht versagt. Vati versagt nicht. Vati gewinnt.«
»Was?«
»Alle verlieren und Vati gewinnt.«
In diesem Augenblick hörten wir die Glocke. Die letzte Runde für Wielosz und Dziedzinski. Na, dein Vati gewinnt nicht mehr, dachte ich. Wielosz beschleunigte, gewann einige Meter Vorsprung vor Dziedzinski, aber auf der gegenüberliegenden Geraden erreichte er zum wer weiß wievielten Male Deptala, den er überholte. Vor der nächsten Kurve wurde er schwächer. Dziedzinski lief in gleichmäßigem Tempo. In der Kurve überholte er Deptala, und in der Geraden näherte er sich dem schwankenden und stolpernden Wielosz. Das hätte ein erregendes Duell werden können, aber niemand von den Zuschauern hatte wirkliches Interesse daran zu erfahren, wer von den beiden Sieger würde. Und als Dziedzinski Wielosz fünfzehn Meter vor dem Ziel eingeholt hatte, hörte man keinen einzigen Seufzer, keinen einzigen Schrei der Begeisterung.
Den Sieger bedachte man mit kargem, lustlosem Beifall. Die Mehrheit des Publikums begab sich zum Ausgang. An der Bande blieben wir: die Reporter, die Kinder und ein paar Dutzend Zuschauer.

Es dämmerte bereits. Die Schiedsrichter konnten nur noch mit Mühe die Zeit von den Stoppuhren ablesen. Die Läufer beendeten der Reihe nach das Rennen. Der kleine stockdürre Owsik kam angelaufen, schnappte eine Zitrone, wickelte sich in eine Decke ein und ließ sich wie tot auf die Erde fallen. Den nächsten, Wionczek, konnte man nur mit Mühe zu den Kabinen führen. Dann beendeten die Überrundeten das Rennen. Als der vorletzte Teilnehmer, der zweimal vom Sieger überrundet worden war, am Ziel ankam, hob ein Schiedsrichter eine Tafel mit der Ziffer »3«. Deptala hatte noch drei Runden zu laufen. Irgendwo auf der gegenüberliegenden Geraden geisterte seine weiße Hose, das kirschrote Hemd dagegen verschwand in der violetten Dämmerung. Der weiße Fleck der Hose orientierte uns über seinen Verbleib. Er näherte sich langsam, mühevoll mit den Armen arbeitend, Kindern gleich, die eine Lokomotive mimen.

»Er sollte aufgeben«, sagte der glänzende Journalist, der sich ebenfalls zu uns gesellt hatte. »Es ist aus für ihn.«

Der weiße Fleck bewegte sich träger. Er passierte die Kurve und kam gemächlich von der Geraden her näher.

»Gauner!« erscholl plötzlich ein hoher, hysterischer Schrei.

»Gau-ner! Gau-ner! Gau-ner!« skandierte man.

Ich sah Katjek an und seine dünnen Händchen: sie bebten. Aber in seinen Augen war nicht die Spur einer Träne. Die Menge brüllte und tobte vor Wut. Ein mit einer Flasche bewaffneter Bursche sprang über die Bande und stellte sich auf die Bahn. Das war das Signal. Die Bahn füllte sich mit Menschen. Die Ordnungsleute waren hilflos. Sie schrien: »Zurück! Zurück!«, aber ohne Erfolg. Der weiße Fleck näherte sich unendlich langsam.

Jemand warf einen Stein in Deptalas Richtung. Traf aber nicht. In diesem Augenblick sprang Kajtek federleicht über die Bande und lief auf die Bahn. Er stellte sich auf die zweite Laufbahn, in die Nähe des Ziels. Ich drängte mich zu ihm durch und nahm ihn an der Hand. Er riß sich los. In der Flut der Schimpfwörter, Schmähungen, Drohungen und frechen Pfiffe näherte sich unsicher sein Vater. Er verlangsamte den Schritt immer mehr, machte eine Bewegung, als wolle er anhalten, vermochte es aber nicht.

Kajtek riß die Augen weit auf, starrte den Vater an, erstaunt, bittend. Deptala warf ihm einen gequälten Blick zu, machte noch einen Schritt vorwärts, dann noch einen, der nächste war schon energischer, dann hob er die Knie höher und warf das Bein weiter von sich – er verlängerte den Schritt! Nickte Kajtek zu, lächelte sogar, lief an ihm und den Schiedsrichtern vorbei und weiter, als sei nichts geschehen. »Drei Runden!« brüllte ihm der Schiedsrichter zu und warf die Tafel zu Boden. »Das ist doch der Höhepunkt. Warum gibt diese Niete nicht auf? Erst hat er uns zum Narren gehalten, und jetzt müssen wir seinetwegen auch noch bis in die Nacht hier sitzen.« Die anderen Schiedsrichter murrten auch und riefen: »Das Rennen abbrechen!« Aber der Hauptschiedsrichter war dagegen. »Ruhe, meine Herren! Das Rennen geht weiter!«

Diejenigen, die Deptala so aggressiv erwartet hatten, blickten dem sich entfernenden Läufer jetzt konsterniert nach. Einer von ihnen drehte sich um und ging mit eingezogenem Kopf zum Ausgang. Kajtek spazierte, die Hände auf dem Rücken, am Rande der Bahn entlang, so, als habe er eine große Schlacht gewonnen. Man wartete. Es fielen keinerlei Bemerkungen, keine Schmähungen. Etwas Unheimliches war in diesem Mann, der dort in der Dunkelheit lief, einsam vor den Augen der feindselig gestimmten Menge, die mit Steinen und Flaschen gerüstet war. Stille trat im Stadion ein.

Aber als hinter der Geraden der weiße Fleck von Deptalas Hosen auftauchte, brodelte die Menge wieder auf.

»Mach kehrt!«

»Runter von der Bahn!«

»Von der Bahn mit ihm!«

»Diesmal gelingt dir der Streich nicht!«

Von Miliz war keine Spur zu sehen. Die Ordnungsleute hatten sich versteckt, oder vielleicht waren sie auch der Ansicht, daß es eine natürliche und gesunde Sache sei, einen Sportler, der das Publikum enttäuscht hatte, zu verprügeln.

Nur der Hauptschiedsrichter brüllte: »Ruhe, Leute! Ruhe! Das Rennen geht weiter!«

Hoch in der Dunkelheit blitzte eine Flasche auf und zersprang kurz vor Deptalas Beinen. Der Läufer schüttelte den Kopf wie unter einer kalten Dusche, sprang über die Glasscherben hinweg und lief im Trab weiter. Die Menge grölte. Aber jetzt scherte sich Deptala überhaupt nicht mehr darum. Hocherhobenen Kopfes und schwankenden Schrittes lief er an der Schiedsrichterleiter vorbei. Der Journalist mit dem Hemd von der Jugendbewegung sah erst mich, dann Adam an, zwinkerte, als traue er seinen Augen nicht, und schrie plötzlich, mit nervöser Gebärde die Mütze vom Kopf reißend: »Der Mann ist ein Held!«

Gegenüber tobte der dicke Schiedsrichter. Er war eine kurze Strecke neben Deptala hergelaufen: Deptala auf der Bahn, er auf dem Rasen. Sein Bauch wackelte, aber sein Schritt war gar nicht so übel – es machte traurig, daran denken zu müssen, daß das vor Jahren vielleicht einmal einer unserer Spitzenmittelstreckenläufer gewesen war. Jetzt jammerte er, schlug mit den Fäusten gegen die Fettklöße auf seiner Brust und schwitzte, als herrschte die größte Hitze: »Ich habe ihn gebeten: gib doch auf, du Niete, du Dummkopf. Ich sage dir, wir können deinetwegen nicht bis Mitternacht hier sitzen.«

Dann hörte ich die Worte des Hauptschiedsrichters: »Ich verbiete Ihnen, ich lasse es nicht zu.«

Der weiße Fleck bewegte sich auf der gegenüberliegenden Geraden. Die Menge ergab sich allmählich dem Trotz des Läufers. Ich hörte, wie man sagte: »Eine völlige Null ist er nicht, immerhin läuft er bis zum Schluß.«

»Aber in was für einer Zeit? Einundvierzig Minuten.«

»Versuchen Sie es mal in fünfzig.«

»Von mir ist nicht die Rede. Ich gelte ja auch nicht als schwedischer Meister.«

»Meister oder nicht. Seine 10 000 Meter schafft er.«

Der Junge von der Jugendbewegung benahm sich völlig wie in Trance. Er wiederholte: »Und ich sage euch, ein Held. Und ich sage euch, das ist ein Sportler!«

Wieder erschien der weiße Fleck in der Kurve. Deptala kam näher. Diesmal empfingen ihn keine bösen Rufe. Keine Flasche wurde geworfen. Nur vereinzelte Pfiffe waren in der gespannten Stille hörbar. Aber ihnen antwortete sogleich ein Ruf: »Bravo Deptala!«

Im ersten Moment wirkte der Ruf auf den Läufer beinahe schlimmer als die Flasche. Er schwankte, wäre beinahe gestürzt. Aber der Junge von der Jugendbewegung klatschte. Adam, ich und noch ein paar andere gesellten uns dazu. Und Deptala starrte uns erstaunt an. Noch traute er uns nicht. Spotten die oder klatschen die wirklich? Erst, als sich unserem Klatschen der freudige, hohe und schrille Ruf Kajteks beimischte: »Bravo, Vati!«, glaubte er es. Mit weitgeöffnetem Mund lief er weiter. Den Klang der Glocke, die die letzte Runde verkündete, nahmen wir alle mit Erleichterung auf. Er wird es schaffen! Und es schien uns sogar, als habe Deptala nach diesem Glockenzeichen seine Kräfte gesammelt, als sei er nach vorn geschossen, mit verlängertem, schnellerem Schritt. Das Publikum begab sich von der Bahn auf die Rasenfläche. Jetzt verfolgten wir alle jede Bewegung des einsamen Läufers, der nur noch gegen die Dunkelheit und den Raum ankämpfte, gegen die Asche und die eigene Ohnmacht. Ungefähr in der Mitte der gegenüberliegenden Geraden schien Deptala jedoch endgültig schlappzumachen und noch langsamer zu laufen. Noch ein paar Meter – und plötzlich waren wir davon überzeugt, daß Deptala dieses Rennen doch nicht würde beenden können. Zweihundert Meter vor dem Ziel würde er auf die Erde stürzen, sich hinsetzen, weinen. Der Reporter vom Jugendbewegungsblatt zerknüllte in der Erregung seine Mütze. Ich sah, wie sich seine Fäuste ballten, wie er mit ganzer Seele bei jenem war. Ach, wir alle waren bereits bei ihm, wir alle wünschten ihm diesen Erfolg. Aber seine Knie bogen sich unter ihm. Plötzlich klang ein Ruf: »Deptala!«

Dieselbe Stimme, die zuvor »Bravo!« gerufen hatte.

»Dep-ta-la! Dep-ta-la!« wurden Stimmen laut.

Der weiße Fleck beschleunigte. Man begann zu skandieren: »Dep-ta-la! Dep-ta-la!« – wie zu Beginn des Rennens.

Einige Personen liefen ihm entgegen. Der Hauptschiedsrichter schrie: »Ruhe! Ich verbiete das! Das Rennen geht weiter!«

Als Deptala angekommen war – inmitten unseres Skandierens und unserer Hurra-Rufe –, kam es dennoch zu einer kleinen Verwirrung. Einige stürzten sich nämlich zu ihm hin, um ihn auf die Schultern zu nehmen, aber ziemt es sich etwa, einen Mann zu tragen, der 10 000 Meter in 40:28 Minuten gelaufen ist? Nur der kleine Kajtek hatte keine Zweifel. Er lief auf den vor Erschöpfung schwankenden Vater zu und schmiegte sich an dessen nasse Brust. Nach einer Weile bemerkte ich, daß der Körper des Kleinen von einem Schluchzen geschüttelt wurde, und ich hörte sein Weinen: »Du hast's am schönsten gemacht. Ich hatte so eine Angst ... aber du warst der Beste ... Du hast's am schönsten gemacht, Vati.«

Deptalas Backenknochen zuckten und auch die Verdickungen um die Mundwinkel. Er preßte Kajtek fest an sich, und ich glaube, auch er weinte.

Wir gingen alle zu den Kabinen. Es war dunkel. Man konnte kein Gesicht erkennen. Ich hörte nur, wie der Kahle mit dem Jungen von der Jugendbewegung stritt. Der Kahle lachte (Ich alter Esel, oho!), und der Junge von der Jugendbewegung sprach mit erregter Stimme: »Na und? Was macht das schon, daß es 40:28 Minuten sind? Ist denn der Sport nur für Stars da? Ich behaupte, daß er ein wahrer Sportler ist. Ich behaupte das. Wenn der Sport nicht die Schule des Ehrgeizes, des Charakters und des Kampfgeistes sein soll – für die Massen! Für die Massen und nicht für eine Handvoll Aktive –, dann soll ihn der Teufel holen, diesen euren Sport! Der wahre Sport ...« Der junge Mann erläuterte jetzt seinen Standpunkt mit ruhigerer Stimme, und deshalb blieb es mir versagt, ihn weiter anzuhören.

Dafür hörte ich plötzlich dicht hinter mir ein heftiges kindliches Flüstern: »Du bist am schönsten gelaufen ... Vati, du hast's am schönsten gemacht.«

Ich ging zum Ausgang. Die warme, frische Septembernacht roch nach welkem Laub. Ich holte ein paarmal tief Atem, spürte aber keine Erleichterung.

4. Siegen um jeden Preis

Homer

Reingefallen

Peleus' Sohn nun setzte noch andere Preise dem Wettlauf:
Einen silbernen Krug von prangender Kunst; er umfaßte
sechs der Maß und besiegt' an Schönheit all auf der Erde
weit, denn kunsterfahrne Sidonier schufen ihn sinnreich;
aber phoinikische Männer, auf finsteren Wogen ihn bringend,
boten in Häfen ihn feil und schenkten ihn endlich dem Thoas;
drauf für den Priamiden Lykaon gab zur Bezahlung
ihn dem Held Patroklos Jasons Sohn Euneos.
Den nun setzt' Achilleus, den Freund zu ehren, zum Kampfpreis
ihm, der am schnellsten im Laufe der hurtigen Schenkel erschiene;
einen mächtigen Stier dem folgenden, schwer des Fettes,
drauf des Goldes ein halbes Talent bestimmt' er dem letzten.
Aufrecht stand der Peleid' und redete vor den Argeiern:
   Kommt hervor, wer begehrt, auch diesen Kampf zu versuchen!
Sprach's, und Aias erhob sich, der schnelle Sohn des Oileus,
drauf Odysseus, im Rate gewandt, und Antilochos endlich,
Nestors Sohn, denn rasch vor den Jünglingen siegt' er im Wettlauf.
Alle gereiht nun standen, es wies das Zeichen Achilleus.
Ihnen erstreckte der Lauf von dem Stande sich, aber in Eile
stürmete Aias voran; ihm flog der edle Odysseus
nahe gedrängt. So wie dicht an des schöngegürteten Weibes
Busen das Webschiff fliegt, das schön mit den Händen sie herwirft,
zartes Gespinst ausziehend zum Eintrag, nahe dem Busen
lenkt sie es: also verfolgt' ihn Odysseus nah, und von hinten
trat er die Spur mit den Füßen, eh fallend der Sand sie bedeckte.
Und an den Nacken ihm strömte den Hauch der edle Odysseus

Fikellura-Amphora mit Läufer (schwarzfigurig), 6. Jh. v. Chr.

stets im geflügelten Lauf, und daher schrien alle Achaier
ihm, wie er strebte nach Sieg, den Eilenden mehr noch
    ermunternd.
Als sie dem Ende des Laufs nun naheten, betet' Odysseus
schnell zu des mächtigen Zeus blauäugiger Tochter im Herzen:
    Höre mich, Göttin, mit Huld und bringe mir Hilfe zum
        Wettlauf!
Also sprach er flehend, ihn hörete Pallas Athene.
Leicht ihm schuf sie die Glieder, die Füß und die Arme von
    oben.
Als sie nun annahten, hinanzufliegen zum Kampfpreis,
jetzo strauchelte Aias im Lauf, denn es irrt' ihn Athene,
dort wo der Unrat lag der geschlachteten brüllenden Rinder,
die zu Patroklos' Ehre der Peleione getötet;
und mit dem Rinderkot ward Mund und Nas ihm besudelt.
Aber den Krug ergriff der herrliche Dulder Odysseus
schnell, wie zuvor er kam, und den Stier der gewaltige Aias.
Dieser stand, in den Händen das Horn des geweideten Rindes,
immer noch Kot ausspeiend, und redete vor den Argeiern:
    Traun, wohl irrte die Göttin im Laufe mich, welche von
        jeher
mütterlich naht dem Odysseus, ihm beizustehn und zu helfen!
    Jener sprach's, und umher erhoben sie frohes Gelächter.
Auch Antilochos jetzo enttrug den letzten der Preise
lächelnd umher, und also vor Argos' Söhnen begann er:
    Freunde, das wißt ihr alle, doch sag ich es, daß auch anjetzt
        noch
Ehre den älteren Menschen verleihn die unsterblichen Götter.
Aias zwar ist nur ein weniges älter, denn ich bin,
jener indes ist früheren Stamms und früherer Menschen;
doch man preist sein Alter ein grünendes, schwerlich gelingt es,
daß im Lauf ihn ereil ein Danaer, außer Achilleus.
    Jener sprach's, lobpreisend den rüstigen Peleionen.
Aber Achilleus drauf antwortete, solches erwidernd:
    Nicht umsonst, Antilochos, sei dies Lob dir geredet,
sondern ich will des Goldes ein halbes Talent dir hinzutun.
    Sprach's und reicht' ihm das Gold, und freudig nahm es der
        Jüngling.

Siegfried Lenz
Der Läufer

Eine klare, saubere Stimme bat im Lautsprecher um Ruhe für den Start, und es wurde schnell still im Stadion. Es war eine grausame Stille, zitternd und peinigend, und selbst die Verkäuferinnen in den gestärkten Kitteln blieben zwischen den Reihen stehen. Alle sahen hinüber zum Start des 5000-Meter-Laufes; auch die Stabhochspringer unterbrachen ihren Wettkampf und legten die Bambusstangen auf den Rasen und blickten zum Start. Es war nicht üblich, daß man bei einem 5000-Meter-Lauf um Ruhe für den Start bat, man tat das sonst nur bei den Sprintstrecken, aber diesmal durchbrachen sie ihre Gewohnheit, und alle wußten, daß ein besonderer Lauf bevorstand.

Sechs Läufer standen am Start, standen gespannt und bewegungslos und dicht nebeneinander, und es war so still im Stadion, daß das harte Knattern des Fahnentuchs im Wind zu hören war. Der Wind strich knapp über die Tribüne und fiel heftig in das Stadion ein, und die Läufer standen mit gesenkten Gesichtern und spürten, wie der Wind ihren Körpern die Wärme nahm, die die Trainingsanzüge ihnen gegeben hatten.

Die Zuschauer, die in der Nähe saßen, erhoben sich; sie standen von ihren Plätzen auf, obwohl der Start völlig bedeutungslos war bei einem Lauf über diese Distanz; aber es zog sie empor von den feuchten Zementbänken, denn sie wollten ihn jetzt wiedersehen, sie wollten ihn im Augenblick des Schusses antreten sehen, sie wollten erfahren, wie er loskam. Er hatte die Innenbahn gezogen, und er stand mit leicht gebeugtem Oberkörper da, das rechte Bein etwas nach vorn gestellt und eine Hand über dem Schenkel. Er war der älteste von den angetretenen Läufern, das sahen sie alle von ihren Plätzen, er war älter als alle seine Gegner, und er hatte ein ruhiges, gleichgültiges Gesicht und eine kranzförmige Narbe im Nacken: er sah aus, als ob er keine Chance hätte. Neben ihm stand der Marokkaner, der für Frankreich lief, ein magerer, nußbrauner Athlet mit stark gewölbter Stirn und hochliegenden Hüften, neben dem Marokkaner standen Aimo und Pörhöla, die beiden Finnen, und dann kam Boritsch, sein Landsmann, und schließlich, ganz außen, Drouineau, der mit dem Marokkaner für Frankreich lief. Sie standen dicht nebeneinander in Erwartung des Schusses, und er sah neben dem Marokkaner schon jetzt müde und besiegt aus; noch bevor der Lauf begonnen hatte, schien er ihn verloren zu haben.

Manche auf den Bänken wußten, daß er schon über dreißig war, sie wußten, daß er in einem Alter lief, in dem andere Athleten längst abgetreten waren, aber bei seinem Namen waren sie gewohnt, an Sieg zu denken. Sie hatten geklatscht und geklatscht, als sie durch den Lautsprecher erfahren hatten, daß er in letzter Minute aufgestellt worden war; man hatte seinetwegen einen jüngeren Läufer vom Start zurückgezogen, denn der Gewinn des Länderkampfes hing jetzt nur noch vom Ausgang des 5000-Meter-Laufes ab, und man hatte ihn, den Ersatzmann, geholt, weil er erfahrener war und taktisch besser lief, und weil man sich daran gewöhnt hatte, bei seinem Namen an Sieg zu denken.

Der Obmann der Zeitnehmer schwenkte am Ziel eine kleine weiße Fahne, der Starter hob die Hand und zeigte, daß auch er bereit sei, und dann sagte er mit ruhiger Stimme »Fertig« und hob die Pistole. Er stand einige Meter hinter den Läufern, ein kleiner, feister Mann in hellblauem Jackett; er trug saubere Segeltuchschuhe, und er hob sich, während er die Pistole schräg nach oben richtete, auf die Zehenspitzen; sein rosiges Gesicht wurde ernst und entschlossen, ein Zug finsterer Feierlichkeit glitt über dieses Gesicht, und es sah aus, als wolle er in dieser gespannten Stille der ganzen Welt das Kommando zum Start geben. Er sah auf die Läufer, sah auf ihre gebeugten Nakken, er sah sie zitternd unter den Stößen des Windes dastehen, und er dachte für einen Augenblick an die Zeit, als er selber im Startloch gekauert hatte, einer der besten Sprinter des Kontinents. Er spürte, wie in der furchtbaren Sekunde bis zum Schuß die alte Nervosität ihn ergriff, die würgende Übelkeit vor dem Start, von der er sich nie hatte befreien können, und er dachte an die Erlösung, die immer erfolgt war, wenn er sich in den Schuß hatte fallen lassen. Er schoß, und der Wind trieb die kleine, bläuliche Rauchwolke auseinander, die über der Pistole sichtbar wurde.

Die Läufer kamen gut ab, sie gingen schon in die Kurve, und an erster Stelle lief er, lief mit kurzen, kraftvollen Schritten, um sich gleich vom Feld zu lösen. Hinter ihm lag der Marokkaner, dann kamen Boritsch und Drouineau, und die Finnen bildeten den Schluß. Seine rechte Hand war geschlossen, die linke offen, er lief schwer und energisch, mit leicht auf die Seite gelegtem Kopf, er ließ den Schritt noch nicht aus der Hüfte pendeln, sondern versuchte erst, durch einen Spurt freizukommen, und er hörte das Brausen der Stimmen, hörte die murmelnde Bewunderung und die Sprechchöre, die gleich nach dem Schuß eingesetzt hatten und jetzt wie ein skandiertes Echo durch das Stadion klangen. Über sich hörte er ein tiefes, stoßartiges Brummen, und er wußte, daß es der alte Doppeldecker war, und während er lief, fühlte er den Schatten des niedrig fliegenden Doppeldeckers an sich vorbeiflitzen, und dann den Schatten des Reklamebandes, mit dem der Doppeldecker seit einigen Stunden über dem Stadion kreiste. Und in das Brummen hinein riefen die Sprechchöre seinen Namen, die Sprechchöre sprangen wie Fontänen auf, hinter ihm und vor ihm, und Fred Holten, der älteste unter den Läufern, lief die Zielgerade hinunter und lag nach der ersten halben Runde acht Meter vor dem Marokkaner. Der Marokkaner lief schon jetzt mit langem, ausgependeltem Schritt, er lief mit Hohlkreuz und ganz aus der Hüfte heraus, sein Gesicht glänzte, während er ruhig seine Bahn zog. Vom Ziel ab waren noch zwölf Runden zu laufen; zwölfmal mußten die Läufer noch um die schwere, regennasse Bahn. Die Zuschauer setzten sich wieder auf die Bänke, und die Verkäuferinnen mit den Bauchläden gingen durch die Reihen und boten Würstchen an und Limonade und Stangeneis. Aber die Stimmen, mit denen sie ihr Zeug anboten, klangen dünn und verloren, sie riefen hoffnungslos in diese Einöde der Gesichter hinein, und wenn sich gelegentlich einer der Zuschauer an sie wandte, dann nur mit der Aufforderung, zur Seite zu treten.

Im Innenraum der Kurve nahmen die Stabhochspringer wieder ihren Wettkampf auf, aber er wurde wenig beachtet; niemand interessierte sich mehr für sie, denn die deutschen Teilnehmer waren bereits ausgeschieden, und es erfolgte nur noch ein einsames Stechen zwischen einem schmächtigen, lederhäutigen Finnen und einem Franzosen, die beide im ersten Versuch dieselbe Höhe geschafft hatten und nun den Sieger ermittelten. Sie ließen sich Zeit dabei und zogen nach jedem Sprung ihre Trainingsanzüge an, machten Rollen auf dem feuchten Rasen und liefen sich warm.

Fred ging mit sicherem Vorsprung in die zweite Kurve, er brauchte den Vorsprung, denn er wußte, daß er nicht stark genug war auf den letzten Metern; er konnte sich nicht auf seinen Endspurt verlassen, und darum lief er von Anfang an auf Sieg. Er ging hart in der Innenkante in die Kurve hinein, und sein Schritt war energisch und schwer. Er lief nicht mit der Gelassenheit des Marokkaners, nicht mit der federnden Geschmeidigkeit der Finnen, die immer noch den Schluß bildeten, er lief angestrengter als sie, kraftvoller und mit kurzen, hämmernden Schritten, und er durchlief auch die zweite Kurve fast im Spurt und lag auf der Gegengeraden fünfzehn Meter vor dem Marokkaner.

Als er am Start vorbeiging, hörte er eine Stimme, und er wußte, daß es die Stimme von Ahlborn war; er sah ihn an der Innenkante auftauchen, sah das unruhige Frettchengesicht seines Trainers und seinen blauen Rollkragenpullover, und jetzt beendete er den ersten Spurt und pendelte sich ein.

›Es ist gut gegangen‹, dachte Fred, ›bis jetzt ist alles gut gegangen! Nach zwei Runden kommt der erste Zwischenspurt, und bis dahin muß ich den Vorsprung halten. El Mamin wird jetzt nicht aufschließen; der Marokkaner wird laufen wie damals in Mailand, er wird alles in den Endspurt legen.‹

Auch Fred lief jetzt aus der Hüfte heraus, sein Schritt wurde ein wenig leichter und länger, und sein Oberkörper richtete sich auf. Er kam sich frei vor und stark, als er unter dem Rufen der Sprechchöre und dem rhythmischen Beifall in die Kurve ging, und er hatte das Gefühl, daß der Beifall ihn trug und nach vorn stieß – der prasselnde Beifall ihrer Hände, der Beifall der organisierten Stimmen in den Chören, die seinen Namen riefen und ihn skandiert in den Wind und in das Brausen des Stadions schrien, und dann der Beifall der einzelnen, die sich über die Brüstung legten und ihm winkten und ihm ihre einzelnen Schreie hinterher schickten. Sein Herz war leicht und drückte nicht, es machte noch keine Schwierigkeiten, und er lief für ihren Beifall, lief und empfand ein heißes, klopfendes Gefühl von Glück. Er kannte dieses Gefühl und dieses Glück, er hatte es in hundert Läufen gefunden, und dieses Glück hatte ihn verpflichtet und auf die Folter genommen, es hatte ihn stets bis zum Zusammenbruch laufen lassen, auch dann, wenn seine Gegner überrundet und geschlagen waren; er war mit einer siedenden Übelkeit im Magen weitergelaufen, weil er wußte, daß er auch gegen alle abwesenden Gegner und gegen die Zeit lief, und jeder seiner Läufe hatte in den letzten Runden wie ein Lauf ums Leben ausgesehen.

Fred sah sich blitzschnell um, er wußte, daß es ihn eine Zehntelsekunde an Zeit kostete, aber er wandte den Kopf und sah zu dem Feld zurück. Es hatte sich nichts verändert an der Reihenfolge, der Marokkaner lief lauernd und mit langem Schritt, hinter ihm lagen Boritsch und dann der zweite Franzose und zum Schluß die beiden Finnen. Auch die Finnen waren schon ältere Läufer, aber keiner von ihnen war so alt wie Holten, und Fred Holten wußte, daß das sein letzter Lauf war, der letzte große Lauf seines Lebens, zu dem sie ihn, den Ersatzmann, nur aufgestellt hatten, weil der Gewinn des Länderkampfes vom Ausgang des 5 000-Meter-Laufes abhing: sie hätten ihn nicht aufgestellt, wenn die Entscheidung des Dreiländerkampfes bereits gefallen wäre.

Er verspürte ein kurzes, heftiges Zucken unter dem linken Auge, es kam so plötzlich, daß er das Auge für eine Sekunde schloß, und er dachte: ›Jesus, nur keine Zahnschmerzen. Wenn der Zahn wieder zu schmerzen beginnt, kann ich aufgeben, dann ist alles aus. Ich muß den Mund schließen, ich muß die Zunge gegen den Zahn und gegen das Zahnfleisch drücken, einen Augenblick, wenn nur der Zahn ruhig bleibt.‹ Und er lief mit zusammengepreßtem Mund durch die Kurve und wieder auf die Zielgerade unter der Tribüne, und der Zahnschmerz wurde nicht schlimmer.

An der Kurve hinter dem Ziel hing ein großes, weißes Stoffplakat, unter dem mächtig der Wind saß; es war ein Werbeplakat, und die Buchstaben waren schwarz und dickbäuchig und versprachen: Mit Hermes-Reifen geht es leichter. Fred sah das riesige Stoffplakat wie eine Landschaft vor sich auftauchen, es bauschte sich ihm entgegen, und als er einmal schnell den Blick hob und auf den oberen Rand des Plakates sah, erkannte er das lange strohige Haar von Fanny. Und neben ihrem Haar erkannte er den grünlichen Glanz eines Ledermantels, und er wußte, daß es der Mantel von Nobbe war, und während er hart die Kurve anging, fühlte er sich unwiderstehlich hinausgetragen aus dem Stadion; er lief jetzt ganz automatisch, lief mit schwingenden Schultern und überließ die Kontrolle des Laufs seinen Beinen, und dabei trug es ihn hinaus aus dem Stadion. Er sah, obwohl er längst in der Kurve war, immer noch das Gesicht von Fanny vor sich, ein spöttisches, wachsames Gesicht unter dem strohigen Haar, und neben diesem Gesicht den Korpsstudentenschädel von Nobbe, sein kurzes, mit Wasser gekämmtes Haar, sein gespaltenes Kinn und den fast lippenlosen Mund. Und während er ganz automatisch lief, pendelnd jetzt und mit langem Schritt, sah er die Gesichter immer mehr auf sich zukommen, sie wurden groß und genau und bis auf den Grund erkennbar, und es war ihm, als liefen die Gesichter mit ... er sah das mit Mörtel beworfene Haus und dachte an die Schienen hinter dem Haus und an den Hafen, der damals still und verlassen war und voll von Wracks. Dahin ging er, als er aus der Gefangenschaft kam. Er ging den Kai entlang auf das Haus zu und sah hinab auf das Wasser, das an den Duckdalben hochschwappte und schwarz war, und im Wasser schwammen verfaulte Kohlstrünke, Dosen und Kistenholz. Es war niemand auf dem Kai außer ihm, und es roch stark nach Öl und Fäulnis und nach Urin. Hier auf dem Kai drehte er sich aus Kippen die letzte Zigarette, er rauchte sie zur Hälfte, schnippte sie ins Wasser, und dann sah er zu dem Haus hinüber und verließ den Kai. Er ging unter verrosteten Kränen hindurch, die von den Laufschienen heruntergerissen waren; sie lagen verbogen und langhalsig auf der Erde, und ihre Sockel waren unten weggespreizt wie die Beine einer trinkenden Giraffe. Dann ging er zu dem Haus. Es stand für sich da auf einem Hügel, und man konnte von ihm über den ganzen Hafen sehen und über den Strom. Hinter dem Haus liefen Schienen; vor dem Haus wuchs ein einzelner Birnbaum, der Birnbaum war klein und alt und blühte.

Fred ging den Hügel hinauf und betrat das Haus, es hatte keine Außentür, und er stand gleich im Flur. Er wollte sich umsehen, da entdeckte er über sich, auf der Treppe, das Gesicht des Jungen. Der Junge hatte ihn vom Fenster aus beobachtet, und jetzt lehnte er sich über das Geländer der Treppe zu ihm hinab und zeigte mit der Hand auf ihn und sagte: »Ich weiß, wer du bist«, und dann lachte er.

»So«, sagte Fred, »wenn du mich kennst, dann weiß ich auch, wer du bist.«

»Rat mal, wie ich heiß«, sagte der Junge

»Timm«, sagte Fred. »Wenn du mich kennst, kannst du nur Timm sein.« Und er lachte zu dem barfüßigen Jungen hinauf und nahm den Rucksack in die Hand und stieg die Treppen empor. Der Junge erwartete ihn und nahm ihm den Rucksack ab, Fred legte dem Jungen die Hand auf das blonde, verfilzte Haar, und beide gingen zu einer Tür.

»Hier ist es«, sagte der Junge, »hier kannst du reingehen.« Fred klopfte und drückte die Tür nach innen auf, und ein Geruch von feuchten Fußabtretern strömte an ihm vorbei. Er blieb auf dem Korridor stehen, nahm dem Jungen den Rucksack aus der Hand und setzte ihn auf den Boden.

»Wir sind da«, flüsterte der Junge, »ich werde sie holen«; er verschwand hinter einer Tür, und Fred hörte ihn einen Augenblick flüstern. Dann kam er zurück, und hinter ihm tauchte eine Frau in einem großgeblümten Kittel auf, es war eine ältere Frau, schwer und untersetzt, mit einem mächtigen, gewölbten Nacken und geröteten Kapitänshänden. Sie hatte ein breites Gesicht, und ihr Kopf nickte bei jedem Schritt wie der Kopf einer Taube. Sie begrüßte Fred, indem sie ihm wortlos die Kapitänshand reichte, aber plötzlich wandte sie das Gesicht ab und ging nickend wieder in die Küche zurück, und Fred sah, daß die Alte weinte.

»Los«, sagte der Junge, »geh auch in die Küche. Sie wird dir Kaffee kochen.« Und als Fred zögerte, schob ihn der Junge über den Korridor und in die Küche hinein. Er schob ihn bis zu einem der beiden Hocker, dann ging er um ihn herum und stieß ihm beide Hände in den Bauch, so daß Fred einknickte und auf den Hocker fiel. »Gut«, sagte der Junge, »jetzt hol ich noch deinen Rucksack.«

Die Alte saß auf einem Hocker vor dem Herd, still und in sich versunken, sie saß bewegungslos da, und ihr Blick ruhte auf dem alten Birnbaum.

Fred sah sich schnell und vorsichtig in der Küche um, sah die Reihe der Näpfe entlang, die auf einem Bord standen, auf die Herdringe, die an einem Haken hingen, und schließlich blieb sein Blick an einem weinroten Sofa hängen, das in einer Ecke der Küche stand. Das Sofa war schäbig und durchgelegen, an einigen Stellen quoll das Seegras hervor, es war breit und hatte sanfte Rundungen, und Fred spürte, daß es ihn zu diesem Sofa zog.

»Da«, sagte der Junge, »da hast du deinen Rucksack«, und er schleifte den Rucksack vor Freds Füße.

Dann ging er zu der Alten hinüber, tippte ihr auf den gewölbten Nacken und sagte: »Koch ihm Kaffee, Mutter, koch ihm eine Menge Kaffee. Er hat Durst. Erst einmal soll er trinken.« Der Junge stieg auf das Sofa und holte eine Tasse vom Bord herab und stellte sie auf den Tisch. Dann setzte er sich neben dem Rucksack auf die Erde und sagte: »Wann wirst du den Rucksack auspacken?«

»Bald«, sagte Fred.

»Darf ich dann zusehen?«

»Ja.«

»Gut«, sagte der Junge, »das ist ein Wort.« Er begann den Stoff des Rucksackes zu betasten, und dabei blickte er fragend zu Fred auf. Plötzlich stand die Frau auf und zog einen Napf vom Bord herab, sie öffnete ihn und nahm eine Karte heraus, und mit der Karte ging sie auf Fred zu und sagte: »Da hab ich sie noch. Es ist die letzte, die ankam. Da haben Sie noch mit unterschrieben.«

»Ja«, sagte Fred, »ja, ich weiß.«

»Wie lange wird es dauern«, fragte die Frau, »sie werden ihn doch nicht ewig behalten. Er muß doch mal nach Hause kommen.«

»Sicher«, sagte Fred. »Wir waren bis zuletzt zusammen.« Und er dachte an das schmächtige Bündel unten am Donez, an den vergnügten, kleinen Mann, dem wenige Tage vor der Entlassung herabstürzende Kohle das Rückgrat zerschmettert hatte. Er dachte an Emmo Kalisch und an den Augenblick, als sie ihn mit zerschmettertem Rückgrat auf die Pritsche hoben, und er sah wieder das vergnügte pfiffige Gesicht, in dem noch ein Ausdruck von List lag, als der Arzt zweifelnd die Schultern hob.

»Er wird es schon machen«, sagte Fred, »ich bin sicher, er wird bald nachkommen.«

»Ja«, sagte die Frau. »Er hat geschrieben, daß Sie bei uns wohnen werden. Sie können hier wohnen, Sie können auf dem Sofa schlafen.«

»Koch ihm Kaffee«, sagte der Junge. »Er soll erst trinken, dann wollen wir den Rucksack auspacken.«

»Du hast recht, Junge«, sagte die Alte, »ich werde ihm Kaffee kochen.«

Fred spürte nichts als eine große Müdigkeit, und er blickte sehnsüchtig zum Sofa hinüber, während die Frau den Napf wegsetzte und mit ruhiger Kapitänshand den Kessel auf das Feuer schob. »Er hat oft von Ihnen geschrieben«, sagte sie, ohne sich zu Fred umzudrehen. »Fast in jedem Brief hat er von Ihnen erzählt. Und er hat auch Bilder geschickt von Ihnen.«

»Ja«, sagte Fred und prüfte die Länge des Sofas und überlegte, ob er die Beine überhängen lassen oder sie anziehen sollte.

Die Müdigkeit wurde schmerzhaft, und nachdem er Kaffee getrunken hatte, schob er dem Jungen den Rucksack zu und sagte: »Du kannst ihn allein auspacken, Timm. Schütt ihn einfach aus. Und was du nicht brauchen kannst, gib deiner Mutter oder leg es auf die Fensterbank.«

Und dann rollte er sich auf dem weinroten Sofa zusammen und drehte sich zur Wand und schlief. Er schlief den ganzen Nachmittag und die Nacht und auch den späten Vormittag, und als er die Augen öffnete, sah er das große nickende Gesicht der Frau und die ruhigen Kapitänshände, die ihm Brot und Kaffee auf den Tisch stellten. »Wir haben nicht viel«, sagte sie, »aber im September sind die Birnen soweit.«

Fred blieb auf dem Sofa liegen. Er bröckelte sinnierend das Brot in sich hinein und trank bitteren Kaffee, dann drehte er sich zur Wand, zog die Beine an und schlief der nächsten Mahlzeit entgegen. Der Dampf aus den Töpfen zog sanft über ihn hinweg, und wenn er nicht schlief und dösend die Wand anstarrte, hörte er das Klappern von Geschirr hinter sich und das Rattern der Deckel, wenn das Wasser unter ihnen kochte.

Fred blieb auf dem schäbigen Sofa liegen, er blieb Tag um Tag da, und es sah aus, als werde er es nie mehr freigeben. Nur an den Sonntagen konnte Fred nicht schlafen, an den Sonntagen wehten ferne Schreie zu ihm in die Küche, und ein dumpfes Brausen von Stimmen, und er drehte sich weg von der Wand, starrte auf die Decke und lauschte. Jeden Sonntag lauschte er, und als der Junge einmal hereinkam, zog er ihn an das Sofa und sagte:

»Was ist das, Timm? Woher kommen die Stimmen?«

Und der Junge sagte: »Vom Sportplatz.«

»Bist du auch da?«

»Ja«, sagte der Junge, »ich bin immer da.«

Dann ließ Fred das Handgelenk des Jungen los und starrte wieder auf die Decke. Er lag dösend da, kaute das Essen in sich hinein und schien sich nicht mehr lösen zu können von dem weinroten Sofa. Aber eines Tages, an einem Sonntag, lange bevor das Brausen der Stimmen zu ihm hereinwehte, stand er auf und begann, sich über dem Ausguß zu rasieren. Er tat es mit so viel Sorgfalt, daß die Frau und der Junge erschraken und annahmen, er wolle sie verlassen. Er aß auch nichts an diesem Morgen, er trank nur eine Tasse Kaffee und stand auf, nachdem er sie getrunken hatte, und dann ging er ans Fenster und sagte:

»Wann gehst du, Timm?«

»Wir können gleich gehen«, sagte der Junge. Er war überrascht, und aus seiner Antwort klang Freude.

Sie gingen zusammen zum Sportplatz, es war ein kleiner, von jungen Pappeln umstandener Sportplatz, ohne Tribüne und abgestufte Plätze, die Aschenbahn war an der Außenkante weich und aus billiger Schlacke aufgeschüttet, und eine Menge glitzernder Brocken lagen auf ihr herum. Eine Walze lag in der Nähe, dicht vor der Umkleidekabine, aber sie war tief eingesunken in den Boden und zeugte davon, daß sie kaum gebraucht wurde. Der Rasen war dünn und schmutzig und vor den Toren von einer Anzahl brauner Flecken unterbrochen, die Fred an das durchgescheuerte Sofa in der Küche erinnerten. Er stützte sich auf das Geländer, das die Aschenbahn von den Zuschauern trennte, und sagte: »Na, alle Welt ist es nicht mit euerm Sportplatz.« Dann kletterten sie unter dem Geländer hindurch und betraten die Aschenbahn, sie standen einen Augenblick nebeneinander und blickten über das genaue Oval des Platzes, und die Sonne brachte die billige Schlacke zum Funkeln. Sie waren noch allein auf der Aschenbahn, und obwohl der Platz klein und schäbig war und ohne Tribüne, hatte er etwas Anziehendes, er hatte etwas von einem Veteranen mit seinen Narben und braunen Flecken und all den Wunden vergangener Kämpfe; überall waren Spuren, Kratzer und Löcher, und an der Innenkante der Aschenbahn war die Schlacke festgetreten und hart von den Sohlen der Langstreckler. Er war nicht gepflegt und frisiert wie die großen Stadien, auf denen nach jedem Wettkampf die Spuren emsig entfernt wurden. Mit diesem schäbigen Vorstadtplatz trieben sie keine Kosmetik; er sah narbenbedeckt und ramponiert aus und zeigte für die Dauer einer Trockenzeit all die Spuren der Siege und Niederlagen, die auf ihm erkämpft oder erlitten wurden. Das war der Platz zwischen den jungen, staubgepuderten Pappeln draußen am Hafen, schorfig und mitgenommen, ein Platz letzter Güte, und dazu stieß er mit einer Seite noch an eine Fischfabrik, von der auch am Sonntag ein scharfer Gestank herüberwehte.

Sie machten ein paar Schritte auf der Aschenbahn, und plötzlich hob der Junge den Kopf und sagte: »Du hast lange geschlafen, warst du so müde, daß du so lange geschlafen hast?«

»Ja«, sagte Fred, »ja, Junge. Ich war verdammt müde. Wenn man so müde ist, braucht man lange, bis man zu sich kommt.«

»Bist du immer noch müde?«

»Nein, jetzt nicht mehr. Jetzt bin ich wieder da.«

»Kannst du gut laufen?« fragte der Junge und kauerte sich hin.

»Ich weiß nicht«, sagte Fred. »Ich habe keine Ahnung, ob ich gut laufen kann. Ich hab das noch nicht ausprobiert.«

»Bist du noch nie gelaufen?«

»Doch, Junge«, sagte Fred, »ich bin eine Menge gelaufen. Durch die Täler des Kaukasus bin ich gelaufen und durch die Sonnenblumenfelder von Stawropol, ich bin, als sie mit ihren Panzern kamen, immer vor ihnen hergelaufen, über die Krim und durch die ganze Ukraine. Nur kurz vor dem Ziel, da

Alexander Deineka (1899–1969) Das Rennen, 1930, Galleria Internazionale d'Arte Moderna, Ca' Pesaro, Venedig

schnappten sie mich. In den Sümpfen an der Weichsel, Junge, da holten sie mich ein, weil sie die bessere Lunge hatten. Ich war fertig damals, das war der Grund.«

Der Junge hörte ihm nicht zu, er stand, während Fred sprach, geduckt und in Laufrichtung, und als Fred jetzt zu ihm hinübersah, wandte er ihm blitzschnell das Gesicht zu und rief: »Komm, hol mich ein!«

Und dann flitzte er barfuß an der Innenkante der Aschenbahn in die Kurve. Fred blickte den nackten Beinen nach, die über die Aschenbahn fegten und kleine Brocken der Schlacke hochschleuderten, er sah das hingebungsvolle, verkrampfte Gesicht des Jungen, seine Verbissenheit, die heftig rudernden Arme, und er wußte, daß er den Jungen enttäuschen würde, wenn er nicht mitliefe. Timm war schon in der Mitte der Kurve, gleich würde er auf der Gegengeraden sein und herübersehen und dabei bemerken, daß ihm niemand folgte, und Fred lächelte und lief los. Er zuckelte gemächlich an der Innenkante entlang, immerfort zu dem Jungen hinübersehend, er lief lässig und mit langem Schritt und lachte über die verkrampfte Anstrengung seines Herausforderers, der immer weiter lief auf der Gegengeraden und den Lauf auf eine ganze Runde angelegt zu haben schien. Fred ließ ihm den Vorsprung bis zur zweiten Kurve, aber unvermutet, ohne daß er seinen Beinen einen Befehl gegeben hätte, begann er schneller zu laufen, das Lächeln verschwand aus seinem Gesicht, sein Schritt wurde energisch, und er hatte nur noch das Gefühl, daß er den Jungen einholen müßte. Mit jedem Meter, um den er den Vorsprung des Jungen verringerte, fühlte er sich glücklicher, es war ein unerwartetes Glück, das er verspürte, und er hatte jetzt nur noch den Wunsch, diesen Lauf zu gewinnen. Aus dem Jungen war plötzlich ein Gegner geworden, und Fred sah nicht mehr die wirbelnden Beine und die Verbissenheit des kleinen, sonnenverbrannten Gesichts, das ihn zum Lächeln gebracht hatte, er bemerkte nur noch, wie der Vorsprung zusammenschrumpfte, wie der Junge langsamer wurde und sich mit einem Ausdruck höchster Angst umsah, und die Angst im Gesicht des Jungen erhöhte Freds Geschwindigkeit. Dieser schnelle, ängstliche Blick zeigte ihm, daß der Junge ausgepumpt war und nur noch fürchtete, auf den letzten Metern überholt zu werden, und Fred sprintete durch die Kurve und fing den Jungen auf der Zielgeraden ab, wenige Schritte vor der Stelle, von der sie losgelaufen waren.

Der Junge setzte sich auf den Rasen und atmete heftig. Er sah ausgepumpt und fertig aus, und keiner sprach ein Wort, während er sich langsam erholte. Fred setzte sich auf das Geländer, er saß mit baumelnden Beinen da und beobachtete den Jungen. Er fühlte, daß etwas in ihm vorgegangen war, und er spürte noch immer das Glück dieses kleinen Sieges. Und nach einer Weile sprang er auf die Erde und ging zu dem Jungen hinüber. Er legte ihm eine Hand auf das blonde, verfilzte Haar und sagte: »Du warst gut, Junge, auf den ersten Metern warst du unerhört stark. Du hast mir allerhand zu schaffen gemacht. Wirklich, Junge, ich hatte eine Menge zu tun, bevor ich dich hatte. Du wirst noch mal ein guter Läufer.«

Der Junge hob den Kopf und blickte in Freds Gesicht. Fred lächelte nicht, und der Junge stand auf und gab ihm die Hand. »Macht nichts«, sagte er, »dafür bist du älter.«

Fred umarmte ihn, zog ihn an sich und fühlte den warmen Atem des Jungen durch das Hemd an seine Haut dringen. Dann gingen sie wieder hinter das Geländer, und jetzt sahen sie, daß sie nicht mehr allein waren auf dem Platz. Zwei Männer und ein Mädchen kamen die Aschenbahn herab, das blonde Mädchen ging zwischen ihnen, es hatte einen der Männer eingehakt. Der Mann, den das Mädchen eingehakt hatte, war blaß und schmalschultrig, er hatte einen Trainingsanzug an und trug ein Paar Nagelschuhe in der Hand, und sein Gesicht war verschlossen und zu Boden gesenkt. Der andere der Männer trug Zivil. Er war untersetzt und gut genährt und hatte einen Schädel wie ein Würfel. Als sie auf gleicher Höhe waren, rief Timm einen Gruß hinüber, und der Mann im Trainingsanzug sah erstaunt auf und rief einen Gruß zurück. Auch die anderen beantworteten den Gruß, aber sie nickten nur gleichgültig. Sie gingen hinüber zur Umkleidekabine, der Mann in Zivil schloß sie auf, und alle verschwanden darin.

»Das war Bert«, sagte Junge. »Der im Trainingsanzug heißt Bert Steinberg. Er ist unser bester Läufer und gewinnt jedesmal. Ich hab noch nie gesehen, daß er verloren hat. Er ist der Beste im ganzen Verein.«

»Er sah gut aus«, sagte Fred, »er hat eine gute Läuferfigur.«
Fred sah hinüber zur Umkleidekabine, und plötzlich stand er auf und ging, ohne auf den Jungen zu achten, auf die braune Baracke mit dem Teerdach zu, und hier lernte er sie kennen. Er lernte Nobbe kennen, den gutgenährten Mann mit dem Korpsstudentenschädel, und kurz darauf Bert und auch Fanny, seine Verlobte.

Nobbe war Vorsitzender des Hafensportvereins, kein übler Mann, wie sich herausstellte; er war freundlich zu Fred und erklärte ihm, daß dieser Verein eine große Tradition habe, eine Läufertradition: Schmalz sei aus diesem Verein hervorgegangen, der große Schmalz, der Zweiter wurde bei den Deutschen Meisterschaften. Er selbst, Nobbe, habe früher in der Staffel gelaufen, viermal vierhundert, und sie hätten einen Preis geholt bei den Norddeutschen Meisterschaften. Dieser Verein pflege vor allem die Läufertradition, denn der Lauf, ob man nun wolle oder nicht, sei die älteste Sportart, das Urbild des Sports, und man könne wohl sagen, daß gerade wir Deutschen den abendländischen Sinn des Laufens verstanden hätten: Nobbe war Zahnarzt. Er freue sich, daß er Bert entdeckt habe, er sei ›gutes Material‹, und aus ihm ließe sich etwas machen. Aber er freue sich auch über jeden andern, der im Verein mitarbeiten wolle, und Fred sei, wenn er Lust habe, eingeladen.

»Wir geben eine Menge auf Läufertradition«, sagte er, »wir sind nicht viele, aber wir halten gut zusammen.« Nobbe gab ihm die Hand, und dann kam auch Bert über den Gang und gab ihm die Hand, und Fred sah, daß auch Fanny ihm zunickte. Sie wollten einen verschärften Trainingslauf machen an diesem Morgen, und nach einer Weile kamen auch noch ein paar andere Läufer in die Baracke, alle begrüßten sich und gingen dann in ihre Kabinen und machten sich fertig. Fred stand draußen auf dem Gang und hörte, wie sie sich unterhielten. Er hörte auch, daß sie von ihm sprachen, Nobbe erzählte ihnen, daß er mitmachen wolle, und als sie einzeln aus ihren Kabinen heraustraten, kamen sie zu ihm und gaben ihm die Hand. Es waren gesunde, aufgeräumte Jungen, nur Bert war scheu und blaß und ruhiger als sie. Zuletzt, als alle draußen waren, kam Nobbe zu Fred. Er legte ihm die Hand auf die Schulter und sagte:

»Haben Sie Freunde?«

»Nein«, sagte Fred, »ich habe keine Freunde.«

»Ein Mensch muß doch Freunde haben.«

»Ich hatte einen«, sagte Fred, »er ist weg.«

»Sie werden bald Freunde haben«, sagte Nobbe. »Die Jungen sind gut, Sie werden Augen machen. Wir tun alles für sie.«

»Glaub ich«, sagte Fred.

»Sie sind alle eine Klasse für sich, diese Jungen. Das Laufen verbindet. Wenn Männer zusammen laufen, dann verbindet sie das.«

»An welchen Tagen trainieren Sie?« fragte Fred.

»Zweimal in der Woche, wir trainieren am Dienstag und am Freitag. Und am Sonntag machen wir ein Extra-Training. Am Sonntag verschärftes Training, die lange Strecke.«

»Ich weiß nicht«, sagte Fred, »wahrscheinlich gehe ich auf lange Strecke. Ich habe es noch nicht ausprobiert. Ich müßte es versuchen.«

»Noch nie gelaufen?«

»Nur auf dem Rückzug.«

»Das beste Training«, sagte Nobbe, »für einen Langstreckenläufer das beste Training.«

Er lachte und schob Fred in die Kabine, und dann gab er ihm eine Turnhose und warf ihm die Hallenschuhe von Bert zu und sagte: »Das erste Mal wird es auch mit Hallenschuhen gehen. Machen Sie schnell, die Jungen sind schon warm draußen. Bert hat seine Spikes. Er braucht die Hallenschuhe nicht.«

Fred zögerte, aber nach einer Weile zog er sich um und ging hinaus. Er spürte einen grausamen Druck in der Magengegend, als er ins Freie trat, und er sah, daß sie ihre Warmlaufübungen unterbrachen und ihn musterten. Sie hatten alle noch ihre Trainingsanzüge an, er war der einzige, der schon in der Turnhose dastand. Er hatte das Gefühl, daß seine Eingeweide gegen die Wirbelsäule gepreßt wurden, er hätte alles dafür gegeben, wenn er jetzt noch hätte aussteigen können, aber Nobbe rief nun alle an die Plätze, und es war zu spät.

Die famosen Jungen stellten sich an die Startlinie auf. Es waren auch ein paar Zuschauer da, die unruhig über dem morschen Holzgeländer hingen und ab und zu etwas herüberriefen, und plötzlich hörte Fred auch seinen Namen, und als er den Kopf zur Seite wandte, entdeckte er Timm. Er saß auf dem Geländer und lachte, und sein Lachen war hell und ermunternd.

Dann gab Nobbe das Zeichen zum Start, und sie liefen los. Der Lauf war auf dreitausend Meter angesetzt, eine Distanz, die bei Wettkämpfen nicht gelaufen wird, aber für einen Steigerungslauf, dafür war diese Strecke gut. Fred ging sofort an die Spitze, und schon nach vier Runden hatte er die famosen Jungen abgehängt, nur Bert ließ sich noch von ihm ziehen, aber ihn schüttelte er nach der fünften Runde ab, und dann wurde sein erster Lauf ein einsames Rennen für ihn, er lief leicht und regelmäßig, in einem Takt, den er nicht zu bestimmen brauchte, er spürte nicht seine Beine, nicht sein Herz, er spürte nichts auf der Welt als das Glück des Laufens, seine Schultern, die Arme, die Hüften: alles ordnete sich ein, diente dem Lauf, unterstützte ihn, und er gab keinen Meter an die Jungen ab, und als er durch das Ziel lief, blieb er stehen, als wäre nichts geschehen. Die zwei Dutzend Zuschauer krochen unter dem Geländer durch und starrten ihn ungläubig an, es waren Veteranen des Vereins, fördernde Mitglieder, und sie umkreisten und beobachteten ihn und taxierten seine Figur. Zwischen ihnen bahnte sich Timm mühevoll einen Weg, und als er Fred vor sich hatte, lief er auf ihn zu und schlang seine Hände um Freds Leib und hielt ihn fest.

Nobbe blickte auf die Stoppuhr, ging mit dem Zeigefinger über die Zahlenskala, zählte, und nachdem er die Zeit ausgerechnet hatte, kam er zu Fred und sagte: »Gut. Das war eine saubere Zeit. Das war die beste Zeit, die bei uns gelaufen wurde. Ich habe nicht genau gestoppt. Aber die Zeit ist unverschämt gut. Um achtfünfzig.«

»Das ist nicht wichtig«, sagte Fred, »für mich ist das nicht entscheidend.«

Er entdeckte das blasse Gesicht von Bert und ging zu ihm, und Bert drückte ihm die Hand.

»Ich bin mit Ihren Schuhen gelaufen«, sagte Fred.

»Macht nichts«, sagte Bert.

»Vielleicht ging's darum so gut.«

»Ich hoffe, Sie bleiben bei uns.«

»Er wohnt bei uns«, rief Timm, »er ist ein Freund von meinem Bruder, und er schläft jetzt bei uns in der Küche.«

»Um so besser«, sagte Bert, »dann bleiben Sie wirklich bei uns. Ich würde mich freuen.« Und Fanny nickte ...

An dies und an seine Anfänge damals im Hafensportverein dachte er, und jetzt waren noch genau vier Runden zu laufen, und Fred wußte, daß dies sein letzter Lauf war. Der Gewinn des Ländervergleichskampfs hing nur noch vom 5000-Meter-Lauf ab. Wer diesen Kampf gewann, hatte den Vergleichskampf gewonnen, daran konnte auch das Ergebnis bei den Stabhochspringern nichts mehr ändern.

Sie liefen immer noch in derselben Reihenfolge, der Marokkaner hinter ihm, und dann, dicht aufgeschlossen, Boritsch, Drouineau und die beiden Finnen. Das Stadion war gut bis zur Hälfte gefüllt, es waren mehr als zwanzigtausend Zuschauer da, und diese mehr als zwanzigtausend wußten, worum es ging, und sie schrien und klatschten und feuerten Fred an. In das Brausen ihrer Sprechchöre mischte sich das Brummen des alten Doppeldeckers, der in großen Schleifen Reklame flog, er kreiste hoffnungslos da oben, denn niemand sah ihn jetzt. Alle Blicke waren auf die Läufer gerichtet, mehr als vierzigtausend Augen verfolgten jeden ihrer Schritte, hängten sich an, liefen mit: es gab keinen mehr, der sich ausnahm, sie waren alle dabei; auch die, die auf den Zementbänken saßen, fühlten sich plötzlich zum Lauf verurteilt, auch sie kreisten um die Aschenbahn, hörten die keuchende Anstrengung des Gegners, spürten den mitleidlosen Widerstand des Windes und die Anspannung der Muskeln, es gab keine Entfernung, keinen Unterschied mehr zwischen denen, die auf den Zementbänken saßen, sie waren jetzt angewiesen aufeinander, sie brauchten sich gegenseitig. Dreieinhalb Runden waren noch zu laufen; die Bahn war schwer, aufgeweicht, eine tiefhängende Wolke verdeckte die Sonne, schräg jagte ein Regenschauer über das Stadion. Der Regen klatschte auf das Tribünendach und sprühte über die Aschenbahn, und die Zuschauer auf der Gegenseite spannten ihre Schirme auf. Die Gegenseite sah wie ein mit Schirmen bewaldeter Abhang aus, und über diesem Abhang hing der Qualm von Zigaretten, von Beruhigungszigaretten. Sie mußten sich beruhigen auf der Gegenseite, sie hielten es nicht mehr aus. Fred lief auf das riesige weiße Stoffplakat zu, er hörte die Stimme seines Trainers, der ihm die Zwischenzeit zurief, aber er achtete nicht auf die Zwischenzeit, er dachte nur daran, daß dies sein letzter Lauf war. Auch wenn er siegte, das wußte er, würden sie ihn nicht mehr aufstellen, denn dies war der letzte Start der Saison, und im nächsten Jahr würde es endgültig vorbei sein mit ihm. Im nächsten Jahr würde er fünfunddreißig sein, und dann würde man ihn um keinen Preis der Welt mehr aufstellen, auch sein Ruhm würde ihm nicht mehr helfen.

Er ging mit schwerem, hämmerndem Schritt in die Kurve, jeder Schritt dröhnte in seinem Kopf, schob ihn weiter – zwei letzte Runden, und er führte immer noch das Feld an. Aber dann hörte er es, er hörte den keuchenden Atem hinter sich, spürte ein brennendes Gefühl in seinem Nacken, und er wußte, daß El Mamin jetzt kam. El Mamin, der Marokkaner, war groß auf den letzten Metern, er hatte es in Mailand erfahren, als der nußbraune Athlet im Endspurt davonzog, hochhüftig und mit offenem Mund. Und jetzt war er wieder da, schob sich in herrlichem Schritt heran und ließ sich ziehen, und beide lagen weit und sicher vor dem Feld: niemand konnte sie mehr gefährden. Hinter ihnen hatten sich die Finnen vorgearbeitet, Boritsch und Drouineau waren hoffnungslos abgeschlagen – hinter ihnen war der Lauf um die Plätze entschieden. Fred trat kürzer und schneller, er suchte sich frei zu machen von seinem Verfolger, aber der Atem, der ihn jagte, verstummte nicht, er blieb hörbar in seinem Nacken. Woher nimmt er die Kraft, dachte Fred, woher nimmt El Mamin diese furchtbare Kraft, ich muß jetzt loskommen von ihm, sonst hat er mich; wenn ich zehn Meter gewinne, dann kommt er nicht mehr ran.

Und Fred zog durch die Kurve, zusammengesackt und mit schweren Armen, und stampfte die Gegengerade hinab. Er hörte, wie sie die letzte Runde einläuteten, und er trat noch einmal scharf an, um sich zu befreien, aber der Befehl, der im Kopf entstand, erreichte die Beine nicht, sie wurden um nichts schneller. Sie hämmerten schwer und hart über die Aschenbahn in gnadenloser Gleichförmigkeit, sie ließen sich nicht befehlen. El Mamin kam immer noch nicht. Auch er kann nicht mehr, dachte Fred, auch El Mamin ist fertig, sonst wäre er schon vorbei, er hätte den Endspurt früher angesetzt, wenn er die Kraft gehabt hätte, aber er ist fertig und läßt sich nur ziehen. Aber plötzlich glaubte er den Atem des Marokkaners deutlich zu spüren. Jetzt ist er neben mir, dachte Fred, jetzt will er vorbei. Er sah die nußbraune Schulter neben sich auftauchen, den riesigen Schritt in den seinen fallen: der Marokkaner kam unwiderstehlich auf. Sie liefen Schulter an Schulter, in keuchender Anstrengung, und dann erhielt Fred den Schlag. Es war ein schneller, unbeweisbarer Schlag, der ihn in die Hüfte traf, er hatte den Arm des Marokkaners genau gespürt, und er taumelte gegen die Begrenzung der Aschenbahn, kam aus dem Schritt, fing sich sofort: und jetzt lag El Mamin vor ihm. Einen Meter vor sich erblickte Fred den Körper des nußbraunen Athleten, und er lief leicht und herrlich, als wäre nichts geschehen. Niemand hatte die Rempelei gesehen, nicht einmal Ahlborns Frettchengesicht, und der Marokkaner bog in die Zielgerade ein.

Hundert Meter, dachte Fred, er kann nicht mehr, er kann den Abstand nicht vergrößern, ich muß ihn abfangen. Und er schloß die Augen und trat noch einmal an; seine Halsmuskeln sprangen hervor, die Arme ruderten kurz und verkrampft, und sein Schritt wurde schneller. Ich habe ihn, dachte er, ich gehe rechts an ihm vorbei. Und als er das dachte, stürzte der Marokkaner mit einem wilden Schrei zusammen, er fiel der Länge nach auf das Gesicht und rutschte über die nasse Schlacke der Aschenbahn.

Fred wußte nicht, was passiert war, er hatte nichts gespürt; er hatte nicht gemerkt, daß sein Nagelschuh auf die Ferse El Mamins geraten war, daß die Dornen seines Schuhs den Gegner umgeworfen hatten, er wußte nichts davon. Er lief durch das Zielband und fiel in die Decke, die Ahlborn bereithielt. Er hörte nicht die klare, saubere Stimme im Lautsprecher, die ihn disqualifizierte, er hörte nicht den brausenden Lärm auf den Tribünen; er ließ sich widerstandslos auf den Rasen führen, eingerollt in die graue Decke, und er ließ sich auf die nasse Erde nieder und lag reglos da, ein graues, vergessenes Bündel.

5. Märchenhafte Geschwindigkeiten

Gottfried August Bürger
Eine Flasche Tokayer

Da wir noch Zeit haben, meine Herren, eine frische Flasche auszutrinken, so will ich Ihnen noch eine andere sehr seltsame Begebenheit erzählen, die mir wenige Monate vor meiner letzten Rückreise nach Europa begegnete.

Der Großherr, welchem ich durch die römisch- und russisch-kaiserlichen wie auch französischen Botschafter vorgestellt worden war, bediente sich meiner, ein Geschäft von großer Wichtigkeit zu Großkairo zu betreiben, welches zugleich so beschaffen war, daß es immer und ewig ein Geheimnis bleiben mußte.

Ich reiste mit großem Pompe in einem sehr zahlreichen Gefolge zu Lande ab. Unterwegs hatte ich Gelegenheit, meine Dienerschaft mit einigen sehr brauchbaren Subjekten zu vermehren. Denn als ich kaum einige Meilen weit von Konstantinopel entfernt sein mochte, sah ich einen kleinlichen schmächtigen Menschen mit großer Schnelligkeit querfeldein daherlaufen, und gleichwohl trug das Männchen an jedem Beine ein bleiernes Gewicht, an die fünfzig Pfund schwer. Verwunderungsvoll über diesen Anblick rief ich ihn an und fragte: »Wohin, wohin so schnell, mein Freund? – und warum erschwerst du dir deinen Lauf durch eine solche Last?« – »Ich lief –«, versetzte der Läufer, »seit einer halben Stunde aus Wien, wo ich bisher bei einer vornehmen Herrschaft in Diensten stand und heute meinen Abschied nahm. Ich gedenke nach Konstantinopel, um daselbst wieder anzukommen. Durch die Gewichte an meinen Beinen habe ich meine Schnelligkeit, die jetzt nicht nötig ist, ein wenig mindern wollen. Denn moderata durant, pflegte weiland mein Präzeptor zu sagen.« – Dieser Asahel gefiel mir nicht übel; ich fragte ihn, ob er bei mir in Dienste treten wollte, und er war dazu bereit. Wir zogen hierauf weiter durch manche Stadt, durch manches Land. Nicht fern vom Wege, auf einem schönen Grasrain, lag mäuschenstill ein Kerl, als ob er schliefe. Allein das tat er nicht. Er hielt vielmehr sein Ohr so aufmerksam zur Erde, als hätte er die Einwohner der untersten Hölle behorchen wollen. – »Was horchst du da, mein Freund?« – »Ich horche da zum Zeitvertreibe auf das Gras und höre, wie es wächst.« – »Und kannst du das?« – »O Kleinigkeit!« – »So tritt in meine Dienste, Freund, wer weiß, was es bisweilen nicht zu horchen geben kann.« – Mein Kerl sprang auf und folgte mir. Nicht weit davon auf einem Hügel stand mit angelegtem Gewehr ein Jäger und knallte in die blaue, leere Luft. – »Glück zu, Glück zu, Herr Weidmann! Doch wonach schießest du? Ich sehe nichts als blaue, leere Luft.« – »O, ich versuche nur dies neue Kuchenreutersche Gewehr. Dort auf der Spitze des Münsters zu Straßburg saß ein Sperling, den schoß ich eben jetzt herab.« Wer meine Passion für das edle Weid- und Schützenwerk kennt, den wird es nicht wundernehmen, daß ich dem vortrefflichen Schützen sogleich um den Hals fiel. Daß ich nichts sparte, auch ihn in meine Dienste zu ziehen, versteht sich von selbst. Wir zogen darauf weiter durch manche Stadt, durch manches Land und kamen endlich vor dem Berge Libanon vorbei. Daselbst vor einem großen Zedernwalde stand ein derber untersetzter Kerl und zog an einem Stricke, der um den ganzen Wald herumgeschlungen war.

»Was ziehst du da, mein Freund?« fragte ich den Kerl. – »O, ich soll Bauholz holen und habe meine Axt zu Hause vergessen. Nun muß ich mir so gut helfen, als es angehen will.« Mit diesen Worten zog er in einem Ruck den ganzen Wald, bei einer Quadratmeile groß, wie einen Schilfbusch vor meinen Augen nieder. Was ich tat, das läßt sich raten. Ich hätte den Kerl nicht fahren lassen, und hätte es mir meinen ganzen Ambassadeurgehalt gekostet. Als ich hierauf fürbaß und endlich auf ägyptischen Grund und Boden kam, erhob sich ein so ungeheurer Sturm, daß ich mit allen meinen Wagen, Pferden und Gefolge schier umgerissen und in die Luft davongeführt zu werden fürchtete. Zur linken Seite unseres Weges standen sieben Windmühlen in einer Reihe, deren Flügel so schnell um ihre Achsen schwirrten, als eine Rockenspindel der schnellsten Spinnerin. Nicht weit davon zur Rechten stand ein Kerl von Sir John Falstaffs Korpulenz und hielt sein rechtes Nasenloch mit seinem Zeigefinger zu. Sobald der Kerl unsere Not und uns so

Gustave Doré (1832–1883), Buchillustration zu Gottfried August Bürgers »Münchhausen«
Münchhausen: »Wohin, wohin so schnell mein Freund?« – und warum erschwerst du dir deinen Lauf durch eine solche Last?«
Läufer: »Durch die Gewichte an meinen Beinen habe ich meine Schnelligkeit, die jetzt nicht nötig ist, ein wenig mindern wollen.«

kümmerlich in diesem Sturme haspeln sah, drehte er sich halb um, machte Front gegen uns und zog ehrerbietig, wie ein Musketier vor seinem Obersten, den Hut vor mir ab. Auf einmal regte sich kein Lüftchen mehr, und alle sieben Windmühlen standen plötzlich still. Erstaunt über diesen Vorfall, der nicht natürlich zuzugehen schien, schrie ich dem Unhold zu: »Kerl, was ist das? Sitzt dir der Teufel im Leibe, oder bist du der Teufel selbst?« – »Um Vergebung, Ihro Exzellenz!« antwortete mir der Mensch, »ich mache da nur meinem Herrn, dem Windmüller, ein wenig Wind; um nun die sieben Windmühlen nicht ganz und gar umzublasen, mußte ich mir wohl das eine Nasenloch zuhalten.« – Ei, ein vortreffliches Subjekt! dachte ich in meinem stillen Sinn. Der Kerl läßt sich gebrauchen, wenn du dereinst zu Hause kommst und dir's an Atem fehlt, alle die Wunderdinge zu erzählen, die dir auf deinen Reisen zu Land und Wasser aufgestoßen sind. Wir wurden daher bald des Handels eins. Der Windmacher ließ seine Mühlen stehen und folgte mir.

Nachgerade war's nun Zeit, in Großkairo anzulangen. Sobald ich daselbst meinen Auftrag nach Wunsch ausgerichtet hatte, gefiel es mir, mein ganzes unnützes Gesandtengefolge, außer meinen neu angenommenen nützlicheren Subjekten, zu verabschieden und mit diesen als ein bloßer Privatmann zu rückzureisen. Da nun das Wetter gar herrlich und der berufene Nilstrom über alle Beschreibung reizend war, so geriet ich in Versuchung, eine Barke zu mieten und bis Alexandrien zu Wasser zu reisen. Das ging nun ganz vortrefflich bis in den dritten Tag. Sie haben, meine Herren, vermutlich schon mehrmals von den jährlichen Überschwemmungen des Nils gehört. Am dritten Tage, wie gesagt, fing der Nil ganz unbändig an zu schwellen, und am folgenden Tage war links und rechts das ganze Land viele Meilen weit und breit überschwemmt. Am fünften Tage nach Sonnenuntergang verwickelte sich meine Barke auf einmal in etwas, das ich für Ranken und Strauchwerk hielt. Sobald es aber am nächsten Morgen heller ward, fand ich mich überall von Mandeln umgeben, welche vollkommen reif und ganz vortrefflich waren. Als wir das Senkblei auswarfen, fand sich, daß wir wenigstens sechzig Fuß hoch über dem Boden schwebten und schlechterdings weder vor-

noch rückwärts konnten. Ungefähr gegen acht oder neun Uhr, soviel ich aus der Höhe der Sonne abnehmen konnte, erhob sich ein plötzlicher Wind, der unsere Barke ganz auf eine Seite umlegte. Hierdurch schöpfte sie Wasser, sank unter, und ich hörte und sah in langer Zeit nichts wieder davon, wie Sie gleich vernehmen werden. Glücklicherweise retteten wir uns insgesamt, nämlich acht Männer und zwei Knaben, indem wir uns an den Bäumen festhielten, deren Zweige zwar für uns, allein nicht für die Last unserer Barke hinreichten. In dieser Situation verblieben wir drei Wochen und drei Tage, und lebten ganz allein von Mandeln. Daß es am Trunke nicht fehlte, versteht sich von selbst. Am zweiundzwanzigsten Tage unseres Unsterns fiel das Wasser wieder ebenso schnell, als es gestiegen war; und am sechsundzwanzigsten konnten wir wieder auf Terrafirma fußen. Unsere Barke war der erste angenehme Gegenstand, den wir erblickten. Sie lag ungefähr zweihundert Klafter weit von dem Orte, wo sie gesunken war. Nachdem wir nun alles, was uns nötig und nützlich war, an der Sonne getrocknet hatten, so versahen wir uns mit den Notwendigkeiten aus unserem Schiffsvorrat und machten uns auf, unsere verlorene Straße wieder zu gewinnen. Nach der genauesten Berechnung fand sich, daß wir an die hundertundfünfzig Meilen weit über Gartenwände und mancherlei Gehege hinweggetrieben waren. In sieben Tagen erreichten wir den Fluß, der nun wieder in seinem Bette strömte, und erzählten unser Abenteuer einem Bey. Liebreich half dieser allen unseren Bedürfnissen ab und sendete uns in einer von seinen eigenen Barken weiter. In ungefähr sechs Tagen langten wir zu Alexandrien an, allwo wir uns nach Konstantinopel einschifften. Ich wurde von dem Großherrn überaus gnädig empfangen und hatte die Ehre, seinen Harem zu sehen, wo Seine Hoheit selbst mich hineinzuführen und mir so viele Damen, selbst die Weiber nicht ausgenommen, anzubieten geruheten, als ich nur immer zu meinem Vergnügen auserlesen wollte.

Mit meinen Liebesabenteuern pflege ich nie großzutun, daher wünsche ich Ihnen, meine Herren, jetzt insgesamt eine angenehme Ruhe.

Nach Endigung der ägyptischen Reisegeschichte wollte der Baron aufbrechen und zu Bette gehen, gerade als die erschlaffende Aufmerksamkeit jedes Zuhörers bei Erwähnung des großherrlichen Harems in neue Spannung geriet. Sie hätten gar zu gern noch etwas von dem Harem gehört. Da aber der Baron sich durchaus nicht darauf einlassen und gleichwohl der mit Bitten auf ihn losstürmenden munteren Zuhörerschaft nicht alles abschlagen wollte, so gab er noch einige Stückchen seiner merkwürdigen Dienerschaft zum besten und fuhr in seiner Erzählung also fort:

Bei dem Großsultan galt ich seit meiner ägyptischen Reise alles in allem. Seine Hoheit konnten gar ohne mich nicht leben, und baten mich jeden Mittag und Abend bei sich zum Essen. Ich muß bekennen, meine Herren, daß der türkische Kaiser unter allen Potentaten auf Erden den delikatesten Tisch führt. Jedoch ist dies nur von den Speisen, nicht aber von dem Getränke zu verstehen, da, wie Sie wissen werden, Mohammeds Gesetz seinen Anhängern den Wein verbietet. Auf ein gutes Glas Wein muß man also an öffentlichen türkischen Tafeln Verzicht tun. Was indessen gleich nicht öffentlich geschieht, das geschieht doch nicht selten heimlich; und des Verbots ungeachtet weiß mancher Türke so gut als der beste deutsche Prälat, wie ein gutes Glas Wein schmeckt. Das war nun auch der Fall mit Seiner türkischen Hoheit. Bei der öffentlichen Tafel, an welcher gewöhnlich der türkische Generalsuperintendent, nämlich der Mufti, in partem salar mitspeisete und vor Tische das »Aller Augen« – nach Tische aber das Gratias beten mußte, wurde des Weines auch nicht mit einer einzigen Silbe gedacht. Nach aufgehobener Tafel aber wartete auf Seine Hoheit gemeiniglich ein gutes Fläschchen im Kabinette. Einst gab der Großsultan mir einen verstohlenen freundlichen Wink, ihm in sein Kabinett zu folgen. Als wir uns nun daselbst eingeschlossen hatten, holte er aus einem Schränkchen eine Flasche hervor, und sprach: »Münchhausen, ich weiß, ihr Christen versteht euch auf ein gutes Glas Wein. Da habe ich noch ein einziges Fläschchen Tokayer. So delikat müßt Ihr ihn in Eurem Leben nicht getrunken haben.« Hierauf schenkten Seine Hoheit sowohl mir als sich eins ein und stießen mit mir an. – »Nun, was sagt Ihr? Gelt! es ist was Extrafeines?« – »Das Weinchen ist gut, Ihro Hoheit –«, erwiderte ich; »allein mit Ihrem Wohlnehmen muß ich doch sagen, daß ich ihn in Wien beim hochseligen Kaiser Karl dem Sechsten weit besser getrunken habe. Potz Stern! den sollten Ihro Hoheit einmal versuchen.« – »Freund Münchhausen, Euer Wort in Ehren, allein es ist unmöglich, daß irgendein Tokayer besser ist. Denn ich bekam einst nur dies eine Fläschchen von einem ungarischen Kavalier, und er tat ganz verzweifelt rar damit.« – »Possen, Ihro Hoheit! Tokayer und Tokayer ist ein großmächtiger Unterschied. Die Herren Ungarn überschenken sich eben nicht. Was gilt die Wette, so schaffe ich Ihnen in Zeit einer Stunde gerades Weges und unmittelbar aus dem kaiserlichen Keller eine Flasche Tokayer, die aus ganz anderen Augen sehen soll.« – »Münchhausen, ich glaube, Ihr faselt.« – »Ich fasele nicht. Gerades Wegs aus dem kaiserlichen Keller in Wien schaffe ich Ihnen in Zeit von einer Stunde eine Flasche Tokayer von einer ganz anderen Nummer als dieser Krätzer hier.« – »Münchhausen, Münchhausen! Ihr wollt mich zum besten haben, und das verbitte ich mir. Ich kenne Euch zwar sonst als einen überaus wahrhaften Mann, allein – jetzt sollte ich doch fast denken, Ihr flunkert.« – »Ei nun, Ihro Hoheit! Es kommt ja auf die Probe an. Erfülle ich nicht mein Wort – denn von allen Aufschneidereien bin ich der abgesagteste Feind –, so lassen Ihro Hoheit mir den Kopf abschlagen. Allein mein Kopf ist kein Pappenstiel. Was setzen Sie mir dagegen?« – »Topp! ich halte Euch beim Worte. Ist auf den Schlag vier nicht die Flasche Tokayer hier, so kostet's Euch ohne Barmherzigkeit den Kopf. Denn foppen lasse ich mich auch von meinen besten Freunden nicht. Besteht Ihr aber, wie Ihr versprecht, so könnet Ihr aus meiner Schatzkammer so viel an Gold, Silber, Perlen und Edelgesteinen nehmen, als der stärkste Kerl davon zu schleppen vermag.« – »Das läßt sich hören!« antwortete ich, bat mir gleich Feder und Tinte aus, und schrieb an die Kaiserin-Königin Maria Theresia folgendes Billett:

»Ihre Majestät haben unstreitig als Universalerbin auch Ihres höchstseligen Herrn Vaters Keller mitgeerbt. Dürfte ich mir wohl durch Vorzeigern dieses eine Flasche von dem Tokayer ausbitten, wie ich ihn bei Ihrem Herrn Vater oft getrunken habe? Allein von dem besten! Denn es gilt eine Wette.

Ich diene gern dafür wieder, wo ich kann, und beharre übrigens usw.«

Dies Billett gab ich, weil es schon fünf Minuten über drei Uhr war, nur sogleich offen meinem Läufer, der seine Gewichte abschnallen und sich unverzüglich auf die Beine nach Wien machen mußte. Hierauf tranken wir, der Großsultan und ich, den Rest von seiner Flasche, in Erwartung des besseren, vollends aus. Es schlug ein Viertel, es schlug Halb, es schlug drei Viertel auf Vier, und noch war kein Läufer zu hören und zu sehen. Nachgerade, gestehe ich, fing mir an ein wenig schwül zu werden; denn es kam mir vor, als blickten Seine Hoheit schon bisweilen nach der Glockenschnur, um nach dem Scharfrichter zu klingeln. Noch erhielt ich zwar Erlaubnis, einen Gang hinaus in den Garten zu tun, um frische Luft zu schöpfen, allein es folgten mir auch schon ein paar dienstbare Geister nach, die mich nicht aus den Augen ließen. In dieser Angst, und als der Zeiger schon auf fünfundfünfzig Minuten stand, schickte ich noch geschwind nach meinem Horcher und Schützen. Sie kamen unverzüglich an, und der Horcher mußte sich platt auf die Erde niederlegen, um zu hören, ob nicht mein Läufer endlich ankäme. Zu meinem nicht geringen Schrecken meldete er mir, daß der Schlingel irgendwo, allein weit weg von hier, im tiefsten Schlafe läge und aus Leibeskräften schnarchte. Dies hatte mein braver Schütze nicht so bald gehört, als er auf eine etwas hohe Terrasse lief, und, nachdem er sich auf seinen Zehen noch mehr emporgereckt hatte, hastig ausrief: »Bei meiner armen Seele! Da liegt der Faulenzer unter einer Eiche bei Belgrad und die Flasche neben ihm. Wart! Ich will dich aufkitzeln.« – Und hiermit legte er unverzüglich seine Kuchenreutersche Flinte an den Kopf und schoß die volle Ladung oben in den Wipfel des Baumes. Ein Hagel von Eicheln, Zweigen und Blättern fiel herab auf den Schläfer, erweckte und brachte ihn, da er selbst fürchtete, die Zeit beinahe verschlafen zu haben, dermaßen geschwind auf die Beine, daß er mit seiner Flasche und einem eigenhändigen Billett von Maria Theresia um 59½ Minuten auf vier Uhr vor des Sultans Kabinette anlangte. Das war ein Gaudium! Ei, wie schlürfte das großherrliche Leckermaul! – »Münchhausen«, sprach er, »Ihr müßt es mir nicht übelnehmen, wenn ich diese Flasche für mich allein behalte. Ihr steht in Wien besser als ich! Ihr werdet schon an noch mehr zu kommen wissen.« – Hiermit schloß er die Flasche in sein Schränkchen, steckte den Schlüssel in die Hosentasche und klingelte nach dem Schatzmeister. – O welch ein angenehmer Silberton meinen Ohren! – »Ich muß Euch nun die Wette bezahlen. – Hier!« sprach er zum Schatzmeister, der ins Zimmer trat – »laßt meinem Freund Münchhausen so viel aus der Schatzkammer verabfolgen, als der stärkste Kerl wegzutragen vermag.« Der Schatzmeister neigte sich vor seinem Herrn bis mit der Nase zur Erde, mir aber schüttelte der Großsultan ganz treuherzig die Hand, und so ließ er uns beide gehen.

Ich säumte nun, wie Sie denken können, meine Herren, keinen Augenblick, die erhaltene Assignation geltend zu machen, ließ meinen Starken mit seinem langen hänfenen Stricke kommen, und verfügte mich in die Schatzkammer. Was da mein Starker, nachdem er sein Bündel geschnürt hatte, übrig ließ, das werden Sie wohl schwerlich holen wollen. Ich eilte mit meiner Beute geradesweges nach dem Hafen, nahm dort das größte Lastschiff, das zu bekommen war, in Beschlag und ging wohlbepackt mit meiner ganzen Dienerschaft unter Segel, um meinen Fang in Sicherheit zu bringen, ehe was Widriges dazwischen kam. Was ich befürchtet hatte, das geschah. Der Schatzmeister hatte Tür und Tor von der Schatzkammer offen gelassen – und freilich war's nicht groß mehr nötig, sie zu verschließen –, war über Hals und Kopf zum Großsultan gelaufen und hatte ihm Bericht abgestattet, wie vollkommen wohl ich seine Assignation genutzt hatte. Das war denn nun dem Großsultan nicht wenig vor den Kopf gefahren. Die Reue über seine Übereilung konnte nicht lange ausbleiben. Er hatte daher gleich dem Großadmiral befohlen, mit der ganzen Flotte hinter mir her zu eilen und mir zu insinuieren, daß wir so nicht gewettet hätten. Als ich daher noch nicht zwei Meilen weit in See war, so sah ich schon die ganze türkische Kriegsflotte mit vollen Segeln hinter mir herkommen, und ich muß gestehen, daß mein Kopf, der kaum wieder fest geworden war, nicht wenig von neuem anfing zu wackeln. Allein nun war mein Windmacher bei der Hand und sprach: »Lassen sich Ihro Exzellenz nicht bange sein!« Er trat hierauf auf das Hinterverdeck meines Schiffes, so daß sein eines Nasenloch nach der türkischen Flotte, das andere aber auf unsere Segel gerichtet war, und blies eine so hinlängliche Portion Wind, daß die Flotte, an Masten, Segel und Tauwerk gar übel zugerichtet, nicht nur bis in den Hafen zurückgetrieben, sondern auch mein Schiff in wenigen Stunden glücklich nach Italien getrieben ward. Von meinem Schatze kam mir jedoch wenig zugute. Denn in Italien ist, trotz der Ehrenrettung des Herrn Bibliothekar Jagemann in Weimar, Armut und Bettelei so groß, und die Polizei so schlecht, daß ich erstlich, weil ich vielleicht eine allzu gutwillige Seele bin, den größten Teil an die Straßenbettler ausspenden mußte. Der Rest aber wurde mir auf meiner Reise nach Rom, auf der geheiligten Flur von Loretto, durch eine Bande Straßenräuber abgenommen. Das Gewissen wird diese Herren nicht sehr darüber beunruhigt haben. Denn ihr Fang war noch immer so ansehnlich, daß um den tausendsten Teil die ganze honette Gesellschaft sowohl für sich als ihre Erben und Erbnehmer auf alle vergangene und zukünftige Sünden vollkommenen Ablaß, selbst aus der ersten und besten Hand in Rom, dafür erkaufen konnte. –

Nun aber, meine Herren, ist in der Tat mein Schlafstündchen da. Schlafen Sie wohl!

Brüder Grimm
Der Hase und der Igel

Disse Geschicht is lögenhaft to vertellen, Jungens, aver wahr is se doch, denn mien Grootvader, van den ick se hew, plegg jümmer, wenn he se mie vortüerde (mit Behaglichkeit vortrug), dabi to seggen: »Wahr mutt se doch sien, mien Söhn, anners kunn man se jo nich vertellen.« De Geschicht hett sick aber so todragen.

Et wöör an enen Sündagmorgen tor Harvesttied, jüst as de Bookweeten bloihde; de Sünn wöör hellig upgaen am Hewen, de Morgenwind güng warm över de Stoppeln, de Larken süngen inn'r Lucht (Luft), de Immen sumsten in den Bookweeten, un de Lühde güngen in ehren Sündagsstaht nah t' Kerken, un alle Kreatur wöör vergnögt, un de Swinegel ook.

De Swinegel aver stünd vör siener Döhr, harr de Arm ünnerslagen, keek dabi in den Morgenwind hinut un quinkeleerde en lütjet Leedken vör sick hin, so good un so slecht, as nu eben am leewen Sündagmorgen en Swinegel to singen pleggt. Indem he nu noch so half liese vör sick hin sung, füll em up eenmal in, he künn ook wol, mittlerwiel sien Fro de Kinner wüsch un antröcke, en beeten in't Feld spazeeren un tosehen, wie sien Stähkröwen stünden. De Stähkröwen wöören aver de nöchsten bi sienem Huuse, un he pleggte mit siener Familie davon to eten, darüm sahg he se as de sienigen an. Gesagt, gedahn. De Swinegel makte de Huusdöör achter sick to un slög den Weg nah 'n Felde in. He wöör noch nich gans wiet von Huuse un wull jüst um den Slöbusch (Schlehenbusch), de dar vörm Felde liggt, nah den Stähkröwenacker hinup dreien, as em de Haas bemött, de in ähnlichen Geschäften uutgahn wöör, nämlich um sienen Kohl to besehn. As de Swinegel den Haasen ansichtig wöör, so böhd he em en fründlichen go'n Morgen. De Haas aver, de up sieneWies en vörnehmer Herr was un grausahm hochfahrtig dabi, antwoorde nicks up den Swinegel sienen Gruß, sondern seg[g]te tom Swinegel, wobi he en gewaltig höhnische Miene annöhm: »Wie kummt et denn, dat du hier all bi so fröhem Morgen im Felde rumlöppst?« »Ick gah spazeeren«, seg[g]t de Swinegel. »Spazeeren?« lachte de Haas. »Mi ducht, du kunnst de Been ook wol to betern Dingen gebruuken.« Disse Antword verdrööt den Swinegel ungeheuer, denn alles kunn he verdregen, aver up siene Been laet he nicks komen, eben weil se von Natuhr scheef wöören. »Du bildst di wol in«, seggt nu de Swinegel tom Haasen, »as wenn du mit diene Beene mehr utrichten kunnst?« »Dat denk ick«, seggt de Haas. »Dat kummt up 'n Versöök an«, meent de Swinegel, »ick pareer, wenn wi in de Wett loopt, ick loop di vörbi.« »Dat is tum Lachen, du mit diene scheefen Been«, seggt de Haas, »aver mienetwegen mach't sien, wenn du so övergroote Lust hest. Wat gilt de Wett?« »En goldne Lujedor un 'n Buddel Branwien«, seggt de Swinegel. »Angenahmen«, spröök de Haas, »sla in, un denn kann't gliek los gahn.« »Nä, so groote Ihl hett et nich«, meen de Swinegel, »ick bün noch gans nüchdern; eerst will ick to Huus gahn un en beeten fröhstücken: inner halwen Stünd bün ick wedder hier upp'n Platz.«

Damit güng de Swinegel, denn de Haas wöör et tofreeden. Ünnerweges dachte de Swinegel bi sick: »De Haas verlett sick up siene langen Been, aver ick will em wol kriegen. He is zwar ehn vörnehm Herr, aber doch man 'n dummen Keerl, un betahlen sall he doch.« As nu de Swinegel to Huuse ankööm, spröök he to sien Fro: »Fro, treck di gau (schnell) an, du must mit mi nah 'n Felde hinuut.« »Wat givt et denn?« seggt sien Fro. »Ick hew mit 'n Haasen wett't üm 'n golden Lujedor un 'n Buddel Branwien, ick will mit em inn Wett loopen, un da salst du mit dabi sien.« »O mien Gott, Mann«, füng nu den Swinegel sien Fro an to schreen, »büst du nich klook, hest du denn ganz den Verstand verlaaren? Wie kannst du mit den Haasen in de Wett loopen wollen?« »Holt dat Muul, Wief«, seggt de Swinegel, »dat is mien Saak. Resonehr nich in Männergeschäfte. Marsch, treck di an, un denn kumm mit.« Wat sull den Swinegel sien Fro maken? Se mußt wol folgen, se mugg nu wollen oder nich.

As se nu mit eenander ünnerwegs wöören, spröök de Swinegel to sien Fro: »Nu pass up, wat ick seggen will. Sühst du, up den langen Acker, dar wüll wi unsen Wettloop maken. De

Haas löppt nemlich in der eenen Föhr (Furche) un ick inner andern, un von baben (oben) fang wi an to loopen. Nu hast du wieder nicks to dohn, as du stellst di hier unnen in de Föhr, un wenn de Haas up de andere Siet ankummt, so röpst du em entgegen: ›Ick bün all (schon) hier.‹«

Damit wöören se bi den Acker anlangt, de Swinegel wiesde siener Fro ehren Platz an un gung nu den Acker hinup. As he baben ankööm, wöör de Haas all da. »Kann et losgahn?« seggt de Haas. »Ja wol«, seggt de Swinegel. »Denn man to!« Un damit stellde jeder sick in siene Föhr. De Haas tellde (zählte): »Hahl een, hahl twee, hahl dree«, un los güng he wie en Stormwind den Acker hindahl (hinab). De Swinegel aver lööp ungefähr man dree Schritt, dann duhkde he sick dahl (herab) in de Föhr un bleev ruhig sitten.

As nu de Haas in vullen Loopen ünnen am Acker ankööm, rööp em den Swinegel sien Fro entgegen: »Ick bün all hier.« De Haas stutzd un verwunderde sick nich wenig: he menede nich anders, als et wöör de Swinegel sülvst, de em dat torööp, denn bekanntlich süht den Swinegel sien Fro jüst so uut wie ehr Mann.

De Haas aver meende: »Datt geiht nich to mit rechten Dingen.« He rööp: »Nochmal geloopen, wedder üm!« Un fort güng he wedder wie en Stormwind, datt em de Ohren am Koppe flögen. Den Swinegel sien Fro aver blev ruhig up ehren Platze. As nu de Haas baben ankööm, rööp em de Swinegel entgegen: »Ick bün all hier.« De Haas aver, ganz unter sick vör Ihwer (Ärger), schreede: »Nochmal geloopen. wedder üm!« »Mi nich to schlimm«, antwoorde de Swinegel, »mienetwegen so oft, as du Lust hest.« So löp de Haas noch dreeunsöbentigmal, un de Swinegel höhl (hielt) et ümmer mit em uut. Jedesmal, wenn de Haas ünnen oder baben ankööm, seggten de Swinegel oder sien Fro: »Ick bün all hier.«

Tum veerunsöbentigstenmal aver köm de Haas nich mehr to ende. Midden am Acker stört he tor Eerde, datt Blohd flög em ut 'n Halse, un he bleev doot up 'n Platze. De Swinegel aver nöhm siene gewunnene Lujedor un den Buddel Branwien, rööp siene Fro uut der Föhr aff, un beide güngen vergnögt mit eenanner nah Huus; un wenn se nich storben sünd, lewt se noch.

So begev et sick, dat up der Buxtehuder Heid de Swinegel den Haasen dodt lopen hett, un sied jener Tied hatt et sick keen Haas wedder infallen laten, mit 'n Buxtehuder Swinegel in de Wett to lopen.

De Lehre aver uut disser Geschicht is erstens, datt keener, un wenn he sick ook noch so vörnehm dücht, sick sall bikommen laten, övern geringen Mann sick lustig to maken, un wöört ook man 'n Swinegel. Un tweetens, datt et gerahden is, wenn eener freet, datt he sick ne Fro uut sienem Stande nimmt un de jüst so uutsüht as he sülwst. Wer also en Swinegel is, de mutt tosehn, datt siene Fro ook en Swinegel is, un so wieder.

Hans Christian Andersen
Die Schnelläufer

Es war ein Preis ausgesetzt, ja zwei waren ausgesetzt, ein kleiner und ein großer, für die größte Schnelligkeit, nicht bei einem Lauf, sondern für die Schnelligkeit das ganze Jahr hindurch.

»Ich habe den ersten Preis bekommen!« sagte der Hase. »Gerechtigkeit muß doch sein, wenn Verwandte und gute Freunde im Rat sitzen; daß aber die Schnecke den zweiten Preis bekam, finde ich fast beleidigend für mich!«

»Nein«, versicherte der Zaunpfahl, der Zeuge bei der Preisverteilung gewesen war, »es muß auch Rücksicht auf Fleiß und guten Willen genommen werden, das sagten mehrere achtbare Leute, und das habe ich wohl verstanden. Die Schnecke hat freilich ein halbes Jahr gebraucht, um über die Türschwelle zu kommen, aber sie hat sich den Schenkel gebrochen bei der Eile, die es doch für sie war. Sie hat einzig und allein für ihren Lauf gelebt, und sie ist mit ihrem Haus gelaufen! – Das alles ist achtenswert! – Und deshalb bekam sie den zweiten Preis!«

»Mich hätte man doch auch in Betracht ziehen können!« sagte die Schwalbe. »Schneller als ich hat sich, glaube ich, keiner in Flug und Schwung gezeigt, und wo bin ich nicht überall gewesen, weit, weit, weit!«

»Ja, das eben ist Ihr Unglück!« sagte der Zaunpfahl. »Sie bummeln zuviel herum! Immer wollen Sie davon, vom Land fort, wenn es hier zu frieren beginnt; Sie haben keine Vaterlandsliebe! Sie können nicht in Betracht kommen!«

»Wenn ich nun aber den ganzen Winter im Moor läge«, erwiderte die Schwalbe, »wenn ich die ganze Zeit verschliefe, käme ich dann in Betracht?«

»Beschaffen Sie sich ein Attest von der Moorfrau, daß Sie die Hälfte der Zeit im Vaterland verschlafen haben, dann sollen Sie in Betracht kommen.«

»Ich hätte wohl den ersten Preis verdient und nicht den zweiten!« sagte die Schnecke. »Soviel weiß ich, daß der Hase nur aus Feigheit gelaufen ist, weil er jedesmal glaubte, es drohe Gefahr; ich dagegen habe mir das Laufen zur Lebensaufgabe gemacht und bin im Dienst zum Krüppel geworden! Sollte jemand den ersten Preis haben, so wäre ich es! – Aber ich mache kein Aufhebens davon, das verachte ich!«

Und dann spuckte sie.

»Ich kann mit Wort und Rede dafür einstehen, daß jeder Preis, wenigstens meine Stimme dafür, mit gerechter Überlegung gegeben wurde!« sagte das alte Landvermessungszeichen im Walde, das Mitglied des beschließenden Richterkollegiums war. »Ich gehe stets mit gehöriger Ordnung, mit Überlegung und Berechnung vor. Siebenmal habe ich schon die Ehre gehabt, bei der Preisverteilung zugegen zu sein, aber erst heute habe ich meinen Willen durchgesetzt. Ich bin bei jeder Verteilung von etwas Bestimmtem ausgegangen. Beim ersten Preis habe ich die Buchstaben immer von vorn und beim zweiten von hinten gezählt. Und wollen Sie nun beachten, wenn man von vorn anfängt: der achte Buchstabe nach A ist H, da haben wir den Hasen, und so stimmte ich beim ersten Preis für den Hasen, und der achte Buchstabe von hinten ist S, deshalb stimmte ich beim zweiten Preis für die Schnecke. Das nächste Mal wird es J beim ersten und R beim zweiten sein! – Es muß bei allen Dingen immer eine Ordnung sein! Man muß etwas haben, woran man sich halten kann!«

»Ich hätte für mich selbst gestimmt, wenn ich nicht unter den Richtern gewesen wäre!« sagte der Maulesel, der auch Preisrichter war. »Man darf nicht nur berücksichtigen, wie schnell man vorwärts kommt, sondern auch andere Eigenschaften, zum Beispiel wieviel man ziehen kann; doch das wollte ich dieses Mal nicht hervorgehoben haben, auch nicht die Klugheit des Hasen auf der Flucht, seinen Scharfsinn, mit dem er plötzlich einen Sprung seitwärts macht, um die Leute auf falsche Fährte zu leiten; nein, es gibt noch eins, auf das viele Gewicht legen und das man nicht außer acht lassen darf, ich meine das, was man das Schöne nennt; darauf habe ich hier gesehen, ich sah auf die schönen wohlgewachsenen Ohren des Hasen; es ist ein Vergnügen zu sehen, wie lang die sind! Mir kam es vor, als sähe ich mich selbst, als ich noch klein war, und so stimmte ich für ihn!«

»Pst!« sagte die Fliege, »ja, ich will nicht sprechen, ich will nur etwas sagen, will nur sagen: ich habe mehr als einen Hasen eingeholt. Das weiß ich, neulich zerbrach ich einem der jüngsten die Hinterbeine; ich saß auf der Lokomotive vor dem Eisenbahnzug – das tue ich oft, man beobachtet so am besten seine eigene Schnelligkeit. Ein junger Hase lief weit voraus, er hatte keine Ahnung, daß ich da war; zuletzt mußte er zur Seite springen, aber da wurden ihm die Hinterbeine von der Lokomotive zerbrochen, weil ich darauf saß. Der Hase blieb liegen, ich fuhr weiter. Das heißt doch wohl ihn besiegen? Aber ich dränge mich nicht nach dem Preis!«

›Mir scheint nun‹, dachte die wilde Rose, aber sie sagte es nicht, denn es ist nicht ihre Natur, sich auszusprechen, obwohl es gut gewesen wäre, wenn sie es getan hätte, ›mir scheint nun, daß der Sonnenstrahl den ersten Ehrenpreis bekommen müßte und den zweiten dazu! Er fliegt in einem Nu den unermeßlichen Weg von der Sonne zu uns herab und kommt mit einer Kraft, daß die ganze Natur dabei erwacht; er hat eine Schönheit, daß wir Rosen alle dabei erröten und duften. Die hohe richterliche Obrigkeit scheint das gar nicht bemerkt zu haben! Wäre ich der Sonnenstrahl, ich gäbe jedem von ihnen einen Sonnenstich – aber der würde sie nur toll machen, und das können sie ohnehin werden. Ich sage nichts!‹ dachte die wilde Rose. ›Frieden im Walde! Herrlich ist es, zu blühen, zu duften und zu erquicken, in Sage und Gesang zu leben! Der Sonnenstrahl überlebt uns doch alle!‹

»Was ist der erste Preis?« fragte der Regenwurm, der die Zeit verschlafen hatte und jetzt erst hinzukam.

»Der besteht in freiem Zutritt zu einem Kohlgarten«, sagte der Maulesel, »ich habe diesen Preis vorgeschlagen. Der Hase mußte und sollte ihn haben, und so nahm ich als denkendes und tätiges Mitglied vernünftige Rücksicht auf den Nutzen dessen, der ihn haben sollte; nun ist der Hase versorgt. Die Schnecke darf auf der Mauer sitzen und Moos und Sonnenschein lecken und ist außerdem nun als einer der ersten Preisrichter beim Schnellaufen angestellt. Es ist sehr gut, einen vom Fach mit in dem zu haben, was die Menschen ein Komitee nennen! Ich muß sagen, ich erwarte viel von der Zukunft, wir haben schon einen recht guten Anfang gemacht!«

6. Frauen am Start

Brüder Grimm
Sechse kommen durch die ganze Welt

Es war einmal ein Mann, der verstand allerlei Künste; er diente im Krieg und hielt sich brav und tapfer, aber als der Krieg zu Ende war, bekam er den Abschied und drei Heller Zehrgeld auf den Weg. »Wart«, sprach er, »das laß ich mir nicht gefallen, finde ich die rechten Leute, so soll mir der König noch die Schätze des ganzen Landes herausgeben.« Da ging er voll Zorn in den Wald und sah einen darin stehen, der hatte sechs Bäume ausgerupft, als wären's Kornhalme. Sprach er zu ihm: »Willst du mein Diener sein und mit mir ziehen?« »Ja«, antwortete er, »aber erst will ich meiner Mutter das Wellchen Holz heimbringen«, und nahm einen von den Bäumen und wickelte ihn um die fünf andern, hob die Welle auf die Schulter und trug sie fort. Dann kam er wieder und ging mit seinem Herrn, der sprach: »Wir zwei sollten wohl durch die ganze Welt kommen.« Und als sie ein Weilchen gegangen waren, fanden sie einen Jäger, der lag auf den Knien, hatte die Büchse angelegt und zielte. Sprach der Herr zu ihm: »Jäger, was willst du schießen?« Er antwortete: »Zwei Meilen von hier sitzt eine Fliege auf dem Ast eines Eichbaums, der will ich das linke Auge herausschießen.« »O geh mit mir«, sprach der Mann, »wenn wir drei zusammen sind, sollten wir wohl durch die ganze Welt kommen.« Der Jäger war bereit und ging mit ihm, und sie kamen zu sieben Windmühlen, deren Flügel trieben ganz hastig herum, und ging doch links und rechts kein Wind und bewegte sich kein Blättchen. Da sprach der Mann: »Ich weiß nicht, was die Windmühlen treibt, es regt sich ja kein Lüftchen«, und ging mit seinen Dienern weiter, und als sie zwei Meilen fortgegangen waren, sahen sie einen auf einem Baum sitzen, der hielt das eine Nasenloch zu und blies aus dem andern. »Mein, was treibst du da oben?« fragte der Mann. Er antwortete: »Zwei Meilen von hier stehen sieben Windmühlen, seht, die blase ich an, daß sie laufen.« »O geh mit mir«, sprach der

Mann, »wenn wir vier zusammen sind, sollten wir wohl durch die ganze Welt kommen.« Da stieg der Bläser herab und ging mit, und über eine Zeit sahen sie einen, der stand da auf einem Bein und hatte das andere abgeschnallt und neben sich gelegt. Da sprach der Herr: »Du hast dir's ja bequem gemacht zum Ausruhen.« »Ich bin ein Laufer«, antwortete er, »und damit ich nicht gar zu schnell springe, habe ich mir das eine Bein abgeschnallt; wenn ich mit zwei Beinen laufe, so geht's geschwinder, als ein Vogel fliegt.« »O geh mit mir, wenn wir fünf zusammen sind, sollten wir wohl durch die ganze Welt kommen.« Da ging er mit, und gar nicht lang, so begegneten sie einem, der hatte ein Hütchen auf, hatte es aber ganz auf dem einen Ohr sitzen. Da sprach der Herr zu ihm: »Manierlich, manierlich! Häng deinen Hut doch nicht auf ein Ohr, du siehst ja aus wie ein Hans Narr.« »Ich darf's nicht tun«, sprach der andere, »denn setz ich meinen Hut gerad, so kommt ein gewaltiger Frost, und die Vögel unter dem Himmel erfrieren und fallen tot zur Erde.« »O geh mit mir«, sprach der Herr, »wenn wir sechs zusammen sind, sollten wir wohl durch die ganze Welt kommen.«

Nun gingen die sechse in eine Stadt, wo der König hatte bekanntmachen lassen, wer mit seiner Tochter in die Wette laufen wollte und den Sieg davontrüge, der sollte ihr Gemahl werden; wer aber verlöre, müßte auch seinen Kopf hergeben. Da meldete sich der Mann und sprach: »Ich will aber meinen Diener für mich laufen lassen.« Der König antwortete: »Dann mußt du auch noch dessen Leben zum Pfand setzen, also daß sein und dein Kopf für den Sieg haften.« Als das verabredet und festgemacht war, schnallte der Mann dem Laufer das andere Bein an und sprach zu ihm: »Nun sei hurtig und hilf, daß wir siegen.« Es war aber bestimmt, daß wer am ersten Wasser aus einem weit abgelegenen Brunnen brächte, der sollte Sieger sein. Nun bekam der Laufer einen Krug, und die Königstochter auch einen, und sie fingen zu gleicher Zeit zu laufen an; aber in einem Augenblick, als die Königstochter erst eine kleine Strecke fort war, konnte den Laufer schon kein Zuschauer mehr sehen, und es war nicht anders, als wäre der Wind vorbeigesaust. In kurzer Zeit langte er bei dem Brunnen an, schöpfte den Krug voll Wasser und kehrte wieder um.

Mitten aber auf dem Heimweg überkam ihn eine Müdigkeit, da setzte er den Krug hin, legte sich nieder und schlief ein. Er hatte aber einen Pferdeschädel, der da auf der Erde lag, zum Kopfkissen gemacht, damit er hart läge und bald wieder erwachte. Indessen war die Königstochter, die auch gut laufen konnte, so gut es ein gewöhnlicher Mensch vermag, bei dem Brunnen angelangt und eilte mit ihrem Krug voll Wasser zurück; und als sie den Laufer da liegen und schlafen sah, war sie froh und sprach: »Der Feind ist in meine Hände gegeben«, leerte seinen Krug aus und sprang weiter. Nun wär alles verloren gewesen, wenn nicht zu gutem Glück der Jäger mit seinen scharfen Augen oben auf dem Schloß gestanden und alles mit angesehen hätte. Da sprach er: »Die Königstochter soll doch gegen uns nicht aufkommen«, lud seine Büchse und schoß so geschickt, daß er dem Laufer den Pferdeschädel unter dem Kopf wegschoß, ohne ihm wehzutun. Da erwachte der Laufer, sprang in die Höhe und sah, daß sein Krug leer und die Königstochter schon weit voraus war. Aber er verlor den Mut nicht, lief mit dem Krug wieder zum Brunnen zurück, schöpfte aufs neue Wasser und war noch zehn Minuten eher als die Königstochter daheim. »Seht Ihr«, sprach er, »jetzt hab ich erst die Beine aufgehoben, vorher war's gar kein Laufen zu nennen.«

Den König aber kränkte es, und seine Tochter noch mehr, daß sie so ein gemeiner, abgedankter Soldat davontragen sollte; sie ratschlagten miteinander, wie sie ihn samt seinen Gesellen loswürden. Da sprach der König zu ihr: »Ich habe ein Mittel gefunden, laß dir nicht bang sein, sie sollen nicht wieder heimkommen.« Und sprach zu ihnen: »Ihr sollt euch nun zusammen lustig machen, essen und trinken«, und führte sie zu einer Stube, die hatte einen Boden von Eisen, und die Türen waren auch von Eisen, und die Fenster waren mit eisernen Stäben verwahrt. In der Stube war eine Tafel, mit köstlichen Speisen besetzt, da sprach der König zu ihnen: »Geht hinein und laßt's euch wohl sein.« Und wie sie darinnen waren, ließ er die Türe verschließen und verriegeln. Dann ließ er den Koch kommen und befahl ihm, ein Feuer so lang unter die Stube zu machen, bis das Eisen glühend würde. Das tat der Koch, und es fing an und ward den sechsen in der Stube, während sie an der Tafel saßen, ganz warm, und sie meinten, das käme vom Essen; als aber die Hitze immer größer ward und sie hinaus wollten, Türe und Fenster aber verschlossen fanden, da merkten sie, daß der König Böses im Sinne gehabt hatte und sie ersticken wollte. »Es soll ihm aber nicht gelingen«, sprach der mit dem Hütchen, »ich will einen Frost kommen lassen, vor dem sich das Feuer schämen und verkriechen soll.« Da setzte er sein Hütchen gerade, und alsobald fiel ein Frost, daß alle Hitze verschwand und die Speisen auf den Schüsseln anfingen zu frieren. Als nun ein paar Stunden herum waren und der König glaubte, sie wären in der Hitze verschmachtet, ließ er die Türe öffnen und wollte selbst nach ihnen sehen. Aber wie die Türe aufging, standen sie alle sechse da, frisch und gesund, und sagten, es wäre ihnen lieb, daß sie heraus könnten, sich zu wärmen, denn bei der großen Kälte in der Stube frören die Speisen an den Schüsseln fest. Da ging der König voll Zorn hinab zu dem Koch, schalt ihn und fragte, warum er nicht getan hätte, was ihm wäre befohlen worden. Der Koch aber antwortete: »Es ist Glut genug da, seht nur selbst.« Da sah der König, daß ein gewaltiges Feuer unter der Eisenstube brannte, und merkte, daß er den sechsen auf diese Weise nichts anhaben könnte.

Nun sann der König aufs neue, wie er der bösen Gäste loswürde, ließ den Meister kommen und sprach: »Willst du Gold nehmen und dein Recht auf meine Tochter aufgeben, so sollst du haben, soviel du willst.« »O ja, Herr König«, antwortete er, »gebt mir so viel, als mein Diener tragen kann, so verlange ich Eure Tochter nicht.« Das war der König zufrieden, und jener sprach weiter: »So will ich in vierzehn Tagen kommen und es holen.« Darauf rief er alle Schneider aus dem ganzen Reich herbei, die mußten vierzehn Tage lang sitzen und einen Sack nähen. Und als er fertig war, mußte der Starke, welcher Bäume ausrupfen konnte, den Sack auf die Schulter nehmen und mit ihm zu dem König gehen. Da sprach der König: »Was ist das für ein gewaltiger Kerl, der den hausgroßen Ballen Leinewand auf der Schulter trägt?« Erschrak und dachte: »Was wird der für Gold wegschleppen!« Da hieß er eine Tonne Gold herbringen, die mußten sechszehn der stärksten Männer tragen, aber der Starke packte sie mit einer Hand, steckte sie in den Sack und sprach: »Warum bringt ihr nicht gleich mehr, das deckt ja kaum den Boden.« Da ließ der König nach und nach

Bartholomeus Breenbergh (um 1599–1659), Römische Ruinenlandschaft mit dem Wettlauf der Atalante und des Hippomenes

seinen ganzen Schatz herbeitragen, den schob der Starke in den Sack hinein, und der Sack ward davon noch nicht zur Hälfte voll. »Schafft mehr herbei«, rief er, »die paar Brocken füllen nicht.« Da mußten noch siebentausend Wagen mit Gold in dem ganzen Reich zusammengefahren werden; die schob der Starke samt den vorgespannten Ochsen in seinen Sack. »Ich will's nicht lange besehen«, sprach er, »und nehmen, was kommt, damit der Sack nur voll wird.« Wie alles darinstak, ging doch noch viel hinein, da sprach er: »Ich will dem Ding nur ein Ende machen, man bindet wohl einmal einen Sack zu, wenn er auch noch nicht voll ist.« Dann huckte er ihn auf den Rücken und ging mit seinen Gesellen fort.

Als der König nun sah, wie der einzige Mann des ganzen Landes seinen Reichtum forttrug, ward er zornig und ließ seine Reiterei aufsitzen, die sollten den sechsen nachjagen und hatten Befehl, dem Starken den Sack wieder abzunehmen. Zwei Regimenter holten sie bald ein und riefen ihnen zu: »Ihr seid Gefangene, legt den Sack mit dem Gold nieder oder ihr werdet zusammengehauen.« »Was sagt ihr?« sprach der Bläser. »Wir wären Gefangene? Eher sollt ihr sämtlich in der Luft herumtanzen«, hielt das eine Nasenloch zu und blies mit dem andern die beiden Regimenter an, da fuhren sie auseinander und in die blaue Luft über alle Berge weg, der eine hierhin, der andere dorthin. Ein Feldwebel rief um Gnade, er hätte neun Wunden und wäre ein braver Kerl, der den Schimpf nicht verdiente. Da ließ der Bläser ein wenig nach, so daß er ohne Schaden wieder herabkam, dann sprach er zu ihm: »Nun geh heim zum König und sag, er sollte nur noch mehr Reiterei schicken, ich wollte sie alle in die Luft blasen.« Der König, als er den Bescheid vernahm, sprach: »Laßt die Kerle gehen, die haben etwas an sich.«

Da brachten die sechs den Reichtum heim, teilten ihn unter sich und lebten vergnügt bis an ihr Ende.

Anonymus

»Das Weib verliehrt als solches, sobald es aus den Grenzen der Weiblichkeit tritt«

Es ist eine so oft wiederholte, als wahre Bemerkung, daß das hiesige Publikum Neugierde wohl schwerlich von irgend einem anderen übertroffen werden kann. Jeder, der Gelegenheit gehabt hat, Vergleichungen anzustellen, wird sich davon hinreichend überzeugt haben. Spaßhaft ist es anzusehen, wie oft die allergeringfügigsten Dinge – wie wenn etwa eine Ratte im Flethe läuft, ein Schiffer Mittagstafel auf dem Verdecke hält, ein Bursche im Schlamme herumwatet, um silberne Löffel zu suchen – Hunderte von Gaffern anlocken kann. Steht erst einer still, so gesellen sich ihm bald drei andere hinzu; aus dreien werden leicht zehn, aus diesen noch leichter hundert, und am Ende wissen von allen diesen oft neun und neunzig nicht, was es denn eigentlich zu sehen giebt, blos den ersten Beobachter ausgenommen. Man fragt: was ist hier? was giebt's? und erhält keine Antwort: sieht vielleicht am Ende die wundersamste Alltäglichkeit, kann sich nun bei aller Eigenliebe doch nicht entbrechen, über seine kindische Neugierde zu lachen, und verläßt den Schauplatz so klug, als man gekommen. Bei dieser gewaltigen Wißbegierde des Publikums ist es denn auch Gauklern, Taschenspielern, Künstlern aller Art, nirgends leichter, die Aufmerksamkeit zu fesseln und durch sein Kunsttalent Geld zu machen, als gerade hier. Und worin anders wäre der Grund zu suchen, daß namentlich die abgeschmackten, nichtswürdigen Schnell- und Wettläufe bis zum Ekel wiederholt werden, und daß die Läufer in dem erstaunlichen Zuströmen der Menge zu diesem Schauspiele, hinreichende Aufmunterung finden, ihre gemeinnützigen Bestrebungen für's erste noch nicht aufzugeben, es müßte denn seyn, daß ihnen andrerseits Schranken gesteckt werden. Sie machen sich eine, vielleicht für sie sehr heilsame, Motion, säckeln dafür ein erkleckliches Sümmchen ein und lachen in's Fäustchen über die Narren, die nicht müde werden, immer auf's neue eine Sache zu sehen, woran doch viel weniger als wenig zu sehen ist. Was soll man nun dazu sagen? – Einige meinen, der Spektakel müsse von der löbl. Polizeibehörde verboten werden. Aber wozu das? Diese will nicht unnöthiger Weise die Belustigungen des Publikums beschränken, und handelt darin liberal. Die Narrensposse wird von selbst aufhören, wenn sich keine Narren mehr finden, die sie begaffen. Eine große Depense ist auch nicht dabei, und schwerlich werden die Läufer Summen aus dem Land ziehen, wiewohl dieser oder jener dramatische Künstler, Luftschiffer etc., welcher in kurzer Zeit Tausende einsäckelt, und dann damit über die Grenze geht. Also die Sache ist unschädlich und mag so lange währen, bis sie von selbst aufhört. Gafft so lange ihr wollt und schiebt es euch selbst zu, wenn die Läufer nicht müde werden, zu laufen und eure Beutel in Anspruch zu nehmen. So mag die Sache beurtheilt seyn, und so war auch unsere Ansicht von derselben. Aber nicht so jetzt mehr, jetzt nämlich, da es auch einem Frauenzimmer verstattet ist, in die Schranken zu treten. Dadurch hat die Sache mit einem Male ein anderes Ansehen und eine andere Beschaffenheit erhalten, und wird – wie es ja theils jetzt schon geschehen ist – in ein Skandal ausarten, wenn ihr nicht bei Zeiten abhülfliche Maße gegeben wird. Wenn wir uns wundern, wie dazu hat Erlaubniß gegeben werden können – zumal ganz im Freien, nicht, wie in Barenfeld, in einem eingeschlossenen Raume –; so haben wir dabei die ganze allgemeine Misbilligung des Publikums dieser Sache – auch des weniger gebildeten – auf unsere Seite. Allgemein ist die Sache getadelt worden. Kein Frauenzimmer von Decenz wird sich auch zu einem solchen Kampfspiele hergeben, und kein solches wird es ansehen können, ohne seine Delikatesse – die auch in der niedrigsten Klasse nie ganz getödtet werden kann – beleidigt zu fühlen. Und dieses kann doch unmöglich vortheilhaft auf gute Sitten und Tugend einwirken. Die weibliche Schaam ist die zarte und mächtige Schutzwehr ihrer Unschuld und Tugend. Wird jene geschwächt oder ihre geradezu der Kopf abgebissen, dann gute Nacht diese. Und darum sollte also wohl von den Behörden alles untersagt werden, was der weiblichen Decenz eine so tiefe Wunde schlägt, sobald es, wie in dem vorliegenden Falle, zu vermeiden ist (denn es giebt allerdings auch unvermeidliche Uebel dieser Art). Es erinnert sich hierbei viel-

Katrin Dörre-Heinig gewinnt 1996 den Stadtmarathon der Frauenkonkurrenz in Frankfurt am Main in einer Zeit von 2 : 28 : 33 Stunden. Die Nasenklammer der Athletin soll eine bessere Sauerstoffversorgung bewirken.

leicht dieser oder jener, daß es in einigen Gegenden Deutschlands (z. B. in Holstein, in Sachsen) Volksbelustigung ist, daß eine Anzahl junger Mädchen mit einem Burschen einen Wettlauf hält, und möchte dies hier als Einwurf anführen. Der Fall ist aber ganz anders. Denn außer mehreren anderm, was sich hier zur Entschuldigung und Rechtfertigung sagen läßt, so ist ein solcher Wettlauf ein jugendliches Spiel, nicht aber als Erwerbsmittel zu betrachten. Und, was die Hauptsache ist, so geschieht, er nicht unter wildfremden Menschen, nicht vor einem großen gemischten Publikum, sondern hauptsächlich nur in der Umgebung von Verwandten, Freunden, Bekannten, wo also auch die Sitte freier und der Anstand ungezwungener seyn darf. – Auch wende man nicht ein, daß es ja einer Dame R. nicht nur erlaubt, sondern sie auch reich dafür belohnt ward, daß sie sich mit männlicher Kühnheit in die Lüfte erhob, also etwas unternahm, was früher nur Männer thaten. Denn erstlich ist doch ein solches Unternehmen edlerer Art, als die Wettlauferei. Dann liegt es in der Natur der Sache, daß dabey nicht Skandale, wie bei dieser, vorfallen können. Und endlich will ich auch jeden ehrlichen Mann auf sein Gewissen fragen, ob er wohl ein Weib zur Gefährtin seines Lebens wählen möchte, die einen solchen Heroismus besitzt, daß sie, Tod und Gefahren trotzend, es Männern in kühnen Unternehmungen gleich thut. Ich meines Theils nicht. Der Ruhm eines heroischen Weibes ist immer zweideutig. Das Weib verliehrt als solches, sobald es aus den Grenzen der Weiblichkeit tritt, möge es dadurch Städte erobern und Länder beglücken. Aber es könnte manchen scheinen, als entferne der Verfasser sich zu weit von seinem eigentlichen Gegenstande, und doch meint er, nur Fingerzeige gegeben zu haben, die zu beweisen, daß eben der in Anregung gebrachte Gegenstand von der Wichtigkeit ist, ihn in ernste Erwägung nehmen zu müssen. Daß die Behörden, wie gesagt, die Belustigungen des Publikums nicht ohne Noth stöhren, ist ja ganz gut; aber nichts müsse doch auch geduldet werden, was so ganz offenbar nachtheilig auf die Sitten wirken muß. Das Schnell- und Wettlaufen mag immerdar erlaubt seyn, und es wird schon von selbst aufhören, sobald man des Gaffens und des Gebens müde ist. Aber der Spektakel, wie am letzten Sonntage, müsse doch nicht weiter geduldet werden. Und das noch dazu unter Unständen, die keineswegs außer Acht zu lassen sind. Denn Figur, Anstand, Herkommen, Geschäfte der laufenden Person, sind doch, wie wir hier vorbeigehend bemerken wollen, nicht gleichgültig und können die Sache mildern oder schlimmer machen, jenachdem sie dieser oder jener Art sind. Kurz, die Sache kann nicht anders als nachtheilig auf die Sitten einwirken. Die Sittenverderbniß ist aber ohnehin groß genug, so daß wohlnimmermehr demjenigen Vorschub geleistet werden darf, wodurch sie noch vermehrt werden kann. Die allgemeine Misbilligung sprach sich laut genug aus, und eben so laut wird auch die Zustimmung seyn, wenn der Sache Einhalt gethan wird. Wer gekommen war, war es auch nicht, um Geschicklichkeit, Gewandtheit, Ausdauer oder dergleichen zu sehen, sondern allein um zu sehen, wie ein weibliches Geschöpf wohl aussehen möge, das, um schnöden Gewinstes willen, sich so weit erniedrigt, alle weibliche Delikatesse aus den Augen zu setzen und, Athleten gleich, in die Rennbahn zu treten. In der That möchte es auch fast nicht sogleich zu entscheiden seyn, welche sich weiter vergißt, diese oder eine Dienerin der paphischen Göttin, die vor einem Aphroditentempel durch ihre Reize zu sinnlichen Genüssen einladet. Bei dem unbezweifelhaften Einfluse, den der mehrgedachte Spektakel auf die Moralität äußern muß, werden wir daher auch wohl Entschuldigung hoffen dürfen, wenn wir den moralischen Vormündern des Volks, welche hierbei zu walten haben, hier die Bitte vortragen, den Unfug für die Folge pflichtgemäß zu steuern.

Bei der mehrgedachten allgemeinen Misbilligung über den Wettlauf der Demoiselle Braun war es mit Sicherheit zu erwarten, daß auch in öffentlichen Blättern oder in Flugschriften dieser Tadel laut werden würde. Das ist auch geschehen in dem Schriftlein: »Der Lockvogel von Barenfeld oder Curiose Historie eines Mädchens, welches schneller laufen wollte, wie der Vogel Strauß«. (Angeblich gedruckt in der Möllschen Buchdruckerey.) Aber wie ist es geschehen? Jeder rechtliche und billig denkende Leser wird mit dem Verfasser d. gestehen müsen, daß ihn das Pamphlet mit gerechter Indignation erfüllt. Unmöglich kann die Schrift der Censur vorgelegt seyn. Wer so tadelt, wie es hier geschieht, ist unbedingt verächtlicher, als der

Getadelte. Platt, gemein, flegelmäßig grob, ohne allen gesunden Witz, dagegen voller Aberwitz, ein Hin- und Hergerede von Sachen die nicht zur Sache gehören, nicht einmal sprachrichtig (z. B. sich im Kampfe einlasen) – so ist das ganze Gewäsche. Die Demoiselle Braun nennt er eine abgerittene Stute aus Berlin, eine Landläuferin: sie solle eine ganz nahe Cousine von Herrn Dreyer seyn. Das ist doch wahrlich etwas hart gesprochen; mag denn die Demoiselle auch seyn, welche sie wolle. Gewiß würde ihm jeder das Maul gestopft haben, wenn in Gesellschaft solcher Leute die nicht etwa den höchsten Grad von Rohheit erreichten, er dergleichen mündlich geäußert hätte. Die Preßfrechheit, wo ein elender Skribler unter dem Decknamen der Anonymität seine vorübergehenden Nebenmenschen mit dem Kothe bewirft, in welchem er selbst sich wälzt. – Er spricht von aschgrauer Möglichkeit. Doch wohl ein ganz gemeiner Ausdruck von einem Schriftsteller. – Ferner von seinem Professor, der die Wissenschaften, wie das Wasser verschluckt hat, und wohl wußte, wo Barthel den Most holt. Man stelle sich die Gemeinheit vor! – Eine Droschke mit einem lahmen Pferde, meint er, werde ihn schon wohlfeil mitnehmen. Kann ein Witz lahmer seyn? – Als er Demoiselle Braun erblickt hat, ist ihm gewesen, wie Jemanden, der in der Hitze ein niederschlagendes Pulver – ja er möge fast sagen, ein Rhabarberpulver, vor sich sieht. Was soll dieser Aberwitz nun wohl sagen? – Und dieses wird in den wöchentlichen Nachrichten launige Schreibart genannt. Wenn solche Aufzüge, wie der Wettlauf der Demoiselle Braun, nachtheilig einwirkend auf die guten Sitten seyn müsen, wie wir mit voller Überzeugung behaupten; so sind es Schriften dieser Art nicht minder, und es sollte uns herzlich freuen, wenn wir durch diese wenigen Worte dazu beitrügen, daß dergleichen Schreibereien von den löbl. Behörden Einhalt gethan und die Verfasser derselben zur gebührenden Rechenschaft gezogen würden. Uebrigens bedient sich der Lockvogel eines nicht selten gebrauchten Kunstgriffs. Er spricht von der Vorsicht unserer vortrefflichen Polizei. Ist er denn so dumm, zu glauben, diese werde sich durch dergleichen Weihrauch die Augen blenden lassen? Ich halte mich überzeugt, man wird ihn zur schuldigen Danksagung für diese Beräucherung wegen seines Pamphletes dennoch, wie er es ver-

Anschlagzettel für einen Auftritt von Madame Nagel. In Mitau (heute: Jelgava/Lettland) führte sie im Sommer 1845 mehrere Schauläufe durch.

dient, in Anspruch nehmen, wenn er aus seinem Dunkel gezogen wird. –

Schließlich können wir doch, durch den Herrn Lockvogel dazu veranlaßt, die Bemerkung nicht unterdrücken, daß es uns sonderbar däucht, wie Herr Dreyer mit seiner Windbeutelei vom Fliegen so durchkommt, ohne daß ihn das Mindeste darüber anficht. Es ist doch auf jeden Fall eine Aefferei des Publikums, die sich Niemand darf zu schulden kommen lassen. Eben so spricht er auf seinen Anschlagzetteln von einer längst erwarteten und endlich angekommenen Demoiselle Braun. Und kein Mensch den man befragt, weiß etwas von der Sache. Man weiß ja auch recht gut das Wie und das Woher. Wenn Herr Dreyer nicht mehr läuft, die Demoiselle Braun auch nicht mehr, so wird darum nichts vermißt werden. Er wird sich überhaupt auf jeden Fall gewiß besser dabei stehen, wenn er bei seinem eigentlichen Leisten bleibt, und die alte, alte Lehre befolgt: Bleibe im Lande und nähre dich redlich.

7. »Ließ sich ein Schnelläufer sehen«

Meister Wunderlich zu Schöppenstädt
Der glückliche Fund

Was menschliche Kräfte vermögen, und wie sehr man sie zur Ausdauer steigern könne? – das bewieß der Schnelläufer Samuel Hartwig, bei seinem zweiten Schnellaufe am 27sten März d. J. Er machte sechsmal hinter einander, ohne zu rasten, eine Ronde um die Stadt, und würde sein Versprechen, diese Tour in 120 Minuten zu vollenden, erfüllt haben, wenn er nicht, troz den Bemühungen der Polizey, hie und da von einer Schaar muthwilliger Buben aufgehalten worden, durch welche er sich oft gleichsam mit Gewalt durchzuarbeiten hatte. Dennoch langte er nur wenige Minuten später, glücklich bei seinem Ziele an, und wurde von der dort versammelten, unabsehbaren Menge mit Jubel empfangen. –

Was muß wohl eine Schnecke zu solcher Geschwindigkeit denken, die nach genauer Berechnung, 53 Tage zu einer Poststunde gebraucht, oder ein Faulthier – ich meine ein wirkliches – das einen vollen Tag zu 30 Schritten nöthig hat?

Wir lassen das alles dahin gestellt und erzählen vielmehr, was am Sonntage, den 27sten März, vorfiel. Schon vor 2 Uhr Nachmittags hatte sich in den Alleen rund um der Stadt alles versammelt, was große und kleine, krumme und gerade Beine hatte, was Alt oder Jung, zum Lehr, Wehr oder Nährstande gehörte, um den Offenbacher Achill laufen zu sehen. Pünktlich um 2 Uhr erblickte man ihn, und klüglich hatte er sich die Ehrensäule zum Ansatze und endlichem Ziele gewählt. Gleich einem Diener des weltbekannten Dr. Faust flog er unaufhaltsam, wie ein Wind, dahin:

> Und immer weiter Hop, hop, hop,
> Lief er im Trab, nicht im Galopp,
> Ihm konnte niemand gleichen,
> Ein Pferd ihn kaum erreichen.

Verschwunden war er vorläufig. – Was nun zu thun? – In den freundlichen Gasthäusern vor den Thoren einzukehren, das ging nicht, denn, sitzt man erst beim vollen Glase Weins oder schäumenden Biers, und haben die Frauen zuvörderst ihre Zungen durch einige Tassen Caffee in größere Beweglichkeit gesetzt, nun, dann ist bei erstern ein Gespräch über die Politik, und bei den letztern ein Wort über getreue Nachbarschaft und desgleichen, viel zu wichtig, um sich durch einen Läufer unterbrechen zu lassen. Man wandelte also hin und her, beäugelte sich, begrüßte sich, beneidete sich, bespöttelte sich, und – verliebte sich. Gewisse Personen, vielleicht Sonntagskinder, wollen den Amor auf dem Busen manches schönen Mädchens gesehn haben. Der Schelm hatte sich keinen schlechten Thron erwählt. – Viele unter ihnen trugen Blumen. Es will verlauten, daß wenn die Mädchen anfangen, viel mit Blumen zu kramen, sie gern heirathen wollen. Sie geben nach einem geheimen Selam jeder Blume eine eigenthümliche Bedeutung. Die Schwerdtlilie ist ihnen ein Offizier, die Tulipan ein Schauspieler, die Gewürznelke ein Kaufmann, die Passionsblume ein Gelehrter, aber die Aurikel – ist der Geliebte x.

Du, armer Paris! wie würde es Dir ergangen sein wenn Du zum Schiedsrichter der Schönheit erwählt wärst, und der schönsten unter ihnen einen goldenen Apfel hättest zureichen sollen? – Man sah so viele liebe hübsche Mädchen, daß man fast die Blumen des Frühlings nicht vermißte, und die sanften Rosen, oder die blauen Veilchen, auf ihren Wangen, oder in ihren Augen fand. Doch, um die Wahrheit zu gestehen, die Zahl der schönen Jünglinge war ebenfalls nicht klein, und eine Dosis Eitelkeit und Affectation war wirklich manchem, wenn er die Nähe eines holden Mädchens witterte, nicht übel zu deuten. Unsre Jünglinge in der Kaufmannschaft bilden fast eine Musterkarte für die Wahl der schönen reichen Landestöchter, fast eben so das Militair. Die Jäger sind mehrentheils Kerlchen, wie die Puppen, und man kann es manchem Mädchen fast nicht übel deuten, wenn sie gern mit solcher Puppe spielt. Die Brüder Studios drängen sich auch noch dahin, wo es hübsche Mädchen giebt; das sollten sie fein bleiben lassen, und unsern jungen Leuten nicht den Kram verderben, dennoch thun sie es oft. –

Der glückliche Fund,

oder die,

während des zweiten Schnelllaufens

am 27sten März d. J.

gefundene,

in einem Liebesbriefe

gewickelte Schlackwurst,

nebst vielen

andern possierlichen Dingen,

die lustig und erbaulich zu lesen sind.

Eine

Schrift zum Todtlachen

vom

Meister Wunderlich

in Schöppenstädt.

---

1 8 2 5.

Titelblatt einer Druckschrift, die den Schauläufer Samuel Hartwig (1785 bis 1837) und dessen zweiten Auftritt in Braunschweig im Frühjahr 1825 mit Spott und Häme überzieht.

Hier wäre es eigentlich der Ort, das, was ich mit meinem Observationscorps auf zwei Füßen in Erfahrung brachte, niedlich und witzig zu erzählen. Aber der Witz ist, wie die mehrsten der Braunschweiger Schriftsteller wohl fühlen, nicht jedermanns Sache, und auch nicht die meinige. Ja, wenn's dieser oder jener nur sähe, wie ich die Feder zerbeiße, und mich in die Seiten kneipe, um etwas heraus zu bringen, was wenigstens so nach Witz riecht, wie der Swicent nach Knaster, dann würde mir Herr L... oder K...e gewiß ein halb Dutzend Flaschen Champagner zusenden, um dem Publikum doch etwas Erfreuliches aufzutischen.

Seht mir da' den ehrbaren Arbeiter, er schlendert in der Allee ganz gemächlich auf und ab, und trägt sein liebes Kindlein treuherzig auf dem Arm, während seine Frau sich ermüdet auf den Arm eines rüstigen Gehülfen und Freundes ihres hustenden Mannes stützt. Eine recht häusliche Szene! – Pudel Cartouche ist auch nicht zu Hause geblieben, er geht voran, beriecht dies und das, und wedelt freundlich mit dem Schweife. – Madam F... bemerkt einen neuen ostindischen Shawl, den Mad. J... zum erstenmal heute zur Schau trägt. Ist das nicht zum Rasendwerden? kann man ihr den bitterbösen Blick bei der Begrüßung verargen? – Hinter mir spricht man vom Theater und von der Ochsenmenuet. Schade, daß der Wind die geistreichen Bemerkungen vor meinen Ohren, so lang sie auch sind, vorbei weht, ich hätte vielleicht Kritiken auf lange Zeit zu meinem größten Vortheile einsakken können. Jetzt kostet es mir schon, will ich etwas über das Theater hören, ein Viertelchen Wein. – Aber wie! plötzlich kömmt ein Hund auf mich zugeschossen, und legt einen abgetretenen Frauenschuh zu meinen Füßen. Die treue Bestie! hätte sie mir eine Schnepfe gebracht, das wäre besser gewesen. Was soll ich mit dem Schuh? was hilft der Käficht, wenn das Vögelchen ausgeflogen ist! Doch, dies schien mir ein recht ordentlicher Vogel gewesen zu seyn; ein chinesisches Füßchen hatte nicht darin gesteckt, sondern ein Fuß von No. 1. aus der Schweiz oder dem Tyrol. Und da ich nun ein kleines Füßchen bei einem weiblichen Wesen überaus liebe, und sogar aberglaubige Vermuthungen darauf baue, so mag ihn nehmen, wer da will. Dies dachte ich, und warf ihn fort, bemerkte aber, daß ein junger hübscher Bauernelegant, der mit ausgezacktem Halskragen neben mir stand, ihn aufnahm, und in seiner Tasche, wahrscheinlich zum Andenken an dieser Tages-Feyer beherbergte.

Dies alles, und noch mehr, ging während der Zeit vor, daß unser S a m u e l, ohne Hülfe des *Samiel*, fünfmal die Ronde gemacht hatte. Wäre ich der Riese mit den Sieben Meilen Stiefeln, oder Tieks gestiefelter Kater in natura gewesen, ich würde gern zum sechsten und letztenmale mitgelaufen seyn, – so folgte ich ihm nur mit meiner Fantasie, die noch schneller laufen kann, als er. – Gewünscht hätte ich aber, daß statt der Reiter, eine Atalante sich aufgeworfen hätte, ihn einzuholen, aber nicht ihn aufzufressen, wie es die vor mehrern Jahrtausenden seelig verstorbene A t a l a n t a in ähnlichen Fällen mit ihren Liebhabern gethan haben soll, als unsre Schriftgelehrten wohl wissen.

Siehe, da erschien er, wie oben bemerkt, einige Minuten später, welches ihm aber die Billigkeit und Nachsicht des edelmüthigen Publikums nicht anrechnete. Er erschien gleichsam im Triumph, denn er wurde in vollem Galopp, von einer Schaar stattlicher Reiter begleitet, die ihn bis zu dem Punkte seines Auslaufens führten.

Wirklich war es ein Freudentag für Braunschweig und seine Umgebungen gewesen; selbst Braunschweigs D i o m e d, begleitet von seinen edlen Hippolythen, hatten den Fremdling mit ihrer Theilnahme beglückt. – Die hiesige Polizey, welche die große Aufgabe in dergleichen Fällen so schön zu lösen weiß, Ernst und Nachdruck ohne Einschränkung persönlicher Freiheit zu zeigen, hatte sich besonders wohlthätig gezeigt. Bei dem Unverstande so vieler Eltern, zarte Kinder im Gedränge mit zu nehmen, und sich um die umherspringenden Buben nicht zu bekümmern, kann nur zu leicht eine Menge Unglücksfälle entstehen. Auch giebts an jedem Orte eine verdorbene Race, die sich bei solcher Gelegenheit durch Störungen auszeichnen will; davon auch hier einige Beispiele vorgefallen seyn sollen. Ein Jude soll sogar Mackes bekommen haben. Au weih!

So wie die Lava sich nach einer Eruption von allen Seiten langsam und still fortwälzt, und dann sich in mehrere Arme vertheilt, so wälzte sich nun auch der Menschenstrom gegen die verschiedenen Eingänge der Stadt. Ich würde einen integrirenden Theil davon ausgemacht haben, wäre nicht in dem Augenblicke ein Kuchenjunge zu mir gekommen, der eine Rolle in der Hand hatte, und den, dem Ansehn nach, ein recht vornehmer Hund auf Schritt und Tritt schnüffelnd folgte. Kund und zu wissen sey nemlich, daß dieser Bursche zum g e h e i m e n A g e n t e n, was man in ältern Zeiten *Spion* nannte, erwählt und vereidet war, mir Alles, was er an diesem Tage sähe und höre, treu zu rapportiren, um es hienächst zum Besten und Nutzen des Publici, wie die Kalender so herausgegeben werden, anwenden zu können. Er brachte mir also eine gefundene Rolle. Daß keine preußische Thalerstücke darin befindlich waren, das fühlte sich bald. Aber was war darin? Man denke sich mein Erstaunen, als ich eine ächte Braunschweiger Schlackwurst fand, die in einem Liebesbrief gewickelt war. Um die Wurst war es mir nun gar nicht mehr zu thun, ich gab die Hälfte davon als Mundportion dem Ueberbringer, die andere pro studio dem ihn begleitenden Fidel, und machte mich sofort an den Brief, der von einer weiblichen Hand geschrieben, wie natürlich viele O und Ach enthielt. Es würde unbescheiden seyn, den Brief mitzutheilen, weil er zu Deutungen Veranlassung geben könnte. So viel sey aber der Schreiberin bemerkt, daß sie wohl nicht, troz aller ihrer Beschwörungen, auf fernere Liebe zu rechnen habe, denn wenn man erst eine Wurst in einen Liebesbrief packt, dann folgt klar, daß die Wurst einem mehr werth sey, als der Liebesbrief. Nicht wahr, meine Leser? – Wie sie aber verloren gegangen seyn mag, das weiß der Himmel. Ich meine, sie habe in einer Bärenmütze gesteckt, denn aus der Tasche verliert sich dergleichen nicht so leicht.

Und nun wollen wir alle dem Schnellläufer eine gute Reise wünschen, und daß er sich nicht, wie Münchhausens Hund, die Füße ablaufe, um uns in nächster Messe wieder zu besuchen.

Fanny Lewald
»Schöne Augen«

Im Sommer dieses Jahres ließ sich in Königsberg ein Schnellläufer sehen. Meine Eltern erzählten uns, wie in früheren Jahren alle vornehmen Herrschaften vor ihren Karossen Läufer gehabt hätten, die ihnen vorangeeilt wären; und während mein Vater diesen alle Menschlichkeit verspottenden Luxus tadelte, wurde doch beschlossen, daß wir den Schnellauf mit ansehen sollten, um einen Begriff von der dem Menschen möglichen Schnelligkeit zu bekommen.

Wir waren zu dem Zwecke auf einem Stellwagen nach einem Gasthof auf dem Below'schen Gute Kalgen gefahren, der an der Chaussee und ungefähr auf der Hälfte des Weges gelegen war, welchen der Läufer zurücklegen sollte. Draußen vor dem Gasthof war alles voll von Menschen aller Stände, und da die Studenten sich in Königsberg damals überall sehr bemerklich machten, so waren auch an dem Tage ihrer eine Anzahl zu Pferde und zu Wagen in Kalgen anwesend.

Es währte denn auch nicht lange, bis von der Stadtseite her einige Offiziere herangesprengt kamen, welche den Läufer zu Pferde begleiteten, und zwischen ihnen wurde ein mittelgroßer, magerer junger Mann sichtbar, der in einem flatternden Pagenanzug von verblichenem blaßblauem und weißem Atlas pfeilschnell vorüberrannte, während der Wind die hohen Federn auf seinem Barett hin und her jagte. Ich hatte mit den andern und mit Mathilde, die bei solchen Anlässen immer mit uns war, unten vor der Türe des Gasthofes gestanden, und war, als der Ruf der Menge die Ankunft des Läufers verkündete, auf den etwa zwei Fuß hohen Sockel einer der hölzernen Säulen gestiegen, welche den Balkon vor dem oberen Stockwerk stützten. Kaum aber befand ich mich auf der geringen Erhöhung, als aus dem Kreise der dabeistehenden Studenten sich einer umwendete und, nach mir hinsehend, zu seinem Gefährten sagte: »hat das Mädchen schöne Augen! wird die hübsch werden!«

Ich rutschte von meinem Pedestal herunter, denn mir flammte das Gesicht, aber nicht vor Scham, sondern vor unaussprechlichem Vergnügen. Der Läufer hätte noch zehnmal an mir vorüberjagen können, sie hätten – mein Vater und ein anderer Herr – noch viel lebhafter darüber sprechen können, ob es Recht sei oder nicht, solche Produktionen wie den Schnellauf zuzulassen, da sich doch immer Menschen fänden, die mit ähnlichen Dingen ihr Brot verdienen wollten, es war mir in dem Augenblicke äußerst gleichgültig! Die Gewißheit, daß jemand mich hübsch fand, die Möglichkeit, daß ich noch hübscher werden könnte, machten mich gar zu glücklich. Als Kind hatte man mich in der Schule wegen meiner Blässe und Magerkeit geneckt, und neben Mathilde war ich selbst mir immer so unschön erschienen, daß ich mich allmählich, wenn auch mit schwerem Herzen, dazu beschieden, durch geistige Eigenschaften gefallen zu müssen, während ich in diesem Zeitpunkte gar kein lebhafteres Verlangen kannte, als groß, schlank und schön zu sein, wie ich mir die Heldinnen aller Dichtungen vorstellte, wie ich es je zu werden auch nicht die geringste Aussicht hatte.

Der junge Student, welcher mir damals diese Freudenbotschaft verkündete, und der jetzt, ein anerkannt tüchtiger Mann, im fernen Masuren auf seinem Gute lebt, hat sicherlich nie eine Ahnung davon gehabt, welche Wohltat er mir an jenem Nachmittage mit seinem Ausrufe erwies. Er war mir ein Befreier von der Pedanterie, welche sich aus meinen, auf das Ernste gerichteten Anlagen in mir zu entwickeln drohte. Eine Bibliothek von Büchern hätte ich an dem Nachmittage hingegeben für einen Strohhut, der mich gut gekleidet hätte, und all mein bißchen Wissen für das Vergnügen, es noch einmal aussprechen zu hören, daß ich hübsch werden könne.

*Johann Valentin Görich (geb. 1800 / verschollen), zeitgenössische Lithographie
Die Schriftstellerin Fanny Lewald erlebte als Vierzehnjährige im Sommer 1825
einen Auftritt des bekannten Schauläufers in Königsberg.*

Fritz Th. Overbeck

»Nach'm Umbeck!«

Blauer Sommersonntag. Bei Welzel flattert die Fahne am Mast. Darunter stehen einige Buden und dreht sich und bimmelt das bunte kleine Karussell; die Luft ist voll Drehorgelklang, Kindergeschrei und Bratwurstgeruch.

Und die Leute auf der Straße vor Bäcker Kellner warten auf etwas.

»He kummt, he kummt!« heißt es plötzlich, – und da biegt er auch schon in vollem Lauf um die Ecke, – ein schlanker Mann im weißen Trikot, – der erwartete – »Schnelläufer«; kleine Glöckchen hängen ihm am Gürtel und an den Ärmeln; irgend etwas hält er in der Hand, wahrscheinlich eine Geldsammelbüchse. Gerade als er an uns vorüber rennt, wirft er den Kopf nach rückwärts, – einen dunkelhaarigen, kühnen Kopf –, die Sehnen straffen sich am Halse –, und ruft als Antwort auf die ihm nachgeschrieene Frage, wohin er laufe: »Nach'm Umbeck!«

Sekunden nur, und die Erscheinung ist vorüber.

Das war nun vor mehr als einem halben Jahrhundert. Dennoch stehen jene wenigen Sekunden in fast unbegreiflich hellem Licht der Erinnerung: Der weiße, schöne Mann, sein Gesichtsausdruck, die beim Laufen rhythmisch klingenden Schellen, der lässig zurückgeworfene Ruf »Nach'm Umbeck!«, und dann die erregende Bezeichnung »Schnelläufer«, – das alles machte einen ungeheuren Eindruck. Nur die Geschwindigkeit enttäuschte ein wenig, denn so furchtbar schnell lief er eigentlich gar nicht; der Mann mit den Siebenmeilenstiefeln konnte es sicherlich besser.

»Der hat sich wohl auch die Milz rausschneiden lassen«, sagte unsere Bertha nachher, – »Schnelläufer müssen sich immer die Milz rausschneiden lassen, damit sie kein Seitenstechen kriegen und besser laufen können.«

Und diese Bemerkung war auch wohl der Grund, daß ich danach zwar öfter Schnelläufer spielte und dabei an einer bestimmten Stelle unseres Gartenweges jedesmal mit zurückgeworfenem Kopf »Nach'm Umbeck!« schrie, diesen Beruf aber doch nicht ernstlich für mich ins Auge faßte. Ich bin auch keiner geworden, – eher schon ein Langsamläufer. Lieber, als mir die Milz rausschneiden lassen, wollte ich damals »Technischer Direktor des Norddeutschen Lloyd« werden, das war zwar umständlich auszusprechen, aber mein Großvater war es gewesen. – Der Jahrmarktsberuf eines »Schnelläufers« muß übrigens damals schon im Aussterben gewesen sein; später habe ich niemals einen wiedergesehen.

8. Laufen ohne Ende

Gustav Rieck (Hg.)/Mensen Ernst

Große Eil-Reise von Schloß Nymphenburg bei München nach Nauplia in Griechenland

Der Herzog von Leuchtenberg, welcher sich schon früher sehr huldvoll gegen mich gezeigt hatte, reichte mir das letzte Glas Wein, und geleitete mich, nächst seinem zahlreichen Gefolge, wohl noch 100 Schritte weit bis an die Fontaine, wo ich, nach einer Verneigung gegen das Schloßfenster, an welchem die Königin Karolina von Baiern mich mit ihren erlauchten Prinzen und Prinzessinnen abreisen sehen wollte, unter meinem wahrhaft tiefgefühlten Ausrufe:

»Lange lebe das Königshaus Baiern und Griechenland!« um 1 Uhr, 5 Minuten, 30 Sekunden, mich in Marsch setzte, meinem weiten Ziele entgegen.

Ich glaube nicht zu Viel zu sagen, indem ich die Menschenmenge in der Allee von Nymphenburg, den Straßen von München, die ich passierte, und noch jenseit der Residenz hinaus, auf Zwanzigtausend angebe.

Es fehlte mir bis hinter München nicht an ermuthigenden Zurufungen, aber auch hab' einen recht wohlgekleideten Herrn zu mir im Vorbeischritt sagen hören: »Ei, ei, Mensen Ernst! Lauft nicht so! Ihr werdet doch in Eurem Leben Griechenland nicht sehen, und wir in unserm Leben unser Geld nicht wieder!«

Ich dachte: Warte du, bis der Mond die andre Sichel zeigt, dann sprich, – und jagte froh, unter dem heitersten Himmel, durch die mir zujauchzende bieder-baierische Volks-Versammlung, die prächtige Allee hinab.

Schlag halb 2 Uhr war ich in München vor dem Kaffeehause des Herrn Hartung. Während ich binnen 3 Minuten und etwa 30 Sekunden ein Mal noch Baierisch auf's Lebewohl aller meiner Bekannten und Freunde trank, drängte sich ein französischer Offizier an mich heran, der mich von Paris aus, voriges Jahr hatte abreisen sehen. Dieser Mann küßte mich wie seinen Bruder, und seinem Beispiele wären vielleicht, nächst Mehreren, noch Viele gefolgt, wenn ich mich nicht wehmüthig aus dem Arm der Freundschaft gewunden hätte, um meiner hohen Pflicht nachzueilen. Hier steckte ich noch meinen Kompaß und Karte zu mir, und ein Apotheker reichte mir eine Essenz auf den Weg.

Diesen ersten Reisetag, oder die andre Hälfte des 6ten Juni, bis Morgens halb 2 Uhr des 7ten, eilte ich bei Wasserburg über den Inn bis Salzburg, ohne müde zu sein. Hier hielt ich mich jedoch nur auf dem Büreau der Polizei, die von meiner Ankunft benachrichtigt war, 10 Minuten auf, und trank, während Visirung meines Passes, eine Flasche Wein im Stehen aus, um sogleich, vor der ersten Hitze des Tages, weiter zu eilen.

Als ich das Erstemal mich ordentlich, und zwar gegen meinen Willen 4 Stunden lang, am Fuße des Berges Taur, zwischen Salzburg und Rastadt, unter freiem Himmel in der Mittags-Hitze ausruhte, war ich bereits 54 Stunden von München entfernt.

In Rastadt zur Nachtzeit angekommen, wünschte ich kaltes Fleisch. Es war für den Augenblick nicht zu haben, also begnügte ich mich mit ein wenig Käse und Brodt, wobei mir ein Geistlicher Gastgesellschaft leistete. Um mich hier abermals zur Eile zu stärken, trank ich noch eine gute Flasche Wein, und schritt, die Sterne zu Wegzeigern, noch an 10 Stunden weiter, worauf ich mich unter freiem Himmel, zu einem dreistündigen, erquicklichen Schlafe auf den Rasen bettete, indeß von mancherlei Gedanken bestürmt, wie diese zweite Schnell-Reise wohl ablaufen werde, nicht sogleich einschlafen konnte. Frohen Muthes, also doppelt gestärkt, wachte ich nach meinem Kalender zur rechten Zeit auf, und erreichte in dieser förderlichen Stimmung die rings von hohen Bergen eingeschlossene Stadt Villach, in Ober-Kärnthen. – Indem diese Gegend fortdauernd hochgebirgig ist, so fingen auch hier schon die Schwierigkeiten meines schnellen Fortkommens an; aber noch empfand ich mehr Muth und Kraft als Ungeduld. – Ehe ich Laibach erreichen konnte, mußte noch ein sehr beschwerlich hoher Berg passirt werden, den ich »Wurzel« habe nennen hören.

Ohnweit Krainburg, 6 Meilen von Laibach, wo ich 2 ½ Stunde wohlgemuth übernachtete, erhielt ich einen Brief vom dasigen Postmeister an Sr. Durchlaucht den Prinzen Eduard von Sachsen-Altenburg, zur Zeit auch in Nauplia.

Am 10ten Juni früh 2 Uhr, traf ich in Laibach ein. Nach einem Aufenthalte von 15 bis 20 Minuten, während welcher mein Paß visirt wurde, und ich ein Glas Wein trank, setzte ich meinen Marsch unaufhaltsam fort, bis nach dem Marktflecken Adelsberg, wo ein altes Schloß ist. In einer Entfernung von ohngefähr 500 Schritten von letzterem Orte, theilt sich der Weg in gerader Richtung; zur Rechten zieht sich die eine Straße nach Triest, die andre links nach Fiume, ein Freihafen im kaiserlichen Kroatien, am Ausflusse der Fiumara in einen Busen des adriatischen Meeres. Meinem Reiseplane gemäß wählte ich den letzteren. Am 12ten Juni, Morgens 6 Uhr, erreichte ich das mit Mauern umgebene, in den Vorstädten neue, in der wirklichen Stadt sehr alte, eng gebaute Fiume. Hier rastete ich 2 volle Stunden, unterdeß meine Papiere vom dortigen Kaiserlichen Vice-Gouverneur besichtigt wurden, und ich nach Präsentation meiner königlich-baierischen Anweisungen auf frische Gulden Anspruch machte. Der Herr Gouverneur verlangte mich persönlich kennen zu lernen, und ich fand einen sehr gütigen, äußerst bereitwilligen Mann an ihm. Er reichte mir sofort zwei Dukaten, und begann in italienischer Sprache ein kurzes Gespräch, dessen Inhalt meine jetzige und früheren Reisen betraf.

»Sie haben ein übermenschlich-großes Unternehmen in Wagniß, dessen Gelingen in so kurzer Zeit, in so ungangbaren Gegenden, über so hohe fortlaufende Gebirge, mir ganz unmöglich scheint. Wie wollen Sie denn auch bei Tag und Nacht fortgesetztem Laufe immer den richtigen Weg zu finden, ohne die Straße einhalten zu dürfen? – Ja, und wenn es in der Türkei nur noch überall Straßen und zuverläßige Wege gäbe? – Wie wollen Sie über die hohen, ganz unsichern, kaum zu ersteigenden Berge und vielen Flüsse sich forthelfen, und dazu in solcher Eile?«

Ich zeigte dem so höchst einsichtsvollen, mit den türkischen Provinzen aus frühern Feldzügen gar wohl bekannten, kaiserlichen Gouverneur von Fiume meinen Kompaß, meine Karten mit den verzeichneten loxodromischen Linien zu Lande, und setzte zuversichtlich hinzu, daß ich nicht ohne Hoffnung wäre, meine hohen Aufträge mit Gottes Hülfe, denn doch zu rechter Zeit an Ort und Stelle zu bringen, wenn ich mir auch die Schwierigkeiten des noch vor mir habenden größten Theils der Reise, zu gering berechnet hätte.

»Nein!« ermahnte mich dieser menschenfreundliche Staabs-Offizier, »wenn Ihnen das Leben noch lieb ist, so folgen Sie meinem Rathe, den ich Ihnen zur Entschuldigung schriftlich geben will, – und kehren Sie sogleich um nach Triest. Dort geben Sie Ihre Briefschaften auf das Post-Schiff nach Griechenland, wo sie gewiß schnell genug, und mit größerer Sicherheit ihr Ziel erreichen werden, Sie aber der Pflicht der Selbsterhaltung genügen.« –

Von so einsichtsvoller Rede des Gouverneurs gerührt, stattete ich diesem Ehrenmanne zuförderst meinen besten Dank ab, mit der entschlossensten Versicherung: daß, da Ihro Majestät, die edelste Königin Karolina, mich vertrauensvoll mit so hohen Aufträgen an Ihren durchlauchtigsten Sohn persönlich beehrt hätten, mir mein Leben allerdings jetzt nur insofern zu erhalten theuer sein müsse, um auch, nach meinem Versprechen, dem Erlauchten Königshause mein Wort halten zu können. Zwar sei es nur ein sehr geringer, niedriger Dienst, aber auch im Geringsten, sei es im Herzen jedes Normannes geschrieben, müsse Er treu sein und bleiben!

Nach dieser Erwiederung klopfte mich der edelste Mann auf die Schulter, und sagte gerührt: »Ihre Denkart verräth den entschlossensten und treuesten Mann! Ich bitte Gott, daß er Sie dafür beschütze auf Ihrer gefahrvollen Laufbahn, und will mich nun nicht ferner bemühen, daß Sie gegen Ihr Gewissen handeln, aber ich durfte auch mein Gewissen nicht schweigen lassen!« Hierbei bedeckte Er sich den rathvollen Mund mit der Hand, und winkte mir zu gnädiger Entlassung. Ich aber ergriff, nicht ohne eine Thräne des Dankes, die Rechte Sr. Excellenz und beurlaubte mich, mit dem Wunsche, daß Gott den Herrn Gouverneur segne, und ich ihm bald die Nachricht einsenden wolle, wäre in glücklich in Nauplia angelangt.

Somit verfolgte ich denn meine Laufbahn auf Zengh zunächst am adriatischen Meere. Hier wohlbehalten angekommen, erquickte mich besonders die Ansicht über den Kanal nach der Insel Veglia hinüber, auch war die Witterung an der Küste hier nicht so heiß. – Von Zengh war meine nächste Station in Otlochaz, wo mich ein königlich-kaiserlich-Oesterreichischer Obristlieutenant, als Kommandant des Platzes abermals zur Umkehr, aber vergeblich ermahnte. – Von hier wollte ich mich eigentlich nach Zara, der Hauptstadt Dalmatien's wenden, allein hierhin konnte ich über den tief ins Land einschneidenden Meerbusen nicht gelangen, also änderte ich hier zuerst meinen ursprünglichen Reiseplan ab, und nahm meine Richtung links, landeinwärts.

Von hier ging es Berg auf, Berg ab, dicht an der Gränze des türkischen Kroatien hin bis Glovacz, vor welchem ich einen hohen Berg überklimmen mußte, was mir natürlich Zeit und Kräfte raubte. Als ich die kaiserlich-kroatische Stadt Otloschatz passirte, muß ich nachträglich bemerken, kam ich so eben recht zur Hochzeit der schönen Tochter des Kommandanten, eines Obristlieutenants aus Wien, und wurde zur Mittagstafel gezogen, wobei ich freilich die letzte Schüssel nicht abwarten konnte. Man wünschte mir also glückliche Reise, und ich dem liebenswürdigsten, militärischen Brautpaare, einen recht glücklichen Ehestand. – In Kospicza empfing ich durch einen kaiserlich-östereichischen Major auf meine königlich-baierischen Anweisungen, mit der größten Bereitwilligkeit wieder zwei Dukaten. In der Nähe liegt das Städtchen Serma, zwischen der dalmatischen und türkischen Gränze, ohngefähr 20 Stunden von der Küste des adriatischen Meeres ins Land hinein. Ein Blick in meine Karte von Dalmatien bei Mondschein, und mein Kompaß, belehrten auch zur Nachtzeit mich, welche Richtung ich behalten müsse. Nach einem guten Marsche mit weniger Gebirgs-Hindernissen, erreichte ich Eremannia, und die kaiserliche Gränzfestung gegen die Türkei hin Knien, wo mir der Kommandant sehr bereitwillig die Straße zeigen ließ nach Werlinga und Seneka. Von letzterem Orte wendete ich mich direkt gegen die Küste des adriatischen Meeres nach Spalatro, der größten Stadt im Königreiche Dalmatien, auf einer Halbinsel. Es hat nächst dem trefflichen Hafen ein schönes Ansehen durch viele Kirchen, Klöster und wissenschaftliche Anstalten; auch bin ich hier an den großen Trümmern der Burg des Kaisers Diocletian vorübergeeilt. Da nun die Küstengegenden in Dalmatien weniger gebirgig sind, so hielt ich diesen Kurs, so gut es wegen der vielen Buchten und Binnenflüsse nur immer möglich war, bis Ragusa und später noch. Zunächst passirte ich jetzt die kleine Hafenstadt Almissa mit ihrem Felsenschlosse, hierauf Magarska, wo eine sehr schöne

Kirche ist, und gegen Ost, an der türkischen Gränze, sich der hohe Berg Biccoovo erhebt. – Ehe ich jedoch hierher gelangte, mußten unsägliche Beschwernisse überstanden werden, nicht nur wegen Verlust der Zeit durch den ganz ungangbaren Landestheil, als auch wegen der vielen Flüßchen, und einem gänzlichen Mangel der Sprachkenntniß des Landes, da ich mich weder an Weg noch Steg, noch Dörfer und Städte halten durfte, um nur einigermaßen rasch in direkter Linie vorwärts zu kommen, nach Richtung meiner Kompaßberechnungen und der Sterne: Hesper, Snelda, Venus, Polstern etc., so gerieth ich natürlich, außer aller Verbindung mit den Einwohnern, in die peinlichste Leibesnothdurft. So ward der Marsch von Magarska, um den Kanal oder Ausfluß der Narenta herum, wo ich mich nach der Stadt Opus oder auch Narenta genannt, auf einer Insel erbaut, übersetzen lassen mußte, einer der verdrießlichen und beschwerlichsten. Unzählige Fragen nach diesem oder jenem Wege, wie dieser oder jener Fluß heiße, wurden mir mit stummen Kopfschütteln der hier sehr gemischten Nation, von Dalmatiern und Slavoniern recht herzstärkend beantwortet. Kaum durch einen Fluß gebadet oder geschwommen, und noch die Leinenkleider kaum zur Hälfte an der Sonne, wenn es zum Glück wieder Tag wurde, auf dem Leibe getrocknet sammt dem Schweiße, sah ich schon wieder zwei, drei andre Wasserbecken auf mich warten. Zum Glück waren Wälder, und also Holz zu Stelzen immer nicht weit, und ich mit Normal-Riemen versehen, bald mit zwei Beinverlängerungen fertig, mit denen ich mir die schon lange zerfetzten Schuh sparen, und bequemer baarfuß auf hohen Füßen, durch Dick und Dünn schritt, mir auch Bahn brechen mußte durch wüste Gebüsche und dicht verwachsene Waldungen, wobei ich mehrfach angehalten wurde, und mich nur durch Schnelligkeit oder Geld auslösen konnte.

In einem Aufzuge, der noch unter Lazaroni's Kostüm gehört, kam ich endlich, in der That müde, unter großem Zeitverluste, von den mit eignem Leibe passirten vielen reißenden Strömen doch rein erhalten, oft genug abgewaschen aus den Quellen des alten Griechenland, in der Hauptstadt Ragusa (jetzt kaiserlich, vormals eine besondere Republik), gesund an.

Die schöne Lage dieser Stadt, auf einer Halbinsel, an das adriatische Meer hinausgedrängt, zum Theil auf den Fuß des Berges Vergato gebaut, hat mich um so mehr überrascht, als ich sie von meiner Straße aus kaum eher erblicken konnte, als bis ich dicht davor war.

In meinem Lazaroni-Kittel mit noch feuchtem haar aus dem letzten Strome, ließ ich mich durch einen Boten, der etwas italiänisch sprach, unverzüglich zum Kreis-Hauptmann geleiten. Hier hielt man mich sehr natürlich für einen Bettler, und machte große Augen, als ich in dessen Büreau verlangte, den Herrn Hauptmann sogleich in wichtigen Angelegenheiten aus Baiern selbst zu sprechen. Man willfahrte endlich meiner peinlichen Eile, und bald sah ich einen äußerst freundlichen Mann in der Person des Herrn Baron von Sell, aus Gratz, der Hauptstadt in Steuermark gebürtig, vor mir, als eben hier residirender Kreishauptmann. Kaum hatte ich mich mit meiner hohen Sendung zu erkennen gegeben, als Herr von Sell, schon aus den deutschen und italiänischen Zeitungen mit meinen Reisen bekannt, sogleich seiner Gemahlin, Familie und mehren andern Damen, wie ich eben ausschaute, mich vorstellig machte, meine Entschuldigung des Aufzuges selbst übernehmend. –

Auf meine Anweisungen ersuchte ich diesen edlen Mann um nur 2 Gulden Convention Reisegeld. Er bot mir hundert Gulden mit Vergnügen, die ich jedoch nicht annahm, sondern nur 2 Dukaten in kleinem Silbergelde. Nachdem ich recht wohl noch traktirt, und meine Wohlthäter mit einigen kurzen Notizen aus meinem Leben regalirt hatte, setzte ich, allen Abmahnungen trotzend, meine Reise nach Albanien fort.

Man wird unzufrieden fragen, warum ich auf dieser Tour meinen Reise-Kalender ganz vernachläßige? – Leider muß ich gestehen, daß die Hindernisse der Natur, und bald folgende störende Ereignisse, immer abwechselnd Risse hinein machten, so daß ich, wie wohl selten, in den Special-Angaben unklar wurde, und geblieben bin, bis auf die Dimension der Haupt-Zeit, welche sich natürlich an Ort und Stelle finden mußte. Ehe ich also angenommene Zeit aufführe, will ich sie lieber aus der allgemeinen Zeit auf den Kurs berechnet, von dem hochgeneigten Leser mit Hülfe einer guten Charte selbst angewandt, oder vertheilt wissen. –

Da, so lange das alte Griechenland, die jetzige europäische Türkei sammt dem Phönix, oder wiedererstandenen kleinern Griechenlande, Festland ist, wohl kaum ein so kurioser Reisender sich seiner ganzen Länge nach hindurchschlug, fast ohne Weg und Steg zu gebrauchen, ohne die unaufhörlichen Gebirgsmassen als solche Linien zu betrachten, welche der Diagonale des menschlichen Fußes nicht wenig zuwiderlaufen, endlich ohne die Ströme und Flüsse zu zählen, über welche für meine Bahn keine Brücken gebaut werden konnten, – wenn ich Alles dies hier in einem Satz der Entschuldigung zusammenraffe, so wird auch der gelehrte Leser meiner ungelehrten Reisen mir gewiß so Manches nachsehen. Mit dieser Zuversicht eile ich denn in der wirklichen, und abgebildeten Reise weiter.

Drüben im türkischen Albanien herrschte jetzt sehr sehr stark die alte asiatische Krankheit, welche ich schon auf meinen Seereisen nach Ostindien kennen lernte, und die bei ihrem jüngsten Auftreten auch ganz Europa, als eine zweite Pest, unter dem galanten Titel Cholera durchwandert hat. Als ich daher aus Ragusa abreisete, und bis Castra gelangt war, in der Gegend des kaiserlich-dalmatischen Hafens Breno, wurde ich angehalten von der Wacht desselben, welcher meine Eilfertigkeit verdächtig vorkam, indem man glauben mochte, ich wäre mit der Cholera im Körper aus Ragusa, wo sie in der That herrschte, wie toll abgereist. Indem mehre Meilen südlicher, das kaiserliche Dalmatien, an der Küste des adriatischen Meeres, in der Spitze bei Castra-Novo zu Ende geht, und bis zur Ausmündung des Bojand aus dem See von Scutari, das türkische Dalmatien in einer großen Landspitze sich zwischen kaiserlich Dalmatien und der türkischen Provinz Albanien bis an das Meer hineindrängt, so wurde mir auch dies über diese Gränze, also bis jenseit Castra-Novo eine kaiserliche Kontumaz-Wacht von 3 Mann aufgedrungen, die mich trotz aller Bitten und Beschwerden, in Betreff meiner wichtigen königlich-baierischen Aufträge, gar langsam zu schreiten nöthigte. Hierbei habe ich mehr Ungeduld-Schweiß vergossen, als durch alle Gebirgs-Beschwernisse. Ich hatte freilich den guten drei Soldaten leicht entlaufen können, – allein sie hatten wohlgezogene Büchsen hinter mir, vor meinen Augen mit Kugeln geladen, – und diese schienen mir doch am Ende schneller ihr Ziel zu erreichen, als ich jetzt – leider!

... Bei der albanesisch-türkischen Gränze, in Castra-Novo, langte ich mit meiner langweiligen Eskorte Abends 10 Uhr, ich glaube den 19ten Juni, an. Da ich von Ragusa her wenigstens zwei Drittheile eines Tages verloren hatte, und durch das Langsamgehen und Aergerniß mehr ermüdet war, als durch meinen gewohnten Spazierschritt, so opferte ich hier noch volle drei Stunden, als gleichsam um dem bösen Schicksale so recht ächt seemännisch die Stirn zu bieten. Der Herr Bachus schnitt hierbei den Mohnkopf zur Hälfte für sich ab, der dann um so vollkörniger und stärkender ausfiel; – so, als hätte ich Opium genommen, betrachtete ich wehmüthig nach dem Erwachen meine Karten und meinen Kurs vorwärts, fand ihn aber noch weniger erfreulich-forderlich als den eben abgesegelten. Hier sollten die eigentlich türkisch-türkischen Gebirgs- und Fluß-passagen so eben erst recht in meine Linie fallen. – Mein Wirth, ein riesengroßer Albaneser mit noch größerem Barte, wunderte sich nicht wenig, als ich, im Ansehen ein Bettler, im Stolz wie Er, einen kaiserlichen Dukaten in die rothe Hängemütze warf, – und ihm auf italiänisch befahl, noch eine Flasche seines besten Weins zu schaffen. Diese leerte ich in wenig Zügen. – Nun war ich wieder der Alte, und wischte mit der Hand über die türkische Berge leichtfertig hin, als ob ich ihrer nur spotte. Was also doch den Geist in der Natur gegen sich selber so höhnisch machen kann? – Oder nicht so – was doch für Geist im Endlichen wächst? – Die dinarischen Alpen laufen hier in derselben Landspitze aus, die ich eben beschrieben, und nun zu passiren habe, also zwischen Castra-Novo und Scutari, unter der bekannten Gebirgs-Parthie von Monte-Negro, dessen Volk, die Montenegriner, als ein höchst kriegerisches und räuberisches, auch ohne mein nun folgendes Abentheuer mit ihnen, bekannt genug sind seit lange.

Um von Castra-Novo nach Cattaro zu gelangen, mußte ich mich entweder über dessen tief in's Land hereingehenden Meerbusen setzen lassen, oder denselben im großen Bogen umgehen, wobei ich durchaus den Monte Negro oder schwarzen Berg zu passiren hatte.

Nach Abkommen mit meinem treuen Kompasse, am Morgen des 20sten, war ich schnell entschlossen, meinen Weg zu

Mensen Ernst (1799–1843), zeitgenössische Lithographie
»*Der berühmte Schnelläufer Mensen Ernst, geb. d. 19. October 1799 zu Berg in Norwegen, auf seinem Laufe von Constantinopel nach Calcutta im Jahr 1836, den er in 59 Tagen hin u. zurück ausführte, 2 248 Stunden Wegs durchlief, hierbei die arabische Wüste paßirte u. über 50 größere u. kleinere Flüße durchschwimmen mußte.*«

Lande fortsetzen zu müssen. Was ich denn auch that, und meine Linie auf die Spitze des Meerbusens von West nach Ost, nach Perasto legte. – Die Türken sagen nicht Albanien, sondern den alten Namen Arnaut, und die Albaneser heißen Arnauten. Auch wurde mir gesagt, daß hier das schöne Geschlecht zugleich die schönsten Augen unter allen Damen auf der Erde hätte? Dies mag ich nicht behaupten, ich möchte dabei noch mehr bei den Frauen und Jungfrauen in Deutschland, und sonst wo, in's Gedränge gerathen, als eben durch die arnautischen Männer, denn die Herren Montenegriner zunächst, sind ein freies Gebirgsvolk, und wohl einige Funfzig Tausend Leute stark, von denen jeder einzelne, ausgewachsene Mann, mit langgestreckter Flinte, Pistolen, Dolch, auch wohl noch mit Spieß und Sarazener-Säbel reich bewaffnet, dazu ein verwegen-verwildertes, stark von der Sonne röthlich gebranntes Angesicht, mit entsetzlichem Schnurrbart, mir vorkam wie ein ächter Räuberhauptmann. Und es ist auch nicht viel besser! – Mein Gott! sie haben ja die ehemaligen Venetianer zu Lehrern gehabt, und es wird doch Etwas in jedem Schüler sitzen bleiben? Meine Montenegriner verstanden aber ihre Kunst schon als Meister. Diese abgerechnet, und meine Händel mit ihnen, haben sie mir doch gefallen, als recht schöne, kräftige Leute, und die ehrlichen, getreuesten Tyroler, welche ich meine Landsleute im Süden nenne, werden es mir vergeben, wenn ich sage: die Montenegriner sind ihrer ganzen Aeußerlichkeit nach, und mit ihrem Gebirgsländchen von etwa 50 bis 60 Quadratmeilen – die Tyroler der Türkei.

Ich kann es nicht Zaghaftigkeit, wohl aber ein recht begründetes Mißtrauen nennen, mit dem ich diese wild-romantische, beinahe ganz unzugänglich gebliebene Gegend, dicht beim hohen Schwarzen Berge, oder Monte Negro a pied betrat. Alle Cultur schien hier abgeschnitten; ich erblickte weder Straße noch Fußweg, noch Dorf, noch Menschen; war mit den dunklen, verworrenen und unbekannten Bergen beim Anbruch des Abends ganz allein. Die unabsehbare, dichteste Waldung dieses Gebirges, starrte mir von aller Welt hier verlassenem Wandersmanne entgegen, als wollte sie sagen: »Zurück, Verwegener! Hier geht keine Bahn für dich!« Dennoch begann ich den Berg des Abschreckens, wie ich ihn nenne, herzhaft mit aller Anstrengung hinaufzuklimmen. So klein ich bin, so fand sich doch kaum so viel Zwischenraum, den ich mir nicht mit Gewalt von dem unheimlich schweigenden Urwalde ertrotzen mußte. Je weiter ich eindrang, desto finstrer wurde der Schatten dieser alten Bäume, desto unabsehbarer das Ende dieser unumgänglichen Passage. Wen würde die Lust anwandeln, an meiner Stelle hier wandeln zu können – mit solcher Eile in so wichtigen Aufträgen? – Gewiß Niemand in ganz Europa? – Ich hätte aber gewünscht, diejenigen Herren in München jetzt bei mir zu haben, welche mit so großem Vertrauen mich öffentlich beschimpften. Doch kein Groll, gegen Niemand in der Welt, hat in meinem nordischen Herzen über Nacht Platz. – Es war diese Aeußerung nur mein Scherz – um mir Laune zum Weiterklimmen auf Monte Negro zu verschaffen, wo kein Weinhaus hingebaut ist, bis jetzt. –

Eben war ich mit meinem Wegweiser, der aufgehenden Mondsichel beschäftigt, so kam es mir an's Ohr, als ob vielleicht hundert schritte zur Rechten ein besondres, tiefes Rauschen durch das Geäste sich hören ließe.

Noch sann ich einen Augenblick nach, was es wohl sein konnte, als plötzlich, wie aus dem Monte-Negro herausbeschworen, drei Manner von wilder, kriegerischer Gestalt auf derselben Stelle, wohin ich den Blick wegen des Geräusches gewandt hielt, sich zeigten und gegen mich heranstürzten. Da ich Leute dieser Nation heut zum ersten Male sah, so hielt ich sie im Zwielicht für Türken. Lange Pistolen blitzten in ihren starken Fäusten, und schon hörte ich das unheimliche Knacken ihrer Schlösser.

In der schrecklichen Unentschlossenheit mit mir selber kämpfend, erwog ich recht wohl, daß drei so über und über mit Waffen bedeckte, riesige Männer des Waldes, einem kleinen wehrlosen Wanderer aus fernen Ländern drohend gegenüber, nicht viele Umstände mit mir machen würden, im Fall ich ihnen Stand hielte. Der Augenblick drängte Leben und Tod auf die Waagschale.

Die Montenegriner mochten erwartet haben, daß ich, eingeschüchtert, mich ihnen sogleich in die Hände liefern würde. Schon hatten sie sich mir bis auf sechzig Schritte genähert, – da raffte ich all' meine Kraft zusammen, preßte die Hand gegen die linke Brust, wo die königlichen Briefe verwahrt waren, – riß das verwucherte Gestrüpp rasch vor mir auseinander, – und sturmschnell schlüpfte ich, wie eine Schlange, die hohen schweigenden Kastanien und Buchen, den bösen Monte Negro abwärts, aus dem Gesicht der Räuber.

Aber die Männer vom schwarzen Berge waren unterdeß auch nicht müßig gewesen. Auch auf flüchtigen Füßen, sandten sie mir ihre Kugeln nach. Aber sie trafen nur die starren Bäume, schlugen um und neben mir durch das Strauchwerk, tief in die alten Stämme ... Es mag sie wohl verwundert gelassen haben, ihnen das erste Mal mit mir passirt sein, daß das Wild solchen gewandten Jägern entlaufen konnte? –

Durch meinen anhaltend, furchtbar-beschwerten Lauf steil abwärts, tief ermattet, fing ich an, jetzt, da es wieder ganz still um mich geworden war, und die Gefahr vorüber zu sein schien, langsamer meinen Weg fortzusetzen, und meinen Reisegefährten, den Kompaß, um Rath zu fragen.

Der gefährliche Wald mit seiner unheimlichen Finsterniß streckte seine Riesenschatten abermals lang, und wieder Berge auf vor mir hin, und ich mochte wohl fragen: Wen hier noch eine fröhliche Wanderlust angewandelt hätte? –

Doch war ich in der That recht froh und heiter in meinem Herzen, daß ich so glücklich mit meinen wichtigen Aufträgen den rohen Söhnen des Monte Negro mich entkommen glaubte.

Die Nacht hindurch, nach kaum viertelstündiger Ruhe unter einem Baume, – bis gegen Morgen, ohngefähr acht Stunden vom jenseitigen Anfallorte ab, bahnte ich mir eben wieder einen neuen Weg, – da sauste wild eine Kugel dicht an meinem Kopfe vorbei, schlug hörbar tief in einen Baumstamm vor mir ein. Mein Schicksal hatte mich hier abermals unglücklich geleitet.

Fünf schreckliche Gestalten, denen ähnlich, die mir das erste Mal zugesetzt hatten, sprangen gleich nach dem Schusse hinter dem Dickicht hervor, und im Augenblick starrten mir von allen Seiten lange Pistolen und blitzende krumme Klingen, den Tod drohend, entgegen. Wohl eine halbe Minute stand ich wie erstarrt, von dem Gedanken erfaßt: »Hier ist dein Lebenslauf am Ziele!« stumm, ohne Miene einen Schritt vorwärts thun zu wollen, im Kreise dieser riesenhaften Albaneser oder Montenegriner. –

Hier war ruhiges, unerschrockenes Abwarten, der willigste Gehorsam eines ganz Unbewaffneten, gegen fünf mit allen möglichen Waffen ausgerüstete Athleten, das einzige Mittel, das mich retten konnte. – Unter einem lauten Wortwechsel verdorbenem Türkisch, davon mir doch manches Wort in meiner Lage verständlich war, näherten sich jetzt Zwei dieser Montenegriner-Bande, um eigenhändig die peinlichste Aussuchung an mir vorzunehmen. Für's Erste beraubte man mich meines treuen Kompasses und hölzernen Quadranten, meiner Karten und Strichtafel; dann kam die lederne Tasche mit allen Privatbriefen an die Reihe. Ihre Freude, auch noch vier Gulden Kaisergeld von der letzten Station Ragusa übrig, bei mir zu finden, ließ mir Zeit, die Wachsleinwandhülle mit den königlichen Schreiben auf dieselbe Stelle zu bringen, wo man eben das Geld gefunden hatte. Glücklicherweise fiel es ihnen nicht ein, hier noch mehr zu vermuthen, und so war doch meine schönste Hoffnung, der Zweck aller bisher erduldeten Gefahren und Anstrengungen erhalten, obschon mein Ziel noch weit im Felde lag, wo ich diesen Schatz dem hohen, erlauchten Eigenthümer nach Pflicht übergeben konnte. – Halte man es für die wahrhaft natürlichste Empfindung eines treuen nordischen Herzens, wenn ich betheure, daß mir mein Leben hier nicht so lieb war, als die Erhaltung des Schreibens Ihrer Majestät der Königin von Baiern an Deren geliebtesten Sohn, den jugendlichen König von Griechenland.

Meine zerrissenen, an sich schon werthlosen Kleider, so wie ein alter Beutel zu Mundvorräthen, nicht anders als die Garderobe eines Bettlers, schienen denen wohl-, ja prächtig mit Lederhabiten ausgestatteten Montenegrinern nicht anzustehen. Also eine bleibende Lehre für alle Fußreisenden in fremden Gegenden, und meine Regel aus Marine überhaupt, nie sich unterwegs auszuschmücken mit guten Kleidern, noch weniger Juwelen an sich zur Schau zu tragen. Wie Mancher wurde deshalb getödtet! – Man ließ mir also meine Lazaroni-Maske mit der Demantschrift. Wie froh war ich, wie still vergnügt im Herzen, trotz meiner Beraubung!

Da diese Gebirgs-Freibeuter mit ihrer Untersuchung fertig, mit Theilung der Fundschaften zu Ende waren, und nicht ohne Erstaunen sahen, wie ich keine Klage wegen meines hülflosen Zustandes über die Lippen brachte, mich ihnen in Allem willig fügte, – schienen sie sich wie ihrer That zu schämen. Ihre ernsten, kühnen und schönen Angesichte, mit vollen langen Knebelbärten, bezogen sich in ein mitleidiges Lächeln, bis meinem ersten Inquisitor das Herz zunächst überging, daß er mich kraftvoll bei der Hand ergriff, seinen Brüdern wie befehlend winkte, und ich mich neben ihm niederlassen mußte, von den vier Satrapen, wie der Gefangene einer honetten Räuberbande genöthigt, mit allen auf gut Du zu frühstücken. Der Sprecher, nun mein Nachbar, und wie es schien, auch das Oberhaupt dieses Montenegriner-Pikettes, befahl nun in demselben verdorbenen Türkisch oder Albanesisch, – ein Gemisch von Slavonisch, Italienisch und Türkisch, die Tafel auf Gottes freier erde im hohen Waldgrase zu serviren. Einer langte recht schönes weißes Brodt in Form eines Kuchens aus seiner schönen Tasche. der Andere, Dritte und Vierte, in Pelzwerk eingeheftete Flaschen mit einem scharfen weinähnlichen Gedränk. – Von Beidem mußte ich genießen, wozu ich keine Komplimente zu machen für nöthig erachtete. Diese honette Räubersitte söhnte mich mit den Montenegrinern einigermaßen aus.

Ich war gestärkt nach überstandener Gefahr, durch ihr gern gereichtes Räubermahl, und hätte den Verlust meines so nöthigen Kompasses, der Karten, der Privatbriefe, mich nicht so schmerzlich an meine Beraubung erinnert, so würde ich diesen wildschönen Gebirgsmenschen sogar recht zugethan geworden sein. Nun aber mußte ich mein Ziel nur nach dem richtigen oder täuschenden Takt meiner freien astronomischen Sinne, ohne Hülfswerkzeuge, zu verfolgen suchen, denn an ein Wiedererlangen oder Anschaffen, war hier in diesen Ländern nicht leicht zu denken.

Das flüchtige Mahl, im einsamen Walde, in Gesellschaft von nie gekannten Männern, binnen einer halben Stunde vielleicht meine Mörder, jetzt noch als meine Wohlthäter, – es war verzehrt, das merkwürdigste Frühmahl meines Lebens. Die Räuber vom Monte Negro erhoben sich, und auch meine Hoffnung, mein nordischer Muth erhob sich. Alle Fünf reichten mir jetzt großmüthig die Hand. Mit dem Ausrufe »Allah!« gen Himmel deutend, verschwanden sie sämmtlich hinter dem dichten Waldgehege, in der Gegend, woher sie mich angefallen hatten.

Einen Augenblick stand ich allein, mich besinnend, ob das, was mich in dieser Nacht, an diesem Morgen betroffen hatte, auch wirklich wahr sei, – in welcher Richtung ich mich befände, wohin ich meinen Weg ohne Kompaß und Karte, durch die unabsehbare Wildniß am sichersten nach Cattaro lenken könne?

So ging nun mein Marsch weiter und weiter, durch diese noch ganz verwilderte Gebirgsgegend, zwischen Peraste, an der tief in die Küste hineinschneidenden Bucht von Cattaro, und dem albanesischen Gränzorte Uttina hindurch. Das adriatische Meer, oder vielmehr die Strömung des Seedunstes am hellsten Horizont, war nun mein Kompaß, der freilich trüglich genug bleiben mußte. Berge wechselten mit fast ungangbaren Thälern, und ich mußte mich der Nothstelzen oft bedienen, um über die kleineren Waldwässer rasch hinüberzukommen. Durch solches Kreuz- und Querlaufen verlor ich öfter ganz die Spur der ohngefähren Richtung in Süd, bis ich den Meerbusen von Cattaro zu Gesicht bekam. Nach 10 Stunden, in denen ich so Vieles erduldet, mit gewiß starkem Charakter der Ausdauer die schwierigsten Passagen glücklich überwunden hatte, gelangte ich endlich in die kaiserliche Festung- und Hafenstadt Cattaro, welche von hohen Bergen gegen die Küste hin, wie vom Lande abgeschnitten, viel Aehnliches mit der Lage von Bergen in Norwegen hat. Hier überraschte mich ein schönes Schloß, und eine prächtige, große Kirche in einer so mäßigen Stadt.

Mein erster Gang war zum kaiserlichen Kreishauptmanne oder Kommandanten dieser Hafenfestung, am adriatischen Meere. – Nachdem ich mich legitimirt, mein Schicksal auf der letzten Station von Ragusa herüber, diesem humanen kaiserlichen Offizier, zu seinem größten Bedauern kund gegeben hatte, wurde sogleich allen meinen dringendsten Bedürfnissen in der Behausung des Herrn Kommandanten abgeholfen. Ich wurde mit Wein, Kaffee und kaltem Braten traktirt, erhielt einen neuen, recht schönen Kompaß, eine Karte der zu passirenden Länder, und da ich der Ruhe recht sehr bedurfte, so verweilte ich überhaupt theils im Gespräch, theils in halbstündigem Schlafe, auf dem Sopha des Herrn Kommandanten, eine und eine halbe Stunde in Cattaro.

Nun mit erholter Kraft und Hoffnung mußte ich an Aufbruch denken. Gerührt dankte ich diesem braven Manne, dessen Namen mir leider entfallen ist, dem ich jedoch zur Erinnerung und Dankbarkeit, wie allen meinen großmüthigen, meist gewiß noch lebenden Helfern in der Noth, diese Sammlung meiner Schicksale zu Händen wünschte. Wahrlich! Das weite, große Kaiserreich des hohen Hauses Oesterreich, hat so viele edle Staatsbeamte, daß auch der entlegenste Theil auf's Treuste in den besten Händen ist! –

Meine Beurlaubung von Diesem, lautete in italienischer Sprache, zu Deutsch, ohngefähr: »Ei! kaum in meinem Leben hat mich Was mehr in Bewunderung gebracht, als daß ein Mann von Deutschland aus, zu Fuß nach Griechenland durch diese Gegend reiset, – und in solcher Eil' wie Sie? – Unter Gottes Schutz haben Sie wohl unendliche Schwierigkeiten überwunden; dafür befanden Sie sich aber auch noch in Gegenden weit besser gesinnter Menschen, wie aus dem Benehmen der fünf räuberischen Montenegriner hervorgeht. Abgesehen, daß Ihre für keinen andern Fuß gebahnte Straße, Sie nun erst in die Wildnisse der albanesischen Gebirge führen muß, so ist mir der schlechte Charakter dieser Nation in meiner unmittelbaren Stellung gegen sie, nur zu sehr bekannt. Die meisten Albaneser aus dem niedrigen Volk, sind beinahe allen Lastern hingegeben, und unmenschliche Schandthaten bei ihnen nicht selten. Es thut mir weh, Sie hülflos unter dies Volk eilen zu sehen. – Gott allein kann Sie dort schützen, indem ich Sie nicht aufzuhalten vermag.« Hierbei geleitete mich der Herr Kommandant fast bis zum engen Ausgange der Stadt, nach Budua hin.

Diese Worte des herzlichsten Rathes drangen tief in meine Seele, und im Angesichte einer schnell sich gesammelten Volksmasse, erwiederte ich, fast unter Thränen des Dankes, mit Freimüthigkeit und Festigkeit in italienischer Sprache: »Mein Auftrag ist zu ehrenvoll, als daß irgend ein Hinderniß, eine Rücksicht auf Erhaltung meines Lebens, von der Erfüllung meiner Pflicht mich abhalten darf. Mein Muth ist nun wieder frisch, meine Kraft wiedergekehrt, gehe es durch Feuer oder Wasser, ich verfolge meinen Weg getreu bis an sein Ende, sollte dies auch, wider Hoffnung, Nauplia nicht sein!«

Unter dem herzlichsten Lebewohl, aus dem Munde des Kommandanten von Cattaro und dem versammelten Volke, eilte ich auf der Straße nach Budua neuen Gefahren entgegen.

Budua ist ebenfalls eine kaiserliche Hafenstadt in Dalmatien am Meer. Binnen drei Stunden langte ich hier über eine Ebene ganz bequem an. Ohne Aufenthalt passirte ich einige Stunden später einen kleinen Ort, ich glaube Castra, davon 200 Schritte entfernt, gegen die türkisch-albanesische Gränze hin, ein Kontumaz-Haus, das mit 20 Mann Wache, unter Befehl eines kaiserlichen Offiziers besetzt war. Wie groß war meine Freude, als ich hier endlich wieder von lauter guten deutschen Leuten bieder empfangen wurde. Während meiner Legitimirung als gesund, zu Lande von Cattaro kommend, wurden wir schnell vertraut bei einigen Flaschen Wein, die ich geben ließ von denen durch den letzten Kommandanten auf königliche Anweisung erhaltenen Gulden.

Diese deutsche Unterhaltung that meinem gepreßten Herzen so wohl, man wünschte mich so gern hier abermals zurückzuhalten, daß ich in der That recht schwer wieder Abschied nahm, von diesem letzten deutschen Posten an der rathlosen türkischen Gränze.

Von drei Mann aus jener kleinen deutschen Schaar hinter Antivari, an den Bojand, oder die Ausmündung des Sees von Scutari, bis zu der türkisch-albanesischen Gränze begleitet, reichte ich diesen braven, guten Leuten mit einem Gefühl zum letzten Mal die Hand, das mir zuzurufen schien: Nun siehe zu, wie Du unter den so böse genannten Albanesern fortkommst!

Nachdem ich mich schon 30 Stunden im türkischen Staate befand, hielt ich es für zweckgemäß, die zerschwommene, halb in den Wäldern von Monte Negro hängen gebliebene, deutsche Kleidung, mit einem türkischen Anzug zu vertauschen. Also orientalisch ausgestattet, erreichte ich glücklich und gesund das in einer üppigen, weiten Ebene gelegene Scutari. Eine weitläuftige große Stadt mit zwei festen Kastellen, und lebhaftem Handelsverkehr vermöge seiner Lage am See, drei Meilen von der Küste des adriatischen Meeres. Hier residirten damals, und wohl auch noch jetzt, ein kaiserlich-österreichischer Konsul, ein griechischer Bischof und der kommandirende Pascha der Provinz. Zuerst meldete ich mich bei dem kaiserlichen Konsul, wo ich Geld und aus besondrer Güte auch eine bessere Karte vom türkischen Staate, sammt dem Königreiche Griechenland erhielt. Ich mußte jedoch auf Anrathen des wiederum sehr zuvorkommend-förderlichen kaiserlichen Staatsdieners, auch dem Pascha meine Aufwartung machen.

Mein Aussehen bei dieser ersten Audienz vor einem türkischen Staatsbeamten, war dem eines gewöhnlichen Albanesen ziemlich ähnlich. Ein weißer Ueberwurf auf rothen Unterkleidern, Gürtel, grüne Saffian-Schnürstiefeln, aber keinen Turban, sondern einen italienischen Strohhut zur Kopfbedeckung. Auf meine Anmeldung und Legitimation in der Residenz des Pascha, einem einstöckigen hölzernen Gebäude mit großen Höfen, wurde ich auch sogleich vor Sr. türkische Excellenz vorgelassen. Die Landessitte aus frühern Reisen im Orient ganz wohl kennend, stand ich bald vor einem schönen kräftigen Manne, mit über der Brust gekreuzten Armen, und entblößten Füßen. Der Pascha rauchte seine Pfeife, auf einem eleganten Kissen bequem ausgestreckt. Als er jedoch, so gut ich mich ihm türkisch verständlich machen konnte, meinen Reisezweck eingesehen hatte, bezeugte er sich als ein höchst gebildeter, vielgereister Moslim. Im gebrochnen Italienisch, und zur Aushülfe Türkisch, sprach er zu meiner Ungeduld Viel mit mir über die Staaten, woher ich kam, erkundigte sich nach den Familienverhältnissen des Königs Otto von Griechenland, dem er ganz und gar nicht abhold zu sein schien.

Der Pascha von Scutari wünschte mir ebenfalls Glück zu meiner Sendung, und kein Unglück unterwegs. Er gab mir, nachdem er die Karte des Konsuls gesehen, noch eine zweite, genauere des Landes, damit ich meinen fernern Reiseplan auch möglichst sicher bestimmen konnte. Aus noch besonderer Gnade, die ich mir gern, des Zeitverlustes wegen, verbeten hätte, aber es nicht wagen wollte, durfte ich mir, unter Führung von drei Mann türkischer Soldaten, die Festungswerke, und von den hochgelegenen zwei Kastellen herab die schöne Lage der Stadt, mit der prachtvollen Aussicht in Nord auf den von Gebirgen begränzten See Scutari beschauen. In der That, es hat mich hernach nicht gereut, und ich nutzte diese Zeit auch noch dazu, meinen Kurs so recht in's Auge zu fassen.

Nach dreistündigem Aufenthalte in Scutari setzte ich frischen Muthes meinen Marsch nach Durazzo fort. Noch heute sollte ich ein Abentheuer, nicht ohne Zeitverlust, erleben. Glücklich an der Spitze des See von Pelegrina, am Fuße beinahe unpassirbarer Gebirgsmassen angelangt, suchte ich mich auf der Waldstraße nach Alessio so rasch als möglich fortzubringen. Hier noch nicht angelangt, bei einem kleinen Orte, wurde ich plötzlich von einem albanesisch-türkischen Wachtposten angehalten, indem man glaubte, ich sei ein kaiserlicher Spion. Schon ward mir bange, das in Erfüllung gehen zu sehen, was man mir früher so oft, warnend vor den Albanesen, prophezeiht hatte.

Es ging glücklicherweise damit ab, daß ich die Nacht hier zubringen mußte nach einer Visitation, wobei mir das Visa des Paschas von Scutari durchhalf. Nachdem sich dieser Albanesen-Posten sattsam über meine Reise gewundert, mich angestaunt, ich ihn aber noch traktirt hatte, durfte ich am folgenden Morgen meine Reise nach Durazzo ungehindert fortsetzen. Es war schon wieder spät am Tage, als ich erst Alessio oder Lösch, am Meerbusen von Lodrino, passirte. Diese Hafenstadt ist bekannt durch das Grab des berühmten Helden und Türkenbezwingers Skanderbeg, oder Fürsten Georg Kastriot.

Am selbigen Tage, Abends 6 Uhr langte ich nach einer schönen Tour längs der Küste des Meerbusens von Lodrino, in Durazzo an. Hier hielt ich mich nur eine Stunde bei dem residirenden kaiserlich-österreichischen Konsul auf, und der Empfang, so wie das Gespräch waren von ziemlich gleicher Art, wie die früher erwähnten, der Konsul Oesterreichs. Auch bekam ich hier wiederum Geld, und zwar türkische Piaster. Rüstig setzte ich meinen Stab weiter nach Baslova, eilte an Canavia im größten Trabe vorüber, denn ich hatte, wollte ich in der That mein Ziel noch in 14 Tagen erreichen, keine Minute ferner zu verlieren.

Entlang den östlichsten Lagern des akroceraunischen Gebirges, durch viele schöne mit Wein bepflanzte Thäler, gelangte ich endlich in die ehemalige Residenzstadt des denkwürdigen, ermordeten Ali-Pascha, nach dem in der üppigsten Gebirgs-

Gegend am See gelegenen Janina. Binnen einer Viertelstunde Aufenthalt betrachtete ich mir auch im Vorübergehen das früher, nach hiesiger Form, gewiß, prächtig gewesene Residenzschloß des unglücklichen Souverain-Pascha. Jetzt zeigte es deutlich in seiner zerstückten Befestigung noch die kriegerischen Vorgänge, wie überhaupt die Stadt selbst, in besserer Ordnung gehalten, eine der schönsten, blühendsten Handelsstädte sein könnte.

Im Trabe eilte ich zu derselben Pforte hinaus, den zwei Stunden langen, eben so breiten See in Ost entlang, und hatte unterwegs nach Arta meine Betrachtungen über die Schatten der hier sehr hohen Berge in Ost. – Gegen Abend traf ich nach einem sehr angestrengt-raschen Marsche in Arta oder Narda ein. Da ich mich endlich hier schon nahe der Gränze Griechenlands wußte, so fragte ich im Uebermuth meiner Freude, obgleich ich die Gegend recht wohl kannte, ob ich auf der Arta nach dem vier Stunden entfernten Meerbusen des Namens mich wohl nach Nauplia einschiffen konnte. Man bejahte es mir, ich aber trank rasch mein Glas Wein aus, empfahl mich, gutes Muths der griechischen Gränze entgegenspringend, dem erstaunten, venetianischen Wirthe mit dem Rufe: »Wenn ich vom König Otto zurückkehre, will ich mich einschiffen.« – Bereits in der Nacht traf ich bei ungeduldigster Eile, in einer Stadt an westlichster Bucht des Busens von Arta ein; nach dieser Lage Salino; hielt mich aber hier nicht auf, immer vorwärts springend die ganze Nacht hindurch. Nach meiner Rechnung nur noch einige hundert Schritt von der ersehnten Gränze Griechenlands entfernt, beschloß ich nach Zurücklegung dieser Strecke, mir eine Stunde Ruhe auf vermeintlich griechischem Boden zu geben. Also bettete ich mich im Lichte der Brillanten des Himmels, wie schon oft, auf die hier harte, feste Erde, den Arm unter den Kopf gestützt, und schlummerte in dem glücklichen Bewußtsein, mein Ziel doch noch zu rechter Zeit zu erreichen, sanft und unbekümmert ein. Aber das Schicksal wollte mich wieder in der Geduld prüfen. – Plötzlich werde ich unsanft aus meinen griechischen Träumen aufgerüttelt, sehe eine türkische Militair-Patrouille vor mir, mit Maßregeln drohend, die, im Falle ich diesen hier ungeahnten Gränzsoldaten nicht sofort, beim Strahl der für mich heute unglücklichsten Morgensonne folgte, mich wohl bald zusammen geschossen hätte. Was anders war Schuld am kommenden Unglücke, als die unsichere Bestimmung der Gränze auf der Karte, und wohl auch auf dem Original, wonach ich, statt mich 100 Schritt jenseit im albanesischen Griechenland, noch 100 Schritt diesseit in Albanien, unbesorgt geschlafen hatte. – Diese ganz unberufene Patrouille eskortirte mich, als verdächtig genug aussehend in meinem zerlumpten Reisekostüme, für nichts andres als einen Spion, nicht weniger als 30 Stunden furchtbar langsam rückwärts, nach Janina zurück. Leider hatte ich keinen eigentlich türkischen Paß, und mußte mich mit möglichst zusammengeraffter, nordischer Resignation geduldig in mein unglückliches Verhängniß fügen. Ich wendete mein letztes Geld auf, um diese einfältigen Albanesen zur Eile mit mir anzuspornen, aber trotz dessen kamen wir doch erst am andern Morgen 10 Uhr in Janina an. Man brachte mich wie einen Missethäter durch den Zulauf des Volkes, zunächst nach dem Schlosse des Haupt-Gouverneurs Emir-Pascha von Janina. Zur Besatzung befanden sich hier 500 Mann türkisches Militär, überhaupt erschien Alles auf hohen Fuß eingerichtet. – Im Schlosse selbst herrschte orientalische Pracht, und ich war erstaunt, so viel Schönes, Sehenswerthes hier anzutreffen. Als man mir meine Papiere und königlichen Briefschaften in der Kanzlei auf ebener Erde abgenommen hatte, wurde ich bald darauf vor den Pascha selbst hinauf beordert. – In Begleitung eines griechischen Sekretärs verließ ich also die Kanzlei, wir gingen bequem breite Stiegen hinauf, nach den Zimmern des Gouverneurs. Der Pascha empfing mich in einem prächtig austapezirten, saalgroßen Zimmer. Nachdem ich die landesüblichen Honneurs gemacht hatte, erhob sich derselbe von seinem niedrigen Sopha. Er hatte eine von Gold strotzende, fast europäische Uniform an, glich also mehr einem abendländischen Generale als einem morgenländischen Pascha. Der Fußboden des Saales war theils mit kostbaren Teppichen bedeckt, theils sah daneben eine rothe Arabeskenmalerei hervor. Von Tischen, Stühlen, sonstigem Meublement nächst des Sophas war nichts vorhanden. Obgleich auch die Thür sehr kostbar war, so stach doch gegen alle genannten Herrlichkeiten das ungeschickt hölzerne Thür-Schloß so komisch ab, daß ich, trotz meiner peinlichen Lage, beinahe in lautes Lachen ausgebrochen wäre. Der Pascha hatte sowohl das königliche Schreiben, als auch die von Monte Negro noch geretteten Privatbriefe vor seinem Sopha liegen. Er zeigte sich indeß sehr sanft, herablassend gegen mich, und befahl in meiner Gegenwart dem Sekretär, die Privatbriefe alle aufzubrechen; das königlich baierische Siegel ließ er jedoch unversehrt.

Mit Durchlesung dieser sämmtlichen Briefschaften vergingen zwei volle, für mich fürchterlich lange Tage, während welcher ich dem gnädigen Herrn Pascha häufig Gesellschaft leisten, in französischer Sprache mit ihm mich unterhalten mußte, da er mehre Jahre in Paris gelebt haben sollte. Er war ein großer, schöner Mann von etwa 36 bis 38 Jahren. Unter strengster Bewachung durfte ich mich jedoch im Schlosse und der Stadt umsehen, in den Stunden, wo mich der Pascha nicht bei sich haben wollte. Gegen Abend des ersten Tages erhielt ich die Erlaubniß, mein Quartier bei dem griechischen Sekretär, Namens Grammata Christi, zu nehmen. Mit Freuden folgte ich der Veranlassung dieses schell gefundenen griechischen Freundes, dem ich ein willkommner Gast war. Die Unterhaltung über meine Reise zum König Otto ward um so lebhafter, da sich bald mehre Griechen dazu einfanden, und ihren freimüthigen Ideen gegen die Türken, für ihr frei gewordenes Vaterland, hier ein Mal rechter Lauf gegeben war. Manch Wort glühendster Vaterlands-Begeisterung floß von ihren Lippen, manche Thräne der Freude von ihren Augen. Man wünschte, daß noch Janina und ganz Albanien wieder zum griechischen Lande kommen möchten, und schmiedeten kurze, ohnmächtige Pläne deshalb in meiner Gegenwart. Man wünschte auch seinem neuen Könige Otto das beste Glück zur Regierung.

Folgenden Tages, Mittags 12 Uhr, wurde ich wieder zum Pascha beschieden. Er empfing mich mit den fast durch mich durch, wie Musik noch lange forttönenden Worten: »Nun mögt Ihr reisen mit Gott, und damit Ihr nicht ferner von meiner Brüder Soldaten aufgehalten werdet, habe ich Euch selbst einen Paß-Ferman ausgestellt, mit dem man Euch überall bis zum Könige Otto durchlassen wird. Empfehlt mich dem jungen Monarchen von Herzen, und sagt ihm, ich wünschte den segen Gottes auf sein Haupt und seinen Thron.« – Das königliche Schreiben zunächst, empfing ich hierauf vollzählig alle Privatbriefe, wieder wohlversiegelt und zierlich eingehüllt, nächst meinem türkischen Passe, worin meine Versäumniß von zwei Tagen bemerkt worden war. Da es schon spät war, so setzte ich meine Abreise auf den folgenden Morgen an. Diesen Abend und diese Nacht hindurch blieb ich also noch bei dem Sekretair Grammata Christi, wo eine noch größere Versammlung in Janina lebender, zum Theil sehr reicher Griechen, sich mit mir freuten, der so unerwartet günstigen Aufnahme Seitens des Pascha. Von ihnen wurde ich noch mit mancherlei Aufträgen und Briefen nach Nauplia beehrt.

Am andern Morgen, früh 3 Uhr brach ich auf, bis vor die Stadt zahlreich begleitet; mit griechischen Segenswünschen reich begabt, trat ich, wieder voll froher Hoffnung, die Reise zunächst nach dem schon berührten Arta an. In der Nähe von Arta liegt der türkische Zollplatz Gubria. Hier kam ich bereits Mittag 12 Uhr an, wurde von der Besatzung, nach Durchsicht meines Passes, sehr freundlich empfangen, sogar mit einem Mittagsmahle traktirt. – Eine Stunde Rast gönnte ich mich hier, eilte dann um so frischer dem lang ersehnten, immer noch nicht erreichten Ziele entgegen. Argro Castro (Caravansera), war die erste griechische Stadt in diesem Gebirgsbezirke, welche ich, an 20 Stunden von Arta, noch desselbigen Tages, trotz aller Mühseligkeiten und Beschwerden im Auf- und Niederklimmen der schlechtesten Gebirgswege, doch abends 9 Uhr schon erreichte. Sonderbar kam es mir vor, plötzlich das erste deutsch-griechische Militär hier anzutreffen. Der nächst dem Kommandanten kommandirende Officier war ein Lieutenant von Luft, der mich freundschaftlich aufhalten wollte, bewirthete, mir auch einen Brief nach Nauplia zur Bestellung übergab. Nachts 11 Uhr verfolgte ich meine Reise nach Missolonghi, berühmt geworden durch seine heldenmüthige Vertheidigung im Jahre 1827, unaufhaltsam durch die beschwerlichsten Gebirgspässe mich fortwindend, so daß ich am andern Tage Abend 6 Uhr hier eintraf. Diese griechische Festungs-Stadt am Meerbusen von Patras, gewährte jetzt noch einen sehr traurigen Anblick. Es lag viel baierisches Militär hier. Auf Meldung beim Kommandanten und einem zweistündigen Aufenthalte, wendete ich mich der Küste entlang nach Lepanto, Patras auf Morea schräg gegenüber. Noch hatte ich Hoffnung, zu rechter Zeit, trotz aller gehabten Hindernisse, Nauplia zu erreichen, darum eben raffte ich alle Kräfte zusammen, eilte im stärksten Lauf, Gott Lob unangefochten, immer der Küste in gebogner Linie an dem Meerbusen von Lepanto entlang, durch Solona, Livodostro, Agrillio, bereits auf dem nördlichen Isthmus, nach dem alten Corinth.

Am 30. Juni Morgens 2 Uhr, kam ich in der ersten Stadt des Peloponnes, in Corinth an. Im blassen Schimmer des Mondes, sah ich vor mir die grauen Ruinen der Akropolis oder Citadelle, hoch auf dem Berge. Natürlich hatte ich nicht Zeit, mich hier nach den vielen Trümmern des Alterthums jetzt umzuschauen. Ja ich vermied deshalb sogar die Stadt, suchte dafür in einem an der Straße gelegenen kleinen, hölzernen Gebäude, bei einer griechischen Familie während zweier Stunden Erquickung und Ruhe.

Sechs Stunden südlich Corinth, das Auge Griechenlands mit Recht genannt, wo sich der Apostel Paulus sechzehn Monate aufgehalten und seine Briefe geschrieben haben soll, – also in der Richtung nach Nauplia, erblickte ich im hellsten Strahl der Mittagssonne abermals Berg-Ruinen, und darunter ein bedeutend großes, griechisches Dorf, das ich schon für Nauplia hielt, – ein mürrischer Grieche nannte mir aber einen andern Namen, den ich vergessen habe, – später erfuhr ich, daß Sokrates dort einige Zeit gewohnt haben soll.

Dem Orte meiner Bestimmung doch sehr nahe, verdoppelten sich meine langausgeholten Schritte. Nach manchem heißen, furchtbar beschwerten Tage, kam ich der bedeutungsvollen Gegend näher und näher; nur noch 3 Stunden von ihr entfernt, eilte ich an den berühmten Ruinen von Argos im Sturmschritt, und gebadet im Schweiß des letzten heißesten Reisetages vorüber. Wie auf Flügeln des Windes jagte ich das Stück der Küsten-Ebene hinab, kaum aufblickend, flog die berühmteste Gegend des Alterthums wie an mir vorüber, und, Dank dem Himmel für jene große Freude, als ich endlich einen Blick aufwärts, vorwärts that, lag das hohe Schloß des Palamides, oder die Citadelle von Nauplia, vom tiefsten Blau des Himmels, wie vom schönsten Flor luftig verhüllt, vor meinen freudetrunkenen Augen. Unaufhaltsam und plötzlich strömte mein Herz über in Thränen. Still legte ich das königliche Schreiben, wie alle Briefe, auf den befreiten griechischen Boden, den

Hut vor dem mir doch gnädigen Himmel auch auf die Erde legend, stürzte ich auf meine Knie, und dankte Gott für Schutz und Kraft auf der eben vollendeten, gefahrvollen Reise. Freudigerer und wehmüthigerer Empfindungen habe ich kaum in meinem Leben zu gedenken, als in diesem feierlichen Augenblicke, da ich Nauplia zuerst erblickte. Voll ungeduldigster Sehnsucht, raffte ich mein erschüttert Wesen zu den letzten Schritten zusammen. Voll Schweiß und Staub, betrat ich am 1sten Juli, Morgens 9 Uhr, 45 Minuten die ersten Gebäude der nördlichen Vorstadt Nauplia's.

Hermann Fürst von Pückler-Muskau
Über Mensen Ernst

Herr von Geigern nahm zuletzt wieder das Wort, und was er sagte, ließ ein Bedauern eigener Art bei mir zurück. Der Gegenstand seiner Erzählung war der in mehr als einer Hinsicht wunderbare Schnellläufer Ernst Menzen, und Herr von Geigern von folgender Episode aus seinem Leben zum Theil selbst Augenzeuge.

Im Jahr 1833, wo man in München lange ohne Nachricht von Griechenland und sehr besorgt wegen dieses Umstandes war, befand sich Menzen eben daselbst, und ließ der Königin anbieten, sofort nach Nauplia zu laufen, um Auskunft zu bringen. Die Königin, welche stündlich einen rückkehrenden Courier erwartete, resolvirte, er solle noch bis zu dessen Ankunft verweilen, und befahl zugleich, ihm bis dahin täglich zwei Gulden Wartegeld auszuzahlen. Menzen, für dessen Natur das Laufen fast ein größeres Bedürfniß als das Essen ist, denn er genießt auf seinen Reisen nichts als Brod und Wasser, nebst einer Medizin, aus welcher er ein Geheimnis macht, konnte, als der Courier noch einen Monat lang ausblieb, diese Ruhe nur mit der größten Schwermuth ertragen, und lief einigemal während der Zeit verstohlen nach Augsburg, wo er im Stadtthore umkehrte und Abends wieder zur Meldung eintraf, gestärkt und erheitert durch 34 in einem Tage zurückgelegte Poststunden. Endlich langte Herr Hauptmann Trentini, der ersehnte langsame Courier, an. Menzen ward zur Königin nach Nymphenburg gerufen, und ihm ein Paket für König Otto eingehändigt. Wie Merkur im Homer, flog er sogleich davon, sich in Münchens Straßen vor Freude mehrmals in der Luft umdrehend. In 24 Tagen, wovon er sechs in der Türkei, als Spion verdächtigt, gefangen gehalten worden war, also nach achtzehn tägigem Lauf, erreichte er Griechenlands damalige Hauptstadt und übergab dem Hofmarschall von Asch das Paket, mit kurzer

Erwähnung der Details seiner Reise. Dieser bestellte ihn auf den andern Tag wieder, wo Menzen für die gemachte Tour vom Herrn Hofmarschall 8, sage acht Ottothaler erhielt, ein historisches Factum, welches der Aufzeichnung werth ist, und dem armen Teufel, der sich pikirt, ein Philosoph a la Pitschaft zu seyn, nur deßhalb bis zu Tränen rührte, weil es seine erhabene Leistung so gering zu schätzen schien. Er schüttelte den Staub von seinen Füßen, und schiffte sich mit Herrn von Geigern, als dessen provisorischen Kammerdiener, nach Zante ein, wo er, ohne irgend eine Bezahlung, bloß um den zweifelnden Engländern sein Talent zu zeigen, die Insel in ihrer Breite – zwei Stunden hin und zurück – in 40 Minuten durchrannte, und alle ihm folgenden Reiter weit hinter sich zurückließ. Die enthusiasmirten Engländer, welche ohne eine Mahlzeit nichts abmachen können, gaben auch ihm sogleich ein Diner, wobei sich Menzen, des Weins, den man ihn einnöthigte, ungewohnt, fürchterlich betrank, und vielleicht zum erstenmal in seinem Leben zu dem nach Triest absegelnden Schiffe nicht laufen konnte, sondern getragen werden mußte. Kaum war aber der Rausch verschlafen, als die Lauflust auch von Neuem erwachte, und da er sie auf dem Meere nicht befriedigen konnte, sein Kummer zuletzt in förmliche Melancholie überging. Er rannte zwar, zur größten Unzufriedenheit des Kaptains, weil er den Matrosen fortwährend im Wege war, Tag und Nacht auf dem Verdeck umher, aber was war diese unzulängliche Motion für Menzen! In der Quarantaine zu Triest ward es noch toller. Der einzige Ausweg für den Unglücklichen blieb: täglich 70 bis 80 mal um das Quarantainehaus herum zu laufen, was Herr von Geigern, der selbst ein außerordentlicher Dillettant im Laufen ist, nachzumachen versuchte, aber nur dreimal in approximativer Schnelligkeit bewerkstelligen konnte. Der Erzähler schilderte den Charakter Menzens als höchst gutmüthig, dienstfertig und von Eigennutz ganz frei. Er hatte sich durch die Theilnahme, die Herr von Geigern ihm zeigte, und durch die Geduld, mit der er Menzens philosophische Dissertationen, seine Ekstasen über den Sternenhimmel, und seine Beweise für die Unsterblichkeit der Seele, die, nach Menzens Glauben, bestimmt sey, von Stern zu Stern zu laufen, – sehr an den Forstmeister attachirt, und verrichtete nicht nur während der ganzen Zeit der Reise, so lange ihn die Laufübungen nicht absorbirten, Früh und Abends mit großer Sorgfalt seinen Dienst, sondern zeigte auch, als Herr von Geigern eine Zeit lang erkrankte, eine wahrhaft brüderliche Theilnahme für den Leidenden. Bei dieser Gelegenheit gab er oft Bruchstücke seiner Schicksale zum Besten, die, treu aufgezeichnet, gewiß die seltsamste Reisebeschreibung abgeben müßten, die man je gelesen hat. Den amerikanischen Continent hatte er nach allen Seiten durchstrichen, und, wie er behauptete (denn früher war er Matrose), das Laufen, zu dem er im Anfang nur Anlage und Lust gespürt, dort erst, wie er sagte, wissenschaftlich von den wilden Indianern erlernt. Ein anderesmal lief er von Ephesus über Konstantinopel nach Wien. Nie führte er auf diesen Reisen einen Mantel oder das mindeste Gepäck mit sich.

Wasser und etwas Brodähnliches zur Nahrung fand er überall, und seine Medizinflasche aus Metall hält lange wieder, da er immer nur wenige Tropfen auf einmal daraus zu sich nimmt. Geld braucht er fast gar nicht, und nur Schuhe und Strümpfe verursachen ihm einige Ausgaben, denn er schläft stets im Freien, und auch die wenige Nahrung, derer er bedarf, ist meistens für ein gutes Wort oder im Walde zu finden. Kommt er an einem Fluß oder See, so schwimmt er hindurch; Erhitzung wie Erkältung sind unbekannte Dinge für ihn, und der Ungewißheit, welchen Weg er einschlagen soll, hilft er durch einen Kompaß ab, den er im Leibgurt trägt.

Höchst komisch ist es, daß er in Göttingen mit einem Original anderer Art zusammentraf, dem berühmten Anatomen Professor Langenbeck, der ihn mit Bitten bestürmte, sich den Leib aufschneiden zu lassen, um einige Untersuchungen über die unbegreifliche Beschaffenheit seiner Lunge und Milz anzustellen. Er versicherte dem Schnellläufer, die Sache sey eine Kleinigkeit und in spätestens vier Wochen alles wieder zugetheilt. Da aber Menzen dennoch beharrlich deprezirte, sich bei lebendigem Leibe seciren zu lassen, gerieth der Professor in den größten Zorn über seine Bestialität, wie er es nannte, die der Wissenschaft nicht einmal ein so kleines Opfer bringen wolle, und soll sogar einige vergebliche Schritte bei den Behörden gethan haben, um den so eigenthümlich construirten Wundermann ex officio zu zwingen, dem allgemeinen Besten zu Liebe die verlangte Operation an seinem Körper vollstrecken zu lassen. Aber Menzen, dem endlich anfing, bange zu werden, lief eines Tages, ohne Peter Schlehmils Siebenmeilenstiefel zu bedürfen, schleunigst auf und davon und nach Petersburg.

Mein tiefes Bedauern nach Mittheilung dieser Notizen ist leicht zu errathen. Denn wie würde ein solcher Diener für mich passen, und wie Schade ist es, keine Ahnung davon zu haben, in welchem Welttheil der Außerordentliche jetzt umherläuft. O, meinte Herr von Geigern, als ich dies äußerte, weiter ist auch nichts auszumitteln, denn sobald Menzen wüßte, daß Sie ihn in Ihren Dienst nehmen wollen, und wenn er sich auch am Nordpol befände, in vierzehn Tagen bis drei Wochen wäre er hier. Sollte also irgend einer meiner verehrten Leser mit Ernst Menzen, den Schnellläufer, zufällig zusammentreffen, so bitte ich ihn hiermit dringend, den rastlosen Renner doch sogleich gütigst von meinen Gesinnungen, ihn angehend, in Kenntniß zu setzen, und ihn hiernach ohne Verweilen meinem Verleger, Herrn Louis Hallberger in Stuttgart, zusenden zu wollen.

Djamal Balhi
Der Mann, der einmal um die Welt lief

Endlich war es soweit: Ich klopfte an die Tür meines Freundes Li in Shanghai. Zwei Minuten später saß ich mit einer Tasse heißen Tee, zeremoniell überreicht, in einer Ecke der bescheidenen Wohnung und wußte nicht, ob ich heulen oder lachen sollte. Und erzählte, erzählte, erzählte.

Bis hierher war ich, der Franzose Djamel Balhi, in 16 Monaten durch 16 Länder gelaufen, hatte sieben Wüsten durchquert, neun Gebirgsketten erklettert, mehrere Zeitzonen überschritten. War über 2556 Brücken gekommen, hatte den größten Teil der Nächte im Freien verbracht und mehr als 14 500 Kilometer in den Beinen. Warum ich für eine Tasse Tee um die Welt gerannt bin? Können Sie mir nicht eine andere Frage stellen? Weil – ich glaube kaum, daß ich sie beantworten kann! Zumindest nicht so direkt, in einem Satz. Denn als ich losrannte, die ersten Kilometer, die ersten Schritte auf meiner Umrundung der Weltkugel hinter mich brachte, da fühlte ich plötzlich, daß dies alles einen Sinn ergeben könnte. Aber in Worte hätte ich das weder damals noch heute fassen können – er war einfach da, dieser Drang loszulaufen und nicht am Stadtrand oder nach 42 Kilometern oder bei Sonnenuntergang wieder umzukehren. Ich wollte weiter, viel weiter. So weit, wie vor mir noch nie jemand gelaufen war. Bis zu diesem magischen Moment, den wohl auch die Weltumsegler oder andere Globetrotter kennen: an dem Punkt anzukommen, von dem aus man gestartet ist – ohne sich jemals umgedreht zu haben.

Eine Tasse Tee war also der Grund – die Einladung eines meiner Kommilitonen von der Pariser Uni. Li, ein Zimmernachbar im Studentenwohnheim, bereitete sich gerade auf seine Rückkehr nach China, genauer gesagt Shanghai vor, als mir plötzlich die Idee kam, den Jungen dort zu besuchen. »Stell am besten schon mal das Teewasser auf, wenn du nach Hause kommst. Ich schau' bald bei dir vorbei.« Natürlich hat Li nur höflich, aber ungläubig lächelnd abgewunken, als ich ihm erklärte, ich wolle zu Fuß bei ihm auftauchen.

Bitte halten Sie mich nicht für arrogant, aber meine Durchquerung des nördlichen Europas war nichts anderes als eine Art Warmlaufen. Natürlich könnte ich ein Buch über meine Erlebnisse speziell auf den Straßen durch Frankreich, Süddeutschland, Österreich, Ungarn und Jugoslawien füllen; denn wer glaubt, daß der Begriff Exotik von Palmen, fernen Ländern und fremden Kulturen geprägt sein muß, der hat vom Reisen keine Ahnung. Das Auge sorgt nur zu einem Teil für den Eindruck – es sind unsere Gedanken, die aus dem Visuellen etwas Erlebtes machen. Und wenn die Gedanken bereit sind, ist das Abenteuer überall.

Jede Art von Abenteuer übrigens. Eine meiner schönsten Nächte der gesamten Reise verbrachte ich im Schwarzwald: Als ich am frühen Abend durch ein kleines Dorf lief, stand dort doch glatt meine Traumfrau in einem blumenübersäten Vorgarten und schaute gelangweilt in meine Richtung. Ich habe natürlich gleich nach Wasser gefragt – was für eine andere Form der Anmache bleibt einem stinkenden, verschwitzten Läufer schon übrig? –, und auf den ersten Schluck folgten dann ein Bier, eine Portion frische Erdbeeren, ein Abendessen (vorher noch eine Dusche) und ... na ja, wie schon gesagt, darüber wollte ich gar nicht reden.

In Europa fand ich meinen Laufrhythmus, pendelte mich langsam auf einen Tagesschnitt von 70 bis 85 Kilometer ein, was ungefähr einem gemütlichen Joggingtempo von zehn bis zwölf Stundenkilometer entspricht und langfristig in nahezu jedem Gelände eingehalten werden kann. Hier lernte ich, mit dem strikten Maximum von fünf Kilo auszukommen, das mein Mini-Rucksack aufnehmen konnte, ohne mir den Rücken aufzuscheuern. Einen Walkman, Kassetten, ein paar Laufhosen zum Wechseln, ein Hemd, eine Windjacke, wenige Energieriegel. Sonst nichts. Wer ordentlich laufen möchte, darf sich nicht mit unnötigen Dingen belasten.

Wenn Sie jetzt glauben, daß ich auch mit der Wahl meiner Laufroute eine Art Purismus verfolgte, nach dem Motto »Zurück zur Natur«, so sind Sie auf dem Holzweg. Mir macht

Straßenverkehr nicht im geringsten etwas aus. Ich habe vor donnernden Trucks genausowenig Angst wie vor scheuenden Pferden oder schwerfälligen Ochsenkarren. Für mich heißt Reisen auf der Straße, diese mit allem zu akzeptieren, was auf ihr kreucht und fleucht. Und das ist in Europa eben zum größten Teil Schwerlastverkehr – dafür bin ich später tagelang durch Wüsten getrabt, ohne eine Menschenseele auch nur von Ferne zu sehen.

Natürlich hatte die Wahl der großen Straßen einen rein praktischen Effekt: Man verläuft sich nur selten, das nächste Etappenziel ist meistens hervorragend beschildert. Zumindest psychologisch betrachtet ist ein Vorwärtskommen auf dem kürzesten Wege sehr wichtig – hätte ich mich pro Tag x-mal mit Karte und Kompaß durchschlagen müssen, mein Nervenkostüm hätte das zu sehr strapaziert. Überhaupt liebe ich es, wenn um mich herum etwas geschieht: Eine belebte Hauptstraße bietet mehr als landschaftlich noch so schöne Landwege. Die Vororte großer Städte, selbst wenn sie verschmutzt und verwahrlost wirken, halten Unmengen von Überraschungen parat; da leben Menschen, mit denen spontane Kontakte möglich sind. Kontakte, die nur um eines kurzen Gesprächs willen geknüpft werden. Gespräche, die ein paar Minuten später schon wieder vergessen sind, dafür aber die Zeit, die unendliche Kilometerkolonne kürzer erscheinen lassen.

Zum allabendlichen Thema Unterkunft schuf ich mir bereits in unseren Breitengraden goldene Regeln, die erstaunlicherweise bei allen anderen Kulturen, mit denen ich später in Berührung kam, ihre Gültigkeit behielten. Die Essenz dieser Erfahrungen: Suche immer den Kontakt zu Menschen! Selbst wenn ich wußte, daß es im Dorf oder in der Stadt eine Jugendherberge, ein billiges Hotel oder eine Pension gab, versuchte ich doch zunächst, irgendwo privat unterzukommen. Nicht aus finanziellen Gründen (oder zumindest nur ganz selten) – aber auf Dauer gibt es wohl kaum etwas Öderes als seelenlose Nullachtfünfzehn-Zimmer mit stets dem gleichen Typus Reisenden als Bettnachbarn.

Nach rund 3 500 000 Schritten stand ich vor meinem ganz persönlichen Tor zur großen weiten Welt – Istanbul. Angesichts der ersten Minarette, der typisch orientalischen Hektik in den Gassen, der fremden Sprache, neuen Düften und einem Licht, das sich auf den Mauern der Häuser langsam verändert, konnte ich mich ideal auf das vorbereiten, was mich östlich dieser Stadt erwarten würde – eine andere Welt.

Die Ruhewoche, die ich meinen Füßen und Beinen gönnen wollte, verging wie im Flug. Ich mußte Landkarten einkaufen, örtliche Reisebüros zu Rate ziehen, zumal ich keinesfalls einen Blick auf Kappadokien, die sagenhaften unterirdischen Städte, auslassen wollte.

Ich lernte nützliche Tips, die man in keinem noch so raffinierten Globetrotter-Buch findet, die man nur erleben kann: Wo gibt es selbst dann noch Wasser, wenn die gesamte Umgebung bereits hoffnungslos verdorrt scheint? Auf dem Friedhof. Wie nähert man sich mißtrauischen Dörflern, die mitunter noch nie einen Europäer gesehen haben? Lächelnd – das ist international freundlich; Handzeichen können mißverstanden werden. Und wo findet man immer einen Unterschlupf für die Nacht? Bei anderen Reisenden, ob in altertümlichen Kamelkarawansereien oder modernen Lastwagen-Konvois.

Die Durchquerung der Türkei in Nord-Süd-Richtung wurde zu einer Art Spaziergang, der mich sogar daran zweifeln ließ, ob ich jemals in Situationen kommen würde, die man mit gefährlich oder zumindest abenteuerlich bezeichnen könnte. Mit jedem Schritt tiefer ins Morgenland wurde ich selbstbewußter; der Läufer in mir kam hervorragend mit den steigenden Temperaturen und den staubigen Straßen und Pisten zurecht – der Mensch Djamel Balhi verstand sich gut mit der orientalischen Mentalität der Türken im Süden des Landes. Es gab Tage, da kam ein Gefühl in mir hoch, das man wohl am besten mit Euphorie beschreibt – die Welt lag mir zu Füßen.

Als ich Wochen später nach einem 14tägigen Zwangsaufenthalt Bagdad verließ, war mein Bedürfnis nach Gänsehaut und Gefahren mehr als befriedigt. Ich war bedient: Bombeneinschläge in nur einem Kilometer Entfernung von meinem Quartier, der Gestank von ausbrennenden Ruinen in der Luft. Angst war dort nicht nur irgendein Wort, sondern ein Zustand. Schon die erste Hälfte meiner irakischen Route war von Trost-

Djamal Balhi – der Mann, der einmal um die Welt lief

losigkeit gezeichnet – was mich allerdings nach meinem Aufenthalt in der Hauptstadt erwartete, sollte dies noch alles übertreffen.

Ich verließ Bagdad in der Hoffnung, weiter weg vom Kriegsalltag zu sein – Fehlanzeige. Alle Straßen und kleinen Wege wurden regelmäßig penibel kontrolliert. Da sich mein Look in dem streng islamischen Land zwangsläufig ändern mußte – raus aus den Shorts, rein in die schlabbrigen Jogginghosen, oft einen Schal im Gesicht gegen den Staub – und ich außerdem mittlerweile von der Sonne tiefbraun verbrannt war, hatte man es auf mich besonders abgesehen. Mittellos, nur einen Mini-Rucksack auf dem Rücken, immer laufend und trabend – so verhält sich jemand, wenn er auf der Flucht, sprich desertiert ist. Diese Soldatenlogik machte mir tagtäglich mehrmals zu schaffen. Jedesmal, wenn die waffenstrotzenden Krieger mich mehr einfingen als anhielten, dachte ich aufs neue, daß ich jetzt wohl auf Nimmerwiedersehen in irgendeinem Kriegsknast verschwinden würde. Aber ich hatte mehr Glück als Verstand.

Wer wird es mir nach einem derart angsterfüllten Lauf verübeln, daß ich meine ersten Tage jenseits der Grenze in Kuwait und später in Saudi-Arabien wie ein Aufwachen aus einem bösen Traum empfand? Manchmal kam es mir so vor, als erlebte ich meine ganz persönliche Version von den *Märchen aus Tausendundeiner Nacht*. Purer und schierer Kapitalismus – sei mir gegrüßt! Vorbei die Nächte in zweifelhaften Herbergen, umgeben von armen Frontschweinen oder mißtrauischen Zivilisten. Schluß mit meinen idiotischen Visionen vom Abenteuer auf der Landstraße – es leben die Fünf-Sterne-Hotels! Womit ich das bezahlte? Ehrlich gesagt hätte ich mir vielleicht zwei Nächte in diesen Luxusschuppen leisten können. Aber ich hatte einfach mal wieder Glück.

Zunächst reichte man mich von einer europäischen Kolonie zur nächsten (natürlich lief ich weiterhin zwischendrin), aber bald war ich auch unter den Kuwaitis und Saudis bekannt wie ein bunter Hund. Die Medien berichteten über meine bisher zurückgelegte Strecke: 6 000 Kilometer. Da bekamen die Cadillac- und Rolls-Royce-gewohnten Araber einen ungläubigen Gesichtsausdruck. Den meisten von ihnen ist unklar, wie man mehr als drei Stadionrunden überhaupt ohne bleibende Schäden überstehen kann.

Prinz Salman Fahd erwies sich sogar als besonders großzügig: Nicht nur, daß er mich zwei Tage lang in seinem Palast beherbergte – er ließ mir auch noch mit einer lässigen Handbewegung einen Scheck in Höhe von 5 000 US-Dollar ausstellen. Für ihn sicherlich eine Summe, die nicht der Rede wert war – für mich ein Taschengeld, das mir äußerst beruhigende Zukunftsaussichten bot.

Aber nicht nur in materiellen Dingen offerierte mir Saudi-Arabien einen reich gedeckten Tisch – auch meine Läuferseele wurde verwöhnt. Die fast schon harmonischen Joggs in den frühen Morgen- und Abendstunden, die mir trotz der sengenden Hitze Rekordetappen von 85 bis 95 Kilometer pro Tag ermöglichten, werden mir immer in Erinnerung bleiben: eine Küstenstraße ohne Ende, links der glitzernde Persische Golf, rechts 3 000 Kilometer breiter Strand. Dazwischen ein paar Palmen, und auf dem Asphalt Wüstenschiffe wie Cadillac, Oldsmobile oder Ferrari. Meine Kondition war unschlagbar, und ich hatte fast schon wieder Lust auf handfeste Abenteuer – beste Voraussetzungen für weiteres Neuland, das ich unbedingt unter meinen Füßen spüren wollte: Indien. Von den Kriegern und Jüngern Allahs zu den Wandermönchen Shivas und Buddhas.

»Mister, give me one rupie.« – »What's your country, baba?« – »Where are you going, my friend?« – »Hashish, Mister?« – »Give me a bakshish.« – »Give me your watch, baba.« – »Give me something...«

Noch vor ein paar Tagen war ich es, den man freizügig beschenkte – und jetzt, nur ein paar Flugstunden weiter, steht die Welt Kopf. Natürlich war in Saudi-Arabien irgendwann einmal Schluß mit Straße und Wüste, sozusagen mein Läufer-Horizont von einem Ozean versperrt. Und meine Reiseroute sah für diesen Tag einen Flug nach Karatschi, Pakistan, vor, von wo aus ich in den Norden des Landes laufen wollte, um schließlich entlang des Himalaya nach China zu gelangen. Aber Pakistan war dicht.

Also mit dem Flugzeug nach Bombay, um schließlich Indien

zu mindestens zwei Dritteln zu durchqueren. Ich landete am 16. Dezember 1987 nachmittags in der Großstadt und lief vom Flughafen aus durch nie enden wollende Slumviertel. Menschen über Menschen. Armut ohnegleichen, Farbenpracht und Fäkaliengestank. Bereits nach zehn Kilometern, bis zum Sonnenuntergang, hatte sich Indien mir geöffnet. Röhrende altertümliche Lastwagen, bimmelnde Fahrräder, hupende Autos, knirschende Holzräder, das Quietschen abenteuerlicher Karren, Pferdehufe auf Asphalt, bellende Hunde überall, schreiende Kinder, laut betende Mönche, das Krächzen der Geier, metallene Schläge beim Schmied – der Lärm von Millionen Menschen, das Tappen von ungezählten nackten Füßen. Und meine immer mittendrin.

Die ersten Nächte schlief ich wie Zigtausende andere in der Stadt auf dem Trottoir, auf einem Stück Pappe zusammengerollt zwischen den Ärmsten der Armen und ihren geschäftigen Bettgenossen, den Ratten. Ich hatte eigentlich genug Geld, um mir ein paar luxuriöse Hotelnächte zu leisten, und trotzdem drängte es mich immer wieder nach draußen in den Alltag dieser Menschen.

Beim Schlangestehen vor der Heilsarmee lernte ich Sara kennen, eine junge Amerikanerin auf spirituellem Trip. Ein paar Tage später stiegen wir in Goa aus dem Fährschiff und mieteten uns ein Haus am Strand. Ich war verknallt bis über beide Ohren – und doch drei Wochen später schon wieder weit hinter Bombay auf der Landstraße in Richtung Nordosten – per pedes und alleine. Immer dieser Drang, weiter, noch viel weiter zu laufen.

In Indien hat man auf den Straßen nicht einen einzigen Augenblick Ruhe, tagein, tagaus. Ich lief zwischen Menschenmassen, trieb in ihrem Strom vorwärts und gehörte zu ihnen – obwohl ich für sie immer ein Exot blieb. Vor allem auf dem Land beobachtete man aufmerksam jede meiner Bewegungen, viele hatten zum erstenmal Kontakt zu einem Europäer. Wie trinkt der? Wie legt er sich schlafen? Wie ißt er? Ja, sogar beim Pinkeln war ich umringt von Zuschauern.

Reisende in Indien haben keine Wahl – sie müssen Staub schlucken bis zum Umfallen. Meine Kleider (ich war von den langen Hosen des Islam wieder zu Laufshorts übergegangen), meine Haare, mein Gesicht waren mit einer dicken Staubschicht bedeckt. Mein Wasserkonsum stieg drastisch von sechs Litern in Arabien bis auf neun Liter in Indien. Täglich natürlich. Mittlerweile hatte ich meine Vorsichtsmaßnahmen vergessen: Wenn ich Durst bekam, trank ich. Alles, was gerade da war. Egal, welche Farbe das Wasser hatte und aus welcher dubiosen Leitung es floß. Genauso meine Mahlzeiten: Es kam nichts anderes in Frage als die typischen Gerichte der Regionen, die ich gerade durchquerte. Auch dann, wenn die scharfen Gewürze in meinem Magen förmlich explodierten. Wahrscheinlich war das der Grund, warum ich selbst in Indien unter den schlimmsten hygienischen Umständen niemals krank wurde. Mein Körper wurde langsam, Schritt für Schritt, Tag für Tag, mit neuen klimatischen und ernährungsspezifischen Problemen konfrontiert. Und lernte so, sie in aller Ruhe zu meistern.

Irgendwann, im Gangestal, zwischen Neu-Delhi und Benares, wachte ich morgens neben einem Toten auf. Ein Lepra-Kranker, der wie ich auf dem Weg in die heilige Stadt war. Gestern abend hatten wir noch miteinander geredet. Da stand ich nun, schaute auf dieses ganze Elend hinab, überlegte, ob das jetzt wohl der Grund für eine Nervenkrise wäre ... und lief schließlich weiter. Wer von buddhistischen Mönchen ins Kloster geladen wurde, sich mit Moslems gen Mekka verneigte, wer so verrückt ist und um die ganze Welt laufen will – der muß auch dem Tod kühl ins Gesicht blicken können.

Am 28. Februar 1988 trabte ich durch die Stadttore Katmandus. Hinter mir das liebenswerte Chaos Indiens, mittlerweile exakt 8332 Kilometer in den Beinen, in meinem Hirn die Eindrücke von unzähligen Ereignissen auf der Straße.

Die Chinesen von der Botschaft in der Hippie-Hauptstadt zeigten mir, wie erwartet, zunächst die kalte Schulter, als ich sie um ein Visum für Tibet bat. Überhaupt seien nach dort oder sonstwohin in China nur Gruppenreisen möglich – keine Chance für Solo-Idealisten wie mich. All meine Beteuerungen, Erklärungen und zuletzt auch frechen Forderungen ließen die Machthaber Tibets völlig unberührt; das übliche Geduldsspiel begann. Sechs Wochen lang nervte ich die Beamten mit meiner täglichen Nachfrage. Zuletzt kannten wir uns so gut, daß wir uns sogar auf der Straße anlächelten.

Eines Morgens hatte ich dann endlich mein China-Visum. Allerdings nur für die Einreise über Pakistan. Aus der Traum, auf den Spuren Heinrich Harrers über Tibets Hochebenen zu laufen? Nur theoretisch. Praktisch lief ich die 109 Kilometer bis zur Grenze trotzdem – ich wollte zumindest einen Blick ins verbotene Land werfen.

Am Grenzposten, nach dreitägigem, immer steiler werdendem Lauf, war ich überrascht, als ich Familien, Händler, Karawanen unter dem Schlagbaum hindurchziehen sah. Frech eingereiht – und schon war ich in Tibet.
Nach saukalten Wochen auf extrem hochgelegenen tibetischen Straßen, führten die Pisten unaufhörlich wieder bergab. Von Tag zu Tag schälte ich mich mehr aus meinen warmen Laufklamotten. Und kurz vor der (offiziell nicht mehr existierenden) chinesisch-tibetischen Grenze dann endlich eine Stunde in einer wunderbaren Blechbadewanne: Dicke Schichten Yak-Butter, der landesübliche Kälteschutz, fielen der Seife zum Opfer...

Eineinhalb Monate später, mit weiteren 1800 Kilometern in den Beinen, sehnte ich mich fast nach den kühlen Temperaturen des Himalaya zurück. Die Volksrepublik China überraschte mich mit sommerlichen 40 Grad im Schatten, und auf der sagenhaften Seidenstraße, die ich bis Xi'an kein einziges Mal verließ, bedeutete das Staub, Staub und nochmals Staub.
Damals war ich fest davon überzeugt, daß vom Milliardenvolk der Chinesen zumindest jeder zweite meinen Weg gekreuzt haben müßte. Kurz: Es herrschte absolutes Chaos auf den Straßen. Vor allem in den Monaten Juni, Juli und August, zur Erntezeit, wimmelte es dermaßen von Fahrrädern (Marke Flying Pidgeon), daß ein Vorwärtskommen im Trab-Tempo schlicht unmöglich wurde.
Was mich wiederum zwang, bereits um 4 Uhr morgens auf den Beinen zu sein, von 10 bis 17 Uhr ein wenig zu marschieren, um danach bis 10 Uhr nachts zu laufen. Trotzdem schaffte ich in dieser Zeit meine längsten Etappen. Konditionell war ich in Hochform. Nach der dünnen Höhenluft Tibets konnte ich nun nahezu auf Meeresspiegelhöhe ein Tempo aufbauen,

das mich selbst erstaunte. Tagesetappen von 110 Kilometern waren keine Seltenheit, obwohl ich zugeben muß, daß man mir für nahezu sechs Monate in China eine schwere Bürde abnahm: meinen Rucksack. Der »hitchhikte« nämlich die ganze Zeit von einem Fahrrad zum anderen. Die unglaublich freundlichen Chinesen brachten es einfach nicht übers Herz, mich mit dem (wenn auch nur leichten) Ding auf dem Rücken laufen zu sehen.

Das Reich der Mitte war genauso monumental, wie ich es mir in meinen Träumen vorher ausgemalt hatte: die Länge der Straßen, die Masse der Menschen, die unfaßbare Weite des Landes, die kolossale Mauer (auf und neben der ich wochenlang lief) und nicht zuletzt das Lächeln in den unzähligen Gesichtern, denen ich täglich begegnete. Ich schlief meistens in einfachen Herbergen oder neben den Feldern; in großen Städten wie Xi'an oder Peking pennte ich wie Tausende andere auch in den öffentlichen Parks.

Ja, und dann kam ich, wie gesagt, am 8. September 1988 bei Li in Shanghai an. Wir blieben lange zusammen in dieser Nacht, der Tee floß literweise, aber zuletzt trennte uns doch die Ironie des Schicksals: Die Behörden verboten damals ausdrücklich die Beherbergung von Ausländern. Also lag ich irgendwann morgens wieder im Park, den Blick zum Sternenhimmel gerichtet, und konnte lange keinen Schlaf finden.

Eine Woche später war mein Visum abgelaufen. Unwiderruflich. Die volksrepublikanischen Behörden hatten schon vier Ausnahmen gemacht und jedesmal meine Aufenthaltserlaubnis großzügig, ohne Diskussionen verlängert. Ich lief von Shanghai auf dem kürzesten Weg zur Küste und nahm einen Zug nach Hongkong.

Als ich völlig verdattert vor den Wolkenkratzern der britischen Kronkolonie stand, als plötzlich wieder *money* das Zauberwort für alles, aber auch wirklich alles war, als mich Luxus und Überfluß verführerisch angrinsten – da wuchs in mir die Gewißheit, daß mein Abenteuer Weltumrundung in Shanghai ein vorzeitiges Ende gefunden hatte. Auch wenn noch mehr als 10 000 Kilometer bis zu meiner Rückkehr nach Paris vor mir lagen, war das schönste Kapitel meines Trips abgeschlossen.

Was sind schon Wolkenkratzer aus Beton, wenn man monatelang zwischen den höchsten und schönsten Bergen der Welt gelaufen ist? Was ist ein noch so frugales First-class-Mahl im Vergleich zu einem auf offenem Feuer zubereiteten Essen? Ich weiß, daß Hotelbetten wunderbar sein können – aber gemessen an einer Nacht unter freiem Himmel in einer Wüste oder am Rande des Dschungels?

Keine Angst, ich werde jetzt nicht pathetisch, schließlich weiß ich auch die angenehmen Seiten unserer Zivilisation zu schätzen. Was, um ehrlich zu sein, mir echte Sorgen bereitete, war eine Abmachung, die ich mit meinen Sponsoren und Promotern hatte: Bis Shanghai hatte man mich, von wenigen Foto-Terminen abgesehen, in Ruhe gelassen – ich konnte mir die Reise nach meinen Vorstellungen einteilen und planen. Ab Hongkong sollte dies anders werden: Da wartete ein Medienzirkus auf mich, aus dem meine Berater und Geldgeber, letztendlich auch auf meine Rechnung, den größten Nutzen ziehen wollten. Nur daß ich bei Vertragsabschluß nicht den Hauch einer Ahnung hatte, was da auf mich zukam...

Nach Hongkong dann Seoul (mit obligatorischem Lauf im Olympischen Stadion), anschließend zwei Monate Japan, die sich als langsame, fast schon einfühlsame Gewöhnung an den amerikanischen *way of life* entpuppten: Es linste öfter mal ein neugieriges TV-Kamera-Auge aus einem Fahrzeug vor mir, man lud mich mit unschuldiger Miene zu Firmenbesichtigungen großer Kamerafabrikanten ein, wobei die Reporter natürlich eifrig knipsten. Am nächsten Tag dann der Weltumläufer beim Kotau vor dem Manager auf der Titelseite – als hätte ich den Weg bis hierhin einzig und allein deswegen gemacht!

Der wahre Ernst des Läufer-Lebens begann allerdings erst Ende Januar 1989 in San Francisco: Meine Durchquerung der Vereinigten Staaten sollte möglichst vielen der lauffanatischen Amis live zum Frühstück serviert werden – ob per TV, Radio oder Tageszeitung.

Ich lief und lief und lief. Wie eine Maschine. Sportlich betrachtet war an meinen Tagesetappen nichts auszusetzen – im Gegenteil: Es war äußerst befriedigend, endlich allen Zweiflern beweisen zu können, daß ich tatsächlich was drauf habe. Zumindest am Anfang meines US-Laufes.

Später, nach Tausenden von Kilometern auf mehrspurigen Highways, nach ungezählten Interviews, nach Hunderten belichteter Filmmeter in lächelnder Ich-schaffe-es-Pose sehnte ich mich mit jedem Schritt mehr und mehr zurück auf die staubigen Straßen des Orients und Asiens.

Man hatte mir einen »Organisator« mitgeschickt: Bill, der dafür verantwortlich war, daß ich nicht verlorenging; der sich um medienspezifische Kontakte kümmerte und dementsprechend meine Routen austüftelte. Letzteres besorgte eigentlich ein Computer, der von Bill täglich neu gespeist wurde. Es fehlte nur noch die Stempeluhr zu Beginn und zum Abschluß eines jeden Arbeitstages. »Wie viele Meilen sollen es heute sein? Mal sehen, was haben wir denn da für Ortschaften ...« So in etwa begann unser Frühstücksgespräch jeden Morgen, und entsprechend mußte ich dann die Strecken abreißen – schließlich hatte Bill bereits die örtlichen Medien informiert. An jedem Ortseingang harrte man meiner in Turnschuhen und Joggingdreß. Und ich mußte im Blitzlichtgewitter eines einzigen Lokalreporters zum Bürgermeisterhändedruck dribbeln.

Paradoxerweise wurde derjenige, der mir das alles einbrockte, Bill also, zum besten Freund, den ich während meiner gesamten Globusumrundung gewinnen konnte. Er machte nur seinen Job – übrigens hervorragend –, und ansonsten interessierte er sich hauptsächlich für das, was mir wirklich Spaß gemacht hatte: die Läufe auf der anderen Seite der Weltkugel.

Im Juli lief ich dann in New York durch die Bronx (das war ich mir einfach schuldig), fest davon überzeugt, daß die vergangenen 6500 Asphaltkilometer die härtesten meiner gesamten Läuferkarriere waren. Was natürlich nicht heißen soll, sie seien unnötig gewesen. Heute, mit der nötigen Distanz zu alledem, weiß ich um die Qualität von Bills Arbeit. Denn schließlich wuchs ja meine Popularität.

Was soll ich da noch über die letzten 250 europäischen Kilometer in Irland, England, Dänemark, Holland, Deutschland, Belgien und schließlich Frankreich sagen? Routine eben! Was wirklich auffiel: Meine Schritte verlangsamten sich mit jedem Kilometer, der mich meinem Ziel näher brachte. »Ein typisches Phänomen«, werden Sie sagen, »die Angst vor der Leere danach.«

Aber glauben Sie mir: Es ist ein äußerst seltsames Gefühl zu wissen, daß man physische Grenzen gesprengt hat, an die sich vorher kein anderer gewagt hatte. Manchmal kann man das selbst nicht so richtig glauben.

Zur Ankunft in Paris hatten sich meine Betreuer wirklich etwas einfallen lassen. Preisfrage: Wie kann man für meinen Empfang 40 000 Zuschauer in ein Stadion beordern – obwohl sich in Frankreich kaum jemand für Ultralaufsport interessiert? Antwort: Man lege meine Ankunft genau in die Halbzeit eines wichtigen Fußballspiels! Ein unglaublich starkes Gefühl, *standing ovations* zu bekommen.

Eigentlich komme ich erst heute, einige Monate nach meiner Rückkehr, so richtig zur Besinnung. Langsam lassen die Träume nach, in denen ich laufe, laufe und laufe. In denen ich unzählige Erlebnisse nochmals durchlebe und geistig verarbeite. Gesichter, Unmengen menschlicher Gesichter ziehen jeden Abend vor dem Einschlafen an mir vorbei – beruhigend, daß die meisten lächeln. Wenn ich heute über den Asphalt von Paris trotte oder durch die verteufelt kleinen Parks renne, dann weiß ich erst, wie wunderbar federnd die Straßen und Wege »draußen« waren. Und wieviel Glück ich hatte, daß ich die Reise ohne den kleinsten Unfall heil überstand.

Und ich denke immer öfter, daß es eine Menge Länder, Landschaften und vor allem Straßen gibt, auf denen ich noch nie einen Schritt gelaufen bin. Afrika wäre doch was, oder die UdSSR. Eines ist sicher: Ich habe zwar mein Ziel erreicht, bin aber noch lange nicht angekommen.

György Moldova
Vasdinnyei, der verirrte Läufer

Die Sportvereinigung der Bürstenbindergenossenschaften, Spartacus Rote Bürste, veranstaltete auch 1958 ihren traditionellen Laufwettbewerb um den Brüder-Safranek-Gedächtniswanderpreis. Alle Gemeinschaften meldeten ihre besten Langstreckenläufer, aber keine konnte sich mit dem Verteidiger des Wanderpreises messen, der Mannschaft des FTC, die ihre Glanzzeit erlebte.

Am Start jedoch machte ein unerwartetes Mißgeschick alle unsere Hoffnungen zunichte, statt in die Luft schoß der ungeübte Starter mit seiner Pistole zwischen die Läufer und traf ausgerechnet den Knöchel unseres vielfachen Meisters Béla Grünweisz.

Der Wettkampfausschuß entschuldigte sich und kündigte an, der Start werde eine Viertelstunde später wiederholt, aber dieser Aufschub half uns nichts, wir hatten vergessen, für einen geeigneten Ersatzläufer zu sorgen.

Bleich sahen wir, die Leiter der Sektion Leichtathletik, uns an.

»Wir müssen aufgeben!« sagte Feri Grün, der ewige Pessimist.

Zoli Weiß hoffte noch auf irgendeinen Ausweg: »Rufen wir Istenfi an, er wohnt hier in der Nähe.«

»Habe ich schon, man hat ihn eben erst mit einer Alkoholvergiftung nach Hause gebracht.«

Ich wollte gerade unseren Läufern Bescheid sagen, daß wir die Meldung zurückziehen, als plötzlich eine Stimme die ratlose Stille durchbrach: »Kann ich nicht an Bélas Stelle starten?«

Wir hoben den Kopf: Vor uns stand Jenö Vasdinnyei; Feri Grün und Zoli Weiß winkten gleichzeitig ab.

Vasdinnyei galt als Kurzstreckenläufer mit ziemlich bescheidenen Fähigkeiten, wenn er für einen Wettkampf nominiert wurde, verlegten die Veranstalter den Start eine halbe Stunde vor, auch so waren sie geneigt abzuwarten, bis Vasdinnyei die hundert oder zweihundert Meter zurückgelegt hatte und das Ziel passierte, seine Zeit maß die Frau des Platzwartes am Brodeln der Suppe.

Unbedingt muß man Vasdinnyei zugute halten, daß ihm diese Mißachtung nicht die Lust nahm, er kämpfte mit gleichbleibender Begeisterung für die grün-weißen Farben von Ferencváros, im Ziel verbeugte er sich vor dem dunklen Betonrund der Zuschauertribünen und begann leichte Entspannungsübungen, meistens ging er direkt aus dem Stadion zur Frühschicht. Er hatte sich auf eigene Kosten einen Extraschlüssel für das Stadiontor machen lassen.

Aber er entwickelte nicht nur mit fleißigem Trainieren seine Fähigkeiten, sondern versuchte auch den großen Läufern ihre Kniffe abzugucken. Es gab keinen bedeutenden Wettkampf, bei dem er nicht zugegen war, so geschah es, daß er auch jetzt auftauchte, beim Start zum Brüder-Safranek-Gedächtnislauf in Kisújszállás.

Ich betrachtete ihn nachdenklich, dann wandte ich mich den anderen zu: »Ach, wir haben nichts zu verlieren, so kann wenigstens niemand sagen, der Verteidiger des Wanderpreises hätte sich gedrückt. Gebt ihm Sportkleidung.«

Vasdinnyei zog sich blitzschnell um, die Sonne brannte, eine grüne Laufmütze mit Kautschukschirm bekam er nicht mehr ab, so gab ich ihm meinen Regenschirm. Mit entschlossener Miene nahm er an der Kreidelinie Aufstellung, wir wußten, daß er alles geben würde, was in seinen Kräften stand.

Beim Startschuß brach er zusammen, wir dachten, die verirrte Kugel hätte jetzt ihn getroffen, aber er rappelte sich schnell wieder auf und holte das Feld ein. Bei vierzig Kilometern schloß er zur Spitzengruppe auf, hinter Pusztaszakállas übernahm er die alleinige Führung.

Anerkennend beobachtete ich seinen schwungvollen, selbstbewußten Laufstil, seine Hand umschloß energisch meinen Regenschirm mit dem Fischgräten-Millepointsmuster, ich sah ihm an, wenn nötig, würde er tausend Kilometer in diesem Tempo zurücklegen. Zu welchen Wundern sind doch wahrer Sportgeist und die Liebe zu den grün-weißen Farben fähig!

Da sein Sieg sicher schien, fuhr ich in meinem neuen amerikanischen Sportwagen zum Ziel in Hevesvezekény. Die Leiter von Spartacus Rote Bürste hatten schon den Namen des Ferencvároser Turn-Clubs in den Pokal gravieren lassen, als in der Ferne die ersten Läufer auftauchten, zu meiner größten Verwunderung sah ich Vasdinnyei nicht unter ihnen.

Ich dachte, ein plötzlicher Krampf oder Seitenstechen hätte ihn zurückgeworfen, der Läufer traf weder mit dem Hauptfeld noch mit den Nachzüglern ein, auch im Begleitauto, das die ausgestiegenen Läufer aufgelesen hatte, wußte man nichts über ihn. Seine Kameraden fragte ich gleichfalls vergebens, sie hatten ihn am Bazsó-Gehöft zum letztenmal gesehen, dort hatte er mit einem kraftvollen Zwischenspurt seine Verfolger endgültig abgeschüttelt.

Der Läufer meldete sich auch am nächsten und übernächsten Tag nicht, die Angelegenheit schien um so unbegreiflicher, als er weder Papiere noch Verpflegung mitgenommen hatte. Wir sahen uns genötigt, den Fall der Polizei zu übergeben, aber die Ermittlungen gelangten bald an einem toten Punkt an.

Vasdinnyei war die neue Verbindungsstraße zum Bazsó-Gehöft zum Verhängnis geworden. Sie unterschied sich kaum von der Landstraße, auf der der Wettkampf ausgetragen wurde, halb blind vor Entschlossenheit und rinnendem Schweiß war er in die neue Straße abgebogen, und danach konnte er seinen Irrtum nicht mehr korrigieren.

Mit federnden Schritten lief er weiter, zufrieden darüber, daß von den Verfolgern nichts mehr zu sehen war. Langsam wurde es dunkel, und Vasdinnyei spähte immer öfter unter dem Schirm hervor, aber da er nirgends ein Band mit der Aufschrift ZIEL sah, konnte er nicht anhalten, denn damit hätte er ja den Wettkampf aufgegeben.

Er bekam Durst, in einer Milchhalle am Straßenrand, die er für einen Verpflegungsstand hielt, griff er sich im Lauf einen Liter Milch, er verstand nicht, warum ihm ein Mann in weißem Kittel brüllend hinterherrannte.

Das Ziel tauchte auch am zweiten Tag nicht auf, Vasdinnyei machte sich darüber keine Gedanken, er nahm zum erstenmal an einem Lauf über einhundert Kilometer teil, vielleicht kann ich die Distanz nicht richtig einschätzen, dachte er. Unterwegs schlief er mit offenen Augen ein wenig, daran hatte er sich gewöhnt, als er noch Straßenbahnfahrer war, und da er keine weitere Verpflegungsstation erspähte, pflückte er sich von den Sträuchern am Straßengraben wohlschmeckende Beeren.

Ein einziges Hindernis stellte sich ihm in den Weg, allerdings mehrere Male. Oft kam er an geschlossene Schranken, hinter denen er keine Eisenbahnschienen bemerkte, die aber von uniformiertem Personal und Militär bewacht wurden. Autofahrer und Fußgänger wurden erst nach dem Vorzeigen verschiedener Ausweise und dem Durchsuchen des Gepäcks durchgelassen. Vasdinnyei fürchtete, wenn er lange warten müßte, würde ihn das Verfolgerfeld einholen, er schnauzte das Schrankenpersonal ärgerlich an, die Männer musterten ihn ratlos, dann zogen sie die Schranke hoch.

Später lief er unter irgendeinem Triumphbogen hindurch, er sah ein Vergnügungslokal, an dessen Fassade sich eine rote Windmühle drehte, und ein gewaltiges Stahlgerüst erhob sich über den Häusern. Vasdinnyei war noch nie aus seinem Dorf hinausgekommen, er meinte, diese Großstadt könnte Miskolc sein, und nahm sich vor, sie gelegentlich wieder zu besuchen.

Nach knapp einem Monat kühlte sich das Wetter unvermutet ab. Vasdinnyei fand an den Straßensträuchern immer weniger Beeren, gelegentlich erhoben sich aus dem Wasser Walroßköpfe mit tropfendem Schnurrbart. Anfangs war er verwundert, dann erinnerte er sich, daß der August auch im Vorjahr nicht viel wärmer gewesen war.

Menschen begegnete er kaum, deshalb freute er sich sehr, als sich in der Eiswüste ein graubärtiger Mann anschloß, der einen breitkrempigen Hut und einen zerlumpten schwarzen Kaftan trug.

»Erlauben Sie«, fragte der Alte, »daß ich ein Stück neben Ihnen laufe?«

»Bitte, in Gesellschaft ist es viel gemütlicher. Sind Sie schon lange unterwegs?«

Der Alte runzelte die Stirn. »Ich weiß nicht, an die zweitausend Jahre.«

Vasdinnyei lachte höflich über den Scherz des Greises, der, an seinem Alter gemessen, das Tempo erstaunlich gut mithielt. »Trainieren Sie auch nach der Teilintervallmethode?« fragte er.

»Nein, ich habe gemerkt, daß ich am besten laufe, wenn man hinter mir her ist.«

Einige Bemerkungen ließen erkennen, daß sich der Weggefährte in der Gegend gut auskannte, deshalb erkundigte sich Vasdinnyei: »Wissen Sie, wann wir nach Hevesvezekény kommen werden?«

»Spätestens in vier Monaten. Was wollen Sie dort?«

»Dort ist das Ziel, durch das ich einlaufen muß.« Vasdinnyei seufzte. »Aber um ehrlich zu sein, ich suche dieses Ziel schon ziemlich lange und finde es nicht. Ich will ja nicht verzagen, aber manchmal glaube ich, es gibt gar kein Ziel.«

In den Augen des Alten glimmte Sympathie auf. »Mir scheint, wir sind in der gleichen Sache unterwegs.«

Die Zeit verging außerordentlich angenehm. Vasdinnyei bewunderte die vielseitige Bildung seines Weggefährten, über Jesus, Napoleon, Hitler, Einstein und Stalin sprach er wie über persönliche Bekannte, und auch in der Geographie schien er sich bestens auszukennen. Er bedauerte aufrichtig, als ihm der Greis am Mittelmeer die Hand zum Abschied reichte: »Ich bin untröstlich, aber wir müssen uns trennen. In Ägypten war ich schon, und jetzt habe ich keinerlei Lust, wieder hinzukommen.« Er deutete auf ein wartendes Segelschiff. »Mein holländischer Kollege wird Sie mitnehmen, gleichfalls ein alter Experte für Irrfahrten. Leider singt er öfters Opernarien, aber niemand ist eben ohne Fehler.«

Vasdinnyei drückte seine Hand. Gestatten Sie, daß ich mich wenigstens noch vorstelle: Jenö Vasdinnyei, vom Ferencvároser Turn-Club.«

»Ahasver, ich gehöre keinem Verein an. Irgendwo laufen wir uns wieder über den Weg«, sagte der Alte und bog nach Portugal ab.

Von Zeit zu Zeit bekam er irgendwelche Tafeln vor die Brust und auf den Rücken gehängt, und bestimmte Summen wurden für ihn gezahlt, obwohl er wußte, daß es Verstöße gegen die Moral des Amateursports waren, mußte er sich damit abfinden, denn im Dschungel gab es keinerlei Erfrischungsstände.

Er befand sich bereits tief im Urwald, irgendwo in der Westprovinz der Gummiküste, als ihm eines Abends mehrere Eingeborene hinterherliefen. Vasdinnyei hielt sie für Finanzbeamte, er war entschlossen, sein Leben, den Regenschirm und seine paar Piaster teuer zu verkaufen, aber als die Verfolger näher kamen, sah er beruhigt, daß sie wohl gewöhnliche Räuber waren. Die gaben sich meistens mit viel weniger zufrieden.

Vasdinnyei hielt dem Anführer sein Geld hin, doch dieser schüttelte den Kopf. »Wir wollen nichts von dir, Starkes Bein, wir geben dir sogar einen Honigkuchen. Unser Wunsch ist nur, daß du sie erst jenseits der Grenze verzehrst.«

Der Läufer bedankte sich für den Proviant und hängte ihn an den Griff des Regenschirms. Getreu seinem Versprechen wollte er hinter der Grenze zu schmausen anfangen, da fiel unerwartet eine andere Horde über ihn her. Sie nahmen ihm die Kuchen weg, brachen sie auf und zogen aus dem Inneren zu Vasdinnyeis Verblüffung eine auf Kokosbast geschriebene Geheimnachricht.

Der Häuptling las, leckte sich zufrieden über die Lippen und gab eine kurze Anweisung. Minuten später standen in der Umgegend alle Kasernen und die Grashütten der Staatsbeamten in Flammen.

Der Häuptling schüttelte Vasdinnyei die Hand: »Im Namen des Großen Revolutionären Rates der Gummiküste danke ich dir für deine Dienste, auf andere Weise hätten wir die Grenzwächter der niederträchtigen luxemburgischen Kolonialherren nicht irreführen können. Unser Tamtamdienst ist nicht zuverlässig, denn die Unterdrücker betreiben am Gipfel der Unverdaulichen Missionare ein Störtamtam. Ruh dich aus, inzwischen backen wir dir den Antwortbericht in Honigkuchen.«

»Ich muß zurück?« fragte Vasdinnyei betroffen.

»Natürlich. Wir haben dir schon einen Fahrplan aufgestellt. Du verkehrst dreimal täglich als Pendler zwischen uns und der Westprovinz. Abfahrt bei uns als beschleunigter Personenzug um sechs Uhr zwanzig, hinter der Grenze hältst du an jeder krummen Kokospalme. In der Westprovinz hast du Anschluß zur Eisenbahnsabotage um neun Uhr zwölf. Die Rückfahrt trittst du nach dem Mittagessen an.«

Vasdinnyei konnte den Wettkampf erst nach dem Sieg der Revolution fortsetzen. Die neuen Führer wollten ihn zum Bleiben überreden, sie schlugen ihm vor, als Wanderausstellung mit Schildern auf Brust und Rücken durch die Dörfer zu laufen und die Gesundheitsaufklärung zu fördern, aber er lehnte dankend ab. Für seine Verdienste bekam er einen Kalender und einen Wecker geschenkt, Vasdinnyei befestigte sich den einen am linken und den anderen am rechten Handgelenk, nun konnte er endlich die Zwischenzeiten kontrollieren.

Noch keine zehn Jahre waren vergangen, seit der Startschuß das Läuferfeld zum Brüder-Safranek-Gedächtnislauf auf die Strecke geschickt hatte, aber schon begann Vasdinnyei die Lust zu verlieren. Er genoß nicht mehr den fruchtig-säuerlichen Geschmack der Beeren vom Straßenrand, und er litt immer stärker unter der Einsamkeit, so montierte er sich einen Spiegel vor das Gesicht und sprach mit sich selber.

Eines Tages sah er zu seiner unbeschreiblichen Freude im Spiegel, daß hinter ihm andere Läufer auftauchten. Bald hatte ihn die Spitzengruppe eingeholt, Vasdinnyei fragte: »Was ist das für ein Lauf?«

»Der Brüder-Safranek-Gedächtnislauf.«

»Der von 1958?«

»Blödmann, der von 1968.«

Vasdinnyei blätterte in seinem Kalender. In der Ferne zeigte sich das Zielband in Hevesvezekény, aber er empfand zu seiner größten Verwunderung nicht die erwartete Erleichterung, er überlegte, wie es in seinem Leben weitergehen würde. Er hatte keine große Lust, wieder die Straßenbahnglocke zu bedienen und chancenlos an Sprintwettbewerben teilzunehmen. Zudem hätte er sich ungern von den täglich wechselnden Landschaften und den Pappeln an den endlosen Landstraßen getrennt.

Die Spitzengruppe brachte die Nachricht mit, nach so langer Zeit werde Vasdinnyei nun doch noch durch das Ziel laufen. Wir, die ganze Leitung der Sektion Leichtathletik mit Zoli Weiß und Geri Grün, warteten aufgeregt, wir besorgten uns einen gebrauchten Lorbeerkranz, den wir ihm um den Hals hängen wollten. Aber Vasdinnyei hielt hinter der Ziellinie nicht an, sondern lief mit federnden Schritten weiter, und bald wurde seine Gestalt von einer mittelgroßen Staubwolke verschluckt.

In stürmischen Nächten, wenn sich sogar die riesigen Fernlastzüge furchtsam in sichere Garagen zurückziehen, taucht auf den großen Landstraßen Europas zuweilen ein einsamer

Läufer auf. In der Hand hält er einen Regenschirm, den Wind und Wetter längst des Stoffes beraubt haben, weder Blitze noch umgestürzte Baumriesen schrecken ihn, in gleichbleibendem Tempo läuft er von Stadt zu Stadt.

Der Wind wickelt ihm den ergrauten Bart um Hüften und Brust, so daß das in Fetzen hängende grüne Dreß kaum mehr sichtbar ist, längst haben sich die Sohlen von den Laufschuhen gelöst, auf dem nassen Asphalt bleiben die Abdrücke seiner bloßen Füße zurück.

Wo sich sein Kommen herumspricht, erklingen Orgelspiel und lateinischer Gesang aus den Kirchen am Wegesrand, das Volk hält ihn für eine Seele, die keine Ruhe findet, und betet für ihn. Die Polizei stellt allerlei Fallen und Käfige auf, aber Vasdinnyei gleitet, den Laufrhythmus kaum verändernd, einfach über sie hinweg und verschwindet im Sturm, nie kann ihn jemand befragen, woher er kommt, wohin er will.

9. Der Kopf läuft mit

Günther Herburger

Rom

Wir starteten im zierlichen *Stadio dei Marmi*, auf dessen Marmorrand in Zement gegossene, mythologische Figuren stumm wie Aufseher standen. Die vor uns liegende Strecke würde sich, meisterhaft entworfen, durch die ganze Stadt ziehen, auch ein Stück hinaus hügelauf, hügelab, so daß wir eine Art Rom-Collage erleben könnten, verdichtet durch Schweiß und Hitze.

Die ersten Kilometer führten wie jede Aussichtstour zum Vatikan. Die Vorderseite des Petersdoms war sorgfältig eingerüstet und mit grünen Schutznetzen behängt. Niemand da, außer polnischen Omnibussen der Marke *Ikarus*, hergestellt in Ungarn.

Rom war erst vor gut hundert Jahren zur Hauptstadt erklärt worden; damalige Einwohnerzahl etwa 200 000, ein Viertel lebte ausschließlich von der Mildtätigkeit der Klöster und Paläste. Danach setzte eine vehemente Bürokratisierung und Verbürgerlichung ein, und Proletariat, das gebraucht wurde, wuchs noch schneller. Heute lebten dort ein paar Millionen.

Von einem Marathon wollten sie nichts wissen, waren, vor allem der steigenden Wärme wegen, in ihren Häusern geblieben oder hatten sich nach Ostia ans Meer geflüchtet.

Hinter der *Engelsburg* ging es zur *Via Rienzo* und über die Brücke *Margherita* zur, anders kaum möglich, *Piazza del Popolo*, die, da die U-Bahn erweitert wurde, wie eingesargt dalag.

Mein Tempogeber, der schnelle Außenseiter, war bereits mit großen Schritten enteilt, obwohl er wochenlang hatte pausieren müssen. Sein Adduktor (Schambeinmuskel), den Sterbliche gewöhnlich nie kennenlernen, sei, nach Auskunft mehrerer Ärzte, die dem verstörten Redakteur, der viel Trauerarbeit leisten mußte, verschiedenste Therapien verordnet hatten, entzündet, gezerrt, ausgefranst oder gemangelt gewesen. Jetzt probierte der Renner seine Selbsterschaffung aus.

Durch die *Babuino* und vorbei an der *Spanischen Treppe*, die fahl im Licht verschimmelt oder bespien aussah, liefen wir über böses Kleinpflaster die immer enger werdende *Via del Corso* hinunter bis zu den geklüfteten Flügeln des *Monumento a Vittorio Emanuele II* (la dentiera, das Gebiß, oder, la schiffeza, die Widerwärtigkeit). Unter dieser Rom-Statue befand sich das Grab von Italiens Unbekanntem Soldaten. (Sotto la statua di Roma è la Tomba del Milite Ignoto.)

Angeheimelt umrunden wir das düster strahlende Kolosseum, hörten Reisekommandos auf japanisch, friesisch und sammelskandinavisch, was manche beschleunigt haben mochte, besonders West- und Ostgoten unter uns.

Mir war flau; zu heftiger Antritt aus Begeisterung. Ich wollte zurückkehren zur auseinandergefalteten Stadtkarte, als ich Tage voller Besinnung vorher die Route mit einem hellblauen Benzinstift gebrandmarkt hatte.

Nach der *Porta Paolo* nebst Pyramide, Getrampel hinaus auf der *Via Ostiense,* die, überraschenderweise, ebenfalls mit Platanen bewachsen war. Rom wird, Höhe und Umfang der Stämme nach, seit einigen Generationen von Bäumen bewacht.

Rechts lag der protestantische Friedhof, auf dem der ideale Kerkerkommunist Antonio Gramsci begraben worden war, dem Pasolini eines seiner bewegendsten Gedichte widmete, »Die Asche Gramscis« (le ceneri di Gramsci, 1954).

Dort ruhte auch Wilhelm Waiblinger, Freund Mörikes und Hölderlins. Waiblinger war im Herbst 1826 verbittert nach Rom gezogen, fristete sein Leben durch Verkauf kleiner Schriften auf Plätzen, lebte zusammen mit einer römischen Freundin und deren Kind, starb, erst 26 Jahre alt, im Haus Ecke Via Giuilia, Via des Mascherone (Masken), ein Viertel, das ostwärts ans jüdische grenzte, wo heute in der *Via delle Botteghe Oscure* (Finsterläden), das Hauptquartier der Italienischen Kommunistischen Partei steht.

Unter dem Sterbefenster Waiblingers sprudelt immer noch ein kleiner Brunnen, der in dem langen Farbfilm *Geschichtsunterricht* von Straub – Huillet nach Bertolt Brechts einzigem Roman *Die Geschäfte des Herrn Julius Caesar* eine Rolle spielt.

Theodor Heuss, erster Bundespräsident, verlangte nach seinem Staatsbesuch in Italien, daß seinem Landsmann Waiblinger, dem verschmutzten Hungerpoeten, auf öffentliche Kosten ein Gedenkstein im *Cimitiero Protestante* errichtet werden sollte.

Am Ende der *Via Ostiense* erhob sich fern im Wärmenebel die über beide Straßenhälften gespreizte Basilika des *Heiligen Paolo*, unerreichbar, denn gewendet, etwa bei Kilometer 15, wurde kurz vorher.

Zuvor schon waren auf der Gegenbahn die Frauen des *Eurocups* aufgetaucht. Die Männer, uns Amateuren auch vorausgeschickt, hatten wir schon nicht mehr gesehen. Nie mehr, dachte ich wehmütig, würde es in Rom einen Marathon geben. Für Europameisterschaften war Mitte September das Wetter zu heiß, außerdem bezahlten die Rennplätze Boston, Chikago und New York für Professionelle tausendfach höheres Startgeld.

Eine Mädchenphalanx glitt vorüber, voraus, quer abschirmend, drei Athletinnen aus der DDR in FDJ-blauen Trikothemdchen. Hintereinander, niemanden ließen sie vorbei, waren sie später durchs Ziel gerannt, furchterregend zwischen 2:30:11 und 2:33:36. Vierte wurde eine Russin, der ihr Staat ebenfalls eine Bewährungsreise in die Ewige Stadt gewährt hatte.

Beim *Zirkus Maximus* ein Anstieg. Nach dem Kolosseum, das nun linkerhand lag und Schatten spendete, ging es in die *Via Labicana* hinein, wo Zuschauer standen und teils freundlich, andererseits höhnisch applaudierten. Einige hielten Eistüten in der Hand, warfen sie Läufern, zu deren Entsetzen, entgegen.

Jetzt aber stürmten wir eine von Platanen beschattete lange Straße hinauf, und etwas Großzügiges oder Vertrautes entfachte sich, als wäre ich schon oft hier gewesen. Oben angekommen, drehte ich um und rannte an kopfschüttelnd beiseiteweichenden Läufern vorbei wieder hinunter.

Gefunden war das Haus, wo einst *Die gräßliche Bescherung in der Via Merulana* stattgefunden hatte, ein Roman von Carlo Emilio Gadda (1893–1973), der in Argentinien, Frankreich, Deutschland und Belgien Ingenieur, ich glaube, des Wasserwesens und der Tiefenbohrung gewesen war. An der ehrwürdigen Stätte hingen über einem Laden ein Reklameschild *Carni Scelte* (erlesene Fleischsorten) und daneben ein welker Kranz, Zeichen, daß dort jemand gestorben war.

Gadda (Die Erkenntnis des Schmerzes; Die Wunder Italiens; etc.) war ein Lehrmeister kunstvoller Abschweifungen und Schachtelsätze gewesen. Wenn ich an *Der Brand in der Via Keplero* dachte, zu der ich an diesem Tag nicht gelangen würde, da sie weit ab in der chiricohaften Luxusstadt EUR lag (Esposizione Universale Roma; erster Spatenstich 1937 durch Mussolini), verdeutlicht ein Zitat daraus den Weltenbrand auf kleinstem Raum:

»... Denn der Balossi war mit nackten Füßen vom Dach herabgeschnitten, wo er damit beschäftigt gewesen, die übel zugerichteten Rundziegel wieder herzurichten, nach dem wütenden Hagel der vorigen Woche, der über etlichen Dächern des Stadtbezirks gestanden hatte, so unparteiisch und feierlich wie alles Unheil, das sich den Anschein gibt, von der göttlichen Vorsehung herzustammen, oder Gerechtigkeit, wie man es nennen mag...«

Verstrickt und entzückt erneut hinauf die *Via Merulana*, hinüber zum Hauptbahnhof und neben den Thermen des *Diokletians* durch eine Pforte, durch Gassen, dann Straßen, die bis zum Horizont reichten. Die Sonne brannte über der *Nomentana*, inzwischen war es 30 Grad warm geworden. Ich fror, ein Schauder strömte über die Glieder, wellte sich am Bauch; tief innen begann ein gefährliches Flattern und sirenenhaftes Stöhnen; Tempo reduziert.

Nach der *Viale Eritrea* und wieder, dieselbe Strecke zurück, am Ende der *Viale Libia*, Ecke *Via Tripoli*, der nächste Hitze- und Erinnerungsschlag: Spät am vorherigen Tag waren der schnelle Außenseiter und ich hier unter dem glühenden Heliumball gewandert. *Via Makallé* (maltesischer General oder rote Blutkörperchen?), Ecke *Via Senafé* (indonesische Währungseinheit oder türkischer General?) wurden wir von einer Art lokalem elektromagnetischem Puls (EMP) gebannt.

Wir betraten ein zauberisch kühles Gäßchen, gingen vorsichtig den schmalen Steig bergan bis, geprägt in ein Marmortäfelchen, Nummer 19, zu einem Appartementhaus der oberen Mittelklasse.

Als wir im Innenhof standen und den begehrten Namen in Reihen vieler Klingelknöpfe gefunden hatten, tatsächlich, es gab ihn, knirschte das Scherengitter hinter der Glastür, als handelte es sich um den Eingang zu einer verschwiegenen Bank, und heraus trat aus mystischem Dunkel, den Kopf schwermütig gesenkt, der Meister. Bekannt sein Adlerprofil, die Schärfe seines Blicks, beschützt von mehreren Dioptrien; der luxuriöse Oberflächenglanz bestand aus einer braunen Kaschmirjacke.

Erschrocken trat er einen Schritt zurück, faßte sich, warf den Kopf hoch, mutig und fröhlich.

Giorgio Manganelli (geb. 1921 in Mailand, studierte englische Literatur), bedeutet eine hochfliegende Form, von essayistischen und bösen Erzählwundern. Der Dichter nennt sich zwar koketterweise Journalist, weil er funkelnde Zeitungsglossen schreibt, doch wer in seine Elaborate einsinkt, hin- und herblättert aus Verstörung, wird verwirrendem Gestöber ausgesetzt.

Maganellis Bücher heißen: *Niederauffahrt; Omegabet; Unschluß; Hundert Romane in Pillenform; Amore; An künftige Götter, Manganelli furioso.* Schon die Titel verraten Tolles und Dreistes; Beleg aus der Regenepopoe *Unschluß:* »... Ich stehe im Dienste dieser Larven und habe mir durch ihre Versorgung eine Art festen Posten verschafft, der mit ein wenig finsteren und schmutzigen Pflichten verbunden ist. Übrigens sagte ich bereits, warum ich den Tod einer meiner Mütter fürchte: weil ich dann nicht mehr wüßte, wo sie untergekommen sein könnte. Wenn jemand bereits etliche Male gestorben ist, wie bei dieser Mutter der Fall, dann stellt der Tod nie mehr eine dramatische Angelegenheit dar. Die Farbe wechselt in Augenblicken von strohgelb zu wachsbleich, dann zu grün. Es gibt eine interessante Phase motorischer Aktivität und zum Schluß ein Zerbröseln. jede Familie hat eine Reihe Schachteln verschiedener Größe im Haus: Die Behälter für die eigenen Verstorbenen. Zuweilen zieht man es jedoch vor, sie im Garten aufzubewahren oder man hängt sie – wie mein Vater es wünscht – in die Bäume. Im letzteren Fall können sie zweifellos besser atmen und haben im allgemeinen auch frischere Farben. Ein Tod im Freien dauert für gewöhnlich kürzer – ist einfach gesünder ... «

Wir hatten uns vorgestellt und hatten erklärt, was wir am nächsten Tag tun würden. Er hatte natürlich keine Ahnung, daß es einen Marathonlauf durch Rom geben würde. Nachfragend auf englisch, französisch, schließlich in einem krachenden

Blitzdeutsch, legte er sich zurecht, daß wir anscheinend, wie einst Seume, auf einer Wanderung bis zu Italiens Zehe unterwegs wären.

Wir begleiteten ihn die *Senafé* eine Treppe hinauf, und er erzählte, nun gedehntes Norddeutsch imitierend, er sei vor einem Monat in Lübeck, Husum, gar Nie-büll (wie schwedisch ausgerufen) gewesen, wo er im Museum, sagte er, Nolde-Bilder besucht habe.

Ähnliche Expressionen der Farben und Hitze oben auf der großen *Nomentana*. Manganelli erklärte die Numismatik römischer Busverbindungen und entschwand in einen 60er, dessen Tür so lange luftdruckgesichert offenblieb, bis der schwere Mann eingestiegen war.

Eilte er, Fahrzeuge wechselnd, nach *Siena*, zu Italo Calvino, der nach einer Gehirnoperation zum zweiten Mal in Koma gefallen war, aus dem er sicherlich nicht mehr erwachen würde? Oder besuchte er Elsa Morante (mein Lieblingsroman *La Storia*), die seit einem Selbstmordversuch, aus dem sie barbarischerweise wiedererweckt worden war, gelähmt bis zum Hals im Bett lag? – Beide sind inzwischen gestorben.

Manganelli hatte über Tommaso Landolfi (1908–1979, Spieler und Literat) geschrieben: »In der italienischen Literatur dieses Jahrhunderts gehört er bestimmt zu den Größten; ein beliebter Schriftsteller war er nie, aber hochangesehen bei allen, die die Literatur lieben, selbst bei denen, die ihm kritisch und intellektuell fernstanden. Er war dafür berühmt, ein unnützer Schriftsteller zu sein. Seine Bücher faszinieren, weil sie sorgfältige Widersprüche enthalten, und seine magere, spröde, auf keinen Fall gesprochene Prosa ist durchsetzt mit Bildern des Schreckens, des Entsetzens, des Verfalls, der Geringschätzung.« Soweit Manganelli, der damit über sich selbst schrieb, allerdings in Sprache und Gestalt unspröde, nicht mager.

Schlangensträßchen zum bewaldeten Berg *Borghese* hinauf; zweiter Schauer durchs innen morsche Gliedergebälk. Ich hatte im Hosenbund drei Schwämme mitgenommen, deren Farben herbstlich römisch waren: fahlrosa, katastrophengrün und fabelorange.

Massenhaft kleine Polizisten, fast alle mit Schnauzbart wie tapfere Seehunde, dazwischen auch größere Polizistinnen mit

Schulterriemen quer über die Uniformbluse sperrten Eingangs- und Ausgangsstraßen unentwegt ab; hinter ihnen schrie und hupte es.

Aus den blau erschrockenen Augen der Polizisten war zu lesen: Da ihr verrückt seid, müssen wir euch beschützen.

Wir umrundeten das Plateau der *Villa Borghese,* liefen vom Aussichtshügel *Pincio* hinab und, fürchtete ich, wieder Richtung Vatikan, dann aber, wir waren noch längst nicht dem Ziel im *Foro Italico* nahegekommen, ging es über den Tiber zurück und durch das moderate Viertel *Villaggio Olimpico.*

Melancholie, als ich am Stadtfluß durch niederes Gehölz das gekachelte Becken eines Schwimmbads schwankend aufleuchten sah mit trägen Körpern am Rand, gemalt wie von David Hockney in hellen Wasserfarben.

Die letzten Kilometer geradeaus unter senkrechter Sonne ohne Schatten; Wassergüsse, die kurz mithetzende Helfer verabreichten, blieben fast in der Luft hängen und gaben, rasch verdampfend, ihre Kühle auf.

Schleppenden Schrittes das sommerliche Damenstadion erreicht, wo der Wahn schließlich bleich zu Boden sank. Doch im Rücken waren aus Mauern, Lücken und Pflasterritzen der Stadt genügend Blüten gewachsen, die noch lange nicht welken würden (3:22:09). – Das Erhabene und das Lächerliche gewogen: Ich war dort sehr glücklich.

Arno Surminski
Marathon am Grand Canyon

Dreiundfünfzig Kilometer lang war die Panoramastraße eine ideale Strecke für Marathon. Sie laufen doch alles, sie laufen New York und San Francisco, Hawaii und Tokio. Warum nicht in zweieinhalbtausend Meter Höhe ein Grand-Canyon-Marathon?

Sonnenuntergänge sind das Größte am Canyon, sagte der Prospekt des Staates Arizona. Hier geschah es, daß die Sonne, ohne sich zu verfärben, einfach in die Schlucht stürzte. Die Felsen leuchteten wie die Ahornwälder im Altweibersommer, die Menschen. die mit Hans Tabel am Abgrund standen, bekamen die Farbe der Indianer. Vom Colorado stießen schwarze Schatten auf, trieben die Röte vor sich her aus der Schlucht in den blasser werdenden Himmel. Als die Schatten Desert View erreichten, begann er zu frieren. Es wurde Zeit, zurückzufahren und ins Zelt zu kriechen.

Auf der Rückfahrt dachte er, daß es groß wäre, den Grand Canyon zu laufen. Nicht nur ein oder zwei Stunden laufen, sondern die vollen 42 Kilometer. Allein laufen. Am Desert View beginnen und westwärts laufen bis zum Ziel. Schwarz wie ein Kohlensack lag der Canyon neben der Panoramastraße. Keine Laternen am Abgrund, kein Licht markierte den Nordrand auf der gegenüberliegenden Seite. Wer hier des Nachts betrunken nach Hause wandert, fällt anderthalb Kilometer tief. In Travenwalde fielen sie nur in den Fluß, der, wenn es hoch kam, einen Meter Wasser führte.

Du mußt trinken, auch wenn du keinen Durst hast. Möglichst säurearme Säfte und Tee, schon vor Sonnenaufgang. Unterwegs gibt es keinen Getränkestand, an dem sie Zitronen- und Apfelsinenscheiben verteilen, unterwegs erwartet dich nur die Hitze, die mit der Sonne aus dem Navajoland steigt. Als erstes fuhr er die Panoramastraße mit dem Auto ab, rechnete die Meilen in

Kilometer um. Von Desert View ausgehend, endete die Marathonstrecke unweit des Visitors Center. Das Ziel markierte er mit Tannenreisig.

Noch keine Sonne, aber schon das Licht eines neuen Tages über dem Canyon. Eine wohltuende Frische empfing ihn, als wäre nachts ein Regenschauer niedergegangen. Noch fehlten die Besucher, der große Canyon ruhte aus vor dem Ansturm. Die Brustwarzen beklebte er mit Leukoplast, auch Frauen bekleben vor großen Rennen ihre Brustwarzen. Die Reibflächen der Haut, die Innenseite der Oberschenkel und die Oberarme schmierte er mit Vaseline ein und zog das Netzhemd über. Du wirst es schaffen, redete er sich ein, du wirst den Grand Canyon durchstehen. Im Autoradio spielten sie »Humanity's transcendence race«, nein, eigentlich sang Bing Crosby, aber er hörte die Marathonhymne aus der Tiefe der Schlucht aufsteigen und über den Gipfel davonbrausen. Du wirst es schaffen!

Das Auto parkte er neben dem Ziel, ging hinüber zum Visitors Center, wo die Ranger mit ihrer Arbeit begannen. Er fragte einen, ob er ihn mitnehmen könne bis Desert View.

»Ist dein Auto defekt?«

Nein, er wolle die Strecke vom Desert View zum Visitors Center laufen und halte es für besser, das Auto am Ziel abzustellen, nicht am Start.

»My Goodness!« rief der Ranger. Ihm waren schon Leute begegnet, die von weither kamen, um im Grand Canyon Selbstmord zu begehen. Einige wollten die Steilwände rauf- und runterklettern wie am Matterhorn, andere ein Drahtseil spannen und über die Schlucht balancieren, um in die Zeitung zu kommen. Aber einen Marathonlauf am Grand Canyon, das hatte er noch nie erlebt. Er nahm ihn mit im offenen Rangerwagen. Unterwegs deponierte Hans Tabel an markanten Punkten Getränkeflaschen, meist im Schatten hoher Bäume.

»Die Klapperschlangen werden dir das Zeug austrinken«, meinte der Ranger und lachte.

Bevor sie Desert View erreichten, ging die Sonne auf, dieselbe Sonne, die gestern so unverhofft in den Canyon gefallen war. Mit ihr kamen die ersten Silberflugzeuge.

»Wie lange wirst du brauchen?«

»Mindestens drei Stunden.«

»Liegt der Weltrekord nicht bei zwei Stunden?«
»Ja, ungefähr zwei Stunden.«
Der Ranger schüttelte den Kopf. Er sah wenig Sinn darin, sich drei Stunden abzuquälen, während die Besten der Welt die Strecke in zwei Stunden liefen.

Davon verstehst du nichts, dachte Hans Tabel. Marathonläufer laufen nicht gegen die Besten der Welt, sondern gegen die eigene Uhr. Ankommen ist wichtig, nicht siegen. Ein Viertel aller Läufer gibt auf, eine Ausfallquote wie bei den Rennwagen in Le Mans oder auf dem Nürburgring. Jeder, der ankommt, ist ein Sieger, denn er hat sich selbst und die Gesetze der Schwerkraft überwunden.

Desert View ohne Menschen. Der Ranger ließ ihn aussteigen, steckte sich eine Zigarette an und sah zu, wie er auf dem Boden Platz nahm, die Beine im Schneidersitz verschränkte, den Kopf vornüberneigte bis zu den Knien. So verharrte er fünf Minuten und dachte: Du wirst den Canyon schaffen! Er lockerte die Glieder, reckte Arme und Beine, prüfte das Schuhwerk, legte das Stirnband ums Haar, blickte auf die Uhr. Sieben Uhr.

»The weather will be dry and sunny. In the afternoon thunderstorms. Easterly winds.«

So sprach es aus dem Radio im offenen Wagen des Rangers, als er vorüberlief. Die Morgensonne im Rücken, vor ihm der Asphalt mit den Schatten der Kiefern und dem eigenen Schatten. Nur nicht zu schnell beginnen! Je schneller du läufst, desto früher kommt die Mauer. Wer schnell anfängt, wird später pausenlos überholt. Jeder, der dich überholt, schneidet dir ein Stück aus der Seele. Den letzten kann niemand überholen. Er lief als erster und letzter, niemand schnitt ihm ein Stück aus der Seele. Vorn laufen die Bleistifte, hinten die Radiergummis! Er war weder Bleistift noch Radiergummi. Er brachte 75 Kilo auf 176 Zentimeter Körperlänge. Sechzig- bis siebzigtausend Schritte verlangt so ein Lauf, und immer, wenn der Schuh den Asphalt berührt, trägt er 75 Kilo. In Gedanken mußt du schon da sein, wo die Füße erst hin wollen. Lipan Point wäre sein erstes Ziel, Grandview Point müßte die Hälfte des Weges sein.

Früher als sonst überkam ihn das Hochgefühl, der Rausch des Laufens, der Marathonläufer so süchtig werden läßt. Er glaubte zu fliegen wie die silbernen Maschinen, die vor ihm in den Canyon tauchten. Zwischen Baumstämmen und Felsvorsprüngen begleitete ihn der rote Fels und die noch dunkle Schlucht, der Canyon lief mit ihm nach Westen, der Colorado floß mit ihm nach Westen. Auf der Aussichtsplattform des Nordrandes, an die zehn Kilometer entfernt, sah er Menschen. Sie trugen weiße Kleider und schienen ihm zuzuwinken. Lag es an dieser überaus klaren Luft des Morgens, oder war es die Euphorie des Laufens, die die Sinne weitete, ihn sehen ließ, was er sonst nicht sah?

Weißt du noch, Marianne, wie Mutter immer von den Panzergräben erzählte, die im Herbst '44 ausgehoben wurden. Sie sollten das Unheil aufhalten, aber sie sind im Herbstregen nur voll Wasser gelaufen. Einen Grand Canyon hätten sie in die Erde pflügen müssen von der Memel bis an die Donau und eine zweite Schlucht zwischen Dover und Calais, dann wäre Vater nicht gefallen, vielleicht.

Er verlor das Gefühl für Zeit, wußte nicht, ob er schnell lief oder langsam. Es gab keine Kilometertafeln unterwegs, keine letzte Runde wurde eingeläutet. Wie wirkt sich Höhenluft auf Marathonläufer aus? Was sagen die klugen Bücher? Er hörte sein Herz schlagen. Wir Marathonläufer sterben einen langen Tod, weil wir ein großes Herz haben. Es schlägt und schlägt, auch wenn alles andere sterben will, schlägt es weiter. Mutter ist entschieden zu früh gestorben. Zweiundsiebzig Jahre waren doch kein Alter. Er kannte sich aus in den Sterbetafeln der deutschen Versicherungen. Eine 1913 geborene Frau hatte bis 1990 zu leben. Auch Vater hatte seine durchschnittliche Lebenserwartung nicht erreicht, beide blieben vorzeitig auf der Strecke, gehörten zu jenem Viertel, das unterwegs aufgibt, in Le Mans, auf dem Nürburgring oder in den Ardennen. Mutter war keine Marathonläuferin, aber sie hatte ein großes Herz. Sie ist genug gelaufen, vor allem in den ersten Jahren in Travenwalde. Über den Schaalsee, hinter der Kartoffelhaspel, über die Stoppelfelder, in den Wald zum Holz- und Beerensammeln, zu Fuß in die Stadt, zu Fuß aus der Stadt. Der Fleißige läuft sich tot, der Faule trägt sich tot, war einer ihrer Sprüche. Dein Sohn ist fleißig, Mutter, er läuft und läuft und läuft.

Er spürte die Sonne im Rücken. Gott sei Dank lief er mit der

Sonne, sie trieb ihn vor sich her, so blieben wenigstens die Lippen im Schatten. Schweiß und Salben vermischten sich auf der Haut zu einer kühlenden Schutzschicht. Noch stieg Kühle aus dem Canyon.

Mutter starb so früh, weil sie allein war. Alleinstehende sterben früher. Auch das ergaben die Statistiken der Versicherungen. Er lebte zwar auch allein, aber er lief. Wer läuft, stirbt schwer. Er wird immer laufen, noch in zwanzig Jahren wird er laufen.

Das erste Wasserdepot verfehlte er, entdeckte den Baum, als er fünfzig Meter vorbei war. Na gut, dann sollen die Klapperschlangen das Elektrolytgetränk haben, ein Marathonläufer kehrt nicht um, eine Flasche zu holen. Wie das Blut kochte. Wie der Rausch seinen Kopf erfaßte! Wir Marathonläufer heben die Schwerkraft auf, wir schweben wie Nebel auf den Wiesen und bringen es fertig, über den Canyon zu laufen.

Moran Point lag hinter ihm. Eine Stunde und fünfzehn Minuten. Das mußten zwanzig Kilometer sein. Das wichtigste war, im Rhythmus zu bleiben.

Erste Autos kamen ihm entgegen. Ein Reisebus, aus dem Kinder winkten. Grandview Point wäre die Hälfte, aber Grandview Point wollte nicht kommen. Dafür kam der Ranger. Er fuhr im Schrittempo nebenher und fragte, ob er genug habe. Du kommst zu früh, mein Lieber. Nach fünfundzwanzig Kilometern führst du keinen Marathonläufer in Versuchung. Erst wenn die Mauer kommt, wenn der Mann mit dem Hammer am Weg steht, hast du leichtes Spiel.

Mutter hätte noch mal heiraten sollen. Vierzig Jahre allein waren zuviel. Sie hätte nach Arizona reisen sollen.

East Rim Drive ist eine wundervolle Straße. Sie führt durch schattiges Gehölz, immer am Canyon entlang, und kennt kaum Steigungen. Sie hat nur einen Nachteil: Sie ist entschieden zu lang. Auch fehlten die Zuschauer, die Beifallklatscher und Hey-Hey-Hey-Rufer. Ihn begleiteten nur die Bäume und Felsen und die am Himmel rumorenden Hubschrauber und Silberflugzeuge.

Endlich Grandview Point. Du sollst das Wasser durch die Rippen schwitzen und nicht über die Blase abgeben.

Auf der Verrazano-Brücke von Staten Island blieben Hunderte stehen und pinkelten durchs Geländer fünfzig Meter tief ins Meer. Nicht aus Notdurft, sondern weil es ein großes Gefühl ist, stehend freihändig auf der Verrazano-Brücke Wasser zu lassen.

Zwischen Grandview Point und Yaki Point fühlte er die Mauer kommen; er spürte sie nicht in den Beinen, sondern zuerst im Kopf. Das Denken fiel ihm schwer. Der Rausch war verflogen, seine Gedanken kreisten um so simple Dinge wie die auf dem Weg liegenden Tannenzapfen. Er stierte den grauen Asphalt an. In diesem Augenblick schaltete der Körper auf den Reservetank um, seine Glykogenvorräte waren verbraucht, nun mußte er Fett verbrennen. Weil das viel Sauerstoff kostet, läufst du nach der Mauer langsamer, auch leert sich der Kopf. Wissenschaftlich ist die Sache in Ordnung, und doch überrascht die Mauer den Läufer immer wieder. Diese Sehnsucht nach Aufgeben, Hinlegen und Schlafen, diese Monotonie in den Gliedern und im Schädel. Nach zwei Dritteln der Marathonstrecke kommt die Mauer, unweigerlich. Läufst du schnell, kommt sie früher, läufst du langsam, kommt sie später. Am Ende der Mauer steht der Mann mit dem Hammer, der jeden niederschlägt, der nicht mehr laufen will. Und es gibt nichts mehr zu denken, denn alles ist gedacht.

Da kam Yaki Point. Hunderte von Menschen, aber keiner nahm ihn wahr, den ausgepumpten Marathonläufer. Sie hatten Größeres, sie hatten den Canyon.

Zweieinhalb Stunden unterwegs. Da möchtest du mit geschlossenen Augen unter einer Dusche stehen und La Paloma singen. War es möglich, daß der linke Schuh drückte? Oder bildete er sich diesen Schmerz ein? Immerhin, er fand die nächste Flasche. Das Zeug war lauwarm und keine Erfrischung. Und die Salztabletten nicht vergessen! Einige schwören ja auf Gelee-Royal-Kapseln, die helfen sollen gegen die Mauer. Aber sie helfen nur, wenn du daran glaubst.

Jetzt am Strand liegen. Die Füße im Meer. Den Kopf im heißen Sand. Der Körper ist auf 41 Grad aufgeheizt, bei 42 Grad stirbt man, aber Marathonläufer sterben schwer. Es könnte nun regnen. Kein Wolkenbruch, nur kühler Hamburger Nieselregen.

Im Kinderprogramm raste der Road Runner über den Bildschirm oder Speedy Gonzales, die schnellste Maus von Mexiko. Ist das Onkel Hans? fragten Mariannes Kinder. Nein, so schnell läuft Onkel Hans nicht.

Mather Point. Und wieder Menschenmassen, wie auf der Verrazano-Brücke in New York kurz nach dem Start.

Es konnte nicht mehr weit sein. Schon hörte er den Motorenlärm am Visitors Center. Und dann wie eine Rettungsboje im Meer das leuchtende Gelb seines Autos. Es war neun Uhr neunundfünfzig. Mutter, dein Sohn ist die Marathonstrecke unter drei Stunden gelaufen! Mag sein, daß sie ein wenig Gefälle hatte, auch lagen ihm Wind und Sonne im Rücken und trieben ihn vor sich her ... aber zum ersten Mal unter drei Stunden!

Er wankte zum Auto, holte eine Flasche Wasser aus dem Kofferraum und goß die Flüssigkeit über seinen Schädel. Trinken, die Kleidung wechseln, raus aus den Schuhen! Der Wagen war aufgeheizt wie eine Sauna. Das tat ihm wohl. Nach 42 Kilometern braucht der Körper Wärme, ohne Wärme holst du dir den Tod. Mit geschlossenen Augen lag er auf der Polsterung, fünf Minuten oder zehn oder eine Viertelstunde. Dann raffte er sich auf und steckte den Schlüssel ins Zündschloß. Der Wagen rollte. Mein Gott, welch ein Gefühl, gefahren zu werden! Die Gedanken kehrten wieder. Die Menschen lachten, eine große Heiterkeit erfaßte ihn. Er kurbelte die Scheibe runter, ließ den Arm aus dem Auto hängen, drehte das Radio lauter. Irgendwo heiß duschen. Danach ausgestreckt liegen und große Dinge denken.

Daniel de Roulet
Gustave Courbet, der Jura und New York

Fifth Avenue und 137. Straße

> Ich lief in einem gleichmäßigen leichten Trab, und bald kam ich so in Rhythmus, daß ich vergaß, daß ich laufe, und ich wußte kaum, daß sich meine Beine hoben und senkten und meine Arme vor und zurück stießen, und meine Lunge schien überhaupt nicht zu arbeiten, und das Herz hörte mit dem unverschämten Pochen auf, das ich zuerst immer hab. Denn eigentlich renne ich mit niemandem um die Wette; ich laufe einfach, und irgendwie ist mir klar, wenn ich nicht dran denk, daß das ein Wettrennen ist, und bloß so langtrab, bis ich nicht mehr weiß, daß ich lauf, da gewinne ich jedesmal.
>
> Alan Sillitoe.
> *Die Einsamkeit des Langstreckenläufers*

Unmittelbar vor dem Precinct 40, dem Kommissariat dieses Stadtteils, stehen zwei ausgebrannte und verrostete Autos am Straßenrand. Wracks für ein Hollywooddekor, Alltagswirklichkeit der South-Bronx.

Das »Vierzigste« überragen riesige Antennen, damit bei Revolten die Armee zu Hilfe gerufen werden kann. An seiner Fassade weht die Fahne der Vereinigten Staaten von Amerika. Die Armada der blau-weißen Chrysler mit den roten und weißen Scheinwerfern, stolzes Gehabe, wie ihre Fahrer mit den blauen Mützen und den blauen, kurzärmeligen Hemden, die bei laufendem Motor Hühnchensandwiches kauen. Das Verbrechen macht sich nicht bezahlt.

Die gleiche Art Kommissariat, jedoch moderner, in jener norddeutschen Stadt, in der Quintanilla von den Deutschen liquidiert worden ist. Die Bullen bildeten eine Sperre hinter ihren durchsichtigen Schilden, den in Stellung gebrachten Wasserwerfern, die zur Auflösung der Demonstration aufforderten.

Das Halstuch vorm Gesicht machte sie unkenntlich, Zitrone in der Tasche in Erwartung des Tränengases, Stahlkugeln am Gürtel für die Fensterläden der Lobby. Der Führer der berittenen Polizei brüllte sein Ultimatum ins Megaphon. Die Straße besitzen, sie ganz für sich haben, so als sei die Herrschaft des motorisierten Verkehrs beendet. Letzte Aufforderung!

Es ist irgendwie dreist, eine Karawane von Sich-wohl-Fühlenden, Wohl-Denkenden, Wohl-Ernährten, Nichtrauchern, Nichtdrogenabhängigen in eine solche Umgebung zu führen. Natürlich haben diese Leute nach zwanzig Meilen Ähnlichkeit mit denen, die hier dahinvegetieren, unterscheiden sich aber auch von ihnen: Der Marathonläufer sieht einige Stunden nach der Ankunft nicht mehr aus wie ein solcher; der Heroinsüchtige dagegen sieht immer mehr aus wie einer. Hat die von Hubschraubern überflogene Ameisenprozession wirklich Gelegenheit zu sehen, durch welche Gegenden sie läuft? Kriegsszenario, zerfallene Häuser, von denen nur noch die Keller bewohnbar sind.

Bullen haben die Zuschauer abgelöst. Alle zehn Yards, zu Fuß, gegen ihre Motorräder gelehnt oder in ihren Wagen. Das Rennen verläuft in unmenschlichem Schweigen. Gelegentlich eher ironischer Applaus, deplazierte Zurufe wie: »Haste mal 'n Dollar?« Max ist beim Training hier vorbeigekommen, aber in flottem Tempo, darauf bedacht, nicht auf der Höhe der aufgeregten Dealergrüppchen oder in der Nähe dieser verstörten Wracks langsamer werden zu müssen, die beim Versuch, sich an alles zu klammern, was sich bewegt, ihre Arme durch die Gegend schleudern. Nicht die schwarze Hautfarbe macht angst, sondern die Verwahrlosung des einzelnen, das Fehlen von Gemeinschaft. Die chassidischen Juden sehen sich das Rennen auch nicht an, aber sie unterhalten sich, haben andere Leidenschaften. Dagegen besteht in diesem südlichen Teil der Bronx Interesse an gar nichts. Weder am Rennen noch am anderen, der Selbstgespräche führt.

Auch die blaue Linie hat Angst. Kaum ist sie über die Brücke der Willis Avenue in die Bronx eingelaufen, biegt sie gleich zweimal ab, um diese Insel auf der Achse der Madison Avenue, Höhe 135. Straße, wieder zu verlassen.

Paris, Place Vendôme mit Säule
»*Den Park säumt das Brooklyn Museum, wo Max sich den ›Genfer See‹ angesehen hat, ein Gemälde von Gustave Courbet, entstanden während des Schweizer Exils. Ein See als Zufluchtsort, nach der Pariser Commune, während der er die Vendôme-Säule umgestürzt haben soll. Er flüchtete aus Ornans, Max' Heimat, erklomm die sanften Hänge des Jura, die tannenbewachsenen Stufen, suchte vor der Nase der Polizei nach einem Einschnitt in die Jurahöhe. Er erreichte den Paß, blickte übers Tal, lief wieder hinunter.*«
(Daniel de Roulet, »Die blaue Linie«)
Von der Place Vendôme rannte bereits Mensen Ernst im Juni 1832 los, um zwei Wochen später, nach einem insgesamt 2600 km langen Fernlauf, in Moskau einzutreffen.

In einigen Jahren wird diese Gegend anders aussehen. Es sind schon Befragungen im Gange, mit deren Hilfe diejenigen herausgefiltert werden sollen, die Zugang zu den auf vierzig Stockwerke verteilten roten Backsteinwohnungen haben werden. Unterdessen überlegen die Veranstalter ernsthaft, den Verlauf dieses Teils der blauen Linie zu ändern.

Vor seiner Ankunft im ersten Dorf hat er für die Abschiedszeremonie haltgemacht, sich vollständig entkleidet, nur seine Unterhose und ein schweißdurchnäßtes, an seiner Haut klebendes Hemd anbehalten, sich von der Mütze bis zu den Schuhen umgezogen, methodisch, eine vor der Expedition mehrfach wiederholte Szene, dabei nicht die Krötenmaske vergessen. Denn er hielt sich an eine exakte Reihenfolge, in der das Alte das Neue nicht berührte, so würden die elektronischen Mikroskope der Bullen, was ihn betraf, köstlich stumm bleiben. Er hatte dieser Metamorphose keinerlei sentimentale Note hinzuzufügen, an keinem einzigen Kleidungsstück war irgendein Unterscheidungsmerkmal, Wäschezettel oder Herkunftsetikett, zurückgeblieben. Alles neu oder auf Alt gemacht, wie die Schuhe, die er zwecks Vortäuschung eines Senkfußes mit der Feile bearbeitet hatte. Die Taschenlampe an der Stirn befestigt, hat er – letzter Akt – die Handschuhe gewechselt. Hat Benzin aus einer Flasche über die Sachen gegossen, die Hose hat sich langsam vollgesogen. Hat das Streichholz geworfen. Ausnahmsweise konnte er sich mal eine Brandstiftung ansehen! Während die Flammen tanzten, hat er ein Stück Traubenzucker, einen Körnerriegel und eine halbe Feldflasche Tee zu sich genommen. Am zähesten sind die Sohlen heruntergebrannt. Hat das Ganze mit der Spitze eines Stocks in den Bach geschoben, ist zum ersten Dorf losgerannt, hat noch die häßliche Fastnachtsmaske aus Gummi zurechtgezogen, den Rücken gekrümmt, um älter zu erscheinen, und ist eilig zwischen den schlafenden Bauernhöfen hindurchgehumpelt, bis zu einer Stelle, wo er notgedrungen an der Wirtschaft des Schießstandes vorbeigekommen ist, aus der versoffene patriotische Gesänge drangen. Zum Glück ist niemand frische Luft schnappen gegangen, und die Kröte ist in den Wald hineingelaufen. Etwas weiter weg hat er die erste, nun überflüssige Maske weggeworfen. Sein Plan ging auf.

Seine Juradurchquerung verlief in gleicher Richtung wie jene Gustave Courbets. Er folgte seinem Hang, jedoch bergauf, ließ den Sturz der Vendôme-Säule während der Pariser Kommune hinter sich. War er wirklich der Urheber dieser Aktion, der ein ganzes Volk Beifall zollte? Hatte man es auf den Bürger Courbet abgesehen, der den Orden der Ehrenlegion ablehnte? Oder auf den Freund Proudhons, den Vorsitzenden der Künstlervereinigung? Er wählte das Exil, um nicht ins Gefängnis zurückkehren zu müssen wie 1871.

Seine überstürzte Flucht begann in Ornans, am Fuße des Juras. Er verlor seine Brille, vergaß, seine Uhr aufzuziehen, sprach später in seinen Briefen davon. Von der Loue bis zu einem kaum benutzten Paß stieg er über aufeinanderfolgende Absätze aufwärts, kam unterwegs durch mehrere Dörfer, gelangte von den Platanen zu den Tannen auf der Höhe, Balkone über den Seen. Er überlistete die Wachsamkeit der französischen Polizei dank Freunden, die jede Etappe vorbereiteten. In der Schweiz angekommen, wählte er das äußerste Ende des größten Sees und blieb dort bis zu seinem Tod. La Tour-de-Peilz.

Eine der wenigen Skulpturen von Gustave war eine befreite Helvetia, Madame Arnaud de l'Ariège, einer ehemaligen Schloßherrin, die Republikanerin geworden war, nachempfunden. Er schenkte sie seinem Zufluchtsdorf für dessen Kirchbrunnen.

In seiner Jugend in Ornans hatte er einen Freund namens Max gehabt, der auch hatte flüchten müssen, einen Staatsstreich früher, am 2. Dezember 1851.

Gustave besuchte Max Buchon, den nach Bern geflohenen sozialistischen Schriftsteller. Ihre Freundschaft war, der Korrespondenz nach zu urteilen, fester verwurzelt als eine Juratanne.

Alle Fluchten gleichen sich.

Fifth Avenue und 120. Straße

> Und sie alle rannten hinunter zum Strand, um über die Häuser zu schauen und die Kirche, holterdipolter [...]
> – Komm doch mit, Gerty, rief Cissy. Es ist das Basar-Feuerwerk!
> Doch Gerty war diamantenhart. Sie hatte nicht die Absicht, nach der beiden Pfeife zu tanzen. Wenn die wie die Irren rannten, dann konnte sie sitzen bleiben, und so sagte sie, daß sie ganz gut sehen könnte von da, wo sie war [...]
> Sie ging mit einer gewissen ruhigen Würde, die kennzeichnend für sie war, doch mit Achtsamkeit und sehr langsam, denn Gerty MacDowell...
> Zu enge Schuhe? Nein. Sie hinkt! Ach!
> Mr. Bloom sah ihr nach, wie sie davonhumpelte. Armes Mädchen! Deswegen also war sie auf dem Felsvorsprung sitzen geblieben, als die andern einen Wettlauf machten. Dacht ich mir doch gleich, daß da irgendwas nicht stimmte, ihrem Gesichtsausdruck nach. Sitzengelassene Schönheit. Bei Frauen ist so ein Mangel gleich zehnfach schlimm...
> James Joyce, *Ulysses*

Max ist in Dublin, beauftragt mit der Vergrößerung der Frachthalle. Machbarkeitsstudie. Arbeitssitzungen am späten Vormittag und ein paar Bücher im Aktenkoffer. Er versucht zu verstehen, warum James Joyce 1904 Irland verlassen hat, um aufs Festland zu gehen. Auf einer Karte macht er im Süden der Stadt die Festung ausfindig, in der der Schriftsteller sich am Meeresufer niedergelassen hatte. Die Engländer hatten mehrere Türme gleichen Typs gebaut, um eine mögliche Landung der Truppen Napoleons zu verhindern.

Martelloturm, Nacht des 14. September 1904. Joyce und seine Freunde Gogarty und Trench schlafen. Trench hat einen Säuferalptraum, träumt, ein Panther sei im Schornstein. Im Halbschlaf greift er nach einem Gewehr, schießt in die Luft, um das wilde Tier zu erschrecken, und legt sich wieder hin. Gogarty nimmt ihm das Gewehr weg: »Laß, ich kümmere mich um die Menagerie«, sagt er zu Trench, der noch träumt. Er leert ein volles Magazin in die Suppenschüssel genau über Joyce' Kopf. Der springt aus dem Bett, zieht sich an, rennt aus dem Turm und legt in dieser Nacht den Weg bis Dublin zurück. Zur Öffnungszeit erscheint er vor der Nationalbibliothek. Er wird nie wieder zum Turm zurückkehren.

Ein paar Tage später verläßt er Irland, nimmt seine Frau Nora nach Triest mit, von Max' postumem Respekt begleitet, der diejenigen bewundert und nachahmt, die es verstehen, endgültig auszuwandern.

Schüsse in die Luft, kein Kanonenschuß wie an der Verrazano-Brücke, und Joyce türmt wie ein Schriftsteller.

New York im November, nicht eine Wolke, die Frische des heiteren Blaus. In diesem Viertel, einst das der Iren, geht Max im Geiste noch einmal seinen Dublin-Aufenthalt durch, gelangt zu der Überzeugung, daß Joyce bei seinem verrückten Lauf zur Bibliothek den *Ulysses* entworfen hat. Neue literarische Theorie, die nur Max verstehen kann, der diese Entfernung ebenfalls laufend zurückgelegt hat. Joyce hatte Angst zu sterben. Ein ganzes Werk, um sich davon zu erholen? Sein Leben lang hört er das in die Suppenschüssel entladene Gewehr. Da er das Ereignis überlebt, wird er ein Buch daraus machen, läßt die Szene drei Monate früher spielen, am 16. Juni 1904, dem Tag, an dem er zum ersten Mal mit Nora schläft, läßt Leopold Bloom, den Helden des *Ulysses*, seine eigene Rolle spielen und das Buch mit einer morgendlichen Szene im Martelloturm beginnen.

Max läuft Joyce' Flucht in umgekehrte Richtung nach, so wie Fluchten oft in der Erinnerung gelaufen werden. Vom Zentrum Dublins aus, am düsteren Meer entlang, kommt er im Trainingsanzug an, kaum außer Atem. Der Morgen bricht an, am Strand von Forty Foot, auf der Höhe des Turmes, wird er langsamer. Inschrift im Felsen: »Nur für Herren ... seit 1880.« Macht seine Übungen-auf-halber-Strecke, Dehnübungen in der Nähe eines Mannes, der sich auszieht und ins eisige Wasser springt. Für einen nackten Iren gibt es keine Jahreszeiten.

Wie? James, Sie haben eine ganze Nacht gebraucht, um vom Turm nach Dublin zurückzulaufen und morgens zur Öffnungszeit (ja, die ist um zehn Uhr) vor der Nationalbibliothek zu sein? Mit Verlaub, das sind nur zehn Meilen!

Max hat eineinhalb Stunden gebraucht, hofft, hin und zurück drei zu brauchen. Gerade so viel Zeit, daß er vor der Sitzung noch duschen kann.

Die Jahreszeit ist weiter fortgeschritten als auf dem Festland. Überall Blumen, selbst im Knopfloch der Passanten. In den Prachtgärten der Botschaften Kirschen, ein Japanischer Zierapfelbaum auf irischem Boden. Wachen patrouillieren im Viertel, nicht gegen die Terroristen der republikanischen Armee, sondern gegen die Arbeitslosen, die Obdachlosen, die Futterlosen, die nicht auswandern konnten, die Würdelosen, die, die sich in irgendein Beet schlafen legen, die man jedoch nur mit strengem Blick und einem »Auf!« anzusehen braucht. Sie türmen wie Kinder vor einem Schülerlotsen.

Das Wetter ändert sich rasch auf der Insel. Es regnet gegen Max' Brille, dann blendet die Sonne den Ozean, und wieder dichte Wolken mit einem Wind, der das Laufen behindert, und den zwei T-Shirt-Stärken. Er hat an einer Tankstelle gestoppt und um Wasser gebeten, denn seit zwei Stunden hat er keinen Nachschub mehr bekommen. Der Tankwart hat nicht verstanden, daß er zu Fuß ist, und hält ihm eine Gießkanne hin, so als müsse er einen Motor abkühlen. Dann beginnt die Unterhaltung: »Ah, Sie bereiten sich auf den New York Marathon vor. Machen Sie das jeden Tag? Und danach gehen Sie schlafen? Werden Sie dafür bezahlt?«

Dem Tankwart erzählt er nichts von James, der ein sehr populärer Schriftsteller ist. Man würde ihn für einen Verrückten halten: auf der Strecke eines anderen trainieren, mit einem Nationalhelden konkurrieren!

Beim Laufen, ab Sandygrove, entwickelt Max' Gedächtnis seine Theorie weiter: die wahre Odyssee ist nicht der Tag des Leopold Bloom, sondern die des James, der bei Nacht vor den berauschten Alpträumen seiner Freunde mit dem losen Abzug flüchtet. Am Strand, auf Joyce' Spuren, sieht er die streunenden, aasfressenden Hunde, rutscht auf den stinkenden Algen aus, die die Ebbe zurückläßt, schnuppert in den Sprühregen, der wellenweise vom Meer herüberweht, der einem in die Knochen dringt, bis die Gelenke rosten: James' Rheumaleiden. Im

Ulysses ist Leopold an einem Tag zehn Meilen weit gegangen, also genau die Entfernung, die den Martelloturm von der Nationalbibliothek trennt. Ein weiterer Beweis für Max' Theorie: Joyce, wie er läuft und dabei sein Buch entwirft!

Im Hinblick auf den Marathonlauf bleibt der Schriftsteller rätselhaft: »Und Xenophon betrachtete Marathon, sagte Daedalus, dessen Augen erneut von der Halle zum Fenster wanderten, und Marathon betrachtete das Meer.«

Nährt das irische Bier den Läufer, oder bläht es seinen Bauch auf? Führt Laufen zu vorzeitigem Altern, oder verleiht es dem Zenon aus Elea ein Zeugnis ewiger Gültigkeit für seinen Beweis, daß Achilles niemals die Schildkröte einholen wird? Wenn Max nicht liefe, was täte er dann in diesem Augenblick?

Eine Gruppe Kinder, fröhliche Rapper mit verdrehten Schirmmützen, applaudieren ihm. Ein offizieller Fotograf verewigt ihn schon. Die Deutsche humpelte. Wie die Gerty von Joyce, ist sie in einem Rollstuhl gelandet.

Er begegnet einer Schullehrerin, einer rothaarigen Irin, die blumenbedeckt zur Arbeit geht, sie ist bereit, ein Lächeln zu ernten. Er schenkt es ihr, ohne stehenzubleiben. Jeder von beiden denkt mindestens zehn Sekunden daran. Augenblick guter Laune, nahe am Glück, unschuldiges Lächeln, das zu nichts verpflichtet. In New York löst nur Crack ein solches Lächeln aus. Max könnte (könnte er?) anhalten, zurückgehen, zu der schönen Irin (Gemälde von Courbet) sagen: »Sie haben gelächelt.« Sie würde ihn wie einen Eindringling betrachten, mit verschlossenem Gesicht. »Na und?« – »Nein, nichts«, würde er kleinlaut sagen. »Ich habe das Zitat im *Don Juan* von Byron wiedergefunden: ›Die Berge schauten auf Marathon, und Marathon schaute aufs Meer ...‹«

The mountains look on Marathon
And Marathon looks on the sea
And musing there an hour alone
I dreamed that Greece might yet be free.

Vier Meilen vor dem Ziel sind die Läufer in jenem Bereich, in dem man annimmt, daß sie Visionen haben, wie Philippides, der historische Marathonläufer.

Wieviel Ungenaues über ihn! Er soll von Marathon nach Athen gelaufen sein, um den Sieg über Darius zu verkünden, und soll, nachdem er gesagt hat: »Hallo, wir haben gesiegt«, tot zusammengebrochen sein. Herodot, ein Beinahe-Zeitgenosse der Schlacht bei Marathon, hat die Zeugen befragt. Er ist präziser.

Erstens war Philippides ein Berufsläufer, ein »*heremodromos*«. An einem Tag überwindet er die hundertfünfundzwanzig Meilen von Athen nach Sparta, um Verstärkung anzufordern. Also fast fünfmal die gegenwärtige Marathonstrecke. Unterwegs hat er ein »*runner's high*«, einen halluzinatorischen Läuferrausch, er behauptet, einer Göttin begegnet zu sein. Er stirbt nicht.

Zweitens schlagen die Athener am 13. September 490 vor Christus bei Marathon rennend eine Schlacht. Eine Premiere in der Kriegskunst.

Drittens laufen alle neuntausend Athener – und nicht nur Philippides – von der Marathonebene nach Athen, um noch vor den Persern, die per Schiff unterwegs sind, wieder in ihrer Stadt zu sein.

Viertens kommen die Spartaner laufend an, da ihre Armee zwei Tage bis nach Marathon braucht, also sechsmal die heutige Marathonstrecke.

In dieser Geschichte wird viel gelaufen, doch niemand stirbt daran, außer denen, die beerdigt werden. Einige Athener auf dem Soros, sechstausendvierhundert Perser unter einem Hügelgrab.

Und wahrscheinlich nicht eine Frau bei diesem Kampf. Im übrigen warnt der *New England of Medicine* sie vor dem erhöhten Risiko einer Osteoporose, verfrühten Wechseljahren und Störungen, ähnlich der nervösen Magersucht.

Etymologisch bedeutet Marathon »das Land am Meer«. Doch die zahlreichen Orte auf der Welt, die diesen Namen tragen, beziehen sich dabei, außer in Griechenland, auf den Schlachtort, Symbol des Kampfes der Europäer gegen den irak-iranischen Eindringling. Ein Marathon liegt in Australien, ein anderes in Kanada und mindestens vier in den Vereinigten Staaten, und zwar in Texas, Florida, Wisconsin und im Norden des Staates New York. Selbst eine an der Börse gehandelte Gesellschaft heißt so. Ein Ölmulti.

Doch die Legende ist schöner als die Realität, und die Läufer, die die letzten Meilen in Angriff nehmen, sind stolz, nicht daran zu sterben.

Wie Gustave hat er die Grenze mitten im Wald, zwischen zwei Gerichtsbezirken, passiert. Das Verbrechen auf der einen Seite begehen und sich auf der anderen schnappen lassen, erlaubt es, das Verfahren in die Länge zu ziehen, auf ein paar Kleinigkeiten zu setzen, die die Bullen in ihrem Eifer, alles richtig zu machen, vernachlässigt haben. Der Wanderweg unter den Bäumen war eben, bis zu diesem plötzlichen Sprung der Höhenkurven. Er hat sie überwunden, eine Haarnadelkurve genommen, ist rechts eingebogen und weniger als hundert Meter weiter, auf der Höhe der unter den welken Blättern herausragenden Kalkblöcke, wieder nach links abgebogen. Nach diesem Z wie Zorro hat er das andere Territorium betreten und tief im Bauch eine leichte Befriedigung empfunden, die erfüllte Pflicht, der Streich, den er ihnen spielte, die kalte Rache an der blinden Lobby und tausend andere Phantasien, alles Ermutigungen, seinen Rhythmus zu steigern.

10. Zwischen Leben und Tod

Herodot
Pan rief Philippides

Die Barbaren verließen Delos und landeten an den kleinen Inseln, verlangten Truppen und nahmen Söhne der Inselbewohner als Geiseln mit. Als sie auf dieser Rundfahrt auch nach Karystos kamen, weigerten sich die Karystier, Geiseln zu geben und gegen ihre Nachbarstädte – damit meinten sie Eretria und Athen – zu Felde zu ziehen. Da wurde Karystos belagert und das Land verwüstet, bis auch die Karystier sich den Persern unterwarfen.

Als die Eretrier erfuhren, daß die persische Flotte gegen sie heranzog, baten sie die Athener, ihnen zu Hilfe zu kommen. Die Athener versagten ihre Hilfe nicht und schickten jene Viertausend, die die Äcker der Reichen in Chalkis für sich in Besitz genommen hatten. Aber es war kein verständiger Entschluß von den Eretriern, die Athener herbeizurufen, während es in Eretria zwei verschiedene Parteien gab. Die eine wollte die Stadt preisgeben und in die euboiischen Berge flüchten, die andere erhoffte von den Persern Vorteile für sich und dachte an Verrat. Ein vornehmer Eretrier, Aischines, Sohn des Nothon, der über beide Pläne unterrichtet war, legte den ankommenden Athenern die ganze Sachlage dar und bat sie heimzukehren, damit sie nicht mit ins Unglück hineingezogen würden. Diesen Rat des Aischines befolgten die Athener.

So fuhren sie nach Oropos hinüber und retteten sich. Aber die Perser landeten bei Temenos, Choireai und Aigilia im Gebiet von Eretria, besetzten diese Ortschaften und schifften sofort die Pferde aus, um sie zum Kampfe bereit zu machen. Die Eretrier aber beschlossen, nicht aus der Stadt zu ziehen und keine Schlacht zu liefern, bemühten sich jedoch die Stadt zu halten, da sie sich entschieden hatten, nicht zu flüchten. Die Stadt wurde sechs Tage lang bestürmt, und auf beiden Seiten fielen viele Leute; am siebenten verrieten zwei angesehene Eretrier, Euphorbos, Sohn des Alkimachos, und Philagros, Sohn des Kyneos, die Stadt an die Perser. Sie drangen in die Stadt ein, wobei sie die Heiligtümer plünderten und in Brand steckten – als Strafe für die Verbrennung der Heiligtümer in Sardes – und die Einwohner zu Sklaven machten, wie Dareios befohlen hatte.

Als Eretria unterworfen war, segelten sie nach wenigen Tagen weiter nach Attika. Sie waren voller Ungeduld und meinten, die Athener würden nicht anders handeln als die Eretrier. Nun war Marathon für einen Reiterkampf das günstigste Gelände in Attika, lag auch Eretria am nächsten. Dahin führte also Hippias, der Sohn des Peisistratos, die Perser.

Als die Athener Kunde davon erhielten, zogen auch sie hinaus nach Marathon. Zehn Feldherrn führten das Heer; der zehnte war Miltiades, dessen Vater Kimon, Sohn des Stesagoras, vor Peisistratos, dem Sohn des Hippokrates, aus Athen hatte fliehen müssen. Als Verbannter errang Kimon in Delphi einen Sieg mit dem Viergespann, ein Sieg, den sein Halbbruder Miltiades ebenfalls davongetragen hatte. Als er bei dem folgenden olympischen Feste mit denselben Pferden noch einmal siegte, ließ er Peisistratos als Sieger ausrufen, der sich zum Dank dafür mit ihm versöhnte und ihm die Rückkehr gestattete. Noch einen dritten olympischen Sieg errang er mit denselben Pferden; aber dann ereilte ihn der Tod. Die Söhne des Peisistratos – Peisistratos war nicht mehr am Leben – ließen ihn eines Nachts in der Nähe des Prytaneions durch gedungene Mörder umbringen. Kimon liegt vor dem Tore begraben, an der Straße, die den Namen ›Hohler Weg‹ führt. Ihm gegenüber sind die Rosse begraben, die dreimal in Olympia gesiegt haben. Nur die Rosse des Lakoners Euagoras hatten früher einmal die gleiche Leistung vollbracht, aber keine Rosse sonst.

Der ältere Sohn Kimons Stesagoras war damals bei seinem Oheim Miltiades in der Chersonesos, der ihn erzog. Der jüngere lebte bei Kimon in Athen; er hatte nach dem Besiedler der Chersonesos den Namen Miltiades erhalten.

Jener Miltiades war also damals nach seiner Rückkehr aus der Chersonesos Feldherr der Athener. Zweimal war er dem Tode entronnen. Einmal hätten ihn die Phoiniker gern abgefangen und zum Könige gebracht; bis Imbros verfolgten sie ihn. Dann, als er ihnen entkommen und zu Hause angelangt sich in Sicherheit wähnte, hatte er mit seinen Feinden zu kämpfen, die ihn vor Gericht zogen und als Tyrannen der Chersonesos verklagten. Aber er entkam auch ihnen und wurde Feldherr der Athener, wozu ihn das Volk erwählt hatte.

Noch vor Verlassen der Stadt hatten die Feldherrn den Athener Philippides als Herold nach Sparta geschickt, der ein Schnelläufer von Beruf war. Wie dieser Philippides selber erzählt und den Athenern berichtet hat, ist ihm am Parthenion, in den Bergen oberhalb von Tegea, Pan erschienen. Pan hat Philippides bei Namen gerufen und den Athenern durch ihn sagen lassen, warum sie ihm gar keinen Kult widmeten, da er doch den Athenern so gewogen sei und ihnen oft geholfen habe, es auch in Zukunft weiter tun werde. Als die Athener wieder Frieden im Lande hatten, haben sie denn auch – denn sie glaubten, was Philippides berichtete – unter der Akropolis einen Pantempel gebaut und feiern ihm zu Ehren jährliche Opferfeste mit Fackellauf.

Damals wurde also Philippides von den Feldherrn nach Sparta geschickt, hatte unterwegs, wie er behauptet, jene Erscheinung des Pan und war am zweiten Tage in Sparta angelangt. Dort sprach er vor den Archonten folgendermaßen:

»Lakedaimonier! Die Athener bitten euch, ihnen zu Hilfe zu kommen und nicht die älteste Stadt in Hellas in Barbarenhände fallen zu lassen. Schon ist Eretria im Sklavenjoch und Hellas um eine berühmte Stadt ärmer.«

So entledigte er sich seines Auftrages, und die Spartiaten beschlossen, Athen zu helfen, nur war es ihnen unmöglich, sofort aufzubrechen, wenn sie nicht gegen ihre Gesetze verstoßen wollten. Es war nämlich der neunte Tag im Monat, und sie sagten, sie dürften nicht ausrücken, da die Mondesscheibe noch nicht voll sei.

So warteten die Spartiaten den Vollmond ab, während Hippias, Sohn des Peisistratos, die Barbaren nach Marathon führte. In der Nacht vor der Landung hatte Hippias einen Traum gehabt. Ihm war es, als schliefe er mit seiner eignen Mutter. Diesen Traum deutete er so, daß er nach Athen zurückkehren, die Herrschaft wiedergewinnen und als Greis auf heimischer Erde sterben würde. So deutete er seinen Traum. Damals ließ er die Sklaven aus Eretria nach der Insel der Styreer, die Aigileia heißt, hinüberschaffen, die Schiffe aber ließ er bei Marathon vor Anker gehen und stellte die Barbaren, nachdem sie sich ausgeschifft hatten, zur Schlacht auf. Währenddessen mußte er niesen und husten, heftiger als sonst wohl, und da ihm als einem alten Mann die Zähne schon lose saßen, fiel ihm durch den starken Husten ein Zahn heraus und in den Sand. Er gab sich viele Mühe, den Zahn wiederzufinden, aber der Zahn kam nicht wieder zum Vorschein, und Hippias sagte mit einem Seufzer zu den Umstehenden:

»Das ist nicht unser Land; wir werden seiner nicht Herr werden. Soviel mir davon zugedacht war, das gehört nun dem Zahn.«

Hippias glaubte also, sein Traum sei damit bereits in Erfüllung gegangen.

Als die Athener bei dem Heiligtum des Herakles sich aufgestellt hatten, kam der ganze Heerbann der Plataier an, sie zu unterstützen. Die Plataier hatten sich nämlich unter den Schutz Athens gestellt, und die Athener hatten schon manchen Kampf für die Stadt durchgefochten. Mit dieser freiwilligen Unterwerfung der Plataier war es folgendermaßen gegangen. Von Theben bedrängt, boten die Plataier zuerst dem Kleomenes, Sohn des Anaxandrides, der mit den Lakedaimoniern in der Nähe war, ihre Unterwerfung an. Aber die Lakedaimonier lehnten sie ab und sagten:

»Wir wohnen zu weit entfernt und könnten euch nur laue Freunde sein. Längst könntet ihr in die Sklaverei verkauft sein, ehe zu uns eine Kunde davon kommt. Ihr solltet euch lieber in den Schutz Athens begeben; denn die Athener sind eure Nachbarn und wohl imstande, euch zu schützen.«

Diesen Rat gaben ihnen die Lakedaimonier nicht so sehr aus

Wohlwollen gegen die Plataier als in dem Wunsche, Athen in beschwerliche Händel mit den Boiotern zu verwickeln. Die Plataier folgten dem Rate der Lakedaimonier, und als in Athen das Opfer für die zwölf Götter dargebracht wurde, setzten sie sich als Schutzflehende an den Altar und übergaben ihre Stadt den Athenern. Als die Thebaner davon hörten, zogen sie gegen die Plataier zu Felde, aber die Athener rückten zur Hilfe heran. Die Korinthier duldeten nicht, daß es zur Schlacht kam. Sie befanden sich in der Nähe und brachten mit beiderseitiger Einwilligung einen Vertrag zustande. Eine Landgrenze wurde festgesetzt und die Bestimmung getroffen, daß die Thebaner die boiotischen Städte, die sich dem boiotischen Bunde nicht anschließen wollten, gewähren lassen sollten. Dann zogen die Korinthier ab, aber die Boioter überfielen die heimkehrenden Athener, wurden jedoch in dem Kampfe, der sich entspann, geschlagen. Nun überschritten die Athener die Grenze des von den Korinthiern festgesetzten plataiischen Gebiets und erklärten den Asopos als Grenze zwischen Theben einerseits und Plataiai und Hysiai andererseits.

Auf diese Weise waren die Plataier in ein Schutzverhältnis zu den Athenern gekommen, und jetzt kamen sie ihnen nach Marathon zu Hilfe.

Bei den Feldherren der Athener waren die Meinungen geteilt. Die einen waren gegen einen Kampf mit dem medischen Heere, weil sie zu schwach seien; die anderen, darunter Miltiades, rieten zur Schlacht. Die schlechtere Meinung schien den Sieg davonzutragen, aber da gab es noch einen elften, der im Kriegsrat seine Stimme abzugeben hatte, nämlich den durch das Bohnenlos erwählten Polemarchos – von alters her war dieser Polemarchos bei den Athenern ebenso stimmberechtigt wie die Feldherren –, und der damalige Polemarchos war Kallimachos von Aphidnai. Zu diesem Polemarchos begab sich Miltiades und sprach:

»Du, Kallimachos, hast dich jetzt zu entscheiden, ob du die Athener zu Sklaven machen oder befreien und dir ewigen Nachruhm gewinnen willst, wie ihn selbst Harmodios und Aristogeiton nicht haben. Solange Athen steht, war es nie in so furchtbarer Gefahr wie jetzt. Unterliegt es den Medern, so kennen wir das Schicksal, das seiner in den Händen des Hippias wartet, ganz genau. Siegt aber die Stadt, so kann sie die mächtigste Stadt in Hellas werden. Wie das möglich ist und inwiefern es gerade von dir abhängt, das will ich dir nun erklären. Wir zehn Feldherrn sind geteilter Meinung; die einen raten zur Schlacht, die anderen raten ab. Wagen wir aber jetzt die Schlacht nicht, so fürchte ich, wird Zwietracht und arge Verwirrung über die Gemüter der Athener kommen, und sie werden sich den Medern ergeben. Wagen wir aber die Schlacht, noch ehe sich Parteien unter den Athenern bilden, so können wir mit Hilfe der Götter siegen. Alles das steht jetzt bei dir und hängt von dir ab. Wenn du dich für meine Meinung entscheidest, so ist deine Vaterstadt frei und wird die mächtigste Stadt in Hellas. Trittst du aber denen bei, die gegen die Schlacht stimmen, so wirst du von all dem Guten, das ich dir genannt, das Gegenteil erleben.«

Durch diese Worte gewann Miltiades den Kallimachos für seine Meinung, und als der Polemarchos seine Stimme abgab, war der Entschluß zur Schlacht gefaßt. Die Feldherren, die für die Schlacht gestimmt hatten, überließen nun alle, wenn der Tag des Oberbefehls an sie kam, den Befehl dem Miltiades. Der nahm ihn an, lieferte aber die Schlacht nicht eher, als bis die Reihe des Oberbefehls an ihn selber kam.

Jetzt erst ordnete er das Heer zur Schlacht und stellte es folgendermaßen auf. Den rechten Flügel befehligte der Polemarchos Kallimachos; damals war es nämlich bei den Athenern noch Sitte, daß der Polemarchos auf dem rechten Flügel stand. Dann folgten die Phylen, nach ihrer festgesetzten Reihenfolge geordnet, und endlich schlossen auf dem linken Flügel die Plataier die Schlachtreihe ab. Seit dieser Schlacht betet der athenische Herold bei dem großen Opfer, das an den fünfjährigen Festen dargebracht wird, nicht nur für das Heil der Athener, sondern auch für das der Plataier. Die so geordnete Schlachtreihe der Athener bei Marathon war ebenso lang wie die medische, doch war sie in der Mitte nur wenige Reihen tief, die Mitte war also am schwächsten; auf den beiden Flügeln standen die Truppen dichter.

Als die Aufstellung vollendet war und das Opfer günstig ausfiel, stürmten die Athener auf das Zeichen zur Schlacht hin gegen die Barbaren vor. Die Entfernung zwischen den Heeren betrug nicht weniger als acht Stadien. Die Perser sahen die Athener im Laufschritt nahen und rüsteten sich, sie zu empfangen. Sie hielten es für ein ganz tolles selbstmörderisches Beginnen, als sie die kleine Schar heranstürmen sahen, die weder durch Reiterei noch durch Bogenschützen gedeckt wurde. Aber während die Barbaren solche Gedanken hegten, kamen schon die Haufen der Athener heran; der Kampf begann, und sie hielten sich wacker. Die Athener waren die ersten unter allen hellenischen Stämmen, soweit wir wissen, die den Feind im Laufschritt angriffen, sie waren auch die ersten, die dem Anblick medischer Kleidung und medisch gekleideter Krieger standhielten. Bis dahin fürchteten sich die Hellenen, wenn sie nur den Namen der Meder hörten.

Der Kampf bei Marathon währte lange. In der Mitte des Heeres siegten die Barbaren; dort stand der persische Stamm selber und der Stamm der Saken. Dort blieben also die Barbaren Sieger, durchbrachen die Reihen der Feinde und verfolgten sie landeinwärts. Auf beiden Flügeln siegten jedoch die Athener und Plataier. Sie ließen ihre geschlagenen Gegner fliehen und wandten sich gemeinsam gegen die, welche die Mitte durchbrochen hatten. Auch hier siegten die Athener. Dann folgten sie den flüchtigen Persern und trieben sie unter Gemetzel an den Meeresstrand. Dort riefen sie nach Feuerbränden und griffen die Schiffe an.

Bei diesen Kämpfen starb der Polemarchos Kallimachos den Heldentod, und von den Feldherren fiel Stesilaos, der Sohn des Thrasylos. Dem Kynegeiros, Sohn des Euphorion, der ein Schiff am Heck festhielt, wurde die Hand mit einem Beil abgeschlagen, und so fielen noch viele andere angesehene Athener.

Sieben Schiffe wurden von den Athenern erobert. Mit den übrigen stachen die Barbaren in See, nahmen die auf der Insel zurückgelassenen Sklaven aus Eretria an Bord und segelten um Sunion herum, um vor dem athenischen Heere die Stadt

Athen zu erreichen. In Athen schrieb man es einer Hinterlist der Alkmeoniden zu, daß die Perser auf diesen Gedanken gerieten. Man sagte, sie hätten mit den Persern ein Zeichen verabredet und, als diese schon auf den Schiffen waren, einen Schild emporgehoben.

Also die Perser umschifften Sunion. Die Athener aber eilten, so schnell die Füße sie tragen wollten, zu ihrer Stadt und langten wirklich eher an als die Barbaren. Sie lagerten sich wieder in einem Heraklesheiligtum; damals war es das bei Marathon, jetzt das in Kynosarges. Als die Barbaren auf der Höhe von Phaleron ankamen – das war damals der Hafen Athens –, gingen sie auf hoher See vor Anker; dann kehrten sie um und fuhren heim nach Asien.

In dieser Schlacht bei Marathon fielen rund sechstausendvierhundert Barbaren und einhundertzweiundneunzig Athener. Das waren die Verluste auf beiden Seiten. Und etwas Wunderbares ereignete sich in der Schlacht. Ein Athener, namens Epizelos, Sohn des Kuphagoras, wurde, während er im Handgemenge gar tapfer focht, des Augenlichts beraubt, ohne daß er irgendeinen Schlag oder Stoß erhalten hatte. Von dem Augenblick an war er blind und blieb es, solange er lebte. Er soll über den Vorfall folgendes erzählt haben. Ein Riese in der Hoplitenrüstung, dessen Bart den ganzen Schild beschattet habe, sei ihm entgegengekommen; doch sei die Erscheinung an ihm vorübergegangen und habe seinen Nebenmann erschlagen. So, sagte man mir, hat Epizelos erzählt.

Als Datis mit dem Heere auf der Rückfahrt nach Asien bis Mykonos gekommen war, hatte er dort einen Traum. Von dem Inhalt des Traumes wird nichts berichtet; aber sobald der Tag anbrach, durchsuchte er alle Schiffe, und als er in einem phoinikischen Schiff ein vergoldetes Standbild des Apollon fand, fragte er, wo sie das Bild geraubt hätten. Sie sagten ihm, aus welchem Heiligtume es stamme, und er segelte in seinem Schiff nach Delos. Die Delier waren bereits nach ihrer Insel zurückgekehrt; er stellte das Apollonbild im Tempel auf und erteilte den Auftrag, man solle das Standbild nach dem thebanischen

Delion zurückschaffen. Dieser Ort liegt an der Küste gegenüber von Chalkis. Danach fuhr Datis wieder ab, die Bewohner von Delos aber brachten das Götterbild keineswegs an seinen Platz zurück; erst zwanzig Jahre später, auf Geheiß des Gottes, holten es die Thebaner selber nach Delion heim.

Die gefangenen Eretrier wurden von Datis und Artaphernes, nachdem sie die Küste Asiens erreicht hatten, landeinwärts nach Susa geschleppt. König Dareios hatte gegen die Eretrier, bevor sie in die Gefangenschaft geführt wurden, einen gewaltigen Zorn gehabt; denn Eretria hatte ja den Streit mit Persien angefangen. Aber als sie jetzt vor ihn geführt wurden und ganz in seine Hände gegeben waren, tat er ihnen kein Leid an und siedelte sie im Lande Kissien auf seinem Landgut namens Arderikka an. Arderikka ist zweihundertzehn Stadien von Susa entfernt und vierzig Stadien von jenem berühmten Brunnen, der drei verschiedene Dinge enthält. Man gewinnt nämlich Erdharz, Salz und Öl aus diesem Brunnen. Wie aus einem Ziehbrunnen wird die Flüssigkeit mit Hilfe eines Schwengels emporgezogen, doch ist an dem Schwengel statt eines Eimers ein halber Schlauch befestigt. Der Schlauch wird hinuntergelassen, wieder heraufgezogen und sein Inhalt in ein Gefäß gegossen. Darauf wird die Flüssigkeit in ein anderes Gefäß gegossen, und nun zerlegt sie sich in ihre drei Bestandteile. Das Erdharz und das Salz setzt sich alsbald ab; das zurückbleibende Öl führt bei den Persern den Namen Rhadinake, es ist schwarz und hat einen strengen Geruch.

Dort siedelte also König Dareios die Eretrier an. Sie wohnten dort noch zu meiner Zeit und hatten auch ihre alte Sprache bewahrt. Das war das Schicksal dieser Eretrier.

Nach dem Vollmond kamen nun auch zweitausend Lakedaimonier in Athen an. Sie waren in solcher Eile marschiert, daß sie am dritten Tage nach dem Abmarsch aus Sparta auf attischem Boden standen. Trotzdem kamen sie zu spät zur Schlacht und wollten nun wenigstens die gefallenen Perser sehen. Sie gingen nach Marathon und besichtigten das Schlachtfeld. Unter Lobsprüchen auf die Athener und ihre Tat kehrten sie nach Hause zurück.

Karl Zinkhan
Johannes Storck, der Reinhardser Schnelläufer

Wer von den Alten weiß noch vom Reinhardser Schnelläufer und wer von den Jungen hat schon von ihm gehört? Es sind schon über 50 Jahre her, daß er in der Nordwestecke unsres Kreises und Umgebung seine fast unglaublichen Streiche ausführte. In seinem Heimatorte Reinhards wird an den langen Winterabenden manche Erinnerung hervorgeholt, und die Jugend labt sich dran. Die Alten, die ihn persönlich gekannt haben, werden immer weniger an Zahl, drum sei hier einmal gesammelt, was für Erinnerungen sich im Volksmund noch lebendig erhalten haben. Auch ein Bild ist noch vorhanden und in »Schöfferches« Kommode aufgeklebt.

Der Schnelläufer Johannes Storck war ein Enkel des Leinwebers und Schulmeisters Johs. Storck, geboren am 25. Januar 1833, und wohnte im Gemeindehaus zu Reinhards. Mit leichten Schuhen bekleidet, machte er auf zwei langen Krückstökken ungeheure Sätze, also auch ohne Siebenmeilenstiefel, jedoch selten im Beisein oder unter der Beobachtung anderer Leute. Er war ein komischer Kauz und wegen seiner Streiche von den Einwohnern gefürchtet. An den Eckstöcken der Häuser kletterte er in die Höhe und stahl Wurst und Fleisch.

Eines Abends schlich er sich in Melchers Haus und ging in das Küchenstübchen. Von den Hausbewohnern waren jedoch noch einige wach. Als sie dem Geräusch nachgingen und ihn erwischten, sagte er, er habe sich beim Heimgehen verlaufen.

Säuhirtes stahl er einen Korb mit Bienen und trug ihn in einem Sack heim. Als man danach bei ihm suchte, fand man ihn im Heu.

Einmal ging der Schnelläufer an Börners Scheuer vorbei, wo gedroschen wurde. Plötzlich rief er: »Es brennt!« Wer der Brandstifter war, ist leicht zu erraten. Das Feuer konnte noch rasch gelöscht werden.

Seine Kühe waren immer sehr dürr und daher zum Ziehen

zu schwach. Wollte er eine Höhe hinauffahren, band er den Kühen Zunder unter den Schwanz und zündete ihn an. Mit hochgehobenen Schwänzen stürmten dann die Tiere vorwärts. Sein Schwiegervater in Hintersteinau half ihm einst mit einer Kuh Mist fahren. Als dieser am Abend mit seinem Tier heim wollte, ließ Storck es nicht aus seinem Stall. Erst mit Hilfe der Nachbarsleute gelang es. Aus Schabernack trieb er seinem Schwiegervater nachts die Gänse aus dem Stall, die durch ihr Geschrei den Eigentümer und die Nachbarn aus dem Schlafe schreckten.

Hackte der Schnelläufer Kohl oder Kartoffeln, so band er auf die Hacke einen Stein, damit sie mehr Wucht hatte.

Für einen Sohn hatte er beim Kurfürsten um die Patenschaft angehalten, doch ohne Erfolg. Schon war der Pfarrer da, aber noch kein Pätter. Storck lief darauf zu einem Nachbarn, der aus Furcht sich zur Patenschaft sofort bereit erklärte. Bald darauf starb das Kind, wie verlautete dadurch, daß ihm sein eigner Vater stets das Kissen aufs Gesicht gedeckt und es erstickt habe.

Einmal überraschte der Schnelläufer Klühe Urgroßvater, als ihm dieser mit einem Schiebkarren über die Wiese fuhr. Das wollte er jedoch nicht leiden, kam in Wortwechsel und rannte den unberechtigten Betreter seines Grundstücks an, daß er zu Boden fiel. Dieser raffte sich jedoch wieder rasch auf, packte den Angreifer an den Ohren und bezahlte mit gleicher Münze. Als einige Tage später Klühe Urgroßvater den Schnelläufer beim Steineklopfen antraf, sagte dieser: »Wolle mer sich noch emol gepack?«

Einmal kam er in Leye und brachte ein Glas mit Heimchen. »Ha, guck emol, wos ich für schöne Vögel ho.« Am andern Tag war die ganze Küche voll Heimchen.

Wenn es in dem 3 Kilometer entfernten Hintersteinau zur Kirche läutete, zog er sich gewöhnlich noch an und kam doch noch recht.

Einmal war er nach Schlüchtern vor Gericht geladen. Dort angelangt, hatte er seine Vorladung vergessen. Nur etwas über eine Stunde Zeit war noch, aber die reichte aus, um nach Reinhards zu laufen und das Vergessene zu holen.

In Uerzell half er einmal Heu machen. Da fragte er die Leute, ob sie ihn einmal springen sehen wollten. Ihr Wunsch wurde erfüllt. Im Nu war der Schnelläufer davon und ließ sie mit ihrer Arbeit im Stich.

In einer Stadt des Kinzigtales war einst Kirmes. Als die Reinhardser, wie auch heute noch, sich früh zu Bett begaben, machte der Schnelläufer seine nächtliche Kirmesreise und tobte sich aus. Am andern Morgen war er wieder daheim und erzählte den Leuten von seinen Kirmeserlebnissen.

Einst fuhr er mit seinem Schubkarren voll Garn auf der Straße, und ein Kutscher folgte ihm mit zwei Pferden nach. Der Schnelläufer hüpfte vor dem Wagen herum und beunruhigte die Pferde zum Verdruß des Kutschers. Dieser trieb nun die Tiere an, damit der Schelm ausweichen müsse und er vorbeijagen könne. Aber der Schnelläufer blieb unbeirrt auf der Straße, bis der Kutscher die Jagd aufgab.

Mit einem Kutscher machte er eine Wette, wer am schnellsten nach der nächsten Stadt renne. Der Schnelläufer blieb noch im Wirtshaus sitzen, doch bis zum nächsten Dorfe hatte er ihn schon überholt und begrüßte den Kutscher aus dem Wirtshaus. In aller Ruhe blieb er noch sitzen und zechte schon im Vorgefühl seines Sieges. Bald gabs aber Fersengeld, dem Geschirr immer näher, im Saus an ihm vorbei, und der gute Kutscher, der seine Pferde bald zu Tode gejagt hatte, mußte mit Schmerz einsehen, daß er seine Wette verliere.

Einmal fuhr ein Reinhardser nach Schlüchtern. Der Schnelläufer wartete mit seinem Forteilen noch fast eine Stunde und kam doch gleichzeitig mit dem Fuhrwerk an.

Mit dem Reinhardser Ortsbürger Alt lief er einmal um die Wette vom Kirchenpfad bis zu dessen Wohnhaus. Erst gings langsam, dann immer schneller, während das Pferd seine besten Kräfte schon hergeholt hatte. Als Alt das erste Haus erreicht hatte, rannte der Schnelläufer an ihm vorbei und gab seine Schadenfreude durch höhnisches Gelächter kund.

Der Schnelläufer besuchte oft Hanau und Fulda und lief auf seiner Reise mit Post und Eisenbahn um die Wette zum nicht geringen Staunen der Insassen.

Mit dem Wirt Valentin Freund in Schlüchtern machte er eine Wette, in 2 Stunden in Fulda zu sein. Der Schnelläufer bekam eine versiegelte Uhr, die er auf dem Landratsamt in Fulda vor-

Johannes Storck (1833–1912), Lithographie um 1865
Dem »Reinhardser Schnelläufer« wurden seine flinken Beine zum Verhängnis.

zeigen mußte. 20 Louisdor waren als Preis ausgesetzt. Der Förster Merchel ritt ihm nach, konnte aber auf dem Distelrasen nicht mehr folgen. Die Wette wurde glatt gewonnen. In Fulda stahl er dann Garn, wurde aber noch rechtzeitig erwischt und bestraft.

Sein Hang zum Stehlen artete bald zu Schlimmerem aus. Mit seinem Vater ging er im Winter zum Ausroden der Hecken aufs Feld, doch kam dieser nicht mehr lebend heim. Er soll mit dem Kopf auf eine Eisplatte gefallen und daran gestorben sein. Es wurde jedoch vermutet, daß der Sohn der Mörder war.

Die Ermordung des Wächtersbacher Nachtwächters wurde dem Reinhardser Schnelläufer auch zur Last gelegt, konnte jedoch nicht bewiesen werden, denn am andern Morgen war dieser wieder in Reinhards.

Doch der Krug geht solange zum Brunnen, bis er bricht.

Nachstehendes Gedicht entstand nach der Bluttat bei Breungeshain am Taufstein und wurde im Vogelsberg von der Jugend viel gesungen.

Schauderhaft ist die Geschichte, was uns das Gedichte spricht,
doch es kam ans Tageslichte, wenns auch im geheim geschieht.
Unsres treuen Bruders Blut ward gemordet um sein Gut.
Georg Rützel ging nach Schotten auf den dortgen Sommermarkt,
seine Geschäfte waren dorten, weil er hatte viel verborgt.
Er nahm die 50 Gulden ein beim Genuß des Branntewein.
Auf dem Rückweg ward er müde und setzt sich an Weges Rand,
wo ihm nun der Mörder begegnet und ihn ganz alleine fand.
Er begleitet ihn nach Michelbach zu dem Gastwirt Repp unter Dach.
Da ward Brüderschaft getrunken und gespeist aufs allerbest,
dacht der Mörder: Du mußt sterben, wenn Du Dich berauschen läßt.
Dieses alles wurde wahr in einer halben Stund sogar.
Auf dem Weg nach Breungeshain waren beide ganz allein.

Zwischen eines Waldes Kopf gab der Mörder dem armen Tropf
einen Schuß durch die Lung, drauf er in das Weite sprung.
Seine Börse war geleert und der Leichnam lag im Feld,
wo ihm nun ein Mann begegnet, der ihn für betrunken hält.
Doch 2 Priester kommen danach, diese untersuchen die Sach.
Als man ihn für tot befunden und die Nacht hindurch bewacht,
gab man dem Gericht die Kunde, diese kam am frühen Tag.
Untersuchung ward gleich vorgenommen, niemand war dazu gekommen.
Von der Aussag' vieler Menschen kam Johann Storck in Verdacht,
weil er viele Raubversuche an demselben Tag gemacht.
Er ward darauf arretiert und nun vor Gericht geführt.
Gott sei Dank der Ordnung halben und der ganzen Polizei,
daß man seines Wegs kann wandern sicher wieder frank und frei.
Der Mörder ist nun aufgerafft und in Sicherheit gebracht.

In Hanau kam die Tat zur Verhandlung. Am 4. Juli 1865 wurde Johannes Storck wegen Raubmord und Fälschung zu lebenslänglicher Zuchthausstrafe verurteilt. Der Prozeß war für damalige Zeit ein Ereignis, drum ließ man ihn drucken, mit dem Bild des berühmten Schnelläufers versehen, und verkaufte das 32 Seiten starke Heftchen. Das am Anfang gebracht Bild entstammt dem Titelblatt und hat sich in »Schöfferches« Kommode als Rest durch die Zeiten gerettet. Eine vollständige Abhandlung ist noch in Reinhards vorhanden und wurde 1912 von mir den damaligen Schülern vorgelesen. Sie gehört der Hintersteinauer Pfarrchronik an, wird aber von einem Reinhardser als kostbare Rarität geheim gehalten.

Im Jahre 1868 wurde Johannes Storck von Marburg a. L. nach der Strafanstalt Halle a. S. verbracht und blieb dort bis 1895. Die letzten 10 Jahre davon war er geistig umnachtet, weshalb er nach Verschlimmerung der Krankheit in das Landeshospital Kloster Haina aufgenommen wurde. Von hier aus hat der Schnelläufer im Jahre 1909 zweimal an den Herrn Schullehrer in Reinhards, damals an mich, einen sehr langen Brief geschrieben, jedesmal 16 Seiten zu je 30 enggeschriebenen Reihen. Neben vielen allgemeinen Redensarten mit religiöser Beimischung sind auch klare Gedanken enthalten. Einige wörtliche Proben seien hier gebracht.

»Wer Kinder hat und hält sie nicht zur Schule, daß sie alle Handschriften lesen können, der thut denselben den größten Schaden.« Dann folgt der Beweis an vielen Beispielen. Das gleiche geschieht mit den Worten: »Mancher hört gerne Schmeichelworte und weiß nicht, daß sie der beste Diebesschlüssel sind.«

Von sich schreibt Storck: »Ich thue noch zu wissen, daß ich noch 10 Jahr die Schule besucht das ist für mich und viele hundert zum Heil.«

Von seiner Zuchthausarbeit schreibt er: »Fünf Jahre habe ich gewoben mit einem Schnellschus. Ein mal hatte ich das Glück bestellte Waare zu machen auf den Zoll 80 Faden, schlug aber über 100 den Tag 12 Ellen meiner Aufgabe, und machte 38 Ellen, da hatte ich etwas über 3 Mark verdient aber nicht wieder. Ander Weben immer doppelt nämlich Barchen den Tag Aufgabe 12 Ellen machte aber 24 Ellen. Nach 5 Jahren kam ich zum Kartoffelschälen den Tag einen Centner saß aber drei Tage dabei und wurde mir sauer aber was habe ich gelugt und brachte es dahin den Tag drei Zentner den Zentner 24 Pfund Schalen bin 10 Jahr dabei gewesen und hatte noch meinen Arbeitsbuch um 2000 Centner. Ich war in einer Zelle allein und hatte das Glück mit Schreibmaterialien. Bis Mittag von Morgen hatte ich meine Aufgabe was nötig war geleistet. Dann war die Zeit bis zum Feierabend für mich, hatte Schreibmaterial für mein Geld für 4 ½ Mark Papier als es fertig war gab ichs zur Aufbewahrung und 1882 schickte ichs meiner Tochter. Alle drei Monate habe ich meinen Angehörigen drei Mark geschickt. 11 Tage in der Klinik macht mit Fuhrlohn 20 Mark. 22 Mark meine Kleider und hatte doch noch 95 Mark Sparpfennig habe aber auch mein Brod trocken gegessen und wie ich es jetz habe und ein Bett. Wer letzt lacht, lacht am Besten.

Vorzeiten machte sich meine Tochter auf die Reise Nimand was zu sagen besucht mich 100 Stunden wegs, die Reise kostet 24 Mark das habe ich bezahlt, 1903 mich hier besucht macht 14 Mark auch bezahlt und verläßt mich heute noch nicht.«

Die Gemeinde Reinhards mußte für Johs. Storck jährlich 100 Mark und seine bis 1907 in Weichersbach lebende und im Steinauer Krankenhaus verstorbene Frau 80 Mark bezahlen. Darüber schreibt Storck:

»Ich bedaure die armen Leute, welche sichs im Sommer sauer werden lassen und im Winter Noth leiden müssen, ihren Antheil für meine Flege zu entrichten wo ich mit ein par Kartoffel und einige Löffel Suppe zufrieden wäre und ein Nachtlager nicht so hatte wie hier. Welchen Irrthum, wenn geglaubt wird, es ginge mir Uebel darauf kann ich Antworten ein Leben wie zu Haus auf Feiertagen. Die Pflege steht jetz auf zweiter Klasse 300 Mark jährlich, davon schuldigt die Gemeinde den dritten Theil macht jetz schon in den zwölf Jahren meines hiersein über 1000 Mark, sind jährlich 50 Mark Zinsen die sind jedes Jahr mit Verdoppelung weggeworfen. Was mir Schaden bringen sollte ist es der Gemeinde doppelt und häuft sich immermehr. Mancher Bürgermeister spart der Gemeinde die Unkosten und holt die Leute weg. Wer aufgenommen wird (in der Heimat) bekommt 26 Thaler und 2 Anzüge und wenn er kein Gut thut wieder her. Wie mancher wird auf 8, 14 Tage beurlaubt und kommt dann wieder. Es ist Einer schon einige Jahre weg und verdient sich Geld. Wer nicht Geistesschwach ist und will ihm Jemand haben, dem wird er zugeschickt.«

Ein diesbezüglicher Antrag um Aufnahme in seine Heimatgemeinde war schon vor den Briefen gestellt, aber abgelehnt worden; denn Angehörige wohnten nicht mehr in Reinhards, und andre wollten ihn nicht. Er hätte gewiß keinem Kinde etwas zuleide getan, aber der Schrecken saß den Reinhardsern noch nach 50 Jahren in den Gliedern. Seinen letzten Rettungsanker warf der Hochbetagte nach dem derzeitigen Lehrer aus. Aber auch meine Fürbitte hatte keinen Erfolg. Schon oft hat es mich gereut, diesen für die Reinhardser Ortschronik so wichtigen Mann nicht einmal aufgesucht zu haben, dann wüßten wir noch mehr und hätten auch eine Photographie von ihm. Aber 1909 hatte ich mehr Interesse für die Braut als für den Schnelläufer. Ich glaubte auch, der noch sehr rüstige und mit gewölbter Brust ausgestattete Alte, wie er von den Hainabesuchern geschildert wurde, würde 100 Jahre erreichen, sodaß man ihn noch lange kennen lernen könne. Da traf die Nachricht ein, daß er am 1. Sept. 1912 im Alter von 79 Jahren an Altersschwäche gestorben sei.

Auf eine Anfrage um genauere Personalangaben teilte die Anstalt mit: »Er hat sich zeitweise mit Strümpfestricken beschäftigt. Bei seinen Reden brachte er vielfach Bibelsprüche vor und las oft in Gebetbüchern. Von seinem Schnellaufen hat er öfters gesprochen.«

Die Hoffnungslosigkeit auf ein Wiedersehn der Heimat hat er mit ins Grab nehmen müssen.

Haben wir ihm recht getan?

Peter R. Wieninger
Joggen

Der Wecker klingelte unbarmherzig. Ich öffnete vorsichtig ein Auge. Die Sonne blendete mich. Rasch schloß ich es wieder. Ich wollte keine Ohren mehr haben. Ich wollte taub sein. Ich haßte Wecker. Ich haßte Licht. Noch mehr haßte ich das Aufstehen. Elisabeth besorgte es für mich. Sie riß mir brutal die Decke vom Körper, zog mir den geliebten Polster unter der Nase weg, packte mich stählern am linken Arm und warf mich aus dem weichen, warmen Bett. Hart fiel ich auf den Bauch. Meine Nase bohrte sich in den Teppich. Er roch nach Fußpilz. Ich liebte Elisabeth. Sie hatte so eine erfrischende Art, die Dinge anzupacken.

Sie war einundzwanzig Jahre jung, einen Meter sechsundsiebzig groß, frisch, fromm, fröhlich, frei, blauäugig, hatte blondes, wallendes Haar, wunderbar weiße Zähne und ging in ihrem Beruf als Turnlehrerin auf.

Ich war siebenundvierzig Jahre alt, einen Meter sechsundsechzig klein, pummelig, braunäugig, hatte eine Halbglatze, die leicht einen Sonnenbrand bekam, von Karies befallene Zähne und haßte es, Portier zu sein.

Elisabeth griff mir unter die Achseln. Ich kicherte, denn ich war kitzlig. Sie zerrte mich ins Badezimmer und riß mir den Pyjama vom Leib. Meine zarte, rosa Haut rieb sie mit einem harten Schwamm ab. Das förderte unheimlich die Durchblutung. Es schmerzte aber auch. Jedoch stieg meine Lebenserwartung dadurch. Ich wollte sterben.

Elisabeth stieß mich in die Duschkabine und drehte erbarmungslos den Kaltwasserhahn auf. Der Schock der Geburt wiederholte sich jeden Morgen. Aus der Wärme in die Kälte. Aus der Karibik an den Nordpol. Aus der guten in die böse Welt. Aus der Traum, ab in die Wirklichkeit.

Elisabeth verfrachtete mich in einen Jogginganzug aus Jute. Er kratzte sehr. Ich hatte somit siebzehn Kindern aus Bangladesch das Überleben für ein volles Jahr gesichert. Ich fühlte mich sofort besser.

Zum Frühstück gab es fünf verschiedene Getreidesorten mit gewässerter Milch, eine ganze Karotte und einen halben wurmigen Apfel. Elisabeth sorgte für mich. Ich sollte nicht hungern, aber auch abnehmen. Sie hatte einen Speise-, einen Fitneß-, einen Schlaf- und einen Freizeitplan für mich erstellt. Sogar die Länge des Kloaufenthaltes war vorgegeben. Er zählte zur Freizeit.

Mein Bauch knurrte. Ich fühlte mich elend. Ich dachte an Schweinsbraten, an Bier, an Torten. Es lebe das gesunde Leben! Ich hätte auf Mutter hören sollen, sie hatte mich gewarnt.

»Liebes«, hauchte ich entkräftet.

»Hast du deine Vitaminkapseln schon genommen, Anton?« bohrte Elisabeth. Sie massierte mich gerade. Ich sollte gelenkig werden für den bevorstehenden Geländelauf.

»Natürlich, Liebes, ich könnte ohne sie gar nicht mehr leben.« Die Fische im Aquarium hatten gierig nach ihnen geschnappt.

»Schwindelst du auch nicht, Anton?« fragte sie streng. Sie renkte mir gerade den linken Arm aus.

»Liebes, was ich fragen wollte war, ist heute nicht Sonntag?« Elisabeth zog gerade an meinem rechten Bein. Das war die Streckbankübung. Manchmal glaubte ich, daß ich nur das praktische Versuchskaninchen für ihr Buch »Rank und schlank in vierzehn Tagen« war. Ich glaubte allerdings auch, daß mir vollkommen die körperlichen Voraussetzungen fehlten, geschweige denn die Motivation.

»Mein Gott, bist du noch fett«, meinte Elisabeth, »ist ja direkt eklig!« Sie schlug mit der Faust gegen meinen Bauch. Er knurrte auf. Schreien konnte er nicht. Ich hatte zuwenig Luft dazu. Sie war mir schon längst abhanden gekommen.

»Tut gut, nicht wahr?« meinte Elisabeth. Sie kümmerte sich immer so rührend um mich.

»Natürlich, Liebes, ich wüßte nicht, was ich ohne dich machen sollte.«

Sie lächelte. Sie knetete meinen Bauch durch. Ich war so lieb und treu wie ein Hund. Das Bellen würde sie mir auch noch beibringen, vom Apportieren ganz zu schweigen.

»Meine Mutter hat immer gesagt, am Sonntag soll man rasten, erst am Montag soll man fasten.«

Elisabeth wuchtete mich auf den Bauch. Meinem Rücken verabreichte sie harte, ansatzlose Handkantenschläge.

»Wir müssen die Ration kürzen. Du bist wirklich noch zu fett!«

Sie schlug mir abschließend auf die Schulter, stieß mich von der Liegebank und trieb mich vor sich her.

»Wir joggen nun. Der Plan muß eingehalten werden!«

Ich hatte Elisabeth vor drei Monaten kennengelernt. Ich wohnte damals noch bei meiner Mutter. Sie kochte übrigens herrlich. Auf dem Weg vom Arbeitsplatz nach Hause mußte ich immer durch den Stadtpark. Dort sah ich Elisabeth joggen. So sahen wir uns ein Jahr lang, ohne ein Wort zu wechseln. Sie joggte, und ich freute mich auf mein Essen, das meine Mutter liebevoll zubereitete. Ich war zufrieden. Ich liebte die Mahlzeiten, ich frönte dem Schlaf, ich träumte mich durch die Arbeit, ich liebte das Leben. Ich war glücklich.

Bis zu dem unglückseligen Tag, an dem ich auf der verhängnisvollen Bananenschale im Park ausrutschte, mit dem Kopf auf dem Kopfsteinpflaster aufschlug und einen stechenden Schmerz im rechten Bein fühlte. Elisabeth joggte flugs zu mir her, stellte mit kundigem Blick den Bruch des Beines fest und joggte geschwind nach einem Arzt. Sie besuchte mich dann regelmäßig im Spital. Sie brachte mir die herrlichsten Speisen. Sie erzählte mir, wie gern und gut sie putze wie gut und gern sie stricke, wie gern und gut sie koche. Ich fiel auf sie rein. Wir heirateten. Mutter hatte mich gewarnt.

Ich trottete keuchend hinter Elisabeth her. Sie lief lachend vor mir.

»Beeil dich, Anton! Eins! Zwei! Eins! Zwei!«

Wir joggten durch den Stadtwald. Hier hatte es begonnen. Hier sollte es enden. Ich nahm einen schweren Stein, rannte mit letzter Kraft zu ihr und schlug ihr den Schädel ein. Es knirschte, als die Schädeldecke brach. Sie fiel der Länge nach auf dem Boden nieder. Ich schlug noch zweimal kräftig zu. Ich wollte sichergehen. Danach zerrte ich Elisabeth keuchend, aber beruhigt in das Unterholz.

Ich ging nach Hause, duschte, zog meinen besten Anzug an.

Ich nahm meine Zahnbürste und besuchte das vorzüglichste Restaurant der Stadt. Die Vorspeise bestand aus Blunzenparfait, Kaninchenterrine mit einem Tropfen Kernöl und orange parfait. Dann probierte ich hausgemachte Spaghetti mit fast noch rohem Lachs und knackigen grünen Schoten.

Als ich gerade die Fleischknödelsuppe kostete, kam die Kriminalpolizei. Ich lud sie ein. Während des Verzehrs des frischen Lachstatars unter einer geschmeidigen Räucherlachshülle – ich liebe Lachs –, die dem Hauptkommissar übrigens auch sehr mundete, erzählte ich ihnen mein Unheil.

Der Zander in der charmanten Begleitung frischer Austern und eines duftigen Petersilpurées war eine Klasse für sich.

Der Sommelier kannte sich ebenfalls in seinem kühlen Keller aus. Und als Höhepunkt erschien eine extrareich gegarte Wildente im eigenen Saft. Ich war so entzückt, daß ich sofort den Mord gestand. Ich war glücklich. Die Polizisten waren glücklich. Sie wurden nur blaß, als sie herausfanden, daß ich die Rechnung nicht begleichen konnte. Ich bekannte mich schuldig. Ich zeigte keine Reue. Ich verheimlichte nichts. Mein junger Pflichtverteidiger bekam Wein- und Schreikrämpfe. Der Richter war ein verständiger Mann. Er brummte mir lebenslänglich auf. Ich nahm das Urteil sofort an.

Mutter kommt nun jeden Tag und bringt mir einen Freßkorb ins Gefängnis. Die Wärter sind nett. Das Einzelzimmer ist nicht zu klein, das Bett weich. Ich habe schon wieder zehn Kilogramm zugenommen.

Statt eines Schlußworts

Jean Baudrillard
»Jogger sind die wahren Heiligen«

Ich hätte nie geglaubt, daß einem der Marathonlauf von New York die Tränen in die Augen treiben kann. Es ist ein Spektakel des Weltuntergangs. Kann man von freiwilligem Leiden wie von freiwilliger Knechtschaft sprechen? Bei strömendem Regen, unter Hubschraubern und Beifallsstürmen, von Aluminiumkapuzen bedeckt und auf ihre Stoppuhren schielend, mit nackten Oberkörpern und verdrehten Augäpfeln suchen sie alle den Tod, den Tod durch Erschöpfung, wie er vor zweitausend Jahren den Marathonläufer ereilte, der, laßt uns daran erinnern, immerhin eine Siegesmeldung nach Athen brachte. Sicherlich träumen auch sie davon, eine Siegesmeldung zu überbringen, aber es sind ihrer zu viele und ihre Nachricht hat keinen Sinn mehr: sie berichten nur die Ankunft selbst, in Begriffen der Anstrengung gemessen – sie bringt nur die heraufziehende Meldung von einer übermenschlichen und nutzlosen Anstrengung. Gemeinsam freilich übermitteln sie eher die Nachricht vom Bankrott der menschlichen Rasse, wenn man sieht, wie die im Ziel Einlaufenden von Stunde zu Stunde mehr in die Knie gehen, angefangen bei den ersten, die noch kräftig und wettbewerbsfähig sind, bis zu den gestrandeten, die von ihren Freunden buchstäblich über die Ziellinie getragen werden, und den behinderten, die den Lauf im Rollstuhl zurücklegen. 17 000 laufen mit, man muß unwillkürlich an die Schlacht von Marathon denken, bei der nicht einmal 17 000 zum Kampf angetreten sind. Es sind 17 000 und jeder ist allein, ohne Gedanken an einen Sieg, nur mit dem Gefühl der eigenen Existenz. Wir haben gesiegt! haucht der sterbende Grieche von Marathon. *I did it!* seufzt der erschöpfte Marathonläufer und bricht auf dem Rasen des Central-Parks zusammen.

I DID IT!

Dieses Schlagwort einer neuen Form werbewirksamer Aktivität, autistischer Leistung, reiner und leerer Form und Selbstherausforderung ist an die Stelle der promethischen Ekstase von Wettkampf, Anstrengung und Erfolg getreten.

Der Marathonlauf New Yorks ist zu einer Art internationalem Symbol für diese fetischistische Leistung, dieses Delirium eines leeren Sieges und diese Begeisterung über eine folgenlose Selbstgefälligkeit geworden.

Ich bin den Marathon von New York gelaufen: *I did it!*

Ich habe den Annapurna bezwungen: *I did it!*

Die Mondlandung gehört auch in diese Reihe: *We did it!* Ein um so weniger überraschendes Ereignis, als es in der Flugbahn von Fortschritt und Wissenschaft bereits vorprogrammiert war. Man mußte es tun. Man hat es getan. Aber auch dieses Ereignis hat den tausendjährigen Traum vom Raum nicht wiederentdeckt. Es hat ihn in gewisser Weise erledigt.

Derselbe Nutzlosigkeitseffekt stellt sich bei der Durchführung jeden Programmes ein, wie bei allem, was man nur tut, um zu beweisen, daß man es machen kann: ein Kind, eine Bergtour, eine sexuelle Eroberung, einen Selbstmordversuch.

Der Marathonlauf ist eine Art demonstrativer und werbewirksamer Selbstmord: man läuft, um zu zeigen, daß man fähig ist, an die eigenen Grenzen zu gehen, um den Beweis zu erbringen ... den Beweis wofür? Daß man es schafft, anzukommen. Auch die Graffitis verkünden nichts anderes als: Ich heiße Soundso und es gibt mich! Sie machen kostenlose Werbung für die eigene Existenz.

Muß man sein Leben ständig unter Beweis stellen? Ein merkwürdiges Zeichen von Schwäche, der Vorbote eines neuen Fanatismus, einer gesichtslosen Leistung und einer Evidenz ohne Ende.

Man kann zwar ein durchgegangenes Pferd zum Stehen bringen, nicht aber einen joggenden Jogger. Auf keinen Fall darf man ihn, der mit Schaum vor dem Mund auf seinen inneren »Count down« und den Moment starrt, in dem er in den höheren Zustand eintritt, anhalten, um ihn nach der Uhrzeit zu

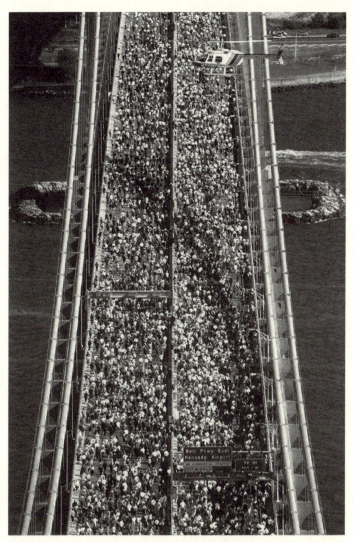

Über 30 000 Männer und Frauen starteten 1996 beim 27. New-York-Marathon. Die Verrazano-Narrows-Brücke, die Staten Island mit Brooklyn verbindet, muß von den Aktiven kurz nach dem Start überquert werden. Anuta Catuna (Rumänien) und Giacomo Leone (Italien) erreichten als Erste das Ziel im Central Park.

fragen, er könnte einen anspringen. Er hat keine Haare auf den Zähnen, aber er trägt gelegentlich Hanteln in der Hand oder sogar Gewichte am Gürtel (wo sind die Zeiten hin, als die Mädchen noch Fußkettchen trugen?). Was der Einsiedler im 3. Jahrhundert durch Entbehrung und stolze Bewegungslosigkeit zu erreichen suchte, dahin will er durch muskuläre Auszehrung des Körpers gelangen. In seiner Selbstgeißelung ist er der Bruder derer, die sich in den Bodybuildinghallen auf komplizierten Vorrichtungen mit verchromten Rädern und erschreckenden medizinischen Prothesen bewußt erschöpfen. Es führt eine direkte Linie von den mittelalterlichen Folterinstrumenten zu den modernen Fließbandgesten und von da zu den Techniken der Körperwiederaufbereitung mit Hilfe mechanischer Prothesen. Wie Diätetik, Bodybuilding und vieles andere mehr ist Jogging eine neue Form freiwilliger Knechtschaft (auch eine neue Form von Ehebruch).

Sicherlich sind die Jogger die wahren Heiligen des Jüngsten Gerichts und die Protagonisten einer netten Ausgabe der Apokalypse. Nichts ruft das Bild vom Weltuntergang stärker hervor als ein Mensch, der einsam geradeaus über den Strand läuft, in die Klangwolke seines Walkman eingehüllt, im einsamen Opfer seiner Energie gefangen, selbst einer möglichen Katastrophe gleichgültig gegenüberstehend, weil er Zerstörung nur noch von sich selbst erwartet, von der Erschöpfung eines in seinen Augen nutzlos gewordenen Körpers. Die verzweifelten Primitiven brachten sich um, indem sie hinausschwammen, bis ihre Kräfte versagten, der Jogger bringt sich durch Hin- und Herlaufen am Strand um. Seine Augen sind verstört, Speichel rinnt ihm aus dem Mund, bringen Sie ihn nicht zum Halten, er wird Sie anfallen oder wie ein Besessener um Sie herumtänzeln.

Das einzige, was sich damit an Traurigkeit messen läßt, ist ein Mensch, der mitten in der Stadt im Stehen allein ißt. In New York sieht man sie überall, diese Gestrandeten der Gastfreundschaft, die sich nicht einmal mehr verstecken, sondern die Reste in aller Öffentlichkeit verschlingen. Und doch ist das noch eine städtische, industrielle Misere. Tausende von einsamen Menschen, die alle nur für sich laufen, ohne nach den anderen zu schauen, den Kopf voll stereophonischer, sich in ihren Blick ergießender Flüssigkeit: das ist das Universum des *Blade Runner*, das ist *das Universum nach der Katastrophe*. Empfänglich weder für das natürliche Licht Kaliforniens noch für den Gebirgsbrand, den der warme Wind bis zu zehn Meilen vor sich hertreibt und der die Bohrinseln vor der Küste mit seinem Rauch umhüllt, blind für alles außer seinem hartnäckigen Laufen in einer Art lymphatischer Selbstgeißelung bis zur Selbstaufopferung aus Erschöpfung: ein Zeichen aus dem Jenseits des Todes. Wie der Fettleibige, der immer fetter wird; wie die Schallplatte, die immer in derselben Rille kreist; wie die Krebszellen, die immer weiterwuchern; wie alles, was die Formel, die Einhalt gebietet, vergessen hat, diese ganze Gesellschaft hier mit ihrem aktiven und produktiven Teil, jeder und alles läuft vor sich selbst davon, weil die Zauberformel verlorengegangen ist, die alles zum Stehen bringen könnte.

Alle diese Überkleider, *jogging suits*, flatternden Hosen und weiches Baumwollzeug, all diese *easy clothes*: all diese nächtlichen Rudel, all diese Leute, die entspannt laufen und marschieren, sind wirklich nicht dem nächtlichen Universum entsprungen – da sie die weichen Kleider tragen, schwimmt ihr Körper in den Kleidern und sie selbst in ihrem Körper.

Eine anoretische Kultur: eine des Ekels, der Ausstoßung, des Menschenmangels, des Auswurfs. Sie ist charakteristisch für eine Phase der Fettleibigkeit, der Sattheit, des Überfülltseins.

Der Anoretiker nimmt das in einer Beschwörung eher poetisch vorweg. Er verweigert den Mangel. Er sagt: mir fehlt nichts, also esse ich nicht. Im Gegensatz dazu der Fettleibige: er lehnt die Fülle ab, die Wohlbeleibtheit. Er sagt: mir fehlt alles, also fresse ich alles. Der Anoretiker bannt den Mangel durch Leere, der Fettleibige die Fülle durch Überfülle. Beide sind homöopatische Endlösungen, Lösungen der Vernichtung.

Anders dagegen der Jogger, der sich selbst auskotzt, der seine Energie während des Laufens eher auskotzt als verausgabt. Er muß die Ekstase der Erschöpfung, den höheren Zustand der mechanischen Vernichtung erreichen wie der Anoretiker den höheren Zustand der organischen Vernichtung, die Ekstase des leeren Körpers, und der Fettleibige den höheren Zustand der dimensionalen Vernichtung: die Ekstase des vollen Körpers.

Quellennachweis

Hans Christian Andersen (1805–1875)
Die Schnelläufer, in: Hans Christian Andersen, Sämtliche Märchen und Geschichten, 2. Bd., Hanau/M.
© Gustav Kiepenheuer Verlag Leipzig u. Weimar

Anonymus
Für und wider die Schnell- und Wettläuferei mit besonderer Hinsicht auf den so eben aus der Möllnschen Buchdruckerei ausgeflogenen Lockvogel, Hamburg 1826. Staatsarchiv Hamburg. Bibliothek. Sammelband 51, No. 20.
© Staatsarchiv Hamburg

Djamal Balhi (geb. 1964)
Der Mann, der einmal um die Welt lief, in: PLAYBOY, Nr. 3/1990
© PLAYBOY Deutschland

Jean Baudrillard (geb. 1929)
Jogger sind die wahren Heiligen, in: Jean Baudrillard, Amerika, München 1995
© Matthes & Seitz München

Dieter Baumann (geb. 1965)
Barcelona 1992, aus: »Ich laufe keinem hinterher« von Dieter Baumann
© 1995 by Verlag Kiepenheuer & Witsch, Köln

Hans-Jürgen Bulkowski (geb. 1938)
Laufen und Lesen, aus: Heinz Kulas (Hg.), Kämpfer im Dress, Peter-Hammer-Verlag, Wuppertal-Barmen 1969
© Hans Jürgen Bulkowski 1998

Brüder Grimm (Jakob 1785–1863; Wilhelm 1786–1859)
Der Hase und der Igel, in: Kinder und Hausmärchen, gesammelt durch die Brüder Grimm, 2. Bd., 7. Aufl., Göttingen 1857

Brüder Grimm
Sechse kommen durch die ganze Welt, in: Kinder und Hausmärchen, gesammelt durch dies., 1. Bd., 7. Aufl., Göttingen 1857

Gottfried August Bürger (1747–1794)
Wunderbare Reisen zu Wasser und zu Lande. Feldzüge und lustige Abenteuer des Freiherrn von Münchhausen, 2. verm. Aufl., London 1788

Noah Gordon (geb. 1926)
Der Chatir, aus: Noah Gordon, Der Medicus
Alle Rechte an der deutschsprachigen Ausgabe beim Karl Blessing Verlag GmbH, München 1996

Arthur Ernst Grix (1893–1966)
Unter Olympiakämpfern und Indianerläufern, Berlin 1935
© Wilhelm Limpert Verlag

Balduin Groller (eigtl. Adalbert Goldscheider 1848–1916)
Der Marathonlauf, in: Balduin Groller, Sportgeschichten, Leipzig 1913
© Philipp Reclam jun.

Max von der Grün (geb. 1926)
Im Osten nichts Neues, in: Heinz Kulas (Hg.), Kämpfer im Dress, Peter-Hammer-Verlag Wuppertal-Barmen 1969
© Max von der Grün 1998

Józef Hen (geb. 1923)
Das große Rennen des Deptala, in: ders., Der Boxer und der Tod;
© 1964 Langen Müller Verlag in der F. A. Herbig Verlagsbuchhandlung München

Günther Herburger (geb. 1932)
Rom, in: Günther Herburger, Lauf und Wahn, Frankfurt/M. 1990
© Luchterhand Literaturverlag München

Herodot (ca. 490 v. Chr – ca. 420 v. Chr.)
Historien, 4. Aufl. 1971, Kröners Taschenbuchausgabe, Bd. 224, Alfred Kröner Verlag Stuttgart
© Alfred Kröner Verlag

Homer (8. Jh. v. Chr.)
Ilias, aus d. Griechischen übertragen v. Johann Heinrich Voss, Leipzig 1972

Ödön von Horváth (1901–1938)
Sportmärchen
»Aus Leichtathletikland« S. 75–78
© Suhrkamp Verlag Frankfurt am Main 1988

Siegfried Lenz (geb. 1926)
Der Läufer, in: Siegfried Lenz: Jäger des Spotts, Geschichten aus dieser Zeit
© Hoffmann und Campe Verlag Hamburg 1958

Fanny Lewald (1811–1889)
Schöne Augen, aus: Fanny Lewald, Meine Lebensgeschichte, Bd. 1
hrsg. v. Ulrike Helmer, Frankfurt/Main 1988
© Ulrike Helmer Verlag

Meister Wunderlich zu Schöppenstädt
Der glückliche Fund, oder die während des zweiten Schnellaufens am 27ten März d. J. gefundene, in einen Liebesbrief gewickelte Schlackwurst neben anderen possierlichen Dingen, die lustig und erbaulich zu lesen sind. Eine Schrift zum Todtlachen, Braunschweig 1825
© Stadtbibliothek Braunschweig

György Moldova (geb. 1934)
Vasdinnyei, der verirrte Läufer, aus: Magyar atom, Budapest 1978, übersetzt von Hans Skirecki
© Hans Skirecki 1998

Fritz Th. Overbeck (1898–1983)
Eine Kindheit in Worpswede, Hans Christians Verlag, Hamburg 1989
© S. Overbeck 1998

Wolfgang Paul (geb. 1918)
Was heißt denn hier schon siegen, in: Heinz Kulas (Hg.), Kämpfer im Dress, Peter-Hammer-Verlag, Wuppertal-Barmen 1969
© Hanna Paul 1998

Hermann Fürst von Pückler-Muskau (1785–1871)
Südöstlicher Bildersaal, 3. Bd. (Griechische Leiden, 2. Teil), Stuttgart 1841

Gustav Rieck (Hg.) (1. Hälfte d. 19. Jhs.)
Mensen Ernst's Leben, See- Land- und Schnell-Reisen in allen fünf Erdtheilen, 2. Aufl., Breslau 1841

Daniel de Roulet (geb. 1944)
Die blaue Linie
© Limmat Verlag, Zürich 1996

Arno Surminski (geb. 1934)
Am dunklen Ende des Regenbogens. Roman
© 1988 by Hoffmann und Campe Verlag, Hamburg, S. 150–158

Peter R. Wieninger (geb. 1966)
Joggen, in: morgen, Nr. 18/1995
© Peter R. Wieninger, Wien

Karl Zinkhan (1886–1970)
Johannes Storck, der Reinhardser Schnelläufer, in: Unsere Heimat. Mitteilungen des Heimatbundes, Verein für Heimatschutz und Heimatpflege im Kreise Schlüchtern, Nr. 4/Juni 1924

Bildnachweis

S. 15 Francesco del Cossa, Meilanion besiegt Atalante, Gemäldegalerie Berlin
© Bildarchiv Foto Marburg

S. 59 Renée Sintenis, Nurmi
© Bildarchiv Foto Marburg

S. 78 Dieter Baumann (Foto)
© ASICS Deutschland GmbH

S. 91 Aurelio Francisco (Foto)
© Wilhelm Limpert Verlag

S. 146 Fikellura-Amphora, British Museum London
© Bildarchiv Foto Marburg

S. 159 Alexander Deineka, Das Rennen, Galleria Internazionale d'Arte Moderna, Ca' Pesaro, Venedig
© VG Bild-Kunst

S. 170 Gustave Doré, Buchillustration »Münchhausen«

S. 189 Bartholomeus Breenbergh, Römische Ruinenlandschaft, Staatliche Kunstsammlungen Kassel, Schloß Wilhelmshöhe
© Bildarchiv Foto Marburg

S. 193 Katrin Dörre-Heinig (Foto)
© dpa Berlin

S. 197 Anschlagzettel Madame Nagel, Stadt- und Universitätsbibliothek Frankfurt/M.

S. 201 Titelblatt einer Druckschrift von 1825, Stadtbibliothek Braunschweig

S. 207 Johann Valentin Görich, Lithographie, Museum der Stadt Langen (Hessen)

S. 219 Mensen Ernst, Lithographie, Privatarchiv Dr. Stephan Oettermann, Gerolzhofen

S. 244 Titelseite Grandes Courses. Le magazine de l'aventure et de la course à pied, Nr. 2/1987

S. 278 Paris, Place Vendôme
© Bildarchiv Foto Marburg

S. 299 Johannes Storck, Lithographie um 1865, entnommen aus: Unsere Heimat. Mitteilungen des Heimatbundes, Verein für Heimatschutz und Heimatpflege im Kreise Schlüchtern, Nr. 4/Juni 1924

S. 311 New York Marathon
© dpa Berlin